KB089845

천년의
약속

Forbidden
by Elizabeth Lowell

천년의 약속

forbidden

엘리자베스 로웰

장은영 옮김

ELIZABETH
LOWELL

현대문화센타

역자의 말

'맨날 그 타령이 그 타령이야. 이젠 색다른 로맨스를 보고 싶어.'

<천년의 약속>은 그런 생각을 하는 독자들에게 권하고 싶은 책이다. 이 작품은 <천년의 기다림> 후속편이라, 전작을 읽지 못한 독자들을 위해 잠깐 줄거리를 언급하고자 한다.

'글렌드뤼드의 마녀'라 불리는 메그는 덩컨과 약혼한 사이였지만, 노르만 출신의 사생아, 도미니크 르 사브르와 정략 결혼을 하게 된다. 노르만족을 철저히 증오하는 메그의 아버지 존 경은 덩컨과 함께 메그의 결혼을 방해하기 위해 계략을 꾸미지만, 도미니크와 그의 동생 사이먼의 기지로 결혼식은 무사히 치러진다. 덩컨과 메그의 사이를 의심하던 도미니크는 어느 날 독약을 마시게 되고, 사이먼은 메그를 의심한다. 하지만 메그는 도미니크를 구하기 위해 전념을 다하는데……

'글렌드뤼드족'은 엘리자베스 로웰이 창조해 낸 종족으로, 남편을 사랑해야만 아들을 낳을 수 있는 저주를 받아 천년 동안 아들을 낳지 못한다. 하지만 메그는 도미니크와 운명적으로 사랑하게 된다.

  <천년의 약속>에는 메그의 약혼자였던 덩컨이 주인공으로 등장한다. 도미니크의 가신이 되기로 맹세한 덩컨이 도미니크의 명을 받아 스톤링 성으로 갔다가 벼락을 맞고 기억을 잃으면서 이야기는 시작된다. 자신이 누군지조차 모르는 덩컨, 그런 덩컨을 사랑하게 된 앰버. 하지만 덩컨은 앰버에게 금지된 남자였다.

  <천년의 약속>은 전작 못지않게 판타지적인 색채가 가미된 작품이다. <천년의 기다림>에서는 '글렌드뤼드'라는 소재가 작품에 한층 재미를 더해 줬듯, 이 작품에서는 앰버가 주술사라는 특이한 설정이 흥미를 더한다. 앰버는 다른 사람들과 약간의 접촉만 있어도 통증을 느낀다. 언제까지나 '순결한 처녀'로 남을 운명을 타고난 그녀는 마침내 통증 대신 쾌감을 느끼는 남자를 만나지만, 그는 사랑해서는 안 될 금지된 남자였다.

  <천년의 기다림>과 마찬가지로, <천년의 약속>은 '모든 제약을 뛰어넘고 얻어 낸 사랑'에 관한 이야기이다. 명예를 위해서는 목숨도 버릴 기사 덩컨은, 사랑이냐 명예냐 하는 선택의 기로에서 마음의 외침을 외면하고 명예를 선택하고 만다. 하지만 앰버는 그런 덩컨에게 자신의 영혼까지 내던지는데…….

  <천년의 약속>을 읽다 보면, 판타지 소설에서나 등장할 법한 신비한 분위기에 담뿍 취할 수 있다. 색다른 소설을 찾는 독자들이나 판타지 소설에도 흥미가 있는 독자들에게 특히 권하고 싶다.

  1999. 5월의 어느 날
  장은영

1

그 남자는 어둠 속에서 너에게 다가올 것이다.

실오라기 하나 걸치지 않은 건장한 남자를 보는 순간, 앰버는 그 무시무시한 예언을 떠올렸다. 바닥에는 정신을 잃은 남자가 엎어져 있었다.

문틈으로 새어 들어온 늦가을의 싸늘한 바람에, 촛불이 춤을 추 듯 이리저리 흔들리며 남자의 몸 위에 빛의 그림자를 드리웠다. 빛과 어둠이 번갈아 가며 탄탄한 어깨와 널찍한 등을 훑었다. 비에 흠뻑 젖은 남자의 몸이 불빛을 받아 번들거렸다.

차디찬 남자의 기운이 앰버에게 고스란히 전해졌다. 앰버는 아무 말 없이 에릭을 쳐다보았다. 커다란 황금빛 눈동자에 수많은 질문이 담겨 있었지만, 에릭은 해줄 말이 없었다. 그저 성안에 쓰러져 있기에 데려왔다는 말 외엔.

「이 남자가 누군지 알겠어?」

에릭의 목소리가 퉁명했다.

「아뇨.」

「그럴 리가, 당신의 상징인 호박(앰버. 송진 따위가 땅에 묻혀 변화된 것으로, 일종의 보석. 주로 노란빛을 띰)을 지니고 있는데…….」

에릭이 엎어져 있는 남자를 발로 밀어 뒤집었다. 불빛과 빗물이 한데 어우러져 바닥으로 주르륵 미끄러지는데 앰버의 눈길을 끄는 것이 있었다. 남자의 가슴에서 빛을 발하고 있는 호박목걸이…….

앰버는 저도 모르게 침을 꿀꺽 삼키고는, 남자 옆에 쭈그리고 앉아 목걸이에 촛불을 들이댔다. 목걸이를 걸고 있는 사람에게 신의 가호가 있을 거라는 문장이 룬 문자(고대 게르만인들이 쓰던 언어로, 마법의 힘을 지녔다는 글자)로 새겨져 있었다.

「영주님, 목걸이 좀 뒤집어 주세요. 뒤쪽에 뭐가 있는지 봐야겠어요.」

에릭은 목걸이를 뒤집어 보였다.

목걸이 뒤쪽에는 신의 영광을 찬미하고 축복을 바라는 내용의 기도문이 라틴어로 새겨져 있었다. 십자군 전쟁에 참가했던 기사들이 지니고 다녔다는 기도문이었다.

앰버는 안도의 숨을 길게 내쉬었다. 흑마법사가 보낸 첩자가 아닐까 내심 걱정했는데, 다행이었다. '분쟁의 땅'은 이름 그대로 영지 쟁탈전이 치열한 곳이기 때문에 한순간도 마음을 놓을 수가 없었다.

앞에 쓰러져 있는 남자를 다시 살펴보았다.

강한 힘이 생생하게 느껴지는 남자였다. 살짝 말려 올라간 짙은 속눈썹과 윤곽이 뚜렷한 입술은 예외였지만.

연약해 보이는 구석은 좀처럼 찾기 힘들었다. 몸 여기저기에 긁히고 베인 상처와 멍 자국이 있었고, 오래 전에 생긴 듯한 흉터도 여럿 눈에 띄었다. 온몸에서 강인한 전사의 이미지가 풍겼다. 알몸에 목걸이만 하나 달랑 걸고 있다고 해서 만만하게 볼 상대는 아닐 듯했다.

「어디서 이 사람을 발견하셨어요?」

「스톤링에서.」

「네?」

앰버가 믿을 수 없다는 듯 에릭을 쳐다보았다.

스톤링이라면 스톤링 성을 말하는 건가? 설마 성역을 말하는 건 아니겠지?

하지만 에릭은 더 이상 설명을 붙이지 않았다.

「사실대로 얘기 좀 해주세요! 제가 주리라도 틀어야 얘기하시겠어요?」

앰버가 화가 나 씩씩거렸지만, 에릭은 장난기 어린 웃음만 지을 뿐 입을 다물었다. 그러다가 갑자기 엎어져 있는 남자를 훌쩍 뛰어넘어가 문을 꼭 닫았다. 방 안에서 찬바람이 일시에 걷혔다.

「옛 친구한테 따끈하게 데운 와인 한잔 줄 생각을 안 하는군. 이 남자, 담요라도 한 장 덮어 줘야 할 거 같은데…… 홀딱 벗고 있으니 얼마나 춥겠어.」

「누구 명인데 거역하겠어요.」

비아냥거렸지만 목소리엔 애정이 가득했다. 자신은 일가친척 하나 없는 혈혈단신이고, 에릭은 스코틀랜드의 지체 높은 집안의 상속자인데도 앰버는 에릭이 편했다.

에릭이 망토를 벗어 바닥에 쓰러져 있는 남자를 덮어 주었다. 두

툼한 망토가 남자의 몸을 간신히 가렸다.

「정말 거구로군.」

에릭의 입에서 감탄사가 절로 흘러나왔다.

「영주님보다 더 크다니……, 누가 이 사람을 쓰러뜨렸는지 몰라도 대단한 기사인가 보죠?」

에릭은 눈을 가늘게 뜨고, 담요를 들고 다가오는 앰버를 바라보았다.

「벼락을 맞고 쓰러진 것 같애, 주변 흔적을 봐서는.」

벼락?

앰버는 남자를 자세히 보려고 한 발 다가서다가 잘못해서 잠옷자락을 밟았다. 순간 균형을 잃고 비틀거리는데 에릭이 얼른 몸을 잡아 주었다.

「어, 미안해.」

에릭은 재빨리 손을 떼며 사과했다. 앰버의 얼굴에 불편한 기색이 떠올랐다.

「괜찮아요. 아니, 오히려 제가 고맙죠. 저 이방인한테 넘어지느니 영주님 손에 잡히는 게 낫죠.」

그래도 안심이 안 되는지, 에릭이 앰버의 안색을 유심히 살폈다.

「참 희한하게도, 영주님 손이 닿으면 불편하긴 해도 아프지는 않아요. 영주님이 그다지 순결한 사람이 아니란 걸 하나님도 잘 아실 텐데…… 참 이상하단 말이야.」

장난스레 고개를 갸웃하는 앰버를 보며 에릭은 씩 웃었다.

「당신에 대해서만은 내 마음이 눈처럼 깨끗하단 걸 알잖아.」

「어린 시절부터 카산드라 어머니 밑에서 동문수학한 사이라 그럴 거예요.」

앰버는 밝게 웃으며 대꾸했다.

「그렇겠지.」

에릭이 슬퍼 보이는 웃음을 지으며 낯선 남자의 몸에 담요를 덮어 주었다.

앰버가 불쏘시개로 벽난로 불을 헤집었다. 불꽃이 크게 일어나면서 앰버의 긴 머리칼에 황금빛 불빛을 드리웠다. 방 안이 금세 훈훈해졌다.

「이 사람 동료들은 도대체 뭘 했대요?」

앰버는 난로에 놓인 삼발이 위에 냄비를 올려놓았다.

「다들 뿔뿔이 흩어졌겠지.」

에릭의 얼굴에 냉소적인 웃음이 떠올랐다.

「언제쯤 일어난 일인데요?」

「비가 와서 시간을 정확하게 추측하기가 힘들어. 말발굽 자국이 빗물에 거의 휩쓸려 갔거든. 근처에 벼락을 맞아 새까맣게 탄 떡갈나무가 있었지.」

「저 남자를 불가로 좀 옮겨 주세요.」

에릭은 거구의 남자를 가볍게 들어 난롯가 앞에 내려놓았다. 불꽃이 에릭의 머리카락과 수염을 황금빛으로 물들였다.

「숨소리는 고른가요?」

「응.」

「심장 박동은……」

「웬만한 종마 저리 가라죠.」

앰버는 안도의 숨을 내쉬었다.

「카산드라 어머니는 부르셨어요?」

「아니.」

「왜요? 전 어머니만큼 다친 사람을 치료하지 못해요. 의술에 있어선 어머닐 따라갈 사람이 없다구요.」

「하지만 당신은 투시력이 뛰어나잖아.」

그 동안 이 말이 나올까 얼마나 두려워했던가. 앰버는 숨을 깊이 들이마시며 목으로 손을 가져갔다.

앰버에겐 호박으로 만든 장신구가 많았는데, 그 중 절대 몸에서 떼 놓지 않는 목걸이가 하나 있었다. 촘촘하게 꼬아 만든 금사에 주먹만한 호박이 달려 있는 그 목걸이엔 아주 작은 글씨로 룬 문자가 새겨져 있었다.

앰버가 태어날 때 받은 이 목걸이는 아주 오래 전에 만들어진 것으로, 값어치를 따질 수 없을 만큼 귀중한 물건이었다.

앰버는 신비한 광채를 내뿜는 목걸이를 손바닥에 올려놓고 주문을 중얼거렸다. 몸의 열기가 목걸이로 스며들면서 투명한 호박 표면이 점차 흐릿해졌다. 재빨리 목걸이를 불가로 가져갔다. 빛과 그림자가 끊임없이 모습을 바꾸며 호박을 수놓았다.

「뭐가 보여?」

「아무것도 안 보여요」

에릭이 끙 하고 신음소리를 내뱉으며 정신을 잃고 누워 있는 남자를 바라보았다.

「그럴 리가…… 내가 봐도…….」

「어…… 빛이 보여요 동그란 원 안에 마가목나무가 보이고…… 주위는 온통 어둠뿐인데…… 마가목나무가 보이고…… 그 밑에 뭔가…….」

앰버의 목소리가 작아졌다.

「스톤링과 성스러운 마가목나무를 말하는 거로군.」

에릭이 확신하듯 잘라 말했다.

「글쎄요. 음, 원 안에 마가목나무가 잔뜩 자라고 있어요 주위는 검은색 물감을 칠한 듯 어둡고요.」

「내가 이자를 발견한 곳이 바로 그랬지.」

「마가목나무는 스톤링 안에서만 자란다는 사실, 잊으셨어요?」

「이자를 발견한 곳이 스톤링이었다니까.」

그럼 아까 스톤링이 성역을 말한 거란 말인가!

수천 가지의 빛깔들이 모여 만든 어둠, 남자는 그 어둠 속에 있었다. 앰버는 소름이 오싹 끼쳤다. 놀란 벌어진 입을 다물지 못하고 낯선 이방인에게 시선을 돌렸다.

「저 남자가 성역 안에 있었다고요? 세상에…… 도대체 누구기에 성역에…….」

앰버는 재빨리 성호를 그었다.

「주술사일 거야. 그렇지 않으면 성역 안으로 어떻게 들어갈 수 있었겠어.」

앰버는 과거를 들여다볼 생각으로 남자의 얼굴을 뚫어져라 쳐다보았지만, 아무 소득도 얻질 못했다. 오히려 남자의 강인한 모습만이 가슴에 깊이 각인될 뿐이었다.

한번 만져 보고 싶어.

남자의 숨결과 체온, 냄새와 감촉을 음미하고 싶은 충동이 일었다. 앰버는 저도 모르게 숨을 멈췄다. 사람들과 몸이 맞닿으면 고통이 얼마나 심한데, 내가 그런 생각을…….

「마가목나무에 꽃이 폈어?」

앰버는 움찔하며 에릭에게 시선을 돌렸다.

「천년 동안 한번도 꽃이 피지 않은 나무예요. 저 남자 때문에 꽃이 피었을 리 없죠.」

「혹시 다른 건 못 봤어?」

「못 봤어요, 아무것도.」

「주리를 틀어야 할 사람은 따로 있군. 음, 할 수 없지. 뭔가 느껴지는 건?」

「있긴 한데……」

에릭은 조용히 대답을 기다렸다.

그리고 또 기다렸다.

「젠장, 어서 말하라니까.」

「말로 표현하기가 힘들어요. 그저……」

「그저 뭐?」

에릭은 안달이 나 재촉했다.

「날개를 펴고 절벽 끝에 서 있는 기분이에요.」

「그래? 꽤 괜찮은 기분이겠는걸.」

「새라면 그렇겠지만, 전 날개 없는 사람이라구요. 절벽에서 떨어져 죽을 일 있어요?」

에릭의 나지막한 웃음소리가 방 안을 가득 메웠다.

「사랑스런 앰버, 당신이 아파하지만 않으면 꼭 껴안아 줄 텐데.」

앰버는 빙그레 웃었다.

「당신처럼 좋은 친구를 둬서 정말 행복해요. 자, 이제 농담 그만 하고, 저 사람 좀 제 침대로 옮겨 주세요. 카산드라 어머니가 오실 때까지 제가 돌봐야겠어요.」

에릭이 의아한 표정으로 앰버를 바라보았다. 앰버의 목소리에 남자에 대한 걱정이 어려 있었던 것이다.

「성역에 들어간 사람인데 함부로 대할 순 없어요.」

「우릴 찾아온 손님이 아닐지도 모르는데……, 내 생각엔 차라리 죽이는 게……」

앰버는 놀란 눈으로 에릭을 쳐다보았다. 늦가을의 바람처럼 싸늘한 표정이 에릭의 얼굴을 스쳐 지나갔다.

「성역에서 발견한 사람이에요. 왜 죄인 취급하죠?」

「맥스웰의 덩컨이 여기 동향을 감시하러 보낸 스파이일지도 모르거든.」

「항간에 노르만인이 잉글랜드 왕에게 하사 받은 스톤링 성을 스코틀랜드인에게 줬다는 소문이 떠돌던데, 그럼 맥스웰의 덩컨이 바로 그 스코틀랜드인인가요?」

「그래, 덩컨은 도미니크의 칼날 아래서 충성을 맹세하고 스톤링 성을 받았지. 하지만 난 그놈들한테 우리 스톤링 성을 절대 빼앗길 수 없어.」

앰버는 에릭의 마음속에서 흉포하게 날뛰는 분노를 보고 고개를 돌렸다. 스코틀랜드의 해머라고 불리는 맥스웰의 덩컨은 사생아로 태어나 영지가 없는 신세였지만, 도미니크 르 사브르에게 스톤링을 하사 받았다.

하지만 스톤링은 에릭의 영지였다. 잉글랜드 왕에게도, 도미니크에게도, 덩컨에게도, 에릭은 스톤링 성의 소유권을 내준 적이 없었다. 스코틀랜드가 잉글랜드의 속국이 되었다고 해서 자신의 땅을 그들에게 내줄 에릭이 아니었다.

아버지 로버트 경의 땅을 지키기 위해, 에릭은 지금까지 배다른 형제를 비롯해 수없이 많은 적들과 싸웠다. 곧 다시 싸움을 벌이리란 것은 불을 보듯 뻔한 일이었다. 스톤링 성을 지키기 위해 맥스웰의 덩컨과 말이다. '분쟁의 땅'에서는 힘센 자만이 모든 걸 차지했다.

「저 사람을 처음 발견했을 때 어떤 옷을 입고 있었죠?」

「지금처럼 홀딱 벗고 있었지.」

「그럼 기사는 아니겠군요.」

「십자군 전쟁에서 귀환한 기사들이 모두 금은보화를 가득 싣고 돌아온 건 아니야.」

「아무리 가난해도 기사라면 무기와 말, 갑옷은 기본으로 지니고 있었겠죠.」

「대신 다른 게 있잖아.」

「다른 거라니, 뭐요?」

「목걸이 말이야. 혹시 전에 저런 목걸이 본 적 없어?」

「없어요.」

「들은 얘기는?」

「전혀요.」

에릭은 거칠게 욕지거리를 내뱉었다.

「혹시 카산드라 어머니는 아실지도 몰라요.」

앰버는 에릭의 눈치를 살피며 조심스레 말했다.

「과연 그럴까?」

방 안 공기는 훈훈한데도 앰버는 등줄기가 싸늘했다.

아무리 심문해도 입을 열지 않는 죄인이 있을 때면 에릭은 항상 앰버를 찾아왔다. 물론 투시력 때문이었다. 때때로 목걸이만으로 그 사람의 과거를 볼 수 없을 때가 있었는데, 그럴 때면 직접 몸을 만져야 했다. 다른 사람 몸에 피부가 닿으면 몹시 고통스러웠지만, 에릭이 지금껏 베풀어 준 은혜에 보답하기 위해 앰버는 꾹 참았다. 이젠 누군가를 만지는 일이 예전처럼 두렵지 않았다.

하지만 지금은 아니었다. 무섭고 두려웠다. 보이지 않는 화살이 몰고 올 죽음의 그림자가 머릿속에 맴돌았다.

그런 와중에도 앰버는 정체불명의 남자를 만지고 싶은 충동을 참을 수 없었다. 이 낯선 남자가 누구인지 알 수만 있다면, 자신이 어디 출신이며 진짜 이름이 무엇이며 부모님이 누구인지 영영 알 수 없다 해도 상관없을 듯했다.

남자는 소리 없이 앰버를 부르고 있었다. 그 무언의 목소리가 앰버를 꼼짝하지 못하게 짓눌렀다.

「카산드라 어머니가 오실 때까지 기다리는 게 어떨까요? 저나 영주님보다는 어머니가 아시는 게 많잖아요.」

앰버의 목소리가 어느새 딱딱해져 있었다.

「카산드라는 당신에게 앰버라는 이름을 지어 줬어. 아무 뜻 없이 그 이름을 지어 줬다고 할 순 없겠지?」

「네.」

에릭이 왜 그런 질문을 하는지 의아했지만, 앰버는 순순히 대답했다.

「당신의 운명이 호박과 밀접하게 관련되어 있기 때문에 카산드라는 당신에게 앰버란 이름을 지어 준 거야. 그리고 이자가 호박을 몸에 지니고 있어. 그런데 이자에 대해 아무 느낌도 없다고?」

앰버는 아무 대꾸도 않고 에릭의 시선을 피했다.

「이렇게 까다롭게 구는 이유가 뭐야?」

「영주님이야말로 왜 그리 생각이 짧으세요!」

에릭은 느닷없이 화를 내는 앰버를 멍하니 쳐다보았다. 좀체 화를 내지 않는 앰버가 아니던가.

「이 사람 이름이 뭔지 아세요?」

앰버가 따져 물었다.

「내가 그걸 알면 뭐하러……..」

「카산드라 어머니의 예언을 잊지 않으셨다면……..」

「카산드라 어머니의 예언? 어떤 예언? 예언을 하도 많이 해서 뭘 얘기하는지……..」

「전혀 기억이 안 나다니, 머리가 좀 의심스럽군요.」

「무슨 소리야, 머리 좋기로 소문난 사람한테.」

에릭이 싱긋 웃으며 대꾸하자, 앰버는 길게 한숨을 내쉬었다.

「영주님과 싸워 봤자 제 입만 아플 뿐이지요.」

「카산드라도 걸핏하면 그 얘길 하더니만…….」

「제가 태어났을 때 카산드라 어머니가 남긴 예언을 기억 못 하겠어요?」

「전에 들은 기억이 있긴 한데…….」

이름 없는 남자가 네 마음과 몸과 영혼을 빼앗을지도 모르나니, 그로써 삶이 풍요로워진다 해도 죽음이 네 몸 위를 흐르리라.

그 남자는 어둠 속에서 너에게 다가올진대, 그를 만지면 삶 혹은 죽음을 체득하게 되리라.

그러할지니 그를 호박에 갇힌 햇빛이라 여기고 만지지 말지어다.

네게 금지된 남자니라.

앰버가 카산드라의 예언을 읊조리자, 에릭은 아무 말 없이 앰버와 낯선 남자를 번갈아 쳐다봤다.

「앰버, 이놈이 어떤 놈인지 반드시 알아내야 해. 도미니크 르 사브르나 스코틀랜드의 해머가 보낸 스파이라도 된다면 문제가 심각해져. 강요하긴 싫지만 어쩔 수 없어. 미안해. 그리고…… 물론 알겠지만, 우리는 되도록 빨리 스코틀랜드의 해머를 찾아 없애야 해. 그러기 전엔 스톤링 성이 안전하지 못해.」

앰버는 아무 말 없이 고개만 끄덕였다.

「그리고 카산드라 예언에 너무 신경 쓰지 마. 이름 없는 남자라니, 설마 저 나이 먹도록 이름이 없겠어? 하인들은 물론이고 농노들조차 다 자기 이름이 있는 세상이라구.」

앰버는 다시 한 번 목걸이를 찬찬히 들여다보았다. 목걸이가 불꽃처럼 뜨겁게 느껴졌다. 결과는 똑같았다. 둥그런 원 안에 성스러운 마가목나무, 그리고 어둠.

「좋아요, 해보자구요.」

앰버는 무릎을 꿇고 앉아, 이를 악문 채 남자의 뺨에 손을 살짝 올려놓았다. 하지만 바로 비명을 지르며 뒤로 물러났다. 몸을 관통하고 지나간 것은 아픔이 아니라 날카로운 쾌감이었다. 지금껏 단 한 번도 경험해 보지 못한 느낌……

에릭은 입을 꾹 다물었다. 앰버를 아프게 하고 싶진 않았지만 어쩔 수 없었다. 살려 놓자니 덩컨의 하수인일까 걱정이 됐고, 그렇다고 무턱대고 죽이자니 께름칙했다. 무고한 사람을 괜히 죽음으로 몰아넣긴 싫었다.

앰버는 다시 한 번 남자의 뺨에 손을 댔다. 쾌락이 다시 몸을 관통했지만, 이번엔 눈을 감고 그 느낌에 몸을 맡겼다. 그리고 손에 조금씩 힘을 주었다.

앰버의 입술 사이로 나지막한 비명이 흘러나왔다. 자신감이나 자부심이 이렇게 강한 사람은 드물리라. 도미니크 르 사브르, 맥스웰의 덩컨, 에릭을 제외하고 이런 사람이 또 있을 수 있을까?

대단히 강한 전사의 영혼이야. 빛과 어둠, 쾌락과 고통이 한데 합쳐진……

「앰버!」

앰버는 천천히 눈을 뜨고 걱정스러운 얼굴로 바라보고 있는 에릭을 쳐다보았다.

천애 고아인 자신을 누이동생처럼 살갑게 대해 준 에릭, 그에게 진 빛이 많았다. 집과 토지, 하인들까지 내준 로버트 경에게도 마찬가지였다. 그런데 자신은 지금 그 은혜를 저버리려 하고 있었다. 난생 처음 보는, 누구인지 어떤 사람인지도 모르는 남자를 위해서 말이다.

어쩌면 맥스웰의 덩컨일지도 몰라.

하지만 이 남자를 에릭의 손에 죽게 놔둘 순 없었다.

아니 평범한 기사일 거야. 분쟁의 땅으로 흘러 들어온 기사들 중에도 십자군 전쟁에 참가했던 사람이 많았잖아. 그들이 자랑스레 떠벌리는 무용담도 수도 없이 들었고 그 사람들도 이 남자 못지않게 전사로서 자부심이 대단했어. 그래, 이 사람도 그런 기사들 중 하나일 뿐이야.

희망이 앰버의 마음속에 새순처럼 돋아났다.

「앰버?」

앰버의 침묵이 신경 쓰이는지, 에릭이 잔뜩 긴장한 목소리로 다시 앰버를 불렀다.

「안심하세요. 이 사람은 위험한 사람이 아니니까.」

앰버는 마지못해 남자에게서 손을 뗐다. 불현듯 허전함이 밀려들었다. 지금까지 한번도 외롭다거나 허전하단 기분을 느낀 적이 없었는데…….

「신이 내 기도에 응답하신 것 같군.」

에릭은 대단히 만족한 듯 길게 안도의 숨을 내쉬었다.

「그게 무슨 말씀이죠?」

「지금 내겐 용맹한 기사가 절실히 필요해. 스코틀랜드 해머말고도 당장 맞붙어야 할 골칫덩어리들이 한둘이 아니거든.」

「왜요? 무슨 문제라도?」

앰버의 얼굴에 근심의 그림자가 어렸다.

「바이킹 녀석들이 윈터랜스 북부에서 얼쩡거리기 시작했어. 사랑스러운 우리 사촌들도 질세라 시끄럽게 굴고.」

「사촌들에게 바이킹을 처리하라고 하면 어때요?」

「그랬다간 오히려 내가 당할걸. 지들끼리 단합해서 나한테 칼날을 돌릴 테니까.」

에릭이 도미니크 르 사브르나 스코틀랜드의 해머와 손을 잡으면 어떻게 될까?

쓸쓸하게 웃고 있는 에릭을 보며 앰버는 혼자 생각에 잠겼다. 오랫동안 싸움이 끊이지 않던 '분쟁의 땅'에 평화가 자리잡을지도 모른다. 하지만 그 반대의 상황이 벌어질 가능성도 충분했다. 게다가 위대한 노르만 기사가 로버트 경과 동맹할 생각이 있을지, 그것도 의문이었다.

「우리 전사의 이름이 뭐지?」

에릭이 침대에 누워 있는 남자에게 다시 관심을 돌렸다.

「정신을 차리면 그때 물어 볼게요.」

「'분쟁의 땅'엔 왜 온 거야?」

「이름을 물은 후에 물어 보지요.」

「최종 목적지는 어디였을까?」

「그것도 물어 볼게요.」

「도대체 알아낸 게 없구만.」

에릭이 툴툴거렸다.

「네.」

「아직까지 깨어나지 못하다니, 좀 이상하지 않아?」

앰버도 의아한 얼굴로 고개를 끄덕였다.

「마법에 걸린 걸까?」

「아뇨.」

금세 단호한 표정으로 바뀐 앰버의 얼굴을 보며, 에릭이 눈썹을 치켜 떴다.

「어떻게 그렇게 단정할 수 있지?」

「확실해요.」

「근거는?」

앰버는 눈살을 찌푸렸다. 남자의 과거가 정확히 보이지 않았다.

뭔가 불확실했다. 열정적이고 자존심이 강하며 심지가 굳으면서도 관대한 성격임은 쉽게 알 수 있었지만, 스톤링에 발을 들여놓기 전까지 어떻게 살아왔는지는 도통 읽어 낼 수가 없었다. 뚜렷한 삶의 목적이나 판단 가치, 의지는 물론이고, 사랑하는 사람이나 미워하는 사람의 얼굴도 보이지 않았다.

머릿속이 마치 아무것도 그려지지 않은 백지 같았다.

앰버는 저도 모르게 남자에게 다시 손을 뻗었다. 손끝을 타고 전해 오는 쾌감을 애써 무시하며 정신을 집중했다. 감각의 꽃잎을 하나하나 떼어 버리고 남자의 기억에만 매달렸지만, 남자의 머릿속에선 여전히 아무것도 볼 수 없었다. 한줄기 빛이 스미는가 싶다가 금세 사라져 버렸다.

「이 사람에겐 기억의 흔적이 전혀 없어요. 꼭 아기를 만지는 기분이에요」

「아기라고? 이렇게 몸집이 커다란 아기도 있나?」

에릭이 코방귀를 뀌었지만, 앰버는 아무 대꾸도 않고 남자에게서 손을 뗐다.

「다른 건 없어?」

앰버는 주먹을 꽉 움켜쥐었다.

위대한 기사, 적이자 나의 반려자.

사실대로 얘기할 생각은 없었지만, 에릭이 물을 때마다 남자가 걱정돼 불안에 떨었다.

아니야! 난 이 사람이 누군지 몰라! 자부심이 대단한 전사라는 사실밖엔.

「이 사람에 대해선 전혀 모르겠어요. 지금까지 이런 적이 없었는데…….」

앰버는 힘없이 중얼거렸다.

「앰버, 괜찮아?」

「네? 네.」

「당신 지금 뭐에 홀린 사람 같애.」

「피곤해서 그럴 거예요.」

「미안해, 힘들게 해서.」

「괜찮아요. 견딜 만하니까 걱정 마세요. 신은 항상 우리가 견딜 수 있을 만큼만 시련을 주시니까.」

「그러다 죽는 수도 있지.」

순간 앰버의 얼굴에서 웃음이 사라졌다. 예언의 글귀가 마음속에 다시 떠올랐기 때문이다.

죽음이 네 몸 위를 흐르리라.

2

향긋한 솔 향이 방 안에 가득했다. 침대 위쪽에서 촛불이 너울너울 춤을 추며 이름 없는 남자의 몸에 황금빛 물결을 만들어 냈다.

남자는 깊은 잠에 빠져 있었다. 앰버는 지난 이틀 동안 남자의 몸에 향유를 발라 주면서, 남자가 전혀 꿈을 꾸지 않는단 사실을 알았다. 손끝으로 어떠한 형상도 감지되지 않았던 것이다. 남자를 만질 때마다 처음 느꼈던 그 쾌감이 어김없이 앰버를 할퀴고 지나갔다.

어떻게도 남자의 마음을 읽을 수 없자, 앰버는 남자에게 말을 걸었다. 대답을 듣지 못할 건 뻔했지만, 그렇게라도 하면 교감이 될지 모른다는 기대 때문이었다.

「어둠의 기사님, 스톤링에는 왜 온 거죠?」

벌써 수백 번은 했던 질문을 다시 중얼거리며, 앰버는 근육질의 팔을 천천히 마사지했다. 사지가 결박된 채 누워 있는 남자가 안쓰러웠다. 마음 같아서는 밧줄을 모두 끊어 버리고 싶었지만, 에릭의 명령이 워낙 강압적이라 그렇게는 못 했다.

에릭은 남자를 묶어 놓지 않으면, 신변 보호를 명목으로 종자를 한 명 보내겠다고 협박 아닌 협박을 했다. 24시간 내내 일거수 일투족을 감시당하느니 차라리 묶여 있는 편이 나았다. 남자가 의식을 회복했는데, 알고 보니 에릭의 적이라면 어쩌겠는가. 만에 하나라도 그런 일이 벌어지면, 옆에 누가 있다는 사실 자체가 위험했다. 그런 일은 정말이지 생각하기 싫었지만, 만약은 대비해야 했다.

「기사님, 말도 동료도 없이 혼자 성역으로 들어갔나요?」

남자는 아무 대답도 없이 규칙적으로 숨만 내뱉었다.

「당신 눈은 도미니크 르 사브르처럼 차가운 회색인가요? 아니면 스코틀랜드의 해머처럼 진한 갈색인가요?」

여전히 숨소리뿐이었다.

「당신은 이름 없는 평범한 기사인가요? 전 당신이 무명 기사였으면 좋겠어요.」

앰버는 한숨을 내쉬며 남자의 가슴을 부드럽게 어루만졌다. 곱슬곱슬한 가슴털이 손바닥을 간질였다.

「성역에 들어가기 위해서 옷을 벗은 건가요?」

그때, 남자가 뭐라고 중얼거렸다.

「네? 뭐라구요? 기사님, 어둠은 무시하고 빛을 따라와요. 어둠을 따라가면 안 돼요.」

앰버는 들뜬 목소리로 남자를 재촉했다. 더 이상 아무 말을 하지 않았지만, 남자는 지금 천천히 의식을 되찾고 있는 게 분명했다. 손끝에 희미하게 남자의 반응이 감지되었다. 하지만 과거의 기억은 여전히 읽을 수가 없었다.

「두려워 말고 빛을 따라와요. 그러지 않으면 죽는 순간까지 암흑에서 빠져 나오지 못해요. 자, 어서요.」

앰버는 벽에 걸려 있는 향로를 쳐다보았다. 호박이 거의 다 탔는지 향이 흐릿했다. 약재 주머니에서 눈물 방울처럼 맑고 투명한 호박을 하나 꺼내 향로에 집어넣었다. 연기가 가늘게 위로 피어올랐다.

남자가 움찔하더니 이내 꼼짝하지 않았다. 앰버는 이러다 남자가 영영 의식을 회복하지 못할까 두려웠다. 쓰러진 후에 끝내 일어나지 못한 사람들을 몇 번 본 적 있었다. 영원히 깨어나지 못한 채 잠의 노예가 되어 버린 사람들.

이 사람은 절대 그런 일 없을 거야.

앰버는 초조한 마음으로 침대 주변을 뱅글뱅글 맴돌았다. 얼마쯤 지났을까, 멀리서 새벽을 알리는 수탉 울음소리가 들려 오더니 창틈으로 햇살이 스며 들어왔다. 창을 열어 보니 가을날의 폭풍이 어느새 말끔히 자취를 감추고, 세상은 온통 빛천지였다. 이슬을 머금은 나뭇잎들이 싱싱하고 푸릇푸릇해 보였다.

평상시라면 정원에 나가 약초를 돌볼 시간이었다. 어쩌면 늪지로 산책을 나갔을지도 모른다. 겨울이 멀지 않았다는 소식을 전해 줄 철새 떼가 도착했을지 궁금해서라도 방 안에 가만있지 않았으리라. 하지만 지금은 전혀 그럴 생각이 없었다. 에릭이 정신을 잃은 남자를 들쳐 업고 나타난 이후 모든 게 달라졌다.

앰버는 남자의 뺨을 살짝 쓰다듬었다.

「제 몰골이 너무 사납죠? 당신이 곧 깨어날지도 모르는데 이대로 있을 순 없죠. 절 보고 다시 기절이라도 하면 안 되니까 얼른 가서 몸단장 좀 하고 올게요.」

앰버는 재빨리 몸을 씻고, 로버트 경에게 선물 받은 남색 울드레스를 꺼내 입었다. 약초를 보냈더니 답례로 에릭에게 들려 보낸 것이었다. 소맷자락과 드레스 단 안쪽에 덧댄 노란색 리넨과, 목선 둘레를 따라 수놓인 금박 수가 남색 드레스와 대조를 이뤘다. 드레스는 가슴과 허리, 엉덩이의 굴곡을 따라 부드럽게 흘러내렸다.

앰버는 길게 늘어진 소맷부리를 움직이기 편하게 리본으로 묶었다. 그리고 양끝에 호박을 매단 가죽띠를 허리에 두르고 허리춤에 금색 칼집을 찼다. 칼집 위로 비죽 튀어나온 칼자루엔 피처럼 붉은 호박이 박혀 있었다.

앰버는 남자가 그새 깨어날까 싶어, 오렌지색 호박이 박힌 마가목나무 빗을 들고 침실로 달려갔다. 남자는 여전히 눈을 감은 채 누워 있었다. 혹시나 싶어 살짝 흔들어 보았지만, 알 수 없는 말만 중얼거릴 뿐 깨어날 기미는 보이지 않았다.

앰버는 어깨를 으쓱하고는 침대 옆에 서서 긴 황금빛 머리채를 빗어 내렸다.

「숨을 한 번씩 내쉴 때마다 빛에 가까워질 거예요. 빨리 정신을 차리고 일어나 제게 이름이 뭔지 얘기해 줘요.」

남자가 손가락을 살짝 움직였다. 앰버는 재빨리 남자를 만져 보았지만, 아무 변화도 감지할 수 없었다. 초조한 마음을 달래며 창가로 다가가 밖을 내다보았다. 스톤링 성에서 찾아오는 불청객은 아직 없는 듯했다.

앰버는 창문을 활짝 열어 놓고 머리를 땋으려다가, 마음이 불안해서인지 빗을 떨어뜨리고 말았다.

「머리를 자르든가 해야지 귀찮아 죽겠네.」

앰버는 투덜거리며 창문을 쾅 닫아 버렸다. 빗을 주우려고 허리

를 굽히는데 누군가 머리를 잡아당겼다. 깜짝 놀라 고개를 들어 보
니, 갈색 눈동자가 눈앞에 있었다.

회색이 아니야. 이 사람은 도미니크 르 사브르가 아니라구! 이미
결혼한 남자에게 마음을 준 게 아니었어. 정말 다행이야.

「당신은 누구지?」

거칠고 굵은 저음의 목소리였다.

「정신이 들었군요! 이틀 동안 깨어나지 않아서……」

「이틀이라고?」

「폭풍우가 몰아쳤는데, 기억 안 나요?」

앰버는 머리카락을 잡고 있는 손을 쓰다듬었다.

「아무것도 기억 안 나.」

사실이었다. 손끝을 통해 남자의 혼란스러운 감정이 고스란히 전
해졌다.

「아무…… 기억도……. 전혀. 대체 어찌된 일이지?」

남자는 감정을 삭이지 못하고 거칠게 내뱉었지만, 목소리엔 두려
움이 묻어 있었다. 일어나려 했지만 몸이 말을 듣지 않았다. 그제야
그는 자신이 사지가 묶인 신세임을 깨닫고 격렬하게 몸을 버둥거렸
다.

「진정해요.」

앰버는 남자의 손을 꼭 붙잡았다.

「내가 왜 묶인 거지? 내가 범법자라도 되나?」

「아니에요. 그게 아니라……」

「도대체 어떻게 된 일이야!」

앰버는 주먹 쥔 남자의 손을 부드럽게 쓰다듬었다. 남자는 기억
을 완전히 상실한 낭패감에 어찌할 바를 모르고 허둥댔다. 머릿속
에선 혼란과 분노, 두려움이 세차게 소용돌이쳤다.

28

「두려워하지 말아요. 당신에게 해를 끼칠 마음은 없으니까.」

앰버가 부드러운 말로 달랬지만, 남자의 몸부림은 점점 거세어졌다. 침대가 끼익 소리를 내며 들썩거렸다. 그 바람에 담요가 바닥으로 떨어졌다. 살갗이 벗겨지고 그 자리에 선홍색 핏방울이 송골송골 맺혔지만, 단단하게 묶인 밧줄은 풀리기는커녕 느슨해지지도 않았다. 분노에 찬 외마디소리가 남자의 목구멍에서 터져 나왔다.

「그만 해요!」

앰버는 다급하게 남자 몸 위를 덮치더니, 고삐 풀린 망아지를 진정시킬 때처럼 꽉 끌어안고 꼼짝하지 않았다.

부드러운 여체와 황금빛 머리카락이 몸을 감싸자, 남자가 순간 멈칫했다. 앰버는 그 순간을 놓치지 않고 맨가슴에 입을 맞췄다. 그리고 그의 입술을 부드럽게 어루만졌다.

「가만히 누워 있어요, 어둠의 기사님. 이 밧줄은 내가 풀어 줄게요.」

남자는 몸을 부르르 떨었다. 앰버의 부드러운 손길에 덤덤해지기 위해 심장 박동에 맞춰 속으로 숫자를 셌지만, 심장은 더욱 거세게 고동칠 뿐이었다.

그런데 갑자기 앰버가 단검을 빼어 들었다. 누군가 머리를 사정없이 내리친 것처럼 아팠다.

「안 돼!」

단검이 오른손을 묶고 있는 밧줄을 끊었다. 남자는 안도의 숨을 내쉬며 몸을 축 늘어뜨렸다. 흥분이 가라앉으면서 두통도 차츰 사라졌다.

「묶어 놔서 미안해요. 하지만 당신이…… 평상시와는 다른 상태라 그랬어요. 정신을 차렸을 때 당신이 어떻게 나올지 알 수가 없어서요.」

앰버는 남자가 다치지 않도록 조심하며 다른 밧줄도 천천히 끊었다.

「영주님이 당신을 묶어 놔야 한다고 하셨어요. 하지만 난 당신이 날 해치지 않을 거란 걸 알아요.」

남자는 한참 동안 앰버를 응시했다. 나름대로 지금 상황을 파악하기 위해 애쓰는 모양이었지만, 몸을 움직일수록 두통이 심해진다는 사실 외엔 아무것도 알아내지 못한 듯했다.

「그 동안 내가 앓아 누운 건가?」

앰버는 말없이 고개를 끄덕였다.

「무슨 병을 앓았기에 머릿속이 텅 비어 버렸지? 내 이름조차 기억 나지 않다니 도대체 어떻게 된 거야!」

앰버는 등줄기가 서늘했다. 단검을 집어넣는 손이 희미하게 떨렸다.

예언이 들어맞을 리 없어. 이름 없는 남자라니, 오, 맙소사!

「정말 당신 이름도 기억이 안 나요?」

앰버는 목을 가다듬고 간신히 입을 열었다.

「응. 아무것도 기억 나는 게 없어. 그저…….」

「그저? 그저 뭐요?」

「주위가 온통 어두웠어. 어둠뿐이었다구.」

「그게 전부예요?」

앰버의 짙은 속눈썹이 사르르 떨렸다.

「빛이 보였어. 누군가 부드러운 목소리로 나를 불렀지. 솔 향기가 났던 것도 같고…….」

남자는 천장을 물끄러미 쳐다보면서 되뇌었다. 그리고 은근한 눈빛으로 앰버를 쳐다보았다. 투명한 갈색 눈동자에 떠오른 청회색과 녹색 반점들. 의식할 새도 없이, 그의 손이 어느새 머리카락 사이를 파고들어 앰버의 머리를 감싸 쥐었다. 아프진 않았지만, 그렇다고 도망칠 수도 없었다.

사실 도망칠 생각도 없었다. 야릇한 쾌감에 바짝 긴장했다. 그를 만질 때마다 쾌감을 맛봤지만, 지금과는 느낌이 달랐다. 남자의 손길은 확실히 자극적이었다.

그는 앰버를 침대에 눕히고 얼굴을 머리카락에 파묻고 향기를 들이마셨다. 앰버가 남자의 뺨과 가슴에 입술을 비볐다. 이틀 동안 남자를 간호하면서 버릇처럼 돼 버린 일이었다.

「나를 부른 사람이 당신이었군.」

남자의 목소리가 거칠었다.

「네.」

「내가 당신과 아는 사이였던가?」

「그거야 당신이 제일 잘 알겠지요. 내가 누군지 알겠어요?」

앰버가 맞받아 쳤다.

「당신처럼 예쁜 여자는 만난 적 없는 거 같애. 그 여자도…….」

남자는 말을 끝까지 잇지 못했다.

「그 여자요?」

「이름은 기억이 안 나는데…….」

「누군데요?」

「정말 아름다운 여자였지. 당신보다는 못하지만.」

앰버는 슬며시 남자의 어깨에 손을 올려놓았다. 어떤 여자의 이미지가 희미하게 떠올랐다. 불꽃처럼 빨간 머리, 예지력을 지닌 초록색 눈동자. 하지만 그 이미지는 금세 사라지고 말았다. 그는 좌절감에 머리를 움켜쥐고 욕지거리를 내뱉었다.

「자, 마음을 편히 먹어요. 기억은 꼭 돌아올 테니까.」

남자의 커다란 손이 앰버의 어깨를 꼭 붙잡았다.

「시간이 없어! 난 할 일이 있어. 한데 그게…… 뭐였는지…… 기억이 안 나!」

이 남자는 명예를 소중히 여기는 사람이야.

고통스러워하는 남자를 바라보는 앰버의 눈에도 눈물이 고였다. 고뇌에 찬 목소리가 심장을 후벼파는 기분이었다. 누군가에게 뭔가 약속한 게 분명했지만 그 사람이 누구인지, 무슨 맹세를 했는지 전혀 기억하지 못했다.

앰버의 목구멍에서 비명소리가 새어 나왔다. 남자의 고통, 공포, 분노의 감정들이 앰버에게 고스란히 전해졌던 것이다.

어깨를 힘껏 움켜잡고 있던 남자의 손에서 서서히 힘이 빠져나갔다. 마디가 굵은 손이 앰버를 부드럽게 쓰다듬었다.

「미안해. 당신을 아프게 할 생각은 없었어.」

눈물을 닦아 주는 부드러운 손길에 놀라 앰버의 눈이 동그래졌다. 고개를 드니, 눈앞에 남자의 얼굴이 있었다. 남자의 눈엔 앰버를 걱정하는 빛이 어려 있었다.

「아프게 하지 않았어요.」

「그럼 왜 울었지?」

「당신이 힘들어하니까요. 난 당신의 고통을 생생하게 느낄 수 있거든요.」

남자는 믿기 어렵다는 듯 한쪽 눈썹을 치켜 올리며 앰버의 뺨을 손등으로 가볍게 문질렀다. 뜨거운 눈물이 손에 닿았다.

「울지 마, 요정 아가씨.」

눈물을 흘리면서도 앰버는 남자에게 활짝 웃어 보였다.

「난 요정이 아니에요.」

「그럴 리가. 마법의 힘이 없었다면 어떻게 나를 어둠 속에서 끌어냈겠어?」

「현자라고 할 만한 주술사, 카산드라 님의 제자니까요.」

「아, 당신은 마녀였군.」

「그런 말 말아요! 난 그저 주술사일 뿐이에요.」

「오, 기분 상하게 할 생각은 아니었어. 난 원래 의술이 뛰어난 마녀를 좋아하거든.」

「그래요? 그런 사람을 많이 접해 본 모양이죠?」

앰버가 피식 웃으며 말했다.

「한 사람. 아니…… 둘이었던가?」

남자는 얼굴을 찡그렸다. 이런 단순한 것도 기억하지 못하는 자신이 한심스러웠다. 끓어오르는 화를 도저히 참을 수 없었다.

「자신을 상대로 싸우려고 하지 마세요. 그래 봤자 얻는 게 뭐겠어요? 심신만 더 고단해질 뿐이에요.」

「싸우려고 하지 말라고? 내가 제일 잘하는 게 싸움질인데?」

「당신이 싸움을 잘 한다는 건 어떻게 알았어요?」

남자는 할말을 잃었다.

「나도 몰라. 하지만 그건 분명한 사실이야.」

「아무리 싸움을 잘한다 해도, 자신과 싸우려 드는 사람은 절대 이길 수 없어요. 편안히 기다려요. 의지만 있으면 언젠가는 기억이 돌아올 테니까.」

남자는 아무 말 없이 앰버의 말을 마음속에서 되새겼다.

「하지만 영영 기억이 돌아오지 않으면 어쩌지? 이름도 없는 사람으로 여생을 보내야 한단 말인가?」

「걱정 말아요! 당신한테 이름을 지어 줄게요. 앞으로 당신은…… 덩컨이에요.」

앰버는 순간 움찔했다. 정말 생각지도 않은 사이에 튀어나온 이름이었다.

내가 왜 이러지? 이 사람이 맥스웰의 덩컨일 리 없어. 절대 그럴 리 없어! 그럴 바엔 차라리 영원히 이름 없는 사람으로 남는 편이 나으련만!

하지만 물은 이미 엎질러진 상태였다. 이제 와 후회해 봤자 무엇 하랴.

앰버는 남자의 손을 꼭 감싸 쥐고 반응을 기다렸다.

남자의 몸이 미미하게 긴장하는가 싶더니, 정신을 집중하는 게 느껴졌다. 그리고…….

하지만 희미하게 떠오르던 영상이 곧 사라져 버렸다.

「덩컨이라고? 그게 내 이름인가?」

남자는 눈썹을 모으며 눈을 치켜 떴다.

「나도 몰라요. 하지만 당신에게 꼭 어울리는 이름이에요. 덩컨이란 이름엔 '어둠의 기사'란 뜻이 있거든요.」

남자가 눈을 가늘게 떴다.

「당신 몸엔 상처가 무척 많더군요. 전쟁터에서 생긴 걸 거예요. 어둠을 연상시키는 당신 머리칼은 정말 아름다워요. 검은 머리의 용맹한 기사, 당신은 어둠의 기사예요.」

앰버의 부드러운 손길이 덩컨을 유혹했다. 힘들겠지만 지금 상황을 편안히 받아들이라는 몸짓이었다.

「내가 다시 잠들어도 묶어 놓지 않을 거라고 약속해 주겠어?」

「약속해요.」

덩컨은 걱정스런 표정을 짓고 있는 여자를 말없이 바라보았다. 묻고 싶은 게 한둘이 아니었지만, 대부분 대답을 듣지 못할 것들이었다.

기억을 잃었다 해도, 대답을 듣지 못할 질문은 차라리 하지 않는 편이 낫다는 사실 정도는 알았다. 언제인지는 몰라도 분명히 경험으로 터득한 사실이었다.

언제쯤 알게 된 사실일까?

덩컨의 얼굴이 심하게 일그러졌다. 기억을 더듬을 때마다 머리가 깨질 듯이 아팠다.

「잠깐 쉬고 있어요. 두통에 효과가 좋은 차 좀 끓여 올게요.」

앰버는 덩컨에게 기운을 북돋워 주기 위해 활짝 웃어 보였다.

「내가 머리 아픈지 어떻게 알았지?」

앰버는 아무 말 없이 바닥에 떨어진 담요를 주워 들었다. 덩컨에게 담요를 덮어 주려고 허리를 숙이자, 머리칼이 한 가닥 흘러내렸다.

「당신 머리카락은 호박 같아. 부드럽고 아주 고귀해 보여.」

「그게 내 이름이에요.」

「이름이 호박이라고? 먹는 호박?」

덩컨이 빙그레 웃으며 물었다.

앰버는 숨이 막혔다. 저런 미소라면 한겨울의 얼음도 녹이며, 곤히 잠든 종다리 떼도 깨울 수 있으리라.

「아니, 앰버예요. 보석 호박 말이에요.」

「앰버라…….」

덩컨은 앰버의 긴 머리채와 투명한 눈동자를 차례로 응시했다.

「부드럽고 고귀한 앰버.」

덩컨은 앰버의 부드러운 머리칼과 손목을 잠시 어루만지더니 손을 담요 안으로 집어넣었다.

앰버의 입에서 아쉬움의 신음소리가 흘러나왔다. 덩컨의 손길이 떨어지는 순간, 뜨겁게 타오르던 불길이 꺼져 버린 기분이었다.

잠시 생각에 잠겼던 덩컨이 다시 입을 열었다.

「당신은 앰버고, 나는 당분간 덩컨이란 말이지?」

「네.」

그렇게 대답을 하면서도 앰버는 덩컨에게 다른 이름을 지어 주고 싶은 마음이 간절했다. 하지만 남자의 진짜 이름이 덩컨일지도 모른다는 사실을 끝까지 숨길 수는 없을 것 같았다. 성도 없이 앰버라고만 불리는 자신의 처지를 생각해 보았다. 진짜 이름이 무엇인지도 모른 채 살아가는 삶이 얼마나 힘겨웠던가. 항상 상실감을 안고 살아가는 인생, 덩컨을 그렇게 살도록 할 순 없었다.

완전히 점령당한 기분이야. 텅 빈 벽에 그림자를 드리운 불안이라는 유령에게 말이야. 이 사람이 맥스웰의 덩컨일지도 모른다는 사실을 내가 왜 두려워하는 거지? 왜, 왜!

「여긴 어디지?」

「내가 사는 집이에요.」

덩컨은 주위를 둘러봤다. 기세 좋게 타고 있는 벽난로의 불꽃이 지붕을 뚫고 솟은 굴뚝으로 연기를 내뿜고 있었다. 불 위에 올려놓은 냄비에서 맛있는 냄새가 풍겨 나왔다. 하얗게 회칠한 벽, 마룻바닥에 깔려 있는 골풀, 창문 세 개와 방문이 보였다.

침대를 내려다보았다. 포근한 리넨 시트와 부드러운 울 담요, 보온용 모피……, 하나같이 값비싼 물건들이었다. 네 기둥에 걸쳐 놓은 휘장은 아침을 맞아 활짝 열려 있었다. 얼마 떨어지지 않은 곳엔 조그만 탁자와 의자가 하나 있었는데, 낡은 남포등과 오래 된 서류가 몇 장 그 위에 놓여 있었다.

이윽고 덩컨의 시선이 앰버에게 향했다. 낯익으면서도 타인 같은 기분이 드는 여자였다. 입고 있는 옷도 무척이나 고급스러웠다. 호박으로 만든 장신구가 손목과 목에서 반짝거렸다.

「보아하니 넉넉한 생활을 하는 모양이군.」

마침내 덩컨이 입을 열었다.

「운이 좋다고 해야겠지요. 영주님…… 그러니까 로버트 경의 상속자인 에릭 경께서 저를 돌봐 주시거든요.」

앰버의 얼굴에 웃음이 떠올랐다. 덩컨의 표정이 금세 험악해졌다.

「그럼 당신이 영주의 노리개란 말인가?」

무슨 말인지 몰라 잠시 어리둥절해하던 앰버가 얼굴을 붉혔다.

「아니에요! 로버트 경은…….」

「로버트말고, 에릭 말이야. 이름을 부르는 것만으로도 그렇게 행복해? 그래서 그렇게 웃는 거야?」

덩컨은 앰버의 말허리를 자르며 차갑게 말했다. 앰버가 기가 막혀 피식 웃었다.

「노리개라니, 맙소사. 그분이 이 자리에 있었으면 아마 배꼽이 빠져라 웃어댔을 거예요. 그런 명장면을 놓치다니 한스럽군요. 우린 아주 어렸을 때부터 친하게 지낸 친구 사이예요.」

「친구? 단순한 친구한데 이렇게 값비싼 선물을 마구 퍼 줬을까?」

덩컨이 비아냥거렸다.

「그분과 저는 카산드라님 밑에서 함께 공부했어요.」

「그래서?」

「덕분에 영주님 일가의 은덕을 입게 됐지요.」

「그 집안 재산깨나 축냈겠군.」

「저 때문에 재정적 곤란을 받을 로버트 경이 아니니까, 걱정할 필요 없어요.」

덩컨은 뭐라 반박하려다 입을 다물었다. 방금 전에 통성명한 여자한데 너무 집착한단 생각이 들었기 때문이다.

우린 처음 만난 사이일까? 만약 그렇다면, 내가 어떻게 이 여자 침대에 알몸으로 누워 있지? 나를 만질 때도 아무 거리낌이 없었잖

아. 접촉을 싫어하는 것 같지도 않고. 아까는 담요가 바닥으로 떨어져 알몸이 그대로 드러났는데도 얼굴 한번 붉히지 않았어. 그리고 자연스럽게 나와 얘기를 나눴어. 서로 낯선 사이라면 어떻게 그럴 수 있겠어. 그럼 혹시 나와 약혼한 사인가? 아님 아내? 정부?

덩컨의 머릿속에 수많은 생각들이 스쳐 지나갔다. 그렇다고 직접 대고 물어 보긴 좀 뭐했다.

혹시 여동생?

대번에 덩컨의 안색이 창백해졌다. 앰버가 자신의 피붙이라는 생각만 해도 심장이 오그라들었다.

「왜 그래요? 머리가 아직 많이 아파요?」

「아니.」

「그럼 왜……?」

「앰버, 솔직하게 얘기해 줘.」

덩컨의 목소리가 잔뜩 긴장해 있었다.

「뭘요?」

「설마 우리 인척간은 아니겠지?」

「네? 당연하죠.」

앰버는 피식 웃으며 시원하게 대답했다.

「위대하신 주여, 감사합니다.」

앰버는 눈을 동그랗게 뜨고 기뻐하는 덩컨을 바라보았다.

「아까 당신이 카산드라라는 여자를 현자라고 할 만한 주술사라고 했지?」

덩컨이 슬쩍 화제를 바꿨다.

「네.」

「주술사는 어떤 사람을 지칭하는 말이지? 성직자를 말하는 건가? 아님 그런 종족이 있는 건가?」

성역에 들어갔던 사람이 주술사도 모른단 말인가?

앰버는 장난하나 싶어 눈을 가늘게 뜨고 덩컨을 쳐다보았다. 하지만 덩컨의 표정은 더없이 진지했다.

주술사만이 성역에 들어갈 수 있었다. 평범한 사람들은 그곳으로 가는 길을 찾을 수도 없었다. 과거에 누구였든 간에, 덩컨은 이제 완전히 다른 사람이 되었다. 며칠 전의 폭풍우가 덩컨의 기억, 주술사로서의 기억을 모두 앗아가 버렸다.

앰버는 주술사에 대해 어떻게 설명해야 하나 잠시 고민에 빠졌다. 무지한 농민들은 미신에 집착해서 주술사들을 두려워했지만, 덩컨이 그러는 건 싫었다.

「혈연 관계를 이루는 주술사들도 있지만 모두 그런 건 아니에요. 엄격한 교육과 훈련을 거쳐야만 주술사가 될 수 있죠. 그렇다고 배우기만 하면 누구든 주술사가 될 수 있는 건 아니에요.」

골똘히 생각에 잠겼던 덩컨이 입을 열었다.

「사냥개나 말, 기사들처럼 말이지?」

「네?」

앰버가 의아한 표정을 짓자, 덩컨은 설명을 덧붙였다.

「선천적으로 특별한 재능을 타고난 사람들이 있지. 아주 소수이긴 하지만 말이야.」

「아, 그래요. 그런 사람들이 있죠. 그래서 아무리 해도 안 되는 사람들은 그런 사람들을 저주받았다고 매도하죠. 하지만 그건 사실이 아니에요. 그들은 신이 남들과 조금 다르게 빚어 낸 그릇일 뿐이죠.」

덩컨이 이해해 주자, 앰버는 한시름 놓았다.

「그래. 나도 그런 사람들을 만난 적이 있어.」

덩컨은 검을 잡듯 오른손을 꼭 쥐었다. 무의식중에 나온 동작이라 덩컨 자신은 그 행동을 전혀 인식하지 못했지만, 앰버는 그렇지 않았다. 그 모습을 보는 순간, 앰버의 머릿속엔 스코틀랜드의 해머에 대한 온갖 풍문이 떠올렸다. 도미니크 르 사브르에게 무릎을 꿇기 전까지는 전투에서 한번도 패한 적이 없다는 전사, 그는 결국 도미니크 르 사브르에게 충성을 맹세했다. 도미니크 르 사브르가 아내인 글렌드뤼드의 마녀에게 힘을 빌어 그를 무찔렀다는 얘기도 있었다.

앰버는 덩컨의 기억에서 잠시 엿보았던 형상을 떠올렸다. 불꽃처럼 붉은 머리, 초록색 눈동자의 여자…….

글렌드뤼드 여자들의 눈동자가 모두 초록색인데……, 그럼 이 사람이 도미니크 르 사브르인가?

앰버는 다시 한 번 덩컨의 눈동자를 유심히 들여다보았다. 아무리 봐도 회색은 아니었다. 붉은기가 도는 갈색이었다. 저도 모르게 길게 한숨을 내쉬었다. 사랑에 눈이 멀지 않았기만을 바랐다.

「그런 사람들은 어디서 만났는데요? 여자도 있었나요?」

덩컨은 순간 멈칫했다. 분명 만났는데 어떤 사람들이었는지, 어디서 만났는지 알 듯 알 듯하면서도 전혀 기억 나지 않았다. 뼈아픈 현실을 다시 절감하는 순간이었다.

「모르겠어. 하지만 분명히 만났어.」

앰버는 덩컨의 손을 잡았다.

「자, 다시 한 번 생각해 봐요. 이름도 기억 안 나요?」

한참 동안 침묵이 흘렀다. 이내 덩컨의 입에서 욕지거리가 흘러나왔다. 앰버는 부드럽게 덩컨을 달랬다.

「그럼 당신 친구들인가요? 아니면 적인가요?」

「양쪽 다야. 하지만…… 확실히는 모르겠어.」

덩컨은 주먹을 불끈 쥐었다. 앰버가 부드럽게 덩컨의 손을 어루만져 주었지만, 덩컨은 손을 휙 잡아 빼더니 허벅지를 내리치며 버럭 소리를 질렀다.

「젠장, 친구인지 적인지도 구분하지 못하는 놈이 세상에 어딨어? 개만도 못한 놈이라면 모를까.」

「너무 조급하게 생각하지 말아요.」

앰버는 덩컨의 얼굴과 머리를 부드럽게 쓰다듬었다. 잠에서 깨어나지 못하는 덩컨을 돌보면서 버릇처럼 돼 버린 일이었다.

덩컨은 앰버의 손길에 움찔했다. 하지만 걱정이 가득한 앰버의 황금색 눈동자를 보고는 입을 다물었다.

「한잠 주무세요.」

「됐어.」

덩컨의 목소리가 거칠었다.

「기운을 회복해야 해요.」

「또 무시무시한 암흑 속에서 헤매긴 싫어.」

「그런 일 없을 테니 걱정 말아요.」

「어떻게 알아?」

「내가 당신을 빛의 세계로 인도해 줄 거니까요.」

「왜? 도대체 난 당신한테 어떤 존재지?」

앰버는 말을 잃고 머뭇거리는데 카산드라의 예언이 천둥소리처럼 가슴을 내리쳤다.

그 남자는 어둠 속에서 너에게 다가올 것이다.

앰버의 입가에 서글픈 미소가 어렸다.

이름 없는 남자에게 마음을 빼앗기고 말았어. 내가 과연 미래를 죽음이 아닌 풍요로운 삶으로 인도할 수 있을까?

자신이 없었다. 하지만 천지가 개벽한다 해도 변하지 않는 사실이 하나 있었다.

「당신과 함께라면 천국이든 지옥이든, 어디든 갈 거예요. 무슨 일이 있어도 난 당신을 보호할 거예요. 왜냐면…… 우리는…… 하나로 맺어졌으니까요.」

앰버는 나지막한 목소리로 읊조렸다. 그 모습이 군주에게 충성을 맹세하는 기사처럼 보였다.

덩컨은 눈을 가늘게 떴다. 앰버의 말 한마디 한마디에서 자신을 보호하겠다는 의지가 강렬하게 느껴졌다. 입가에 슬며시 미소가 어렸다. 보기만 해도 꽃잎처럼 부드럽고 햇살처럼 따스한 여자였다, 앰버는.

「설마 하니 당신도 수많은 남자를 전장에 보낸 부디커(고대 브리튼의 이케니 왕국 여왕. 로마에 항거해 전쟁을 일으켰다) 같은 여자는 아니겠지?」

덩컨의 농담에 앰버는 웃으며 고개를 가로저었다.

「단검 외엔 아직 칼을 잡아 본 적도 없는걸요.」

「요정에겐 검이 필요 없으니까.」

「난 요정이 아니에요.」

「글쎄, 일단은 그렇다고 해두지.」

덩컨은 앰버의 흘러내린 머리카락을 쓱 넘겨 주었다.

「당신은 내 것이고, 난 당신 것이란 말이지? 왠지 이상한걸.」

덩컨이 앰버의 말을 오해한 게 분명했지만, 앰버는 굳이 정정하려 들지 않았다. 그의 손길이 조금 전과는 달랐다. 달콤한 불꽃을 쥐고 있는 듯한 손길…….

「당신이 원한다면 불가능한 일은 아니죠.」

「당신처럼 사랑스러운 여자를 잊다니, 믿기 힘든 일이야.」

「내가 그다지 예쁘지 않아서 그렇겠죠.」

앰버가 맞받아 쳤다.

「내 눈에 비친 당신은, 길고 긴 겨울밤의 어둠을 밀치고 찾아오
는 새벽처럼 아름다워.」

괜한 허풍이 아니었다. 덩컨의 목소리와 눈빛은 진지했다. 덩컨은
엄지손가락으로 앰버의 입술선을 따라 그렸고, 다른 손으론 머리카
락을 매만졌다. 어느샌가 앰버가 덩컨의 품에 안겨 있었다. 입술과
입술이 서로 겹쳐지고, 덩컨의 혀가 천천히 앰버의 입 속으로 들어
갔다. 순간 앰버가 깜짝 놀라 몸부림을 쳤다.

생각지도 않은 저항에 덩컨의 몸이 굳어졌다. 그는 천천히 앰버
를 감싼 팔에서 힘을 풀었다.

「당신은 내 거라고 하지 않았던가?」

「우리가 하나로 맺어졌다고 했을 뿐이에요.」

「그랬지. 난 전처럼 당신과 하나가 되고 싶어.」

「내 말은…… 그게 아니라…….」

「그럼 뭐지?」

그때 사냥개 짖는 소리가 시끄럽게 들려 왔다. 에릭의 행차인 듯
했다. 명을 어기고 남자를 풀어 준 걸 알면 무섭게 화를 내리라.

3

덩컨은 자리에서 벌떡 일어났다. 머리를 강타하는 통증에 눈앞이
흐릿했다.

「에릭이에요. 그냥 편히 누워 있어요.」

앰버가 재빨리 덩컨의 어깨를 잡고 침대에 다시 눕혔다. 덩컨은
이마를 잔뜩 찡그렸지만 순순히 따랐다.

사냥개들이 닭들을 괴롭히는지 마당에서 닭 울음소리가 요란하게
들려 왔다. 앰버가 화난 얼굴로 밖으로 나가자 그제야 사냥개 조련
사가 뿔나팔을 불어 개들을 조용히 시켰다. 하지만 제일 어린 놈이
말을 듣지 않고 늙은 거위를 향해 마구 짖어 댔다. 거위가 목을 길
게 뽑고 날개를 푸드덕거리며 개보다 더 시끄럽게 꽥꽥거렸지만,

사냥개는 아랑곳 않고 끈질기게 짖어 댔다.

「에릭, 제발 저 개 좀 어떻게 해보세요!」

앰버가 참다못해 소리를 질렀다.

「저 녀석도 당해 봐야 정신을 차리겠지.」

「하지만…….」

결국 사냥개는 거위에게 덤벼들었다. 눈 깜짝할 사이에 거위의 오른쪽 날개가 사냥개를 후려쳤고, 엉겁결에 한 방 먹은 사냥개는 끽끽거리며 꼬리를 축 내리고는 다른 개들 무리로 돌아갔다.

에릭은 목청껏 웃어젖혔다. 웃음소리에 놀랐는지, 안장에 앉아 있던 송골매가 날개를 쫙 펼치고 날카롭게 울부짖었다. 젓갖(매의 두 발을 매는 가죽끈)에 달린 방울소리가 요란하게 울려 퍼졌다.

매의 울음소리에 답하듯 에릭은 길게 휘파람을 불었다. 송골매가 고개를 쳐들고 다시 한 번 울더니 이내 날개를 접고 잠잠해졌다. 평정을 되찾은 모양이었다. 에릭이 야생 동물을 다루는 솜씨는 가히 경이로울 정도였다.

주위에 있던 기사들과 종자들이 기묘한 시선을 주고받았다. 면전에선 감히 아무 말도 못 했지만, 뒤에서는 다들 에릭을 마법사라고 수군거렸다.

에릭이 사냥개 조련사를 불렀다.

「라비, 사냥개와 사람들을 데리고 숲으로 들어가 있게. 아무래도 앰버 심기가 많이 불편해 보이니까.」

앰버는 그럴 필요까진 없다고 말하려다 에릭의 표정을 보고 입을 다물었다. 사람들이 숲 속으로 들어가는 모습을 묵묵히 지켜봤다.

「그자는 좀 어때?」

에릭이 다짜고짜 물었다.

「아까 그 사냥개가 울고 갈 정도죠.」

「다음 번에 라비가 또 뿔나팔을 불면 엄청난 재앙이 생기겠군. 그 젊은 혈기를 다 어쩐다?」

「철없는 남자들이나 끓어오르는 열기를 주체하지 못해 안달이죠. 하지만 걱정 마세요. 이성적인 남자들은 절제의 미덕을 아주 잘 알고 있으니까.」

「내가 이성적인 남자니 다행이지, 안 그랬으면 당신 말에 길길이 날뛰었을걸. 아까 거위한테 얻어맞은 사냥개 봤지?」

에릭의 얼굴에 장난기가 어렸다.

「그랬던가요? 저도 모르는 사이에 언제 그렇게 철이 드셨어요?」

앰버가 눈을 동그랗게 뜨고 장난스레 물었다. 에릭은 잘생긴 얼굴에 웃음을 떠올리며 집안에 누워 있는 남자에 대한 얘기를 조용히 기다렸다.

「그 남자, 의식을 회복했어요.」

에릭은 무의식적으로 오른손을 검자루에 가져갔다.

「이름이 뭐래?」

「기억을 못 해요.」

「뭐라고?」

「기억을 완전히 잃었어요. 과거는 물론이고 자기 이름조차 몰라요.」

「교활한 놈 같으니. 적의 손에 놓인 처지라는 걸 알고…….」

「아니에요! 자신이 노르만인지 색슨족인지, 아니면 농노인지 귀족인지조차 모르고 있어요.」

「그럼 마법에 걸린 건가?」

앰버는 고개를 내저었다. 그러자 느슨하게 묶여 있던 머리가 풀어져 어깨로 흘러내렸다. 머리가 자꾸 흘러내리는 게 성가셔 아예 모자를 써 버렸다.

「그런 기미는 없었어요.」

「그자에게서 느껴지는 건?」

「용기, 힘, 그리고 명예와 너그러움.」

의외라는 듯 에릭이 눈썹을 치켜 올렸다.

「한마디로 성자란 말인가? 내 예상이 완전히 빗나갔는걸.」

앰버의 광대뼈 언저리가 발개졌다. 성자와는 거리가 먼 덩컨의 행동이 떠올랐기 때문이다.

「두려움, 혼란, 고통, 이런 감정도 느껴졌어요.」

「이런, 그럼 보통 인간이란 말인가? 실망인데.」

에릭이 입술을 삐죽이며 비아냥댔다.

「당신은 정말이지 악마 같은 분이에요.」

「내 인격을 있는 그대로 얘기해 줘서 고마워.」

두 사람의 얼굴에 웃음이 떠올랐다.

「다른 건?」

「없었어요.」

「뭐라고?」

「다른 건 없었다구요.」

두 사람의 얼굴에서 웃음이 싹 가셨다. 주인의 불편한 심정을 읽었는지 매가 날개를 활짝 폈다.

「분쟁의 땅엔 왜 온 거래?」

「기억을 못 해요.」

「목적지는?」

「그것도 마찬가지예요.」

「충성을 맹세한 사람이 있대, 아니면 아무에게도 속해 있지 않은 자유로운 몸이래?」

「기억을 못 해요.」

「어떻게 아는 게 하나도 없어? 이 남자 바보 아니야?」

에릭이 화가 나 욕지거리를 내뱉었다.

「기억을 완전히 잃었다니까요.」

「당신이 직접 그 남자를 만져서 알아낸 거야?」

앰버는 숨을 깊이 들이마시고는 살짝 고개를 끄덕였다.

「다른 거라도 알아낸 거 없어?」

에릭이 끈질기게 물고 늘어졌다.

「기억을 되살리려 할 때마다 고통스러워했어요. 애써 기억을 더 듬노라면 눈부신 빛이 나타났다가 금세 사라졌……」

「번갯불이 번쩍하듯이?」

「그렇다고 할 수 있죠」

에릭은 눈살을 찌푸리며 앰버를 쳐다보았다.

「도대체 뭐가 문제지? 당신이 이렇게 헤매는 모습은 처음이야.」

「성역에서 의식을 잃고 쓰러져 있는 사람을 데려오기도 처음이잖아요.」

앰버가 심드렁하게 대꾸했다.

「지금 불평하는 거야?」

「죄송해요. 피곤해서 신경이 날카로워졌나 봐요. 이틀 동안 그 남자 옆에 붙어 있느라 눈도 제대로 붙이지 못했거든요.」

에릭은 안쓰러운 눈빛으로 앰버를 바라보았다.

「그래, 그래서 눈 밑이 거뭇거뭇하구나. 미안해, 널 다그칠 생각은 아니었는데……. 그럼 저자가 적인지 아닌지만 말해 줘.」

맥스웰의 덩컨일지도 모른단 말을 해야 하나?

앰버는 잠시 고민에 빠졌다.

「적은 아니에요. 기억을 되찾기 전까지는 말이에요. 기억이 돌아와야만 그 사람이 우리 적인지 아닌지 알 수 있어요. 그 전엔 그 문제에 대해서 일언반구도 할 수 없어요.」

「그럼 그 외에 다른 건?」

「범법자도 아니고, 망나니도 아니에요. 공포에 휩싸이면 사람들은 대체로 흉포해지는데, 그 사람은 전혀 그렇지 않더군요.」

「그래서?」

「기억을 되찾아서 우리와 한편이 아니란 걸 알게 돼도, 그 사람은 함부로 행동하지 않을 거예요. 모든 열쇠는 그 사람이 쥐고 있는 셈이죠.」

「그자가 기억을 되찾으면…….」

에릭은 송골매를 쓰다듬으며 골똘히 생각에 잠겼다. 왠지 불안하고 께름칙했다. 뭔가 마음에 걸렸지만, 그게 무엇인지는 뚜렷이 알 수 없었다.

「기억을 되찾을 수 있을까?」

「글쎄, 모르죠.」

「예상도 못 해?」

덩컨이 기억을 되찾는다?

앰버는 등골이 오싹했다. 그런 일은 생각도 하기 싫었다. 적이면서 반려자라니, 얼마나 기구한 운명인가.

만약 그런 일이 벌어진다면, 내 삶은 산산이 부서지고 말 거야.

하지만 기억을 영영 되찾지 못하면 덩컨이 어떻게 될지 눈에 선했다. 기억도 못 하는 이름과 맹세 때문에 반쯤 미쳐 버릴 것이다. 그로 인해 변절자로 낙인찍힌다면…… 그러면 그의 삶이 와르르 무너지리라.

앰버는 가슴이 꽉 막힌 듯 답답했다. 덩컨에게 그런 상처를 줄 순 없었다. 설사 적이라 해도 그런 고통과 불명예를 지워 줄 수 없는데, 하물며 마음을 빼앗긴 남자에겐 어떻겠는가.

「난 그러니…….」

앰버의 목소리가 점점 잦아들었다. 에릭은 앰버의 넋 빠진 얼굴을 걱정스럽게 살폈다.

「앰버?」

「잘 모르겠어요. 앞으로 불행한 일이 생길 것 같아요. 왠지 좋은 일은 없을 듯해요.」

그로써 삶이 풍요로워진다 해도 죽음이 네 몸 위를 흐르리라.

「저자를 다시 성역으로 데리고 가는 편이 낫을 성싶…….」

「안 돼요!」

에릭의 말허리를 자르는 앰버의 목소리가 단호했다.

「왜?」

「그 사람은 호박을 몸에 지니고 있었어요. 그러니까 제게 속한 사람이에요.」

확신에 찬 목소리에 앰버 자신도 놀랐다. 한참 동안 침묵을 지키던 에릭이 조심스레 입을 열었다.

「그자가 기억을 되찾으면 어쩌지?」

「어쩔 수 없죠.」

「당신 신변이 위험할지도 모르잖아.」

「신의 뜻에 따라야지요.」

앰버의 성의 없는 대꾸에 분노가 분수처럼 치솟았다. 주인의 맘을 알아챘는지, 송골매가 날카롭게 울어 제치고 말이 불안스레 재갈을 씹어 댔다. 에릭은 앰버에게 시선을 떼지 않은 채 송골매와 말을 진정시켰다.

「말도 안 되는 소리. 매 사냥이 끝나는 대로 종자 몇 놈을 붙여 줄게.」

「영주님 뜻이 그러시다면.」

앰버의 말투에는 도전적 의사가 다분했다.

「대체 왜 이러는 거야? 난 그 '이름 없는 남자'에게서 당신을 보호하려는 것뿐이야.」

「이름이 없긴 왜 없어요.」

「자기 이름도 모른다면서?」

「그래서 제가 이름을 지어 줬어요.」

「뭐라고 지었는데?」

「덩컨.」

에릭의 입이 딱 벌어졌다.

「왜 그 이름을 지었는지 설명 좀 들을 수 있을까?」

「잘 어울리니까요. 어둠의 기사, 그에게 잘 어울리지 않아요?」

「어둠의 기사 덩컨이라…….」

에릭은 혼자 중얼거렸다.

멀리서 뿔나팔 소리가 들려 왔다. 새가 사냥개들에게 쫓겨 창공으로 날아오르면 매들이 그 뒤를 쫓았다. 사냥에서 빠진 게 못내 섭섭했는지 에릭의 송골매가 애처롭게 울부짖었다.

그에 답하듯 머리 위에서 매의 울음소리가 들려 왔다. 에릭은 송골매 못지않게 예리한 눈으로 푸른 하늘을 올려다봤다.

전광석화처럼 아래로 질주하는 자그마한 매 한 마리가 보였다. 푸른빛의 젓갈이 창공에서 반짝 빛을 발했다.

「꼴을 보아하니 카산드라가 또 자고새를 손에 넣겠군. 메리언은 언제 봐도 우아하게 난단 말이야.」

앰버는 눈을 감고 나지막하게 안도의 숨을 내쉬었다. 에릭이 화제를 바꿔서 다행이었다.

「오늘 저녁 카산드라가 들를 테니 어디 가지 말고 집에 있어. 물론 당신이 덩컨이라고 이름 붙인 녀석도 함께 있어야겠지.」

「그러지요, 영주님.」

「훈제 사슴고기는 아직 남았겠지?」

앰버가 고개를 끄덕였다.

「잘됐군. 사냥하고 오면 배가 무척 고플 거야.」

「영주님이 배 안 고플 때도 있었나요?」

에릭은 껄껄 웃으며 송골매를 손목에 앉히고 숲 속으로 말을 몰았다. 태양이 그의 머리카락을 금빛으로 물들였다.

앰버는 에릭의 뒷모습을 바라보며 한참을 서 있었다. 먹이를 찾아 하늘을 맴돌고 있는 매가 한 마리 보였다. 에릭과는 달리 카산드라는 매 사냥이 끝난 후에야 얘기를 나눌 모양이었다.

앰버는 집안으로 들어가 조용히 문을 닫고 빗장을 걸었다.

「덩컨?」

아무런 대답도 없었다.

순간 공포로 몸이 싸늘해졌다. 얼른 침대로 달려가 휘장을 휙 열어제쳤다.

덩컨이 옆으로 누운 채로 편히 잠들어 있었다.

앰버는 안도하며 그의 이마를 부드럽게 쓰다듬었다. 다행스럽게도 깊이 잠들어 있었다. 레이스 달린 침대보와 덩컨의 우람한 체격이 대조적이었다.

앰버는 미소 띤 얼굴로 덩컨의 머리카락을 뒤로 쓸어 주었다. 몸을 뒤척이던 덩컨이 갑자기 앰버의 손을 덥석 잡고 놔주지 않았다. 앰버는 덩컨의 뺨을 어루만지며 속삭였다.

「어서 주무세요. 그래야 몸이 빨리 낫죠.」

덩컨은 앰버의 손을 놓아주지 않은 채로 다시 잠에 빠져들었다. 할 수 없이 앰버는 신발을 벗어 던지고 침대에 걸터앉았다. 피곤했지만 잠이 오지 않았다. 덩컨과 자신에게 주어진, 얽히고 설킨 운명의 실타래에서 어떻게든 실마리를 찾아내야 한다는 생각 때문이었다.

이 사람이 기억을 되찾느냐 못 찾느냐에 따라 운명이 180도로 변할 거야. 그건 예언도 마찬가지고. 그래, 카산드라 어머니의 예언이 그대로 실현되도록 해선 안 돼. 이 사람에게 마음은 줬지만 아직 몸과 영혼은 내주지 않았으니까 계속 이대로 관계를 유지해야 해. 이제부터 절대 이 남자를 만지지 않을 거야.

하지만 가슴 깊은 곳에서 저항의 소리가 들렸다. 덩컨을 만질 때마다 찾아오는 쾌감을 잊을 수 없었다.

이 사람은 내게 선악과나 다름없어. 아니, 은밀한 관계만 맺지 않으면 괜찮을 거야. 몸만 내주지 않으면, 예언은 절대 이루어지지 않을 거야.

결국 앰버는 피로에 점령되고 말았다. 눈꺼풀이 내려앉더니 몸이 옆으로 기울면서 그대로 잠에 빠져들었다. 앰버의 머리가 덩컨 옆구리에 가 닿았다. 덩컨이 잠결에 앰버를 끌어당겨 품에 안았다.

앰버는 덩컨의 품안에서 지금껏 가장 달콤한 수면을 맛보았다.

황혼이 깃들이고 늑대 울음소리가 울려 퍼질 때에야 앰버는 잠에서 깼다. 눈을 뜨는 순간 밀려든 평화로움에 잠시 모든 걸 잊었다. 햇살처럼 따스한 온기에 휘감긴 기분이었다. 덩컨의 벌거벗은 몸이 보였다. 한데 그의 손이 자신의 가슴을 감싸고 있는 게 아닌가.

앰버의 뺨에 홍조가 더해졌다. 몸을 빼려고 하는데, 덩컨이 손에 힘을 주면서 잠에 취한 목소리로 뭐라 투덜거렸다.

이러면 안 돼. 절대로 있어서는 안 될 일이야!

앰버는 재빨리 침대에서 빠져 나왔다. 덩컨을 달래 간신히 다시 재웠다. 녹색 울망토를 걸치고, 룬 문자가 새겨져 있어 한결 우아한 맛이 더한 초생달 모양의 핀을 꽂았다. 빗장을 열고 밖으로 나서자,

잠시 후면 밀려올 밤을 위해 빛을 모으려는 듯 핀이 빛을 발했다.

문이 닫히는 순간 카산드라가 숲에서 혼자 걸어 나왔다. 늘 그렇듯이 가장자리를 녹색과 파란색 실로 수놓은 보라색 로브를 입고 있었는데, 주위가 어둑어둑해서 보라색이 새까매 보였다. 흰색, 아니 거의 무색에 가까운 머리는 땋아서 빨간색 머리 장식으로 고정했고, 소맷자락은 나팔꽃처럼 아래로 내려가면서 폭이 넓어졌다.

앰버처럼 일가친척 하나 없는 신세였는데도, 카산드라의 태도엔 귀족 못지않은 기품이 깃들여 있었다. 자신을 딸처럼 키워 준 어머니 같은 분이었지만, 앰버는 카산드라를 보는 순간 잔뜩 긴장했다. 지금은 친구나 어머니가 아닌, 스톤링 성을 대변하는 현자로서 이곳에 온 게 아닌가.

「영주님은 어디 계세요? 같이 안 오셨나 보지요?」

앰버는 카산드라 어깨 너머에 시선을 던지면서 물었다.

「너와 단둘이 얘기할 시간 좀 달라고 부탁했다.」

앰버는 억지웃음을 지었다.

「오늘 사냥에서 메리언이 수확을 많이 거뒀어요?」

「그래. 네 매는?」

「전 오늘 사냥에서 빠졌어요.」

「영주님이 성역에서 발견한 남자에 대해 문의하러 왔었다.」

카산드라가 속마음을 꿰뚫어볼 것 같은 회색 눈으로 앰버를 응시했다. 앰버는 크게 심호흡을 했다. 덩컨에 대해 모든 걸 솔직하게 얘기할 순 없었다. 하지만 카산드라의 침묵은 언제나 사람의 마음을 불안하게 만들어 진실을 끌어내는 힘이 있었다.

「오늘 아침에서야 깨어났어요. 그것도 아주 잠깐 동안만.」

「의식을 회복해서 처음 한 말이 뭐였지?」

기억을 더듬느라 앰버는 이맛살을 찌푸렸다.

「내가 누군지 물어 봤어요.」

「어느 나라 말을 쓰더냐?」

「우리말이요.」

「억양이 이상하진 않더냐?」

「아뇨.」

「계속해 봐라.」

교리문답을 하는 기분이 들었다.

이러다 덩컨에 대해 모두 다 얘기해 버리면 어떡하지!

「자기가 범법자냐고 묻더군요.」

「그래? 이상한 질문이로구나.」

「영주님이 그 남자를 제 침대에 꽁꽁 묶어 놓았거든요.」

앰버가 변명하듯 대꾸했다.

「음…….」

카산드라는 별다른 반응이 없었다. 앰버 역시 입을 다물었다.

「별로 말을 안 하는구나.」

얼마 후 카산드라가 입을 열었다.

「전 어머니의 가르침을 따를 뿐이지요.」

잘못하면 비아냥거림이 될 수도 있었기 때문에, 앰버는 최대한 겸손하게 대답했다.

「왜 그렇게 거리를 두고 말하지?」

「어머니야말로 왜 낯선 사람 다루듯 절 심문하시죠?」

카산드라가 한숨을 내쉬더니 손을 내밀었다.

「이리 오렴. 더 어두워지기 전에 함께 산책하고 싶구나.」

앰버의 눈이 커다래졌다. 카산드라는 어지간해선 다른 사람과 접촉을 꺼렸다. 더구나 다른 사람 손만 닿아도 통증을 느끼는 앰버에게는 더더욱 그랬다.

「왜 그러세요, 어머니?」

앰버는 불안한 마음을 감추며 물었다.

「네가 꼭 뭔가에 쫓기는 사람처럼 보여. 내 손을 잡으면, 내가 널 쫓는 사람이 아님을 금방 알 수 있을 거다.」

앰버는 조심스럽게 카산드라의 손을 잡았다. 자신을 향한 깊은 애정이 손끝으로 전해졌다.

「난 네가 더욱 행복해지길 바래.」

앰버의 입술에 씁쓸한 웃음이 떠올랐다. 덩컨을 만질 때면 얼마나 행복해지는지 카산드라는 모를 것이다. 그 사실을 안다면 앰버에게 더 큰 행복을 축복하지 못하리라.

카산드라가 달빛이 내리기 시작한 목초지로 걸음을 옮겼다. 앰버는 그 옆에서 따라 걸었다.

「네가 덩컨이라고 이름 지어 준 남자에 대해서 말해 보렴.」

황혼처럼 부드럽지만 거역하기 힘든 목소리였다.

「깨어나기 이전의 일을 전혀 기억하지 못해요.」

「네가 알아낸 건?」

「전장에서 얻은 상처가 몸에 가득했어요.」

「어둠의 기사……」

「네, 덩컨이란 이름엔 그런 뜻이 있죠.」

앰버는 작게 속삭였다.

「그럼 난폭한 사람이겠구나?」

「아니에요.」

앰버의 목소리는 단호했다.

「어떻게 확신할 수 있지? 몸이 묶여 있었으면 완력이나 얕은꾀를 써서라도 빠져 나오려 했을 텐데.」

「제가 풀어 줬어요.」

「왜?」

카산드라의 목소리가 긴장되었다.

「저에게 해를 끼칠 사람이 아니라는 걸 알았으니까요.」

「어떻게?」

카산드라는 엄습해 오는 불안을 애써 떨쳤다.

「그 사람을 만졌거든요.」

꼭 모아 쥔 카산드라의 손이 가늘게 떨렸다.

「그 남자를 처음 보았을 때가 밤이었느냐?」

「네.」

그 남자는 어둠 속에서 너에게 다가올 것이다.

「내 예언을 잊은 거냐? 그를 호박에 갇힌 햇빛이라 여기고 만지지 말지어다. 네게 금지된 남자니라.」

「영주님의 명령이었어요.」

「안 하겠다고 하면 될 일이지.」

「처음엔 물론 거절했지요. 하지만 영주님이 그 나이 먹도록 이름 없는 사람이 어딨냐며, 예언은 효력이 없을……」

「송골매에게 나는 법을 가르칠 셈이냐! 그래, 그자가 깨어나서 자기 이름을 말해 주더냐?」

「아뇨. 하지만 언젠가는 기억해 내겠지요.」

「세상에 이런 일이……, 내가 무모하기 짝이 없는 바보를 키워 냈구나.」

입이 열 개라도 할말이 없었다. 그를 만지다니, 너무 무모한 짓이었다. 덩컨 곁에 있을 때는 미처 인식하지 못한 사실이었다.

두 사람은 함께 집으로 돌아갔다. 에릭이 집 앞에 서 있었다.

「영주님, 벌여 놓은 일이 참 자랑스럽겠습니다?」

카산드라의 비아냥거림에 에릭은 움찔했다.

「혀를 그렇게 매섭게 놀리니 어찌할 바를 모르겠군. 내가 또 무슨 잘못을 저지른 건가?」

「앰버가 어둠 속에서 이름 없이 다가온 남자를 만졌다고 하더군요. 아니 우리의 철부지 영주 나리가 모셔온 남자라고 해야 옳겠군요.」

「그럼 나더러 어쩌라고? 생선 잡듯, 그자의 창자를 들어내기라도 했어야 한단 말인가?」

「내가 그자를 살펴볼 때까지 기다려야…….」

「스톤링 성을 다스리는 사람은 자네가 아니라 바로 나네.」

에릭이 차갑게 카산드라의 말허리를 잘랐다.

「지당한 말씀입니다.」

카산드라가 희미하게 웃었다.

「난 자네의 혜안을 존중하지만 맹종할 생각은 없네. 전처럼 이래라저래라 명령받을 입장도 아니고.」

「물론 그래야 옳겠지요.」

「자네도 그렇게 생각한다니, 그나마 다행이군. 이미 엎질러진 물은 주워담을 수 없고……, 그래 앞으로 어떻게 했으면 좋겠나?」

에릭은 엄숙한 표정을 풀고 물었다.

「어떻게 해서든 죽음 대신 삶이 충만하게 만들어야겠지요.」

카산드라의 대답은 여전히 냉랭했다.

「삶에는 죽음이 따르는 법, 인생의 본질이지.」

「본질이라고 하셨습니까? 내 예언의 본질은 정확하게 맞아떨어진다는 데에 있지요. 그 남자가 어둠 속에서…….」

「됐으니까 그만 하게. 앰버가 그자에게 마음과 영혼, 몸을 내준 것도 아니지 않은가!」

「영혼과 몸은 아직 아니라 해도 마음은 벌써 내준 상태지요.」

에릭은 카산드라의 대구에 깜짝 놀라 앰버를 돌아보았다.

「앰버, 설마 카산드라 말이 맞는 건 아니겠지?」

「예언이 실현되려면 몇 가지 조건이 더 남았어요. 그러니 너무 걱정하지 마세요.」

앰버는 시선을 떨구고 에릭을 마주 보지 못했다. 에릭의 얼굴에 후회의 빛이 떠올랐다.

「차라리 생선 잡듯 그자의 창자를 들어내는 편이 나았겠군.」

「그럼 영주님 창자를 들어내는 결과가 되었을 거예요.」

앰버가 애써 냉정함을 가정하며 말했다.

「어째서?」

「바이킹들 손에서 윈터랜스를 지키려면 영주님이 친히 가 보셔야 할 텐데, 그 동안 영주님 사촌들이 이곳을 가만 놔둘까요?」

에릭은 난처한 얼굴로 카산드라를 쳐다보았다.

「굳이 예언을 할 필요도 없습니다. 그들은 로버트 경이 후사를 못 볼 거라 미리 단정하고, 스톤링이니 시홈, 윈터랜스, 그 외 다른 영지를 차지할 욕심에 지들끼리 쌈질을 벌인 자들이 아닙니까.」

에릭이 아무 말 없이 앰버를 돌아보았다.

「덩컨은 스스로 자신을 전사라고 생각해요. 그게 사실이라면 영주님에게 많은 도움이 될 거예요.」

에릭은 무표정이었다.

앰버는 자기 얘기에 에릭이 귀를 기울이고 있는지 어쩐지조차 의심스러웠다. 기분 상하지 않게 하려고 듣는 시늉만 하는 건지도 모르지만, 직접 피부를 맞대고 마음을 읽지 않는 이상 알 도리가 없었다.

「앰버, 계속해 봐.」

달빛 아래에서 에릭의 눈이 늑대처럼 번뜩였다.

「그 사람이 회복될 때까지 시간을 주세요. 기억이 돌아오지 않으면 영주님에게 충성을 맹세할 거예요.」

「그럼 그자가 잉글랜드나 스코틀랜드 사람이라고 생각한단 말이야? 명망 있는 군주를 찾아 떠도는 용병?」

「그런 연유로 영주님을 찾아오는 기사들이 많잖아요.」

「그렇긴 하지.」

에릭은 순순히 수긍하며, 한마디 끼여들려는 카산드라를 저지하고 덧붙였다.

「2주일 말미를 주겠어. 그 동안 나는 그자의 과거를 캐 보지. 하지만 그 전에 하나 물어 볼 게 있어.」

앰버는 숨을 죽이고 에릭의 말을 기다렸다.

「저자에게 무슨 일이 일어나든 너와는 아무 상관 없지. 그런데 왜 그렇게 마음을 쓰는 거지?」

「덩컨을 만졌을 때…….」

앰버가 쭈뼛쭈뼛 입을 열었지만 말을 맺지 못했다. 에릭은 앰버가 다시 입을 열기를 가만히 기다렸다.

어떻게 하면 최고의 전사를 거느릴 기회가 손 안에 있음을 이해시킬 수 있을까?

앰버는 긴 소맷자락에 가린 손을 모아 쥐고 생각에 잠겼다.

「물론 덩컨은 기억을 못 하지만…… 그 사람이 타고난 전사라는 사실은 확실히 말씀드릴 수 있어요. 영주님을 비롯해서 내로라 하는 전사들도 그 사람을 이기기 힘들 거예요.」

카산드라와 에릭이 시선을 주고받았다.

「덩컨을 곁에 두면 바이킹이나 노르만, 영주님의 사촌들, 누구라해도 무서울 게 없지요.」

앰버는 자신만만했다.

「하지만 도미니크 르 사브르나 스코틀랜드의 해머의 기사일 수도 있잖아.」

「그럴지도 모르지요. 하지만 기억을 되찾지 않는 한, 영주님은 덩컨을 마음대로 하실 수 있어요.」

앰버가 말을 끝내고 숨을 길게 내쉬었고, 한동안 주위에는 침묵만이 감돌았다.

「정말 무자비한 처녀로군. 당신 송골매로 태어났으면 사냥감은 걱정할 필요가 없었겠어.」

에릭이 싱긋 웃으며 말하자, 카산드라가 걱정스레 끼여들었다.

「덩컨이 영원히 기억을 되찾지 못할 거라고 장담할 수 있느냐?」

「아뇨.」

「그럼 기억을 되찾으면 어떻게 할 작정이지?」

「우리와 적일 수도 있고 아닐 수도 있지요. 적이 아니라면, 영주님은 뛰어난 기사를 손에 넣는 셈이에요.」

「적이라면?」

에릭의 표정이 심각하게 굳어 있었다.

「최소한 정신을 잃은 사람을 죽이는 비겁한 짓은 안 했으니, 양심에 가책 받을 일은 없겠지요. 이만하면 모험할 만한 가치가 충분하지 않나요?」

「자네 생각은 어떤가?」

에릭이 카산드라를 돌아보았다.

「별로 맘에 들진 않군요.」

「이유는?」

「예언 때문에…….」

「그럼 자네는 내가 어떻게 했으면 좋겠는가?」

「그자를 다시 버려 뒀으면 좋겠군요. 처음 발견했을 때처럼 알몸으로요. 그럼 알아서 제 갈 길을 찾아갈 겁니다.」

「안 돼요!」

앰버는 저도 모르게 버럭 소리를 질렀다.

「이유가 뭐냐?」

앰버를 쏘아보는 카산드라의 눈초리가 매서웠다.

「그 사람은 제게 속한 사람이에요.」

작았지만 열정이 담겨 있는 목소리였다. 에릭이 곁눈질해 보니, 카산드라는 상당히 충격을 받은 표정이었다. 그런 모습은 처음 보았을 테니 그럴 만도 했다.

「그자를 만졌을 때 느낌은 어땠느냐?」

「해맞이하는 느낌이요.」

「뭐라고?」

「길고 지루한 밤을 지내고 아침해를 맞이하는 기분이었어요.」

「룬 문자가 새겨진 돌막대기로 점 좀 쳐 봐야겠군.」

카산드라가 성호를 그으며 혼잣말을 했다.

앰버가 길게 안도의 숨을 내쉬는데 에릭이 한마디 했다.

「앰버, 2주 동안만이야. 그 이상은 안 돼. 그 사이에 덩컨이 적이라는 사실이 밝혀지면…….」

「밝혀지면요?」

앰버가 숨을 죽이고 대답을 기다렸다.

「내 영지에 침입한 다른 범법자들처럼, 그자를 발견한 곳에서 목을 매달아 버릴 거야.」

4

덩컨은 희미한 인기척에 놀라 돌아섰다. 오른손은 있지도 않은 검을 찾아 왼쪽 허리춤을 헤매고 있었다. 문을 열고 들어서는 앰버를 보고서야 손은 제자리를 찾았다.

「당신은 나비처럼 조용하게 움직이는군.」

「비오는 날엔 나비도 찾기 힘들어요. 하늘에 구멍이 뚫린 건 아닌지 의심스럽다니까요.」

앰버는 모자 달린 외투를 벗어 빗방울을 털어 내고는 못에 걸었다. 비에 젖지 않도록 품에 꼭 안고 온 외투를 겨드랑이에 끼고는 덩컨에게 돌아섰다. 덩컨은 울로 만든 녹색 튜닉을 입었는데, 거기엔 다양한 색실로 수를 놓은 리본이 여러 개 달려 있었다.

「어머, 그렇게 차려 입으니까 꼭 명망 높은 기사처럼 보여요.」

「그러려면 검이 있어야지.」

앰버는 애써 웃음을 지었다. 나흘 전 에릭과 얘기를 나눈 후부터 불안은 커져만 갔다. 날이 갈수록 덩컨이 전사라는 사실은 의심할 여지가 없어졌다. 갑자기 인기척이 난다든가, 생각지도 못했던 일이 일어날 때면 전사의 기질이 확연히 드러났다. 덩컨이 정말 스코틀랜드의 해머라면 어떤 일이 벌어질지 안 봐도 훤했다.

「이 옷은 저번 것보다 훨씬 낙낙해 보여요.」

앰버의 목소리에 긴장이 깃들였다.

덩컨은 양팔을 쭉 폈다가 어깨를 굽혔다가 하면서 몸을 이리저리 움직여 보았다. 확실히 처음 것보다는 나았다. 이전 옷은 얼마나 작던지 목도 제대로 안 들어갔던 것이다.

「훨씬 낫군. 하지만 이 옷을 입고 전장에 나갔다간 금방 걸레가 될 거야.」

「주위에 싸울 사람도 없잖아요. 적도 없는데 싸움이라뇨?」

「당신 말처럼 적이 없으면 좋겠지만…….」

기억을 쥐어짜려는 듯, 덩컨이 얼굴을 한껏 찌푸렸다. 앰버는 숨을 멈추고 다음 말을 기다렸다.

「앰버, 난 지금 뭔가 잘못됐다는 생각이 들어. 여긴 내가 있어야 할 자리가 아닌 것 같다구.」

「당신은 겨우 며칠 전에 의식을 회복했어요. 몸이 완전히 나으려면 시간이 필요해요.」

「시간? 시간이라고! 젠장, 난 해야 할 일이 있단 말이야. 근데 그 해야 할 일이 뭐지?」

덩컨이 말을 뚝 멈췄다.

독수리에게 창자를 뜯기는 아픔이라도 설마 이보다 더하랴!

주먹으로 손바닥을 힘껏 내리쳤다. 온몸에서 분노의 열기가 뿜어져 나왔다.

「덩컨, 마음을 편히 먹어요」

따뜻하고 부드러운 손이 덩컨의 주먹을 감쌌다.

덩컨은 움찔했다. 코끝으로 솔 냄새가 향긋하게 파고들었다. 처음 키스한 이후 앰버가 접촉을 꺼렸기 때문에 덩컨 역시 조심스럽게 행동했다.

과거에 어떤 사이였는지도 모르면서 섣불리 행동할 수는 없었다. 어쩌면 두 사람은 정치적인 갈등 때문에 헤어진 연인일지도 모른다.

하지만 불현듯 자신이 앰버를 다시 만지지 않는 이유를 깨달았다. 앰버는 다른 여자들에게서는 느낄 수 없었던 열정이나 갈망을 불러일으켰다. 덩컨을 옴짝달싹도 하지 못하게 만드는 그런 열정을. 그것은 기억의 상실처럼 뜻하지 않게 다가온 새로운 감정이었다.

「덩컨.」

앰버가 속삭였다.

「덩컨?」

덩컨은 생소한 이름을 듣듯 의아한 표정을 지었다.

「내가 어둠의 기사란 말이지? 검도 없는데, 적을 만나도 휘두를 무기 하나 없는데 말이야?」

「에릭 영주님이……」

「그래, 당신의 보호자라는 위대한 에릭. 날 2주 동안 무기 없이 지내게 만드신 귀족 나리. 그걸로도 부족해서 당신을 내게서 지켜줄 종자까지 딸려 보내신 분 말인가?」

「게으름뱅이 에그버트가 아직도 얼쩡거려요?」

앰버가 주위를 두리번거리며 물었다.

「우리에서 졸고 있어. 거위며 닭들이 심사가 꽤 뒤틀렸을 거야.

자기들 쉴 자리에 불청객이 침범했으니 좋을 리 없지.」

「이쪽으로 돌아서 봐요. 옷이 제대로 맞는지 봐 줄게요.」

덩컨이 순순히 뒤로 돌아섰다. 앰버는 여기저기 살피며, 긴 부분
은 접어 넣고 느슨하게 풀어진 곳은 끈으로 묶어 주었다. 그리고
스톤링 성에서 빗속을 뚫고 가져온 남색 외투를 내밀었다.

「당신 거예요.」

덩컨은 앰버의 황금빛 눈동자를 내려다보았다. 자신을 보살펴 주
기 위해 성심성의를 다하는 여자, 이 여자에게 의지하는 자신을 느
낄 때마다 왠지 의기소침해졌다.

「이름도 없고 기억도 없는 남자에게 너무 친절하군.」

「자꾸 그런 얘기를 한다고 해서 달라질 건 없어요. 혹시…… 당
신이 기억을 되찾았다면 모를까.」

「아직도 제자리걸음이야. 떠오르는 이름도, 얼굴도 없어. 내가 했
던 행동이나 말조차 기억할 수가 없어. 그런데도…… 뭔가 나에게
특별한 일, 그러면서도 위험한 일이 생길 것 같은 예감이 들어.」

「인생이란 게 본디 그런 거예요. 어찌 보면 특별하지만 달리 보
면 위험하죠.」

「그런가?」

덩컨이 마지못해 한마디 던졌다. 앰버는 덩컨의 머릿속에 손을
묻고 머리칼의 감촉을 느끼고 싶었지만 차마 그렇게 못 하고, 대신
덩컨의 손을 살짝 쓰다듬었다.

「여기 있는 게 그렇게 맘에 안 들어요?」

앰버의 눈에 슬픔이 어렸다.

덩컨은 고개 숙인 여자를 물끄러미 내려다보았다. 자신을 위해
애써 준 여자에게 고맙다고는 못 할망정 화를 내다니, 천천히 앰버
의 오른손을 감쌌다. 앰버의 몸이 희미하게 떨렸다.

「무서워할 필요 없어. 당신을 해치려는 게 아니니까.」

「알아요.」

앰버의 목소리와 눈동자에 믿음이 담겨 있었다. 덩컨은 앰버의 손을 입술로 가져왔다. 앰버의 숨이 점점 가빠지면서 덩컨의 심장 박동도 빨라졌다.

손에 가볍게 키스하려던 의도는 어느새 사라져 버렸다. 덩컨은 앰버의 손을 양손으로 감싸 쥐고는 하얀 손목에 파랗게 수놓인 핏줄을 따라 입술을 움직였다. 앰버의 맥박이 더욱 빨라졌다.

덩컨의 애무는 그 이상 뜨거워지거나 거칠어지지 않고 부드럽게 지속되었다. 앰버에게 거부당했던 기억이 아직도 생생했던 것이다.

「덩컨, 난……」

덩컨은 앰버의 황금빛 눈동자를 들여다보았다.

「당신은 주인의 부름에 답하는 송골매처럼 내 유혹의 덫에 쉽게 걸려들어. 우린 과거에 연인이었을 거야, 그렇지?」

앰버는 작게 신음소리를 내면서 덩컨의 손을 휙 뿌리치고는 등을 돌렸다. 긴장한 빛이 역력했다.

「아니에요.」

「믿기 힘들군.」

「정말이에요.」

「말도 안 돼! 우리가 아무 사이도 아니었다면, 어떻게 서로에게 이렇게 푹 빠질 수 있지?」

앰버는 의혹에 찬 덩컨의 눈빛을 외면하고 고개를 내저었다.

「못 믿겠어.」

덩컨이 고집스럽게 내뱉었다. 앰버는 그 말에 화가 나 휙 돌아섰다. 그러자 치마가 나팔꽃처럼 활짝 펼쳐졌다.

「당신은 왕자였어요.」

덩컨은 기가 차고 어이가 없어 말문이 막혔다.

「당신은 역적이었어요.」

「지금 무슨 소리…….」

앰버가 덩컨의 말을 자르고 계속 말을 이었다.

「당신은 영웅이었어요. 당신은 기사, 아니 종자였어요. 성직자였고…….」

「그만 해!」

덩컨이 버럭 소리를 질렀다.

「뭐 같아요?」

「뭐가?」

「내가 말한 것 중 하나는 사실일 거 아니에요.」

「그랬을까?」

「다 아닌 것 같으면, 그럼 뭐였을 거 같아요?」

「농노나 뱃사람일 수도 있겠지.」

냉소적인 말투였다.

「아뇨. 당신 손에 못이 박이지 않은 걸로 봐서 그건 아니에요. 그리고 그렇게 미련해 보이지도 않구……, 아니 지금 같아선 그런 생각에 회의가 드는군요.」

덩컨이 웃음을 터뜨렸다.

앰버의 얼굴에도 슬그머니 웃음이 떠올랐다.

「내가 무슨 말을 해도 그건 아무 소용 없어요. 과거를 되찾는 건 당신 몫이에요. 다른 사람이 대신 해줄 수 있는 일이 아니에요.」

덩컨의 얼굴에서 대번에 웃음기가 사라졌다.

「하지만 덩컨, 기억을 되살리기 위해 자신과 싸우진 말아요. 그래 봤자 상처만 더 깊어질 뿐이에요. 지금 있는 그대로의 삶을 받아들이려고 노력해 봐요.」

앰버는 덩컨의 손을 쓰다듬으며 안타까운 마음을 전했다.

「내가 지금껏 살아온 인생을 그렇게 쉽게 내버리라고? 그럴 순 없어. 내가 충성을 맹세한 영주가 있으면 어쩌지? 내 밑에 딸린 처자식이나 영지가 있으면?」

앰버는 잡고 있던 손을 통해 덩컨의 고통을 그대로 전해 받았다. 섬기던 영주가 있을까 걱정할 땐 덩컨의 마음이 심하게 동요를 일으켰지만, 처자식에 대해 얘기할 땐 별다른 반응이 없었다.

앰버는 안도의 숨을 내쉬었다. 그 동안 덩컨이 이미 결혼한 사람일까 얼마나 걱정했던가. 긴장이 풀리면서 다리가 휘청했다. 생각보다 훨씬 더 걱정했던 모양이다.

덩컨이 기억을 되찾지 못하길 바랐다. 조금씩 기억을 떠올릴 때마다 가슴엔 두려움이 커졌다. 적이면서 자신의 반려자인 사람.

덩컨은 카산드라 어머니의 예언처럼 어둠 속에서 내게 다가왔어. 그 어둠 속에 계속 남아 있으면 좋으련만. 그렇지 않으면 죽을지도 몰라.

생각하기도 싫은 일이었다. 덩컨이 다른 여자와 결혼한다고 해도 이보다는 끔찍하지 않을 것 같았다.

미끼가 하늘로 휙 날아가더니 핑그르르 원을 그리며 돌았다. 멀린은 덩컨이 던진 미끼를 향해 날개를 푸드득거렸다.

「아주 잘하네요. 전에도 여러 번 던져 본 솜씬걸요」

손뼉을 치며 좋아하던 앰버는 멈칫했다.

입이 방정이지. 지난 5일 동안 덩컨의 과거에 대한 얘기는 되도록 피해 왔는데 무심결에 내뱉다니……, 후회가 밀려들었다. 깨어난 지 9일이 지났건만, 덩컨의 기억은 아직 제자리걸음이었다.

덩컨은 앰버를 흘끗 쳐다보더니 이내 미끼 던지는 일에 집중했다. 고깃덩어리를 하늘로 던지자, 송골매가 무시무시한 속도로 날아와 잽싸게 채 갔다. 매는 땅으로 내려앉더니, 누가 채 가기라도 할까 봐서인지 얼른 먹이를 날개로 감쌌다.

앰버는 휘파람을 불어 멀린을 불렀다. 먹이를 버려 두고 오기가 괴로웠는지, 송골매는 몇 번인가 날카롭게 울부짖더니 마지못해 앰버의 팔목으로 날아와 앉았다.

「예쁜 우리 아가, 화내지 마라. 정말 잘했어.」

앰버는 매의 머리를 쓰다듬었다.

「이만하면 사냥에 내보내도 되겠지?」

「매보다 당신이 더 조급해 보이네요.」

덩컨의 물음에 앰버는 웃으며 대답했다.

「사실이야. 재미없는 여자와 집구석에 틀어박혀 시간만 죽이고 있으니 안 그럴 수 있겠어? 이게 궁상떨며 사는 홀아비지 어디 혈기왕성한 기사라고 할 수 있겠어?」

얄궂게 얘기하는 덩컨을 보며 앰버는 움찔했다.

먹고 자고 쉬고, 그렇게 이어진 하루 일정이 덩컨 맘에 들 리 없었다. 덩컨은 비나 와야 그나마 가만히 있지, 안 그러면 어떻게든 밖으로 나가려고 했다. 비가 오는 날에도 우리에 갇힌 늑대처럼 방 안을 서성댔지만.

은빛 날개를 활짝 편 안개 위로 찬란한 햇살이 쏟아져 내렸다. 이런 청명한 날에 덩컨이 집안에 있고 싶을 리 만무했다.

「겁이 나서 그랬어요.」

앰버는 쭈뼛대며 중얼거렸다.

「겁이 나다니? 내가 햇빛에 녹아 내리기라도 할까 봐?」

「문제가 생길지 모르니까요.」

「무슨 문제?」

「'분쟁의 땅'은 이름 그대로 분쟁이 끊이지 않는 곳이에요. 영지 없는 기사나 영주의 서자, 범법자들, 모두 자기 욕심을 채우려고 먹잇감을 찾아 배회하는 자들이 주위에 들끓는다구요.」

「그런데도 내 옷을 가져오려고 스톤링 성에 혼자 갔단 말이야?」

「난 걱정할 필요가 없어요. 내게 손댈 사람은 아무도 없으니까.」

덩컨이 믿기 힘들다는 표정을 지었다.

「못 믿겠어요? 내게 손댔다간 영주님의 명에 따라 교수형을 당할 텐데, 누가 감히 날 건드리겠어요.」

「난 당신에게 손을 댔잖아.」

앰버는 안 되겠다는 생각에 얼른 화제를 바꿨다.

「게다가 이슬람교도처럼 침대보를 입어야 한다고 계속 투덜거리니까…….」

덩컨이 예루살렘 성지에서 배웠던 언어로 욕지거리를 내뱉었다.

「그게 무슨 뜻이지요?」

앰버의 눈이 휘둥그레졌다.

「차라리 모르는 편이 나을 거야.」

「그래요? 알았어요. 어찌됐든, 전 당신이 완전히 회복한 후에 밖으로 나오고 싶었어요.」

「완전히?」

덩컨이 기가 막힌 듯 눈을 치켜 떴다.

「그럼 거의라고 해두지요. 그런데 언제나처럼 기분이 안 좋아 보이네요. 당신 기분이 나아질 때까지 기다리다가는 호호백발 할머니가 되겠어요.」

앰버가 톡 쏘았다.

덩컨은 갈색 눈동자를 빛내며 앰버를 흘끗 보았다. 꿈자리가 뒤숭숭해 아침부터 기분이 처졌다. 그러고 보니 요새 웃은 기억이 별로 없었다.

「미안해. 과거에 대한 기억이 몽땅 사라졌으니, 내 기분이 좋을 리 있겠어? 과거란 놈 때문에 현재나 미래도 생각하기가 힘들어.」

「모두 당신 마음먹기 나름이에요. 여기에서 당신의 미래를 펼칠 수도 있어요.」

「여기서 자유롭게 살란 말인가?」

고개를 끄덕이는 앰버를 보며 덩컨은 피식 웃었다.

「고마운 얘기로군.」

「고마워해야 할 사람은 제가 아니라 영주님이에요. 스톤링 성을 다스리는 분은 그분이니까요.」

덩컨은 얼굴을 찌푸렸다. 아직 만나 보진 못했지만 이곳의 영주가 영 맘에 들지 않았다. 이유는 간단했다. 앰버가 영주란 작자를 너무 좋아하는 것 같으니까.

앰버를 향한 강한 소유욕이 덩컨을 괴롭혔다.

우리는 분명히 연인이었을 거야. 아니면 그렇게 되기를 바랐거나.

덩컨은 신경을 곤두세우고 몸의 반응에 귀를 기울였다. 자신의 추측이 옳은지 그른지 몸이 얘기해 주리라. 하지만 아무 느낌도 없었다. 확실한 건, 앰버보다 자기 마음을 잡아끌었던 여자는 없었다는 사실뿐이었다. 그건 의심의 여지가 없었다.

「덩컨?」

생각에 잠겨 있던 덩컨은 눈을 몇 번 깜빡이다가 천천히 입을 열었다.

「여기서 그냥 이렇게 살면 행복할 수 없을 것 같애.」

「그럼 바라는 게 뭐지요?」

「기억을 잃기 전의 모습으로 돌아가고 싶어.」

「어둠의 기사님, 제발 부탁이니 과거에 대한 집착을 버려요.」

앰버는 침울한 표정으로 중얼거렸다.

「나더러 반쪽짜리 인생을 살라고?」

앰버는 말없이 멀린에게 가리개를 씌웠다. 운동도 한데다 배도 든든해서, 매는 저항 없이 얌전하게 있었다.

「그 사납다는 송골매도 가리개를 씌운다고 불평하지 않잖아요.」

「평생 가리개를 쓰고 있는 것도 아닌데 불평할 이유가 없지.」

앰버는 한쪽에 놓인 새장으로 걸어갔다. 소년티가 채 가시지 않은 에그버트가 늘어지게 기지개를 켜더니 새장 문을 열어 주었다. 멀린을 놓고 밖으로 나온 앰버는 에그버트에게 가서 쉬라고 손짓을 했다.

더 이상 종자의 눈을 의식하지 않아도 된다 싶었을 때, 앰버는 덩컨의 손을 부드럽게 잡았다.

「잃어버린 기억말고, 지금 당신이 제일 갖고 싶은 게 뭐지요?」

「당신.」

대뜸 내뱉는 말에 앰버는 말문이 막혔다. 기쁨과 함께 두려움이 밀려들어 서로 엉겨 붙었다.

「하지만 그런 일은 없을 거야. 결혼한 여자가 따로 있을지도 모르는데 그럴 수야 없지.」

「당신이 이미 다른 여자와 결혼했을 거라곤 생각하지 않아요.」

「나도 그래. 하지만 일말의 가능성도 남기고 싶지 않아. 난 정상적인 부부 사이에서 태어나지 못했어. 내 자식에게 나와 똑같은 상처를 줄 순 없어. 사생아는 제대로 대접받질 못해. 사내애라면 출세하기 위해 구걸해야 할 테고, 여자애라면 귀족의 정부나 되기 십상이지.」

「어떻게 알았어요?」

앰버가 눈을 가늘게 뜨고 덩컨을 바라보았다.

「뭘?」

「사생아로 태어났는지 어떻게 알았느냐구요?」

덩컨은 뭔가 얘길 하려고 입을 벌렸지만 할말이 없었다. 너무 답답해서 속이 바싹바싹 타고 몸이 부들부들 떨렸다.

「나도 몰라. 나도 모른다구!」

고통을 떨쳐 버리려는 듯 덩컨은 고개를 세차게 내저었다.

「기억이 날 듯하면서도 안 나니까 미치겠어. 이러다 속이 새까맣게 타 버릴 거야.」

「마음을 편히 먹어요. 자학한다고 기억이 돌아오진 않으니까요.」

앰버는 안타까운 목소리로 얘기하며 문을 열었다. 안으로 들어서려는데 갑자기 뒤에서 덩컨이 잡아당겼다. 엉겁결에 뒤로 돌아 덩컨과 마주 섰다. 억세고 거칠어 뵈는 손과는 어울리지 않게 부드러운 손길이 턱을 잡아 올렸다.

앰버는 지그시 눈을 감았다.

「당신 기분을 상하게 할 생각은 없었어.」

「나도 알아요.」

앰버는 눈을 뜨며 말했다.

「그럼 왜 속눈썹에 눈물이 맺혔을까?」

「당신, 나, 우리 두 사람 때문에 겁이 나요.」

「내가 기억을 되찾지 못할까 봐?」

「아니, 오히려 그 반대예요.」

「왜? 내가 기억을 되찾으면 안 될 이유가 뭔데?」

「당신이 이미 결혼한 몸이라면…….」

「그럴 리 없어. 그랬으면 벌써 뭔가 허전한 마음이 들었겠지. 겁이 없어서 허전했듯이.」

「당신이 노르만인을 섬기는 기사라면요?」

앰버는 덩컨의 눈치를 살피며 다급히 물었다.

「무슨 상관이야. 색슨족과 노르만족이 으르렁대는 시절은 다 지났어.」

「그거야 언제 어떻게 변할지 모르지요.」

「차라리 해가 서쪽에서 뜨길 바라지 그래.」

「당신이 영주님의 적이라면 어쩌지요?」

「설마 하니 에릭이 적을 당신에게 데리고 왔겠어?」

앰버가 뭐라 대꾸하려고 입을 여는데 덩컨이 말을 가로챘다.

「내가 그저 떠돌이 기사라면 어쩔 테야?」

덩컨의 말이 스쳐 지나가면서 앰버의 마음에 잠시나마 희망의 빛을 드리웠다.

「십자군에 들어가서 이슬람교도들과 싸웠나요?」

앰버는 덩컨에게 싱긋 웃어 보였다. 하지만 그것은 곧 울음으로 바뀌어 버릴 듯 불안해 보이는 웃음이었다.

「난…… 그래, 그놈들과 싸웠어. 뭐라고 부르던 곳이었더라…… 젠장, 망할 놈의 기억이 또 사라져 버렸군.」

「조만간 돌아올 거예요.」

「확실히 난 이슬람교도들과 싸웠어. 확실해, 내가 이걸 원하는 마음만큼이나.」

덩컨이 앰버에게 살짝 입을 맞췄다.

앰버는 몸을 빼며 뒷걸음질치려고 했다. 그러자 덩컨이 앰버를 한 팔에 안았다.

「내가 바라는 건 그저 키스뿐이야. 당신은 어둠에서 건져 낸 남자한테 키스 한번 못 해주나?」

앰버의 몸이 뻣뻣하게 굳었다.

「이러면 안 돼요.」

「괜찮아.」

「아뇨, 해서는 안 될 일이에요.」

「상상을 초월할 정도로 달콤한 일이야.」

반박하고 싶었지만 그 말은 사실이었다. 벌꿀이라도 덩컨의 품에
안겨 있는 이 느낌보다 더 달콤할 수 있을까?

「날 위해 입술을 열어 줘. 벌이 제비꽃의 꿀에 취하듯 당신 입술
에 취하고 싶어.」

「덩컨……」

「그래, 바로 그거야.」

덩컨이 따스한 열기를 내뿜으며 입 속으로 파고들었다. 덩컨의
뜨거운 열정이 한 조각 남은 이성을 난타했다. 이런 상황에서도 덩
컨이 자제력을 잃지 않는 게 신기할 정도였다. 덩컨의 몸이 팽팽하
게 긴장하면서 정염을 주체하지 못해 부르르 떨었다. 그런데도 키
스는 부드럽기만 했다.

앰버는 저도 모르게 작게 신음하면서 입술을 더 크게 벌렸다. 전
장에서 마디가 굵어진 손이 앰버를 강하게 끌어안았다. 가까이 더
가까이.

앰버는 작은 목소리로 덩컨을 불렀다.

「왜?」

「당신 입술은 햇살처럼 따사로우면서도 폭풍처럼 무자비해요.」

덩컨은 숨이 목에 걸렸다. 박동 소리가 거칠어졌다.

「당신 입술은 향료를 친 꿀처럼 달콤하고 향기로워. 한 방울도
남김없이 모두 마셔 버리고 싶어.」

「나도 당신이 그랬으면 좋겠어요.」

앰버는 속마음을 숨기지 않았다.

덩컨의 거친 숨소리가 신음소리로 바뀌었다. 또다시 두 입술이

맞닿았다. 덩컨은 숨도 쉬지 못할 만큼 앰버를 꽉 끌어안았다. 덩컨의 단단한 몸과 앰버의 부드러운 몸이 한치의 틈도 없이 맞붙었다.

얼마쯤 지났을까, 덩컨은 고개를 들고 거친 숨을 가다듬었다.

「내 몸은 당신을 기억하고 있어.」

앰버는 채 가시지 않은 열정의 폭우와 싸우며 몸을 떨었다. 당장에라도 무너질 것 같은 제방 위에 서 있는 기분이었다.

「앰버, 우리가 얼마나 많은 밤을 이렇게 보냈지?」

앰버는 가슴에 놓인 덩컨의 손 때문에 아무런 생각도 할 수가 없었다.

「내가 얼마나 많이 당신의 옷을 벗기고, 당신 가슴과 배, 부드러운 허벅지에 입을 맞췄을까?」

앰버의 입에서 신음소리가 흘러나왔다.

「당신 몸 속에 내 몸을 파묻은 순간이 몇 번쯤 있었을까?」

「덩컨, 이래선 안 돼요.」

앰버가 숨을 몰아쉬면서 간신히 말했다.

「전에도 수없이 해왔던 일을 다시 못 할 이유가 뭐 있어?」

「우린…… 한번도 이런 적이…… 없었어요.」

「말도 안 돼. 시도 때도 없이 그랬다면 모를까.」

「하지만…….」

덩컨이 아랫입술을 부드럽게 깨무는 바람에 앰버는 말을 끝까지 잇지 못했다. 덩컨의 손이 외투 안을 파고들더니 가슴을 덮쳤다. 앰버는 다리에 힘이 빠져 금방이라도 주저앉을 것만 같았다.

「전에도 우린 여러 번 사랑을 나눴어. 그러니까 당신이 이렇게 쉽게 반응을 보이는 거야.」

덩컨이 웃음 띤 얼굴로 말했다.

「아니에요…….」

앰버의 목소리가 끊어졌다. 덩컨의 입술이 가슴에 와 닿았던 것이다.

「덩컨, 이제 그만 해요.」

덩컨이 의미심장한 웃음을 지었다.

「아직은 안 돼.」

앰버는 덩컨과 사랑을 나누는 기분이 어떨지 상상해 봤다. 부드러운 손길을 느끼며 그와 하나가 된다면?

이름 없는 남자가 네 마음과 몸과 영혼을 빼앗을지도 모르나니, 그로써 삶이 풍요로워진다 해도 죽음이 네 몸 위를 흐르리라.

「제발 부탁이니 그만 해요!」

앰버가 버럭 소리를 질렀다. 하지만 덩컨은 손길을 멈추지 않았다. 아니 오히려 더욱 대담해졌다.

「제발 놔줘요.」

「안 돼.」

「그만 하라니까요!」

앰버의 황금빛 눈동자를 들여다본 덩컨은 순간 멈칫했다. 앰버가 기회를 놓칠세라 얼른 뒤로 물러섰다.

「정말 그만 하길 바라는 거야?」

어떻게 이럴 수 있지?

덩컨은 정말 믿기 힘들었다.

「그래요.」

「난 절대로 당신을 아프게 하지 않아. 사랑스러운 앰버, 그건 당신도 알잖아.」

앰버가 덩컨이 내민 손을 보고도 뒷걸음질치자, 덩컨은 무섭게 얼굴이 굳어 획 돌아섰다.

5

「에그버트 말로는 시홈에 가서 사병들이 훈련받는 모습을 보고
싶다고 했다면서?」

「네.」

에릭의 질문에 앰버와 덩컨이 이구동성으로 대답했다.

세 사람은 문가에 있었고, 마당에서는 에그버트가 뽀로통한 얼굴
로 앰버와 덩컨이 탈 말의 고삐를 잡고 서 있었다. 그날따라 비가
추적추적 내렸다. 몸을 타고 흘러내리는 빗물 때문인지 말이 신경
질적으로 콧김을 내뿜었다.

에릭은 덩컨을 한번 흘깃 쳐다보더니 앰버에게 시선을 돌렸다.

「전엔 병사들 훈련 모습을 보고 싶어한 적이 없었는데, 왜 갑자

기 그런 생각을 했지?」

「덩컨도 그렇지만 저도 집에만 틀어박혀 있으려니 갑갑해서요.」

변명하는 앰버의 목소리가 잔뜩 긴장해 있었다. 에릭이 웃으며 덩컨에게 고개를 돌리자, 덩컨은 기다렸다는 듯 입을 열었다.

「마녀와 저는, 아니, 주술사인 이 아가씨와 저는 멀뚱멀뚱 바라만 보며 지내기에 지쳤습니다. 대답할 길 없는 질문을 받는 것도 짜증 나고, 에그버트의 시중을 받기도 이젠 지겹습니다.」

내 참, 기가 막혀서. 변덕스럽고 성질 고약한 두 사람 사이에서 눈치보느라 고생한 사람이 누군데.

에그버트는 늘어지게 한숨을 내쉬며 입을 삐죽였다.

「정 그렇다면 시홈으로 한번 가 보지.」

앰버는 모자를 쓰고, 비에 젖어 축축한 풀밭으로 걸음을 내디뎠다. 빗줄기 사이로 뿌연 연기가 피어오르며 하늘에서 맴을 돌았다.

앰버가 다가오자 에그버트는 잽싸게 밤색 말의 안장에서 방수 천을 꺼냈다. 하지만 정작 앰버가 말에 오를 때는 도와 줄 생각도 않고 멀뚱멀뚱 서 있기만 했다.

덩컨은 하도 어처구니가 없어 종자를 보며 픽 헛웃음을 웃었다. 하지만 에그버트는 앰버가 원하지 않는 한 절대 손을 대서는 안 된다는 사실을 잘 알고 있었다. 불행히도 덩컨은 그 사실을 전혀 몰랐지만.

덩컨이 별 생각 없이 앰버를 번쩍 들어 안장에 앉혔다. 반사적으로 검을 뽑아 들던 에릭은 순간 멈칫했다. 눈앞에서 벌어지는 광경을 도저히 믿을 수 없었다.

앰버가 아무런 저항도 하지 않다니, 도대체 이게 어찌된 일인가.

덩컨은 앰버에게서 손을 떼면서 허리와 엉덩이를 슬쩍 만졌다. 앰버의 얼굴이 붉게 달아올랐다.

「고마워요.」

덩컨이 애인 행세를 하려 들 때마다 앰버는 덜컥 겁이 나서 몸을 사렸고, 그러면 덩컨은 불같이 화를 냈다. 하지만 일단 화가 가라앉으면 태도가 180도 변해 앰버를 유혹하려 들었다. 에그버트가 옆에서 두 사람을 감시하고 있는데도 전혀 상관하지 않았다. 아니 오히려 더했다. 도둑 키스와 슬쩍 스치듯 하는 애무, 은밀히 던지는 웃음, 에그버트의 눈을 피해 사랑의 유희를 벌이는 일은 그다지 어렵지 않았다. 둘 사이의 열기는 갈수록 뜨거워졌다.

만약 덩컨이 유명한 하프 연주자라면 앰버 자신은 그가 뜯는 하프이리라.

덩컨의 손이 닿을 때마다 심장 박동이 거세어지고 몸이 녹아들 것만 같았다. 이런 감정은 태어나 처음이었다. 어떤 때는 덩컨을 보고 있기만 해도 나른하고 달콤한 기분에 젖어 들었다. 바로 지금이 그런 때였다. 뛰는 가슴을 진정시키려고 크게 심호흡을 했다.

덩컨은 고양이처럼 날렵하게 말에 오르더니 말갈기를 부드럽게 쓰다듬었다.

「어디 불편한 데는 없어?」

앰버를 보는 에릭의 눈엔 아직도 의혹의 빛이 어려 있었다.

「아뇨.」

들릴락 말락, 아주 작은 목소리였다.

「목소리를 들어선 아닌 것 같은데······.」

에릭은 덩컨 쪽으로 고개를 돌렸다. 눈빛이 엄했다.

「누구도 앰버 몸에 손을 대서는 안 되네, 알겠나?」

「네? 이유가 뭡니까?」

덩컨은 놀란 기색이 역력했다.

「일종의 금기라고 해두지.」

「저로선 이해할 수가 없군요.」

「굳이 이해하려고 들지 말게. 그저 앰버는 원치 않으니까 무슨 일이 있어도 손을 대서는 안 된다는 사실만 명심하게.」

덩컨의 얼굴에 묘한 웃음이 떠올랐다.

「정말입니까?」

「그렇네.」

「그럼 이 숙녀가 원하면 괜찮겠군요.」

덩컨이 실실 웃으며 중얼거리자, 에릭은 떨떠름한 얼굴로 앰버를 보았다.

「이자에게 손을 대면 안 된다고 경고하지 않았어?」

「그럴 필요가 없었지요.」

「아니, 왜?」

「덩컨이 손을 대면 전혀 불편하지 않으니까요.」

「이상한 일이군.」

「…….」

「카산드라도 알아?」

「네.」

「뭐래?」

「아직 점을 치고 계세요.」

「예언 하나 때문에 이렇게 고심한 적은 없었는데……. 앰버, 당신을 보니 덩컨이 왜 그렇게 갑갑해했는지 알겠어.」

앰버가 의아한 얼굴로 에릭을 쳐다보았다.

「당신이 곰처럼 말을 아끼니까 그렇지.」

에릭은 툴툴거리며 얘기했다. 앰버가 동의하는 의미로 살짝 눈을 내리깔았다.

에릭은 고삐를 옆으로 틀어 일행의 선봉으로 나섰다. 기사 둘과 종자들이 그 뒤를 따랐다. 다들 외투 속에 사슬 갑옷을 입고 투구를 썼으며, 색슨족이 노르만 정복자들로부터 도입한, 눈물 모양의 방패를 들고 있었다. 그리고 말들은 전부 전투마였다.

덩컨은 완전무장한 기사들을 유심히 살피다가 싸늘하게 굳은 얼굴로 에릭을 쳐다보았다.

「저들을 보니 저는 벌거벗었단 기분이 드는군요.」

「그럼 전에는 갑주(갑옷과 투구)를 입었단 말인가?」

「그렇습니다. 어쩌면 절 발견한 자가 제 갑주를 벗겨 간 모양입니다.」

덩컨의 목소리엔 확신이 담겨 있었다.

「그런 일은 없었네.」

「어떻게 그리 장담하십니까?」

「자네를 발견한 사람은 바로 나니까.」

「앰버는 영주님께서 정신을 잃은 나를 집에 데려왔다고만 했는데.」

에릭은 기사들에게 앞서 가라고 손짓하고는 덩컨과 나란히 말을 몰았다.

「예전의 일들이 다 기억 나는가?」

「조각조각 단편적으로 떠오릅니다.」

「생각나는 게 뭔지 말해 줄 수 있겠나?」

목소리는 부드러웠지만 그건 분명 명령이었다.

「전 이슬람교도들과 싸운 일이 있습니다. 하지만 언제, 어디서였는지는 잘 모르겠습니다.」

에릭이 덤덤한 얼굴로 고개를 끄덕였다.

「무기나 갑주가 없으니까 왠지 허전했습니다. 그리고 매 사냥도 상당히 익숙합니다.」

「말 다루는 솜씨도 수준급이군.」

에릭이 덧붙였다.

「아, 그렇군요. 저는 원래 다들 말을 잘 다루려니 했습니다.」

「기사나 종자 정도는 돼야 말을 다루네. 농노나 노예, 상인이라면 어림도 없지. 물론 성직자 중에서도 말을 제법 잘 타는 자들이 있는데, 대체로 지체 높은 집안 출신이어야 하지.」

「성직자였을 거란 생각은 별로 안 듭니다.」

「교회를 위해서 이슬람교도들과 전투를 벌인 성직자들도 많지 않은가?」

「하지만 성직자들은 금욕을 강요당하잖습니까. 그건 저와 전혀 생리가 맞지 않습니다.」

덩컨은 저도 모르게 어깨 너머로 앰버를 흘끗 보았다.

덩컨과 눈이 마주치자 앰버는 싱긋 웃었다. 덩컨도 앰버에게 웃음을 돌렸다. 앰버의 웃는 얼굴은 따사로운 햇살을 내뿜는 찬란한 태양 같았다.

「그런 생각은 꿈도 꾸지 말게.」

차갑고 냉정한 말투였다. 덩컨은 에릭을 쳐다보며 눈을 동그랗게 떴다.

「네? 그게 무슨 말씀입니까?」

「앰버를 유혹하겠다는 생각은 하지도 말란 얘기네.」

「맘이 없다면 유혹당하지도 않겠지요.」

「세간에서 앰버를 뭐라고 부르는지 아나? '순결한 처녀'라고 부르지. 남자에 대해서는 아무것도 모르는 여자네. 남자의 본성을 전혀 모르니 꾐에도 쉽게 넘어갈 소지가 높네.」

덩컨은 그 말에 웃음을 터뜨렸다. 자신의 손길에 그렇게 쉽게 달아오르는 여자가 남자를 전혀 모르는 순결한 여자라고?

「남자 손이 닿지 않은 처녀는 남자를 성적으로 의식하지 못하지요.」

「덩컨, 앰버를 유혹했다가는 내가 가만있지 않겠네. 목숨을 보전하고 싶거든 잘 새겨듣게.」

덩컨은 아무 대답 없이 에릭을 쳐다보았다. 도전적이고 자신에 찬 전사의 눈빛으로.

「영주님과 싸울 생각 없습니다. 제가 이기겠지만, 영주님이 목숨을 잃는다면 앰버가 슬퍼할 테니까요.」

「그럼 앰버 앞에서 행동을 삼가게.」

「앰버 뜻에 따르지요. 말씀하신 대로 앰버가 '순결한 처녀'라면 문제될 일 없을 겁니다. 아무리 유혹해도 돌덩이처럼 꼼짝하지 않을 테니까요.」

「그래도 유혹할 생각은 꿈에도 하지 말게.」

에릭의 목소리는 여전히 차가웠다.

「왜 안 된다는 겁니까? 앰버는 이미 혼기를 넘겼는데도 아직 약혼도 하지 않았잖습니까. 혹시…… 영주님의 그늘에서 살고 있는 여자는 아니겠지요?」

에릭을 보는 덩컨의 눈빛이 심하게 흔들리고 있었다.

「그래, 앰버는 아직 혼약한 남자가 없네.」

「그러니까 영주님의 그늘에서 사는 여인네냔 말입니다!」

「내가 앰버를 때묻지 않은 순결한 처녀라고 했잖나.」

「그럼 영주님이 앰버와 결혼할 생각이 있으신 겁니까?」

에릭이 한숨을 푹 내쉬었다.

「내가 몇 번 말해야 알아듣겠나. 앰버는…….」

「순결한 처녀란 말씀이지요? 일단은 마음에 그렇게 새기지요.」

그 얘긴 더 이상 듣고 싶지 않아 덩컨은 얼른 에릭의 말허리를 잘됐다. 솔직히 에릭이 앰버를 왜 순결한 처녀라고 생각하는지 이해할 수 없었다. 덩컨의 눈에 비친 앰버는 경험 없는 여자와 거리가 멀었다.

「영주님, 앰버를 맘에 두고 계십니까?」

문득 이 문제만은 확실히 해둬야겠다는 생각이 들었다.

「아니.」

「믿기 힘들군요.」

「왜 그렇지?」

「앰버는…… 특별하니까요. 누구라도 앰버를 한번 보면 가만 놔두려고 하지 않을 겁니다.」

「난 앰버가 여자로 보이지 않네. 그저 여동생 같은 여자일 뿐이지.」

솔직한 대답이었지만, 덩컨의 눈에 어린 의혹의 빛은 가시지 않았다.

「우리는 어려서부터 남매처럼 지냈네.」

「그럼 제가 앰버를 만지면 안 될 이유가 뭡니까? 앰버가 수녀원에 서원하기라도 했습니까?」

에릭이 고개를 내저었다.

「그럼 내가 기억을 잃은 상태라 그러십니까?」

「그저 금기라고 알아 두게. 절대 앰버의 몸에 손을 대서는 안 되네.」

말을 끝내기가 무섭게 에릭은 말을 몰아 앞쪽의 기사들에게 갔다. 그리고 더 이상 덩컨을 돌아보는 일 따윈 없었다.

일행이 시홈 주위에 빙 둘러져 있는 울타리 안쪽으로 들어서자, 에릭은 그제야 뒤를 돌아보더니 앰버와 덩컨을 손짓으로 불렀다.

아래쪽에선 성을 재건하느라 한창 공사 중이었다. 날이 상당히 굳은데도 공사를 계속하는 모양이었다. 돌과 통나무를 나르는 사람, 땅을 다지는 사람, 모두 바지런히 일하고 있었다.

바위투성이 언덕 뒤쪽으로 또 다른 울타리가 세워지고 있었다. 언덕 정상에 펼쳐진 영토는 새로 세운 성벽에 가려 보이지 않았다. 성채는 아직 완성되지 않았지만 망루, 해자, 외벽, 도개교의 윤곽은 대강 눈에 들어왔다. 울타리 너머로 자욱하게 낀 물안개, 검게 번들거리는 해협, 빗물에 흠뻑 젖은 초원이 보였다. 구름 뒤에 숨어서 어렴풋이 모습을 드러낸 해협은 자신의 존재를 짭짜름한 공기로 증명했다. 넓게 펼쳐진 만(灣)은 간조 때에는 개펄이, 만조 때에는 늪이 되었다. 곳곳에 자그마한 개울들이 보였다.

「시홈을 본 감상이 어떻지?」

에릭이 칭찬받길 기대하는 어린아이의 눈빛으로 앰버를 보았다.

「생각보다 일이 빨리 진행되었네요. 저번에 왔을 때는 울타리만 하나 세워져 있었는데 말이에요.」

「방어 시설을 완전히 구축한 뒤에 성채를 지을 거야. 그 다음엔 울타리를 치우고 그 자리에 성벽을 세운 뒤, 다시 성곽 주위에 울타리를 칠 거야.」

「성이 완성되면 정말 대단하겠어요.」

「결혼하면 여기가 내 직영지가 될 테니까.」

「로버트 경께서 신붓감을 정해 주셨어요?」

앰버가 시홈에서 에릭에게로 시선을 돌렸다.

덩컨은 신경을 곤두세웠다. 앰버의 목소리나 태도에 질투하는 기색이 없는지 살펴야 했던 것이다. 에릭은 앰버를 여동생 같다고 했지만, 앰버의 감정이 어떤지는 어떻게 알겠는가. 에릭처럼 젊고 잘생긴 영주를 마다할 처녀가 과연 있을지 의문이었다.

하지만 앰버에게서 질투하는 기색은 찾아볼 수 없었다. 그저 상대에 대한 순수한 애정만이 느껴질 뿐이었다.

「아니, 아직. 스코틀랜드까지 차지한 잉글랜드 국왕 폐하의 입맛에 맞을 여자를 찾기란 어려운 법이지.」

에릭이 심드렁하게 대꾸했다.

덩컨은 에릭의 목소리에 숨겨진 분노를 감지했다. 잉글랜드 국왕의 힘을 실감할 때면 에릭은 언제나 삐딱하게 나갔다.

「영주님께서 결혼하시면 스톤링 성은 어떻게 되는 거지요? 영주님이 없는 스톤링 성은 정말 상상하기도 힘들어요.」

「카산드라와 집사가 있는 한 스톤링 성은 안전할 거야.」

에릭은 앰버의 걱정을 덜어 줄 심산으로 그렇게 말했다.

「그럼 이번 기회에 집사를 두실 생각인가요?」

「그러고 싶은데 아직 믿을 만한 사람을 찾지 못했어. 노른자위인 스톤링 성을 아무에게나 맡길 수는 없지. 최소한 내가 결혼할 때까지는……」

「영주님이 많이 보고 싶을 거예요.」

작은 목소리로 중얼거리는 앰버를 보자, 덩컨은 부아가 치밀었다. 그게 어떤 감정이든 둘 사이엔 진한 애정이 배어 있는 건 부인할 수 없었다.

「매년 몇 달씩 스톤링과 윈터랜스에서 지낼 거야. 결혼을 하든 안 하든 상관없이.」

「시홈을 재건하느라 그 동안 노고가 많았겠어요.」

앰버는 쓸쓸한 기분을 잊기 위해 얼른 화제를 돌렸다.

「고마워. 성지에서 돌아온 기사들 덕을 많이 봤지.」

「노르만인들도 한몫 하지 않았습니까? 방어를 목적으로 성을 설계한 자들이 바로 그들이었으니까요.」

「그렇지. 하지만 노르만 녀석들에게 내 땅을 뺏길 생각은 없네.」

「조만간 골치 아픈 일이 생길 조짐이라도 있습니까?」

「왜 그런 질문을 하는 거지?」

에릭은 덩컨의 질문에 긴장했다.

「지금 부역에 동원된 자들을 보니 안색이 그리 좋지 않더군요. 여름부터 지금까지 내내 고생한 듯한데, 이렇게 무리하게 공사를 진행하는 건 위험이 도사리고 있기 때문 아닙니까?」

에릭이 한참 동안 덩컨을 똑바로 응시했다. 눈빛을 봐서는 뭔가 의도를 품고 질문을 한 것 같지는 않았다.

그래, 믿자.

에릭은 여태껏 덩컨처럼 솔직한 사람은 본 적이 없었다. 어쩌면 그런 정직한 성품을 믿고 너무 많은 모험을 감행하는 것일지도 모른다. 아니, 벌써 모험을 한 셈이었다. 앰버와 단둘이 남겨 둔 일 말이다. 그런데 그 동안 앰버는 덩컨이 색슨인의 탈을 쓴 노르만 늑대라는 증거를 찾지 못했다. 그렇다면 믿어도 된다는 얘기가 아닌가.

「우리 아버님의 영지 중에서 노르만 녀석들의 침입을 가장 받기 쉬운 곳이 바로 여기 시홈이네. 게다가 내 사촌들까지 이곳을 노리고 있으니 한시도 안심할 수가 있어야지.」

에릭은 솔직하게 털어놓았다.

「이곳의 성이 튼튼하면 바다에서 쳐들어오는 적까지도 막을 수 있겠군요.」

덩컨의 시선은 언덕 너머 저 멀리에 가 있었다.

「그런가? 구름이 잔뜩 끼었는데도 그렇게 멀리까지 볼 수 있다니, 놀랍군.」

에릭의 목소리가 유난히 부드러웠다. 앰버는 조심스럽게 에릭의 안색을 살폈다. 평소와 다르게 행동한다 싶을 땐 미리 경계하는 편이 나왔다.

「바다 근처에, 그것도 수확도 시원치 않은 곳의 성을 누가 굳이 개축하려 하겠습니까? 성벽 역할을 해줄 만한 절벽 하나 없으니, 수비를 제대로 하려면 성을 튼튼히 할 수밖에 도리가 없지요.」

「전술에 관해서도 아는 것이 많군.」

「병사들을 통솔하려면 적어도 전투를 벌일 장소와 시간은 정할 줄 알아야지요. 그건 기본 아닙니까?」

「그럼 병사들을 통솔해 본 경험이 있단 말인가?」

두 사람의 대화를 듣고 있던 앰버는 가슴을 졸이며 덩컨의 대답을 기다렸다. 입이 바싹바싹 말랐다.

「제 생각에는…… 그런 것 같습니다.」

덩컨이 머뭇머뭇 대답했다.

「왜 그렇게 말에 자신이 없나?」

「기억을 잃은 상황이라 딱 부러지게 말하기 힘들군요.」

에릭의 다그침에 기분이 상했는지 덩컨의 말투가 퉁명했다.

「기억이 나면 말하게나. 나도 요즘 병사들을 통솔할 만한 인재를 찾고 있으니까.」

「스톤링 성을 지킬 사람이 필요해서 그런 겁니까?」

「그렇네. 스톤링 성은 윈터랜스와 더불어 바이킹들이 군침을 삼키는 곳이거든.」

「그리고 시홈은 노르만인들이 군침을 흘리고 있…….」

「그건 스톤링 성도 마찬가지네.」

덩컨의 말을 자르는 에릭의 목소리가 상당히 도전적이었다.

앰버는 움찔했다. 한기가 온몸을 휩쓸고 지나가면서, 덩컨을 데리고 온 날 밤 에릭과 나누었던 대화가 머리를 스쳤다.

항간에 노르만인이 잉글랜드 왕에게 하사 받은 스톤링 성을 스코

틀랜드인에게 줬다는 소문이 떠돌던데, 그럼 맥스웰의 덩컨이 바로
그 스코틀랜드인인가요?

그래, 덩컨은 도미니크의 칼날 아래서 충성을 맹세하고 스톤링
성을 받았지.

「영주님이 알아서 영지를 잘 관리하시니, 영주님 아버님께서는
한시름 덜으셨겠습니다. 영지를 지켜 내기가 보통 어려운 일이 아
니잖습니까?」

「시홈이 특히 그런 편이지. 아버님의 영지 중에서 수확이 제일
좋은 곳이거든. 초원에는 토실토실 살이 오른 양과 소가 뛰놀고, 바
다에는 매년 싱싱한 수산물이 넘쳐난다네. 농지는 기름져서 매년
풍작이요, 숲엔 사슴들이 넘쳐나지.」

에릭의 목소리엔 시홈에 대한 애정이 짙게 배어 있었다. 덩컨은
슬그머니 질투가 났다.

「영지가 있으니 참 좋으시겠습니다.」

「이런, 이런, 시홈을 노리는 촌뜨기 전사가 여기 또 하나 있었구
만.」

에릭이 짐짓 걱정스런 표정을 짓자, 덩컨은 손을 내저으며 웃음
을 터뜨렸다.

「아, 걱정 마세요. 시홈은 전혀 제 취향이 아니니까. 전 시홈보다
지대가 높고, 바위도 많고, 좀더 야생적인 스톤링 성이 훨씬 맘에
듭니다.」

「난 갈매기 울음소리와 소금기 밴 바람이 더 마음에 든다네.」

「이미 영주님의 소유가 된 것들이 아닙니까. 물론 스톤링 성도
포함해서요.」

「남에게 뺏기지 않는 한은 그렇겠지. '분쟁의 땅'은 강자만이 살
아남을 수 있는 곳이네. 싸움에서 지는 순간 모든 걸 잃게 되지.」

에릭의 목소리에, 항상 긴장하며 살아야 하는 이의 고충이 담겨 있었다. 덩컨은 십분 이해할 수 있다는 듯 고개를 끄덕였다.

「하지만 영주님 눈빛을 보면 오히려 싸움을 즐기는 편일 것 같은 데요?」

「그건 자네도 마찬가지네.」

앰버는 두 남자의 대화를 들으며 가만히 안도의 숨을 내쉬었다. 다행히도 에릭은 가까운 벗을 대하듯 덩컨을 스스럼없이 대하고 있었다.

「잘 보셨습니다. 정정당당한 결투라면 저도 즐기는 편입니다. 결투를 신청해 오는 사람은 절대 안 피합니다.」

「안 돼요. 내가 허락지 않겠어요!」

느닷없는 앰버의 말에 두 남자가 서로 마주 보았다. 덩컨은 의아한 표정을 지었지만, 에릭은 앰버의 의향을 대충 짐작하고 의미심장한 웃음을 지었다. 하지만 시치미를 뚝 떼고 앰버에게 얼굴을 바짝 들이대고 물었다.

「앰버, 뭘 허락하지 않겠다는 말이야?」

「덩컨을 부추겨 싸움을 하게 할 생각이시잖아요.」

「덩컨, 자네 의향은 어떤가?」

앰버의 말을 무시하고 에릭은 덩컨을 응시했다.

「검을 주시면 직접 보여 드리지요.」

「덩컨, 안 돼요! 당신은 죽다 살아난 사람이에요. 아직 병도 완쾌하지 않았는데 검 시합이라니, 가당치 않아요.」

공포에 사로잡힌 앰버가 덩컨의 손목을 덥석 잡으며 다급하게 말했다. 덩컨은 앰버의 황금빛 눈동자를 내려다보았다. 눈동자에 걱정하는 마음이 고스란히 드러나 있는 게, 그 동안 손길은 거부해 왔지만 자신을 생각하는 마음만은 각별했음이 분명했다. 순간 앰버에게 키스하고픈 충동이 거세게 일었다.

「앰버, 시원찮은 기사들에게 얻어맞는 일 따위는 전혀 없을 테니까 걱정하지 마.」

덩컨은 앰버의 뺨에 얼굴을 갖다 대고 조그맣게 속삭였다.

덩컨에게서 장난기와 열정, 자신감이 느껴졌다. 그는 에릭이 제안한 시합을 전혀 두려워하지 않았다. 아니, 오히려 먹이를 눈앞에 둔 굶주린 늑대처럼 기대에 부풀어 있었다.

앰버는 마지못해 덩컨의 손목을 놓았지만, 못내 아쉬운지 손끝으로 덩컨의 손목을 가만히 쓰다듬으며 손을 뗐다.

앰버의 열망 어린 눈동자를 보는 순간, 덩컨은 숨이 막혔다. 가만히 멀어져 가는 앰버의 손을 갑자기 획 잡았다.

휘둥그레진 에릭의 눈에 걱정의 빛이 어렸다.

「당신이 한 말을 믿지 않았는데, 정말 덩컨의 손이 닿아도 전혀 아파하지 않네. 오히려…… 기꺼워하는 것처럼 보이는데.」

「네.」

앰버의 얼굴에 기쁨과 슬픔이 한데 엉겨 있었다. 에릭은 앰버에게서 시선을 떼고 덩컨을 보았다. 기세가 충만하고 행복에 겨운 얼굴, 사랑에 빠진 전사의 모습이 저럴까?

「카산드라는 언제까지 룬 문자가 새겨진 돌막대기만 집어던지고 있을 건지 모르겠군. 점괘가 되도록 빨리 나왔으면 좋겠구만. 이 땅의 안전과 너의 행복, 둘 중 하나만 택해야 하는 상황이 오기 전에 말이야.」

앰버는 아무 대꾸도 않고 눈을 감았다.

그때 짙은 안개를 뚫고 누군가의 외침소리가 들려 왔다. 에릭과 덩컨의 시선이 한곳으로 쏠렸다.

에릭은 말을 타고 달려오는 기사 넷을 보며 양미간을 찌푸렸다.

앞의 셋은 익히 알고 있는 기사들이었지만 네 번째 기사는 처음 본
자였다.

　덩컨 역시 눈을 가늘게 뜨고 안개 속을 응시했다. 앞이 잘 보이
지 않아 몸이 자연스럽게 앞으로 쏠렸다. 기사 네 명이 눈에 들어
왔다. 셋은 누군지 알 수 없었지만, 맨 뒤에 오는 기사는 왠지 낯이
익었다. 얼굴 윤곽이 선명해질수록 마음속에 기묘한 감정이 일었다.

6

　구름이 걷히면서 은빛 햇살이 대지로 쏟아져 내렸다. 푸릇푸릇한 초목과 진주처럼 하얀 돌멩이, 흑갈색 나무……, 물기에 흠뻑 젖은 세상이 햇살을 받아 반짝거렸다.

　하지만 앰버는 주변 경관이 눈에 들어오지 않았다. 네 번째 기사를 보고 심하게 요동치는 덩컨의 기억 때문에 다른 것엔 전혀 신경 쓸 겨를이 없었던 것이다. 엠버의 얼굴색이 어두워졌다.

「영주님, 저기 저 네 번째 기사는 누구지요?」

「나도 몰라.」

「그럼 알아보세요.」

　날이 선 앰버의 날카로운 목소리를 듣고 에릭이 놀란 표정이 되었다. 덩컨도 의아한 얼굴로 앰버를 쳐다보았다.

「뭐 잘못된 일이라도 있어?」

에릭의 목소리에 의혹이 짙게 묻어 나왔다.

앰버는 그제야 정신이 퍼뜩 들었다. 만약 저 기사가 덩컨의 과거와 연관된 자라면, 그래서 덩컨이 에릭의 적이라는 사실이 밝혀진다면 큰일 아닌가. 자칫 잘못하면 자신의 경솔한 행동으로 덩컨이 위험에 빠질 가능성이 있었다.

「아니요. 정체를 알 수 없는 전사를 보면 아무래도 조심스러워져서요.」

「알프레드도 그러더군.」

별 일 아님이 밝혀지자, 에릭은 안도했다. 하지만 덩컨은 낯선 이름에 호기심이 이는지 에릭을 쳐다보았다.

「알프레드가 누굽니까?」

「내 직속 기사 중에서 제일 쓸 만한 사람이네. 저 정체불명의 기사 옆에서 백마를 타고 오는 사람, 바로 그자지.」

「알프레드.」

덩컨이 마음에 새기듯 가만히 중얼거리자, 앰버가 옆에서 끼여들었다.

「교활한 알프레드라고 해야 맞아요.」

「알프레드가 당신한테 완전히 찍혔군. 전에 당신을 마법사라고 떠들고 다닌 일로 화가 안 풀린 거야? 뭐 그런 일로 아직까지 삐쳐 있고 그래.」

에릭은 놀리듯 장난기 어린 얼굴로 앰버를 쳐다보며 고개를 절레 절레 흔들었다.

「교회가 알프레드 뒤에서 떡 하니 버티고 있었으니까 문제지요.」

「그 디룩디룩 살찐 신부 말인가? 정말이지 멍청한 노인네였지.」

「그 살찌고 늙은 멍텅구리가 제 몸에 손을 댔어요.」

「무슨 소리야?」

에릭은 눈썹을 치켜 올리며 심각한 어조로 물었다.

「저를 취해서 악마와 계약을 맺을 생각이었답니다. 거절했더니 절 억지로 범하려고 하더군요.」

「빌어먹을 자식!」

덩컨이 씩씩거리며 욕지거리를 내뱉었다.

「당장 그 못된 자식을 찾아 목을 매달겠어.」

분노에 찬 에릭의 낮은 목소리를 들으며 앰버는 싸늘하게 웃었다.

「저승에나 가야 찾을 수 있을걸요.」

「무슨 말이야?」

「몇 년 전에 그 신부가 스톤링 성에 온 적이 있었지요. 아주 몹쓸 계획을 갖고 말이에요. 그날 번개를 맞고 그토록 동경해 마지않던 지옥으로 떨어졌지요. 카산드라 어머니의 표현을 빌자면 '지옥에 환장한 인간에게 어울리는 최후'였지요.」

「카산드라는 참으로 현자라는 칭호가 무색하지 않은 주술사라니깐.」

에릭의 얼굴엔 어느새 장난기 어린 웃음이 떠올랐지만, 덩컨은 여전히 심각했다.

「그 짐승 같은 놈 때문에 다치진 않았어?」

「영주님이 주신 단검이 있어서 괜찮았어요.」

덩컨의 머릿속에, 앰버가 침대에 묶인 자신을 풀어 줄 때 썼던 단검이 떠올랐다.

「당신에게 함부로 굴었으면 큰일났겠는걸.」

그제야 덩컨의 입가에 희미한 웃음이 어렸다.

「덩컨, 난 절대로 당신에게 상처 주지 않아요. 그건 자해나 다름 없는데 내가 어찌 그럴 수 있겠어요」

「둘 다 그런 고민 할 필요 없어. 앰버를 억지로 범하려는 자는 내가 모두 처단해 버릴 테니까.」

에릭이 두 사람 애기에 끼여들더니 단호하게 선언했다. 덩컨은 에릭의 번뜩이는 눈동자를 응시했다.

「그렇다고 저를 노려보지는 마십시오. 영주님께서도 보시면 알겠지만, 지금 붙잡혀 있는 쪽은 이 몸이니까요.」

그제야 앰버는 자신이 덩컨의 손목을 꽉 붙들고 있었다는 사실을 깨달았다. 얼른 손을 치웠다.

「미안해요.」

「사랑스러운 앰버, 당신의 부드러운 손길만 느낄 수 있다면 단검에 몇 번이고 찔려도 상관없어.」

덩컨이 손을 내밀자, 앰버는 아무런 망설임 없이 그 손을 잡았다. 얼굴이 화끈거렸지만 상관하지 않았다. 에릭의 걱정스러워하는 얼굴이나 그들에게 가까이 다가오는 기사들도 애써 무시했다. 앰버를 잘 아는 기사 셋의 표정이 가관이었다. 그들로선 믿기 어려운 광경이었으리라.

「이제 아시겠습니까? 가족이나 친지도 아니니 영주님께서는 앰버의 인생에 간섭할 자격이 없습니다. 그렇다고 결혼할 의사가 있나 하면 그것도 아니니 그저 후원자라고 할 수 있겠지요. 그러니 언젠가 기억이 돌아오면 저도 앰버에게 떳떳하게 구혼할 수 있지 않겠습니까? 영주님 눈치 안 보고 말입니다.」

천하라도 얻은 듯, 덩컨은 에릭에게 으스댔다.

「기억이 돌아오지 않으면 어쩔 텐가?」

「무슨 일이 있어도 기억해 낼 겁니다.」

「그래야 하는 이유라도 있나?」

「새로 서약을 하려고 해도 과거에 제게 지워진 의무와 책임이 뭔지 알아야 할 것 아닙니까? 반드시 과거의 일을 기억해야 합니다. 그런 후에만 앰버에게 구혼하겠습니다.」

「꼭 그래야 할 필요가 있을까?」

에릭의 태도가 무척이나 조심스러웠다.

「앰버 때문에라도 그래야 합니다. 기억을 찾지 못하면 전 앰버에게 구혼할 자격이 없습니다. 혹시라도 내게 부양해야 할 가족이라도 있으면 안 될 테니까요.」

「앰버, 당신 의향은 어때?」

에릭이 앰버를 돌아보았다.

「지금까지 그랬듯이 앞으로도 전 덩컨의 여자예요. 언제까지나 덩컨과 함께 할 거예요.」

「카산드라의 예언은 어쩌고?」

역시 어려운 질문이었는지 앰버는 잠시 생각에 잠겼다. 그리고 흔들림 없는 태도로 다시 말문을 열었다.

「두 가지 조건이 아직 충족되지 않았어요. 앞으로도 그럴 거구요.」

「아주 자신만만하군.」

「자신 있으니까요.」

말은 단호하게 했지만 마음은 씁쓸했다. 기억을 되찾지 않는 한 덩컨은 몸을 요구하지 않겠지만, 그때 가서도 계속 연을 맺고 싶어할지는 의문이었다. 되려 내치지나 않을까? 적이면서 반려자인 사람, 이 얼마나 기구한 인생인가.

「예언을 그렇게 논리적으로 하나하나 쪼개서 해석해도 될까? 이런 생각을 한다는 것 자체가 무슨 소용이 있나 싶기도 하고…….」

「앞뒤가 안 맞는 얘기를 하시는군요.」

앰버가 냉랭하게 말했다.

「그건 당신도 마찬가지야.」

덩컨이 끼여들었다.

「본시 죽음은 언제나 가까이 있지만 풍요로운 삶은 그렇지 않지. 마음에 잘 새겨 두는 편이 좋을 거야. 이도 저도 선택하기 힘든 상황이 올 때를 대비해서 말이야.」

에릭은 수수께끼 같은 말을 마치고 기사들에게 돌아섰다.

덩컨은 기사들이 에릭에게 예를 표하는 모습을 옆에서 지켜보았다. 그 중 셋에겐 별다른 느낌이 없었는데, 마지막 기사에겐 아무래도 자꾸 신경이 쓰였다. 어디선가 본 듯한 인상이라 한참 동안 뚫어져라 쳐다보았지만, 딱히 생각나는 것은 없었다. 하지만 그냥 외면하기엔 뭔가 마음에 걸렸다.

직접 물어 보고 싶었지만, 본능적으로 그래서는 안 된다는 위기의식에 입을 다물었다. 과거에도 이렇게 절실하게 위험에 처한 적이 있었다. 구체적으로 언제, 무슨 연유로 그런 일이 발생했는지는 기억할 수 없었지만, 분명히 그런 일이 있었다.

하지만 네 번째 기사는 덩컨에게 아무런 관심도 없는 듯했다. 흑수정같이 투명한 눈동자로 한번 힐끗 쳐다본 것 외에는 눈길 한번 주지 않았다.

덩컨은 투구 속에 반쯤 감춰진 기사의 얼굴을 뚫어져라 응시했다. 금발에 큰 키, 도드라진 광대뼈……, 기억의 편린들이 한데 모였다 흩어졌다를 반복하며 기억의 퍼즐을 맞춰 나갔다.

흔들리는 촛불과 찬송가 소리, 날카로운 검 한 자루, 아니, 검이 아니라 뭔가 다른 거였어. 살아 있는 존재였지. 그럼 사람이었나?

덩컨은 기억의 끈을 놓치지 않으려고 머리를 세차게 흔들었다.

녹색 불꽃, 아니, 불꽃이 아니야. 그래, 눈동자! 봄날의 싱그러움이 담긴 녹색 눈동자. 천년 동안 이어진 글렌드뤼드의 희망을 담은 눈동자…….

그리고 다른 사람의 눈동자도 떠올랐다.

칠흑같이 검은 눈동자, 다리 사이를 파고든 시퍼런 칼날…….

덩컨은 등골이 오싹했다. 죽는 순간까지 기억하고 싶지 않은 일이었다. 그때 조금만 움직였으면 거세당했을지도 모른다.

덩컨은 눈을 가늘게 뜨고 네 번째 기사를 응시했다. 칠흑처럼 까만 눈동자!

저자는 내 적이었을까? 적이었담 지금도 적일까?

덩컨은 가만히 내면의 소리에 귀를 기울였다.

적은 아니야. 하지만 어딘가 위험한 구석이 있는 자야.

덩컨은 천천히 자세를 바로잡고 시선을 다른 곳으로 돌렸다. 여태껏 앰버의 손을 검인 양 꼭 쥐고 있었다.

「미안해. 하마터면 당신 손을 부러뜨릴 뻔했군.」

덩컨이 작은 목소리로 사과했다. 앰버의 얼굴이 백지장처럼 하얬다.

「괜찮아요.」

「얼굴이 창백한데.」

앰버는 덩컨에게 뭐라 설명해야 할지 몰라 안절부절못했다. 덩컨에게 손을 잡혀 있어서 아픈 게 아니라, 그의 잃어버린 기억의 편린들을 엿봐서 그런 거라고는 차마 말할 수 없었다.

지금 그 얘길 할 순 없어! 왜 하필이면 이런 상황에서……. 적일지도 모른다는 심증만 생겨도, 영주님은 덩컨을 바로 이 자리에서 죽여 버릴 거야. 절대 그런 일이 생기도록 할 순 없어. 만에 하나라도 그런 불상사가 생기면 난 미쳐 버릴 거야.

덩컨이 앰버의 손을 잡아 자기 입술로 가져갔다. 창백했던 앰버의 뺨에 홍조가 돌고 눈에 생기가 돌았다. 무의식적으로 덩컨에게 몸을 기댔다.

이 모든 광경을 목도한 정체불명의 기사는 한 대 얻어맞은 기분이었다. 두 눈으로 직접 확인하지 않았으면 믿기 힘들었으리라. 기사는 검게 그을린 손으로 검자루를 단단히 거머쥐고 덩컨의 일거수일투족을 샅샅이 훑어보았다.

「영주님께서 유용하게 쓰실 만한 인재를 둘이나 찾았습니다. 여기 이 사람은 본디 종자를 거느리고 편력하던 중이었는데, 당분간 영주님 곁에 머물면서 용병으로 지냈으면 한답니다.」

에릭이 정체불명의 기사에게 시선을 돌렸다.

「두 명이라고? 그럼 한 사람은 어디 갔지? 하지만 저 사람 몸집을 봐서는 두 사람 몫을 하고도 남겠구나. 자넨 이름이 뭔가?」

「사이먼입니다.」

「사이먼이라……, 우리 병사들 중에도 그 이름을 가진 자가 둘이나 있네.」

사이먼은 아무 말 없이 피식 웃었다. 사이먼이라는 이름은 어디서나 찾을 수 있는 흔한 이름이었다.

「자네가 마지막으로 모셨던 주군은 누구였지?」

「로버트 경입니다.」

「로버트? 우리 아버진 아닐 테고, 로버트란 이름이 어디 한둘이어야지.」

「그렇긴 합니다.」

에릭은 알프레드를 돌아보았다. 용모는 별 볼 일 없지만 전투 능력은 빼어난 기사였다.

「말이 별로 없는 자로군.」

「말이 필요 없는 자라고 해야 옳을 겁니다. 도널드와 멜컴을 단번에 제압했으니까요.」

에릭은 알프레드의 설명에 감탄해서 사이먼을 다시 보았다.

「보통이 아니군. 자네도 피를 흘려 본 일이 있는가?」

「예.」

「언제 적 일이었지?」

「십자군 원정 때였습니다.」

「자네 검은 이슬람교도들이 쓰는 검과 비슷하군.」

에릭은 사이먼의 검을 유심히 들여다보았다.

「제 검은 이슬람교도들은 물론 범법자의 피도 좋아하지요.」

사이먼이 무표정한 얼굴로 딱딱하게 대답했다.

「바이킹들은?」

「싫어할 이유가 없지요.」

「'분쟁의 땅'에는 범법자들이 널릴 대로 널려 있네.」

「하지만 전보다 세 명은 줄어들었을 겁니다.」

「언제 그리 됐나?」

에릭의 입가에 웃음이 걸렸다.

「이틀 전 일이었습니다.」

「어디서?」

「번개 맞은 나무 근처였습니다. 산허리에서 흘러나온 물이 개울을 이루는 곳이었지요.」

에릭은 사이먼의 설명을 유심히 들었다.

「아버님의 영지가 끝나는 경계 지점일 거야.」

「제 눈에는 어느 누구의 땅도 아닌 듯 보였습니다만……」

「차후에 상황이 바뀔 거야.」

에릭은 아무 말 없이 한참 동안 기사를 응시했다. 의복과 무기 모두 최상품이었고, 타고 있는 말 또한 보기 힘든 준마였다.

「갑옷은 갖고 있는가?」

「예, 갖고 있습니다. 지금 영주님의 병기고에 보관해 놨습니다. 제가 여기 머물기로 한 것도 병기고 때문이었습니다.」

「병기고 때문이라니? 무슨 말인가?」

에릭은 기묘한 웃음을 짓는 사이먼을 의아한 표정으로 쳐다보았다.

「거처할 숙소보다 병영과 병기고를 먼저 만드는 군주는 도대체 어떤 분일까 궁금했습니다.」

에릭은 피식 웃었다. 그 말을 어떻게 받아들여야 할지 고민하는지 잠시 입을 다물고 있더니 마침내 말문을 열었다.

「자네 발음을 들어보니 노르만족 억양이 있는데, 노르만인들과 가깝게 지낸 적이 있나?」

「노르만인이 없는 곳이 없으니 어쩔 수 없는 일 아닙니까?」

에릭은 얼굴을 찌푸렸다.

「지나치게 많다고 해야겠지. 그런데 자네가 있던 곳을 등진 이유가 뭔가?」

「웬만한 자리는 벌써 누군가 자리를 잡고 있는 터라, 봉토 없는 기사들은 그저 칼이나 갈며 좋은 시절이나 꿈꿀 수밖에 없었습니다.」

에릭은 사이먼의 영입을 승낙한다는 의미로 알프레드에게 웃으며 고개를 끄덕여 보였다.

「참, 알프레드, 또 한 사람은 어디로 갔다고 했지?」

「아, 그 바이킹! 지금 범법자들을 추적하고 있습니다.」

「바이킹이라니?」

에릭은 눈을 치켜 떴다.

「우리말을 하긴 해도 생긴 모습이 꼭 바이킹 같았거든요. 얼굴색이 창백해서 유령 같더니만, 움직임도 얼마나 빠른지 유령 같았습니다. 그렇게 귀신같은 자는 영주님 이래 처음이었습니다. 이름은 스벤이라고 합니다.」

「범법자들을 홀리고 다니는 유령이라면 대환영이네.」

에릭이 만면에 만족의 웃음을 떠올렸다. 영주를 만족시켰다는 사실에 뿌듯한지 알프레드도 웃으며 덩컨에게 시선을 던졌다.

「저만 쓸 만한 전사를 건진 게 아니었군요.」

에릭은 아무 말 없이 덩컨을 흘낏 쳐다보고는 앰버에게 의미심장한 눈빛을 보냈다. 무슨 일이 벌어져도 참견하지 말라는 뜻이리라.

「범상치 않은 사람이야. 2주 전에 내가 성역에서 발견했지.」

갑자기 기사들이 뭐라 중얼거리며 정신없이 성호를 그어 댔다.

「저승 문턱까지 간 사람이었는데 앰버에게 데리고 가 어찌어찌해서 목숨은 구했는데, 안타깝게도 기억은 모두 잃었지 뭔가. 자기 이름조차 기억하지 못한다네.」

사이먼의 시선이 에릭에서 덩컨으로, 다시 앰버에게 옮겨졌다.

「앰버 말로는 몸에 전장에서 입은 상처가 여럿 있다더군. 그리고 과거의 기억은 어둠에 완전히 갇혔고. 그래서 앰버가 생각해 낸 이름이 '어둠의 기사'를 뜻하는 덩컨이라네.」

싸움을 목전에 둔 사람처럼 사이먼의 몸이 희미하게 긴장했다. 하지만 그 사실을 눈치챈 사람은 덩컨말고 아무도 없었다. 처음부터 계속 사이먼을 곁눈질하고 있었기 때문이다. 사이먼은 앰버를 뚫어져라 보고 있었다.

「아가씨, 혹시 약초에 대해 잘 아십니까?」

사이먼이 드디어 앰버에게 질문을 던졌다. 태도는 정중했지만 눈빛은 얼음처럼 차가웠다.

「아니요, 잘 몰라요.」

느닷없는 질문에 앰버가 의아해하며 대답했다.

「그럼 영주님께서 왜 저 사람을 당신에게 데려간 겁니까? 이곳에는 의술이 뛰어난 사람이 없습니까?」

앰버는 그제야 사이먼의 질문 의도를 알고 빙그레 웃었다.

「덩컨이 호박으로 만든 목걸이를 목에 걸고 있었거든요. 호박과 관련된 건 모두 저와도 관련이 있지요.」

사이먼과 덩컨은 어리둥절했다. 하지만 그 말에 당황한 사람은 둘뿐이었다.

「내가 정신을 잃었을 때 당신이 나한테 걸어 준 게 아니었어?」

「아뇨. 왜 그런 생각을 했지요?」

덩컨은 얼굴을 찌푸리며 머리를 내저었다. 왜 그런 생각을 했는지 자신도 이해할 수 없었다. 앰버가 주저 없이 덩컨의 뺨을 어루만졌다.

「덩컨, 목걸이를 처음 봤을 때를 떠올려 봐요.」

덩컨은 가만히 기억을 더듬었다. 단편적인 기억의 조각들이 마구 소용돌이쳤지만, 구체적으로 어떤 모습이나 내용이 뚜렷하게 떠오르지는 않았다.

글렌드뤼드의 녹색 눈동자, 햇살처럼 빛나던 호박, 뺨에 와 닿은 입술, 주님이 함께 하시길······.

「어떤 여자에게서 받은 것 같은데······.」

덩컨은 끓어오르는 분을 참지 못해 주먹으로 안장 앞머리를 세게 내리쳤다.

「기억이 날 듯 날 듯하다가 마니까 더 미치겠어. 차라리 아예 기억이 없는 편이 낫겠어.」

앰버는 덩컨의 손을 얼른 잡아챘다. 화염처럼 무섭게 타오르는 덩컨의 분노가 그대로 느껴졌다. 계속 손을 잡고 있다가는 자신 역시 감내하기 힘든 고통을 느낄 것 같았다. 하지만 그렇다고 손을 놓고 싶지는 않았다. 사랑하는 이의 아픔을 함께 느낄 수 있다는 사실이 얼마나 행복한지 아는 이는 그리 많지 않으리라.

앰버를 보는 에릭의 눈빛이 날카로웠다.

「왜 그래?」

앰버는 대답은 않고 고개만 내저었다. 덩컨이 걱정 어린 시선을 보냈다.

「앰버, 왜 그래?」

「어떤 여자가 당신에게 부적을 줬어요. 눈동자는 녹색이었어요. 신이 글렌드뤼드의 여자들에게만 주셨다는 기묘한 녹색 눈동자.」

앰버의 목소리가 유난히 애처롭게 들렸다.

「마녀의 주술에 걸린 자로다!」

알프레드가 얼른 성호를 그으며 중얼거리자, 에릭이 알프레드를 흘겨보았다.

「그래, 자네 생각대로 덩컨은 마법에 걸렸을지 몰라. 하지만 지금은 아무렇지도 않으니까 안심하게. 지금은 기억을 완전히 잃었으니까 말이야.」

에릭이 나서서 덩컨을 옹호하자 앰버도 얼른 거들었다.

「그래요, 덩컨을 악마의 하수인으로 보지 마세요. 그랬다면 호박으로 만든 목걸이도 하지 못했을 거예요.」

「목걸이를 꺼내 보게.」

덩컨이 호박목걸이를 풀어 앞으로 내밀었다.

「목걸이에 기도문이 새겨져 있네. 알프레드, 직접 살펴보게.」

알프레드는 말을 앞으로 몰아 덩컨의 손에 매달린 목걸이를 자세히 살폈다. 한참 만에 알프레드가 천천히 입을 열었다.

「네, 기도문이 있군요.」

「반대쪽에도 룬 문자로 기도문이 새겨져 있어요.」

앰버가 덧붙였다.

「자, 이젠 덩컨을 동료로서 따뜻하게 맞이해 줬으면 하네. 과거에 어떤 사람이었건 그건 걱정할 필요가 없네. 앞으로가 더 중요한 법이니까. 덩컨은 이제부터 내 사람이네.」

에릭은 기사들의 얼굴을 차례로 응시했다. 다들 수긍하는 표정이었다. 다만 사이먼만이 무심하게 어깨를 한번 으쓱해 보일 뿐이었다.

숨을 죽이고 있던 앰버가 길게 안도의 숨을 내쉬었다.

「자, 그럼 이제 전사들의 실력이 어느 정도나 되는지 보세나. 알프레드! 사이먼과 대적해 보았는가?」

「아닙니다.」

알프레드가 사양하자, 에릭은 덩컨에게 시선을 돌렸다.

「검을 다시 쥐어 보고 싶은가?」

「네!」

「안 돼요! 아직 몸도 완쾌되지 않았는데…….」

앰버가 나서서 다급하게 반대했지만, 에릭은 단호했다.

「괜찮아. 실전도 아니고 연습 삼아 하는 것뿐이잖아.」

「하지만…….」

에릭은 앰버의 걱정을 외면한 채 사이먼과 덩컨을 번갈아 보았다.

「나는 자네들의 근성이 어느 정도 되는지 알아보고 싶네.」

「덩컨에겐 검도 없잖아요!」

앰버가 쉽게 물러서지 않았지만, 에릭은 신경 쓰지 않았다.

「덩컨, 자, 내 것을 쓰게.」

에릭이 덩컨에게 검을 건네주었다.

「삼가 받들겠습니다.」

검을 손에 쥐는 순간, 말쑥한 옷차림 뒤에 숨어 있던 전사의 본능이 되살아난 듯, 덩컨은 다른 사람처럼 변했다. 시험 삼아 검을 몇 번 휘두르자 공기 중에서 쉭쉭 소리가 났다.

그 모습을 보자 에릭은 잔뜩 기대에 부풀었다. 앰버 말대로 덩컨은 빼어난 전사임에 틀림없었다.

「꽤 쓸 만한 검이군요. 이렇게 좋은 검은 처음입니다. 검의 명예를 더럽히지 않기 위해서라도 최선을 다하겠습니다.」

검이 마음에 드는지 덩컨의 얼굴에 만족한 표정이 어렸다. 에릭은 흐뭇한 얼굴로 사이먼을 보았다.

「자네는 준비됐나?」

「네.」

기다렸다는 듯, 사이먼은 에릭이 묻기가 무섭게 시원스레 대답했다.

「그럼 어서 검을 뽑아 들게나. 지금쯤이면 벌써 검이 부딪치는 소리가 들려야 하지 않겠는가!」

사이먼의 입술에 희미하게 차가운 미소가 떠올랐다.

앰버는 덩컨 걱정에 안달이 났다. 사이먼은 도널드와 맬컴처럼 검술이 뛰어난 전사를 한 번에 제압했다지 않은가.

「피를 보거나 뼈를 부러뜨리는 일은 없도록 한다. 자네들이 어떤 식으로 싸우는지만 보여 주면 되는 거야, 알겠나?」

입을 꾹 다물고 고개를 끄덕이는 두 전사는 전장에라도 나가는 사람처럼 진지하고 결의에 차 있었다. 사이먼이 주위를 둘러보더니 에릭에게 물었다.

「여기서 싸우면 됩니까?」

「아니, 저기 저 아래쪽이 좋겠군. 그리고 말에서 내려서 싸우게나. 덩컨의 말이 워낙 시원찮아서 자네 말과 적수가 되지 못할 것 같으니.」

에릭은 그루터기들이 비에 맞아 한풀꺾여 있는 농토를 가리켰다. 짙게 깔린 안개가 음산한 분위기를 자아냈다.

덩컨과 사이먼은 말에서 내려 외투를 안장에 걸쳐 놓고는 그곳으로 갔다. 그리고 그나마 질퍽질퍽하지 않은 땅을 골라 자리를 잡고 마주 섰다.

「나 때문에 상처를 입게 될지도 모르니 미리 사과하지. 그리고 나 또한 상처를 입게 될지 모르니 미리 사과를 받고 싶네.」

「좋네. 나도 사과를 함세.」

덩컨은 사이먼의 제안에 기꺼이 동의했다.

사이먼이 싱긋 웃으며 검을 뽑아 들었다. 우아하면서도 전광석화처럼 빠른 손놀림이었다.

「동작이 제법 빠르군.」

덩컨은 악의 없는 찬사를 보냈다.

「그리고 자네는 소처럼 완력이 대단한 사람이고. 어때, 내 짐작이 맞지? 하지만 나는 자네 같은 상대를 하도 여러 번 상대해 봐서 이젠 이골이 났을 정도네.」

사이먼의 웃음엔 왠지 깊은 뜻이 담겨 있는 듯했다.

「그런가? 나보다 힘이 좋은 사람은 별로 없을 텐데.」

「우리 형님을 보면 그런 말이 안 나올걸. 이 싸움에서 내가 유리한 이유 두 가지 중의 하나지.」

「그럼 다른 이유는 또 뭐지?」

덩컨은 검을 들어올리면서 물었다.

「사전 지식이 있다는 점.」

챙!

의식에 따라 일단 검과 검이 한 번 부딪쳤다. 두 사람은 서로 견제하면서 맴을 돌았다. 갑자기 예고도 없이 사이먼이 앞으로 훌쩍 날아오르며 덩컨을 향해 검을 내리쳤다. 도널드와 맬컴을 일격에 쓰러뜨린 바로 그 공격이었다.

일촉즉발의 순간이었지만, 덩컨은 가볍게 한 걸음 물러서면서 검을 받아쳤다. 덩컨은 공깃돌 다루듯 가볍게 검을 뒤로 제치면서 팔을 뒤로 뺐다가 힘껏 내리쳤다.

보통 사람이었다면 균형을 잃고 넘어졌겠지만, 사이먼은 바로 중심을 잡으면서 덩컨의 공격을 막아 냈다. 그리고 동시에 덩컨의 다리를 발로 찼다.

덩컨은 신음소리를 내면서 한 발로 중심을 잡고 뱅그르르 돌았다. 사이먼이 유리한 고지를 밟았다 싶은 찰나, 덩컨은 검을 오른쪽에서 왼쪽으로 내리쳤다. 힘이 웬만큼 좋은 사람이라도 하기 힘든 공격이었다. 역시 힘으론 당해내기 힘든 사람이었다.

사이먼이 고양이처럼 날렵하면서도 우아하게 공격을 피했다. 두 사람은 한참 동안 검을 맞대고 상대방의 빈틈을 노렸다. 시간이 지나면서 사이먼이 덩컨의 힘에 조금씩 밀렸다. 한 발짝, 두 발짝, 세 발짝……, 덩컨은 의기양양하게 사이먼을 밀어붙였다.

갑자기 사이먼이 옆으로 몸을 틀면서 검을 뒤로 뺐다. 그 바람에 덩컨은 균형을 잃고 한쪽 무릎을 꿇었다. 그러면서도 재빨리 몸을 왼쪽으로 날리면서 사이먼의 공격을 피했다.

두 사람은 숨을 몰아쉬면서 다시 한 번 검을 맞대고 섰다. 막상 막하, 쉽게 결판이 날 것 같지 않은 싸움이었다. 숨을 쉴 때마다 비에 젖은 땅이며 볕에 말린 건초에서 나는 역하고 고약한 냄새가 코를 자극했다.

「블랙소른 성의 초원에서 나는 건초 냄새와 비슷하나? 안 그런가?」

어느 순간 사이먼이 불쑥 물었다.

블랙소른?

그 말이 비수처럼 마음에 꽂혔다. 순간 덩컨은 움찔했다. 또다시 기억의 파편들이 머릿속을 헤집었다.

사이먼은 그 기회를 틈타서 덩컨의 검을 밀쳐 내고는 재빨리 덩컨의 배를 향해 힘껏 몸을 날렸다. 덩컨이 균형을 잃고 차가운 바닥에 나가떨어졌다. 사이먼의 칼이 덩컨의 턱 밑으로 바싹 다가왔다.

사이먼은 다른 사람들이 주위에 몰려들기 전에 덩컨 옆에 무릎을 꿇고 앉았다.

「내 말이 들리나?」

덩컨은 아무 말 없이 고개를 끄덕였다.

「저 마녀 계집이 한 말이 사실인가? 정말 이곳에 오기 전의 일들을 다 기억하지 못하는 건가?」

「그렇네.」

사이먼은 잔뜩 일그러진 표정을 감추기 위해 앰버에게서 돌아섰다.

천벌을 받을 마녀! 멀쩡한 사람의 기억을 깡그리 없애 버리다니, 하늘이 무섭지도 않느냐!

7

「자네같이 뛰어난 전사가 무기도 없이 다니다니, 정말 안타깝군. 여길 잘 찾아보면 제법 쓸 만한 걸 찾을 수 있을 거야.」

덩컨은 병기고 앞에 서서 얼굴을 잔뜩 찡그리며 배를 문질렀다. 어제 사이먼에게 얻어맞은 자리가 아직도 욱신거렸다.

「뛰어난 전사? 승자의 여유인가? 난 지금 젖비린내 나는 종자만 봐도 쥐구멍을 찾아 숨어들고픈 심정이네.」

사이먼이 기분 좋게 껄껄 웃었다.

「너무 의기소침할 필요 없네. 어느 모로 보나 내가 아무래도 유리한 시합이었네. 난 자네처럼 완력 좋은 사람을 수도 없이 겪어 봤지만, 자네는 나처럼 공격이 빠른 상대를 그다지 경험해 보지 못했잖은가. 영주님과 여러 번 대적해 봤다면 얘기가 달라지겠지만 말일세. 날렵한 몸놀림을 봐서는 영주님도 예사 상대가 아닐 것 같던데.」

「대적해 보기는커녕 싸우는 모습도 한번 본 적이 없네. 아니 기억에 없다는 편이 옳겠군.」

대답하는 덩컨의 표정이 시무룩했다.

「그럼 한번도 본 적이 없다는 말이 맞는 거네.」

사이먼은 나지막하게 혼잣말을 했다. 덩컨이 언뜻 그 말을 듣고 의아한 눈초리로 사이먼을 쳐다보았다.

「그게 무슨 소린가?」

「아니, 그냥 그럴 것 같단 말이네. 귀담아들을 필요 없는 얘기니 그냥 신경 끄게.」

사이먼은 목록별로 구비된 병기고 무기들을 차근차근 살펴보았다. 인정하기 싫었지만 에릭은 빈틈없는 인물이었다. 젊고 경험은 부족해도 절대 호락호락하게 볼 만한 적수가 아니었다.

그때 병기고 밖에서 발소리가 들렸다. 이어 남자의 나지막한 목소리와 여자의 듣기 좋은 웃음소리가 병기고 안으로 울려 퍼졌다.

그러자 덩컨이 문 쪽으로 획 돌아섰다. 그 모습을 본 사이먼은 속이 부글부글 끓었다.

천벌을 받을 마녀! 어떻게 덩컨은 저 여자한테 저리도 푹 빠졌지! 그 동안 여자한테 그렇게 굶주렸나? 꼭 며칠 굶긴 사냥개 같잖아.

「여기들 있었군. 알프레드가 자네가 여기 있을 거라고 해서 왔네. 무기를 손본다고?」

에릭이 사이먼을 보고 반갑게 웃었다.

「한참 감탄하는 중이었습니다. 이슬람교국말고 이렇게 탁월한 무기는 처음 봅니다.」

사이먼이 앰버와 덩컨 쪽을 힐끔거리며 말했다.

「내가 자네와 하고픈 얘기가 바로 그거네.」

「네? 무기에 대한 제 평을 듣고 싶으십니까?」

「아니, 아주 훌륭하다는 말 외에 또 다른 평이 있단 말인가? 하하하. 농담이고, 그게 아니라 이슬람교도들이 사용하는 무기에 관해 듣고 싶네. 어제 자네에게 궁수(弓手)에 대해 듣고 난 후부터 매초마다 궁금증이 생겨서 밤잠도 설쳤다니깐.」

사이먼은 앰버에게서 시선을 떼려고 노력했다. 천사같이 순진한 얼굴을 하고서 멀쩡한 사람의 기억을 깡그리 지워 버리다니, 하늘이 무섭지도 않나. 저런 여자는 천벌을 받아도 싸!

「무엇이 궁금하십니까?」

사이먼은 가까스로 에릭에게 관심을 돌렸다.

「그자들은 말을 전속력으로 달리면서도 활을 쏠 수 있나?」

「네.」

「그럼 얼마나 명중하나? 혹시 멀리 있는 표적은 못 맞히는 게 아닌가?」

「아닙니다. 백발백중까진 안 가도 거의 맞힙니다. 쏘는 속도도 얼마나 빠른지, 한번 쐈다 하면 소나기 내리는 소리처럼 들립니다.」

에릭은 사이먼의 검은 눈동자를 가만히 응시했다. 그가 겪은 전쟁이 구체적으로 얼마나 어땠는지는 잘 모르지만, 사이먼의 싸늘하고 냉랭한 눈빛을 통해 어렴풋이나마 짐작할 수 있었다.

「그게 어떻게 가능하지? 땅에 발을 디디지 않고도 석궁(石弓)에 화살을 메길 수가 있단 말인가?」

「이슬람교도들이 쓰는 활은 석궁과 다릅니다. 활 길이는 반밖에 안 되지만 성능은 석궁 못지않지요.」

「어떻게 그럴 수가 있지?」

「덩…….」

사이먼은 무의식중에 내뱉은 말을 얼른 삼키며 헛기침을 했다. 다행히 에릭은 별 눈치를 못 챈 듯했다.

「저도 제 형님과 틈만 나면 그에 관해 토론했지요.」

「그래서 결론은 어떻게 났나?」

「활을 반복해서 구부리는 과정을 거치면서 석궁에 버금가는 위력을 내게 된 겁니다. 그러면서도 석궁에 비하면 무게는 깃털처럼 가볍지요.」

에릭이 눈을 빛냈다.

「어떤 식으로 만드는 건가?」

「저도 모릅니다. 아무리 머리를 굴려 봐도 만드는 방법을 모르겠습니다.」

「그 활을 얻을 수만 있다면 아까울 게 없겠군.」

에릭의 얼굴에 실망의 빛이 역력했다.

「하지만 궁수들이 없으면 무용지물입니다. 이슬람교도 출신의 전사가 아니면 터득하기 힘든 궁술입니다. 그나마 검과 창이 없었으면 십자군 원정도 실패했을지 모릅니다.」

「그 활만 있었어도 우리가 훨씬 쉽게 이겼을 텐데.」

「그보단 반역 행위를 부추기는 게 더 낫지요.」

에릭이 놀란 눈으로 사이먼을 쳐다봤다. 덩컨도 고개를 획 돌려 사이먼을 보았다. 둘 다 입을 다물지 못했다.

「제 형님 말씀이, 방어가 튼튼한 요새를 점령하려면 적의 내분, 다시 말해 반역 행위를 부추기는 길이 상책이랍니다.」

사이먼이 아무렇지도 않게 담담히 말했다. 한참 만에야 에릭이 겨우 말문을 열었다.

「아주 대범한 형이군. 자네 형도 십자군 원정에서 귀환했나?」

「그렇습니다.」

「자넨 형을 찾아 이곳까지 온 건가?」

그 말에 사이먼의 표정이 싸늘해졌다.

「아닙니다. 저는 신의 뜻을 받들어 여기까지 온 것일 뿐입니다.」

침묵이 흘렀다.

잠시 후, 에릭은 병기고에 걸어 놓은 사슬 갑옷으로 시선을 돌리더니 피식 웃었다.

「좋은 갑옷이군.」

「병기 제조자가 새것처럼 솜씨 좋게 손을 봐준 덕이지요.」

사이먼이 머리를 조아리며 답했다.

「내 병기 제조자의 솜씨도 이 근방에서 모르는 사람이 없다네.」

에릭의 말에선 조금의 과장도 느껴지지 않았다.

「그렇다면 그 사람에게 덩컨이 쓸 만한 검과 단검, 갑옷을 만들도록 하면 어떨까요?」

옆에서 두 사람의 대화를 듣고 있던 덩컨이 눈을 빛냈다.

「그래, 그래야겠지. 덩컨에게 맞을 갑옷이 세상에 어디 있기나 하겠나. 그러니 반드시 만들어야겠지.」

에릭은 쿡 웃으며 대꾸했다.

「있습니다.」

불쑥 내뱉은 덩컨의 말에 놀라, 에릭과 사이먼이 동시에 덩컨을 보았다.

「도미니크 르 사브르의 갑옷이라면 맞을 겁니다.」

순간 앰버의 가슴이 철렁했다. 혹시 기억이 돌아왔나 싶어 덩컨의 표정을 유심히 살폈다.

사이먼 역시 똑같은 심정으로 덩컨을 응시했다.

「그 천하에 몹쓸 놈과 대면한 일이 있다는 말인가?」

에릭의 목소리에 불쾌한 감정이 깃들여 있었다.

「네, 있습니다.」

「언제 적 일인가?」

「모르겠습니다. 하지만 만난 일이 있다는 것만은 확실합니다.」

덩컨은 잠시 생각에 잠겼다가 입을 열었다. 에릭이 앰버 쪽으로 눈길을 돌렸다.

「기억을 찾은 거야?」

사이먼과 앰버가 숨을 멈췄다. 앰버는 살짝 고개를 저었다.

「조각조각 단편적으로 떠오르긴 합니다.」

여전히 생각에 잠긴 덩컨은 앰버에게 한 질문인지도 모르고 에릭의 말에 답했다. 에릭의 눈길이 다시 덩컨에게로 향했다.

「그게 무슨 말인가?」

몸이 갑자기 여기저기 쑤시는 통에, 덩컨은 저도 모르게 움찔했다.

그 여자가 있었으면 진통제를 발라 줬으련만.

순간 덩컨은 멈칫 놀랐다.

초록색 눈동자, 약초 냄새, 따끈하게 데운 목욕물, 그 여자에게서 나던 비누 향…….

「덩컨, 내가 지금 기억을 찾았냐고 묻질 않았나?」

에릭이 옆에서 다그쳤다.

「잔잔한 호수에 드리워진 달빛을 본 적이 있습니까?」

덩컨은 멍한 상태로 중얼거렸다.

「그래.」

「그럼 돌을 한 무더기 호수에 빠뜨린 후에 달빛을 한번 보세요. 제 기억이 바로 그 꼴입니다.」

에릭이 아무 대답도 않자, 덩컨이 쓰디쓴 목소리로 말을 이었다.

「글렌드뤼드의 울프를 만난 기억이 있으나 언제, 어디서, 왜 만났는지는 잘 모르겠습니다. 게다가 어떻게 생겼는지조차 기억에 없습니다!」

「글렌드뤼드의 울프라……, 그래, 다들 그렇게 부르지. 소문을 듣자 하니…….」

「무슨 소문을 들으셨는데요?」

앰버는 화제를 바꿀 생각에 얼른 물었다.

「도미니크 르 사브르가 글렌드뤼드의 울프가 되었다는 소문 말이다. 카산드라의 예언이 또 하나 들어맞은 셈이지.」

「어떤 예언을 말하는지요?」

「두 마리 늑대가 서로 견주면서 맴을 도느니, 대지는 숨을 멈추고…….」

에릭이 말을 멈추었다.

「그 다음은 뭡니까?」

사이먼이 재촉했다.

「죽음 아니면 삶을 기다리느니.」

앰버의 눈이 동그래졌다.

「제겐 왜 말씀 안 하셨지요?」

「당신은 당장 처리해야 할 예언 하나만으로도 벅차잖아?」

「어느 쪽 늑대가 이기게 된답니까?」

사이먼이 두 사람의 대화를 무시하고 불쑥 물었다.

「카산드라는 그런 식으로 예언하지 않네. 그저 이것저것 가능성만 제시할 뿐이지. 결국 어느 쪽 길을 택할지, 어떤 길을 갈지에 대해서는 완전히 당사자의 자유의지에 맡겨 놓지.」

사이먼은 원하던 답을 듣지 못해 실망했다.

앰버는 불현듯 덩컨이 한동안 아무 말도 하지 않고 있다는 사실을 깨달았다.

「덩컨, 우리 같이 산책 나가지 않을래요? 카산드라 어머니 말씀이 철새들이 벌써 자리를 잡았대요.」

하지만 덩컨은 벽에 걸린 무엇인가를 뚫어져라 쳐다볼 뿐 아무 반응이 없었다. 덩컨의 시선을 좇아 벽 쪽을 바라본 앰버는 가슴이 덜컥 내려앉았다.

「덩컨.」

앰버가 나지막하게 다시 덩컨을 불렀다.

「왜 그래?」

그제야 정신을 차린 덩컨은 앰버를 마주 보았다.

「같이 산책 나가자구요.」

덩컨의 시선이 앰버의 황금빛 머리카락에 잠시 머물렀다가 다시 벽 쪽으로 향했다. 그리고 그것을 가볍게 꺼내 들었다.

「이걸 갖고 가지.」

앰버는 덩컨에 손에 들린 무기를 보고 아랫입술을 깨물었다. 에릭의 손이 어느샌가 검자루로 향하는 모습이 보였다.

「해머라…… 많고 많은 무기 중에서 굳이 해머를 고른 이유가 뭐지?」

아무 감정도 느껴지지 않는 건조한 목소리였다. 덩컨은 손에 들린 해머를 물끄러미 쳐다보았다.

「제겐 검이 없으니까요.」

「그래서?」

「검이 없다면 해머 이상 가는 무기가 없지요. 제가 빌려도 되겠습니까?」

에릭은 천천히 고개를 끄덕거렸다.

「마음대로 하게.」

「감사합니다. 둘이서 격투를 벌일 때면 단검만 있어도 상관없겠지만 전사라면 항상 만약의 상황을 대비해야지요. 유비무환 아닙니까.」

「혹시 나쁜 놈들이라도 만나면 맞붙을 생각인가 보지?」

에릭은 넌지시 덩컨의 마음을 떠보았다. 덩컨이 싱긋 웃으면서 해머에 달린 사슬을 쓱 쓰다듬었다.

「죽고 싶어서 환장한 놈들을 실망시킬 수야 없지요. 제가 무기 하나 없이 싸울 의사를 보이지 않으면 녀석들 실망이 얼마나 크겠습니까?」

사이먼이 넉살 좋은 덩컨의 대답을 듣고 호탕하게 웃어젖혔다.

에릭은 늑대라는 별명에 걸맞게 눈을 번득이며 의미심장한 웃음을 짓더니 갑자기 덩컨과 사이먼의 어깨를 찰싹 쳤다.

「자네들이 있으니 글렌드뤼드의 울프가 와도 두려울 게 없군. 아주 든든해.」

흐뭇해하는 에릭을 보자, 사이먼의 얼굴에서 웃음이 사라졌다.

「하지만 스코틀랜드 해머도 글렌드뤼드의 울프를 당해 내지 못했지요.」

순간 덩컨의 몸이 돌처럼 굳어지면서 해머를 쥐고 있는 손에 힘줄이 불거졌다. 당장에라도 해머가 부서질 것만 같았다.

「덩컨, 부탁이니 저랑 같이 산책 가요?」

덩컨은 절박해 보일 정도로 애처롭게 매달리는 앰버를 더 이상 외면할 수 없었다.

「좋아.」

「해가 지기 전에 폭풍우가 올지도 모르네.」

에릭의 주의를 들으며, 덩컨은 웃음 띤 얼굴로 앰버의 머리를 부드럽게 쓰다듬었다.

「그건 놔두고 가지 그래요.」

앰버는 무슨 더러운 물건이라도 되는 듯 얼굴을 잔뜩 찡그리고 해머를 가리켰다.

「안 돼. 이제야 당신을 보호할 수 있게 됐는데 무슨 소리야.」

「없어도 상관없어요. 이 근방에는 우릴 해칠 사람도 없는데요, 뭘.」

「그렇다고 해도 만일의 경우를 생각해 둬야지. 당신이 다른 사람에게 당하는 꼴은 절대 못 봐.」

덩컨이 혼잣말로 자그맣게 중얼거렸지만, 사이먼은 한마디도 놓치지 않고 들었다.

천벌을 받을 마녀! 멀쩡한 사람의 기억을 깡그리 없애 버리다니, 하늘이 무섭지도 않느냐!

앰버를 노려보는 사이먼의 눈이 분노로 이글거렸다.

「덩컨, 제가 벌써 도시락도 챙기고, 말도 두 마리 준비해 놨어요.」

앰버는 묵직하게 짓누르는 사슬의 차가운 촉감에도 아랑곳없이 덩컨의 손을 붙들었다. 한데 에릭이 옆에서 참견했다.

「두 마리가 아니라 세 마리야.」

앰버의 눈이 휘둥그레졌다.

「영주님도 가시게요?」

「아니, 에그버트가 따라갈 거야.」

「에그버트 말씀인가요? 그 아이야 무시하면 그만이니까 따라가도 상관없어요.」

덩컨은 가만히 등뒤를 돌아봤다. 에그버트는 침까지 흘려 가며 졸고 있었고, 자기 말은 풀을 뜯느라 정신이 없었다. 앰버가 말 한 마리만 데리고 몰래 늪에 갔다 오자고 얼마나 졸라대던지 에그버트가 잠든 사이를 틈타 지금 줄행랑을 놓고 있는 중이었다.

들판은 어느새 사라지고 지형이 험해졌다. 늪까지 가는 내내 덩컨은 몇 번인가 눈을 비비고 길을 다시 살펴야 했다. 막히는가 싶으면 몇 발짝 떨어진 곳에 뚜렷하게 새로운 길이 나 있었다. 앰버의 말은 두 사람을 태우고 달리느라 심사가 편치 않아 보였다. 덩컨은 뒤를 다시 한 번 돌아보았다.

「따라오는 것 같지 않은데.」

「불쌍한 에그버트. 영주님이 아시면 화를 내시겠지요.」

하지만 앰버의 목소리는 한껏 들떠 있었다.

「따스한 볕을 쪼이면서 늘어지게 자고 있는 녀석을 불쌍해해야 하나?」

덩컨은 입을 비죽이며 중얼거렸다.

「영주님에게 들키지만 않으면 상관없을 텐데…….」

「게으른 것의 반만 똑똑하다면 영주에게 고해 바치는 짓 따윈 하지 않겠지.」

덩컨은 앰버의 허리에 감은 팔에 힘을 주었다.

「만일을 생각해서 당신 말도 두고 오자고 한 거예요. 기다리란 쪽지도 남겨 놓았는데…….」

「글을 읽을 줄은 아나 몰라.」

아무래도 덩컨은 게으른 에그버트가 맘에 들지 않았다.

「카산드라 어머니 말씀으로는 쓰는 것보다는 잘한다나 봐요.」

「그 녀석이 글을 쓸 줄 안다고?」

덩컨은 어이가 없어 픽 웃었다.

「네. 하지만 영 신통치가 않아요. 영주님도 포기한 지 오래예요.

영지에서 생산되는 농작물이며, 가축, 조세에 관한 기록 정도는 할 수 있으려니 기대하셨던 모양인데…….」

「그럼 그런 녀석을 종자로 계속 놔두는 이유가 뭐지?」

「에그버트에게는 가족이 없어요. 영주님이 길에서 우연히 만난 아이래요. 그 아이 아버지는 나무에 깔려 즉사했고요.」

「영주님께선 집 없이 헤매는 가련한 사람들을 돌봐 주는 취미가 있나 보지?」

「어차피 누군가 해야 할 일이지요.」

「그래서 당신도 나를 돌보는 건가? 누군가 해야 한다는 의무감 때문에?」

덩컨의 얼굴엔 아무런 표정도 없었다.

「아니에요.」

앰버는 덩컨을 처음 만졌을 때의 기분을 떠올렸다. 즐겁고 유쾌하면서도 짜릿한 기분, 말로 형용할 수 없을 정도로 황홀한 그 기분 때문에 저도 모르게 그를 다시 만지지 않았던가. 그리고 결국 마음까지 내주고 말았다.

「당신은 다른 사람과는 달라요. 당신을 만지면 기분이 좋아져요.」

앰버가 얼굴을 붉히며 땅만 내려다보고 대답했다.

「지금도 그래?」

앰버의 얼굴이 더욱 발갛게 달아올랐다.

「나야말로 기분 좋은데.」

덩컨은 앰버를 가까이 끌어당기며 호탕하게 웃어젖혔다.

청명한 가을날에 따스한 햇살을 받으며 말을 달리는 기분은 정말이지 그만이었다. 더구나 품안에는 황금빛 머리카락의 아리따운 아가씨까지 안겨 있지 않은가. 사랑스런 나의 여인…….

「앰버.」

「왜요?」

덩컨은 혼자 쿡 웃었다.

「아무것도 아니야. 그냥 당신 이름을 불러 보고 싶었어.」

앰버는 가슴이 두근거렸다. 별 생각 없이 손을 들어 덩컨의 뺨을 만졌다. 수염 때문에 까끌까끌한 감촉이 묘하게 자극적이었다.

「당신 같은 남자는 처음이에요.」

「나도 당신 같은 여자는 처음이야.」

덩컨은 고개를 숙여 앰버의 머리카락에 뺨을 댔다. 바람 냄새가 향긋한 솔 냄새와 섞여서 시원하게 느껴졌다. 앰버가 아닌 다른 사람에게서는 찾을 수 없는 특이한 향기였다.

「날씨가 계속 따뜻하면 좋겠어요.」

앰버가 안타까운 목소리로 말했다.

덩컨은 앰버의 목덜미에 드리워진 머리카락을 한줌 잡아 코에 비볐다.

「영주님 말씀대로 곧 폭풍우가 쏟아질 것 같아요.」

덩컨은 마지못해 북녘 하늘을 바라보았다. 구름이 새까맣게 깔려 있었다. 그나마 남풍이 부는 덕에 올라오는 속도는 많이 더뎌진 듯했다. 하지만 머리 위에 펼쳐진 광경은 딴판이었다.

산봉우리 끝에 걸린, 하얀 솜사탕처럼 보드라운 구름과 옥색 유리 그릇처럼 투명한 하늘이 선명한 대조를 이뤘다.

「해지기 전에는 폭풍우가 치지 않을 거야.」

앰버는 별다른 반응 없이 가만히 있었다.

덩컨은 다시 한 번 뒤를 돌아봤다. 좁은 계곡이 눈에 들어왔다. 시홈과 스톤링 성 중간 지점에 형성된 계곡은 유령 계곡이라 불리는 곳의 입구라는데, 계곡 중턱에 매달리듯 자란 나무들이 하나같이 기분 나쁠 정도로 하얀색이라 붙은 이름 같았다. 게다가 바람소리까지 누군가 흐느끼는 소리 같아서 등골이 오싹오싹했다. 혹시나 해서 사방을 둘러봤지만 인기척은 전혀 느껴지지 않았다. 마차가 지나다닐 만한 길도 없었고, 연기가 피어나는 굴뚝도 보이지 않았다. 경작지나 농장은 말할 것도 없고 도끼 자국이 남은 나무 한 그루 없었다. 시내가 하나 있긴 했는데, 시냇물 소리가 꼭 귀신이 곡하는 소리 같아서 기괴한 느낌을 자아냈다.

까마득한 세월을 무던히 버텨 온 유령 계곡은 태고의 정적을 고스란히 간직한 곳이었다. 또한 거칠고 야생적인 면모와 때묻지 않은 순수함을 함께 간직한 땅이기도 했다. 숲의 빈터에 쌓인 돌무더기만 없었으면 인간의 발길이 아예 닿지 않은 처녀지라고 단정 지었으리라.

여긴 아주아주 오래 전에 드루이드라고 불리는 사람들이 정착해 살았다고 한다. 대다수의 사람들은 그들을 마법사라고 불렀는데, 어떤 이는 악마라고 부르기도 했고, 또 어떤 이는 신이라고 칭하기도 했다. 식견 있는 사람들은 주술사라고 불렀다. 물론 그런 사람들은 극소수에 불과했지만 말이다.

「에그버트 걱정은 말아요. 절대 우릴 못 따라와요」

또 뒤를 돌아보는 덩컨을 보며 앰버가 생긋 웃었다.

「게으르다고 눈까지 먼 건 아니잖아. 말발굽 자국을 보고 쫓아올지도 몰라.」

「아니요, 절대 못 따라와요. 그 아인 우리가 가는 길을 찾지 못하니까요.」

앰버가 어깨를 으쓱하며 생글생글 웃었다.

「어떻게 그럴 수 있지?」

「주술사가 아니니까요.」

126

「그게 무슨 소리야?」

덩컨은 도저히 앰버의 말을 이해할 수 없었다.

「에그버트는 앞에 장애물이 있으면 피해서 옆길로 빠져 갈 거예요. 그러곤 방금 우리가 지나온 길이 막혀 있다고 생각할 게 뻔해요. 혹시 그 길을 찾았다 해도, 우리가 지금 가려는 '속삭이는 늪'까지 오는 길은 절대 못 찾을 거예요. 거기 가는 길은 주술사라 해도 잘 못 찾거든요.」

그 말을 듣는 순간 덩컨은 등골이 오싹했다. 아까도 몇 번이나 막다른 길처럼 보였던 곳에 마술처럼 새로운 길이 펼쳐지곤 하지 않았던가.

「당신 말을 놔두고 가자고 한 또 다른 이유지요.」

앰버가 한마디 덧붙였다.

「녀석은 주술사가 아니란 말이지? 그럼 당신 말은? 이놈은 주술사인가?」

덩컨이 심드렁하게 물었다.

「화이트풋은 제가 다니는 길은 모두 꿰뚫고 있어서, 제가 가고자 하는 곳엔 어디라도 갈 수 있지요.」

「그럼 남들은 못 봐도 당신에겐 길이 보인단 말이지?」

「저도 주술사니까요. 하지만 카산드라 어머니는 제가 시원치 않은 주술사래요. 마음을 전념하지 못하고 자연 속에서 유유자적하는 것만 좋아한다면서요.」

「지금처럼 말이지?」

「네.」

난 주술사도 아닌데 어떻게 길이 막히고 뚫린 것을 구분할 수 있었지?

덩컨은 앰버의 매끄러운 뺨을 물끄러미 바라보았다.

「유령 계곡은 제가 제일 좋아하는 곳이에요. 이제껏 다른 사람에게 보여 준 적은 없었는데…….」

「앰버?」

덩컨은 거친 목소리로 앰버의 말을 막았다. 앰버가 의아한 눈빛으로 덩컨을 돌아보았다.

「왜 그래요?」

「날 왜 여기로 데려온 거지?」

「철새 떼가 도착했는지 보려구요.」

앰버가 눈을 끔벅거리며 대답했다.

「철새라고?」

「네. 늦은 가을이면 북쪽에서 날아드는 새 말이에요. 겨울의 전령이라고 해야겠지요.」

「아직 철새들이 날아들기엔 좀 이르지 않나?」

「맞아요.」

「그런데도 철새를 보러 가겠다는 거야?」

「하지만 카산드라 어머니가 점을 쳤더니 겨울이 예년보다 일찍 시작될 거라는 점괘가 나왔대요. 철새들이 보이면 어머니의 점괘가 맞았다는 얘기지요.」

「다른 사람들은 뭐라고들 하지?」

「여러 가지 징후가 섞여서 잘 모르겠대요.」

「무슨 뜻이지?」

「겨울의 기미가 보이긴 하는데 아직 가을의 기운이 완연히 남았다는 말이죠. 햇빛은 아직 따스한데, 해묵은 상처가 욱신거리고 관절도 쑤신다는 말이고요. 성직자들은 기도에 전념하지만, 신의 계시를 둘러싸고 의견이 분분하지요.」

「징후니 예언이니 성직자니, 이젠 정말 지겨워. 검과 방패만 있으

128

면 내가 내 운명 하나 어떻게 못 해보겠어? 앞으로 무슨 일이 생기든, 과거에 무슨 일이 있었든 간에 말이야.」

또다시 잃어버린 기억에 생각이 머무르자 덩컨의 입가가 일그러졌다. 앰버는 덩컨의 입술을 부드럽게 어루만져 주었지만 덩컨의 상처받은 마음과 분노를 삭이기에는 역부족이었다.

앰버는 의기소침해서 돌아섰다. 길 양편으로 마가목나무들이 회색 바위에 매달려 있었는데, 가지 끄트머리에 새들이 미처 따먹지 못한 빨간 열매가 조금 남아 있었다. 능선을 따라가면서 자작나무들이 빽빽하게 자라 있었다. 나뭇잎 하나 달리지 않은 자작나무의 가지들이 가을 하늘로 손을 뻗고 있었다.

눈앞에서 납작한 돌들이 둥근 원을 이루며 모여 있었고, 그 주위로 그것보다 좀더 큰 입석(立石)들이 완만한 산등성이에 원형을 이루고 서 있었다.

그때 높고 가느다란 독수리 울음소리가 정적을 깨뜨렸다. 덩컨이 하늘을 향해 길게 휘파람을 불자, 독수리는 이내 선회하더니 바람을 가르며 산등성이 저편으로 사라졌다. 두 사람이라면 유령 계곡에 들어올 자격이 있다고 판단 내린 것처럼.

앰버가 경이로운 눈빛으로 그 모습을 옆에서 지켜보았다.

「독수리와 의사 소통하는 법은 어떻게 알았어요?」

「외조모님께서 가르쳐 주셨지.」

「그분도 주술사였군요.」

앰버가 단정 짓듯 말했다.

「그럴까? 그분을 주술사라고 부른 사람은 아무도 없었는데?」

「때와 장소에 따라서는 그런 호칭으로 불리는 게 위험할 수도 있으니까요. 하지만 이곳은 주술사에 대해 관대한 편이에요.」

둘은 시냇물을 따라 골짜기를 지나서 늪에 도착했다. 늪에 서 있노라니, 옆에서 사람들이 속삭이고 있는 듯한 기분이 들었다.

「속삭이는 늪이라고 불리는 이유를 이제야 알겠군.」

덩컨은 고개를 끄덕이며 혀를 한번 찼다.

「철새들이 몰려오면 좀 달라져요. 새들이 우짖는 소리 때문에 밤에나 잠깐 이런 소리를 들을 수 있지요.」

「그러기 전에 와서 다행이군. 노을이 풀잎을 조금씩 물들여 가는 모습도 아주 보기 좋은걸. 지금 기분이 어떤지 알아? 미사를 시작하기 바로 직전과 아주 비슷해.」

「긴장감이 든단 말이군요.」

「그래.」

한동안 덩컨과 앰버는 조용히 속삭이는 늪을 하염없이 바라보았다. 하지만 화이트풋은 풀을 뜯고 싶은지, 목을 쭉 빼더니 재갈을 물어뜯었다.

「앰버, 우리가 내리면 녀석이 먹이를 찾아 정신없이 헤매고 다니진 않을까?」

「아뇨. 화이트풋은 에그버트 못지않게 게으르답니다.」

앰버는 자기가 말해 놓고도 그 말이 재밌는지 혼자 생글거렸다.

「그럼 잠깐 쉬게 놔두지.」

덩컨은 먼저 말에서 내린 뒤 앰버를 내려주고는 앰버의 손에 부드럽게 입을 맞추었다.

앰버는 덩컨의 눈을 보는 순간 한 걸음 뒤로 물러났다. 덩컨의 눈에 정열의 불꽃이 활활 타고 있었던 것이다.

「되도록 빨리 돌아가야 해요.」

「그래. 하지만 먼저…….」

「먼저 뭐요?」

「당신이 나를 두려워하지 않게끔 만들겠어.」

8

「그건…… 그건 별로 현명하지 못한 생각이에요.」

앰버는 숨을 몰아쉬면서 몸을 떨었다.

「이런, 이런, 사랑스런 앰버, 현명한 처사라고 해야 맞는 말이
야.」

「하지만 우린 이러면…… 안 돼요.」

덩컨의 손이 천천히 앰버의 입술을 막았다.

「당신을 안지는 않을 거야. 예전에 내가 당신에게 어떤 몹쓸 짓
을 했는지는 모르겠지만, 내가 안으려고 할 때마다 잔뜩 겁을 먹을
필요는 없어.」

「그게 아니라…… 세상에…… 절 취할 생각은 마세요!」

「절대 당신을 안지는 않겠다고 했잖아. 내 말 못 믿겠어?」

덩컨이 엄지손가락으로 앰버의 입술을 살짝 눌렀다.

「아뇨, 믿어요.」

앰버가 기어 들어가는 목소리로 말했다.

「고마워. 난 지금 다른 사람들의 신의를 얻기 위해서 처음부터 다시 노력해야 하는 처지거든. 예전에 내가 많은 이에게 신임받는 존재였다고 해도 지금 와선 별 의미가 없지.」

「당신이 자존심과 명예를 중요시 하는 사람이라는 것, 저도 잘 알아요.」

덩컨은 앰버의 입술에 가볍게 입을 맞췄다.

「좀 걷지.」

앰버는 덩컨이 내미는 손을 꼭 잡았다.

「어디로 갈 건데요?」

「바람을 피할 수 있는 장소를 찾아야지.」

「바람이 별로 차지도 않은데요?」

「옷을 입고 있을 때나 그렇지.」

두 사람은 나직한 언덕으로 걸어갔다. 아주 오랜 옛적에 누군가 거대한 암석들을 둥글게 세워 놓은 자리가 있었다.

「여기라면 바람을 피할 수 있을 거예요. 혹시 이 바위들 때문에 께름칙한 기분이 들진 않지요?」

덩컨은 눈을 감고 마음에 귀를 기울였다. 하지만 두렵거나 꺼림칙하거나 하는 마음은 들지 않았다. 그저 담담하기만 했다.

손끝으로 덩컨의 마음을 읽은 앰버는 내심 놀랐다. 자신은 카산드라의 가르침을 통해서 이곳에 사악한 기운이 없다는 것을 알았지만 덩컨은 누군가의 가르침 없이도 그 사실을 알아냈다. 그 스스로 말이다.

이 사람은 스코틀랜드의 해머가 아니야. 그 사람이 주술사라는 소리는 들은 적 없어. 만약 그랬다면 벌써 온 세상에 그 소문이 퍼졌을 거야. 그래, 이 남자는 그저 이름 없는 기사일 뿐이야. 괜히 바보같이 마음만 졸였잖아.

「아니, 두렵다거나 께름칙한 기분은 들지 않아.」

덩컨이 마침내 앰버의 질문에 대답했다. 앰버는 이미 알고 있다는 표정을 지어 보이며 아주 가뿐한 마음으로 한마디 내뱉었다.

「당신도 주술사예요.」

그 말을 듣고 덩컨이 목청껏 웃었고, 그 웃음소리는 쉽게 잦아들지 않았다. 한참 만에야 그는 다시 말문을 열었다.

「아니, 황금빛 마녀 아가씨. 난 그저 싸움을 즐기는 전사일 뿐이야.」

앰버는 자기는 마녀가 아니라고 말하려다 멈칫했다. 덩컨의 목소리에 애정이 담뿍 담겨 있었기 때문이다. 그렇게 사랑스런 눈빛으로 다정스럽게 불러 준다면야 '황금빛 마녀'가 된다 해도 아쉬울게 뭐가 있겠는가.

「위험이나 위급한 상황을 미리 감지할 수 있는 사람은 주술사라 불려도 무방하지요.」

덩컨은 피식 웃음을 터뜨렸다.

「쳇, 단지 그 이유 때문이야? 그건 십자군 원정을 치르면서 터득한 능력일 뿐이야. 조금만 긴장의 끈을 놓아도 금방 위험에 빠지니 그런 본능적인 감각이 발달할 수밖에.」

「그럴까요? 하지만 그것만으로는 설명이 부족해요. 십자군 원정에 참전한 전사 중에 그런 능력을 터득한 사람이 얼마나 되죠? 제가 보기엔 아주 드물어요. 안 그런가요?」

황금빛 눈동자가 뚫어져라 덩컨을 응시했다. 덩컨은 앰버의 시선을 맞받아 한참 동안 마주 보았다. 차츰 마음의 욕망이 커지면서 앰버를 부드럽게, 그리고 철저하게 탐하고 싶어졌다.

「이쪽으로 와 봐. 당신은 항상 내게 기쁨을 줘, 귀여운 앰버.」

「귀여운 앰버? 마녀보다는 낫군요. 당신은 정말이지 주술사라고 불려도 된다니까요!」

덩컨은 한참 낮잠을 자고 난 고양이처럼 나른한 표정을 지었다.

「기쁨을 주는 마녀 아가씨, 여기 이 돌에 앉아서 우리 함께 주술사의 본질에 대해 토론을 나눠 보는 게 어떻겠습니까?」

앰버는 덩컨 옆에 자리를 잡고 앉았다. 덩컨이 선택한 바람막이 바위는 사람보다 키가 훨씬 컸으며, 짭짜름한 공기와 기나긴 세월의 흔적을 돌 표면에 그대로 담고 있었다. 그리고 희미하게 금이 간 틈새로 이끼가 빽빽하게 자라고 있었는데, 그 틈이 워낙 좁아 가까이서 들여다보지 않는 한 쉽게 알아보기 힘들었다.

앰버는 눈을 감고 이끼를 손가락으로 문지르며 돌에 몸을 기댔다. 저도 모르게 한숨이 흘러나왔다.

「여기 입석들이 얼마 동안이나 사람들의 발길을 기다렸을 것 같아요?」

앰버는 여전히 눈을 감은 채였다.

「아무리 오래 기다렸다고 해도 내가 이 순간을 기다린 만큼은 안 되겠지.」

앰버는 눈을 번쩍 떴다. 덩컨이 하도 가까이 다가와서 뜨거운 숨결이 그대로 느껴질 정도였다. 덩컨의 입술을 만져 보고 싶은 마음에 몸을 뒤로 살짝 뺐다.

「그러지 마, 마녀 아가씨. 무서워하지 않아도 돼.」

앰버가 도망치려 한다고 오해한 덩컨이 얼른 말했다.

「저도 알아요. 당신을 만지고 싶어져서 그래요.」

「그래? 어떻게?」

「이렇게요.」

앰버는 손가락으로 덩컨의 윗입술을 덧그렸다. 덩컨이 내뿜은 따스한 숨결이 손가락을 간질였다.

「당신은 내가 만져 주는 걸 좋아하는군요.」

앰버는 새롭게 발견한 사실에 가슴이 설렜다.

「그래. 당신은 어때?」

덩컨이 숨을 몰아쉬었다.

「당신을 만지는 게 좋냐구요? 그럼요, 당연하죠. 전 너무 좋아서 두려울 정도인걸요.」

「우리 사이에 두려움 같은 감정은 백해무익할 뿐이야.」

덩컨은 앰버에게 살며시 입술을 포갰다. 앰버가 잠시 멈칫하더니 이내 키스에 응했다. 깃털처럼 부드러운 키스였다.

덩컨의 마음속에서 사납게 날뛰고 있던 열정이 입술을 통해 앰버에게도 전해졌다. 그런데도 앰버는 전혀 두렵지 않았다. 덩컨이 자신을 위해 그런 열정을 애써 억누르고 있다고 생각하니, 오히려 가슴이 두근거렸다.

「당신이라 그런지 전혀 무섭다는 생각이 들지 않아요.」

속삭이는 앰버의 입술이 덩컨의 입술을 간질였다.

「사랑스러운 앰버, 난 절대 당신에게 상처를 주지 않아. 내가 혹시라도 그렇게 한다면 차라리 내 손목을 끊어 버리겠어.」

덩컨은 앰버의 몸에 팔을 두르고 천천히 앰버를 자기 허벅지에 앉혔다.

「앰버, 내 외투 안에 손을 넣어 봐.」

앰버가 잠시 마음을 정하지 못하고 망설였다.

「당신에게 내 온기를 나눠 주고 싶어서 그래.」

「하지만 겁이 나요.」

그 말을 듣고 덩컨은 눈을 내리깔았다.

「당신은 나를 믿지 못해. 도대체 내가 과거에 무슨 짓을 저질렀기에 이렇게 된 거지? 내가 억지로 당신을 범하기라도 했나?」

덩컨의 쓸쓸한 목소리에 고통의 흔적이 묻어 났다. 앰버는 괴로워하는 덩컨을 보며 신음소리를 흘렸다. 덩컨의 아픔은 곧 앰버 자신의 아픔이었다.

「그런 일 없었어요. 그러니 덩컨, 괴로워하지 말아요.」

앰버는 몇 번이나 반복해서 말했다. 기억하지 못하는 과거로 고통스러워하는 덩컨을 보니 가슴이 찢어지는 듯 아팠다. 누군가에게, 그것도 자기가 원하는 여자에게 신임을 얻지 못한다고 생각했을 테니, 자존심이 상할 만도 했다.

앰버는 덩컨의 외투에 손을 집어넣었다. 그리고 떨리는 손으로 덩컨의 따뜻한 몸에 손을 갖다 대고는 눈을 감았다. 덩컨이 눈을 꼭 감은 앰버의 긴장한 얼굴을 가만히 뜯어보았다.

「앰버?」

「전 당신을 두려워하지 않아요. 제 자신이 두려울 뿐이지요. 제가 두려워하는 존재는…….」

앰버는 덩컨의 입술에 바싹 얼굴을 들이댔다.

「제 자신이에요.」

앰버의 입술이 덩컨의 목덜미로 향했다.

「제가 당신을 만질 때마다…….」

앰버는 혀로 덩컨의 목덜미를 부드럽게 쓰다듬었다. 대번 덩컨의 몸이 반응을 일으키면서 단단해졌다.

「당신은 바로 반응을 해요. 그러면 저도 그렇게 되지요. 전 그게 두려워요.」

덩컨은 그제야 앰버가 무슨 이유로 자신을 두려워하는지 알 것 같았다. 하지만 그건 정말 의외였다.

「당신도 나처럼 사랑을 나누길 원한다니, 정말 반갑고 놀라운 일이군.」

앰버는 쓰디쓰게 웃으며 길게 한숨을 내쉬었다.

「아뇨, 사랑을 나누고 싶은 마음은 당신보다 오히려 제가 더 클걸요.」

「그래서 두렵다고?」

덩컨의 만면에 희색이 가득했다.

「네, 그래요.」

「그런 마음은 훌훌 던져 버려. 열정은 신이 내려 주신 선물이라구.」

「아뇨, 제겐 그렇지 않아요. 전 천국이 눈앞에 있어도 영원히 들어갈 수 없는 신세예요. 그래서 더욱 아프고 괴롭죠.」

비통해하는 앰버의 목소리가 희미하게 떨렸다. 덩컨은 앰버의 턱을 쳐들고 황금빛 눈동자를 똑바로 응시했다.

「천국에 들어가지 않고도 천국을 향유할 수 있는 방법은 많지.」

앰버의 눈이 기대에 차서 반짝였다.

「그게 가능해요?」

「그래.」

「어떻게요?」

「날 따라오기만 하면 돼. 내가 직접 천국에 데려다 줄 테니까.」

덩컨은 자신의 입으로 앰버의 입술을 막았다. 이내 덩컨의 혀가 앰버의 입가를 맴돌았다.

「지금 무슨……」

앰버는 말을 끝까지 잇지 못했다. 덩컨이 기회를 놓치지 않고 앰버의 입 안으로 혀를 밀어 넣었다. 그리고 앰버의 입술을 희롱했다. 앰버의 목구멍에서 신음이 흘러나왔다.

덩컨은 입술을 겹친 채로, 앰버를 천천히 풀밭에 내려놓고 목덜미를 부드럽게 깨물었다. 그러고 난 후 목에 둘려 있는 앰버의 팔을 떼어 냈다.

「왜 그래요?」

앰버의 얼굴에 저항의 빛이 떠올랐다.

「그만두려는 게 아니니 걱정 마. 천국의 문까지 가려면 아직 한참 멀었어.」

덩컨이 앰버에게 입을 맞추며 천천히 앰버의 외투를 벗겼다. 가슴에 서늘한 기운을 느낀 후에야 앰버는 덩컨이 옷을 벗겨 냈다는 사실을 깨달았다. 옷이 팔에 걸려 몸을 움직이기가 힘들었다.

덩컨은 앰버의 벗은 몸을 샅샅이 훑어보았다. 풍만하지도, 그렇다고 너무 작지도 않은 가슴은 꽃잎처럼 부드러우면서 엄마 품처럼 따스해 보였다. 가슴 계곡에서 황금빛으로 반짝이는 호박목걸이로 손이 갔다.

「덩컨?」

앰버의 목소리가 가늘게 떨렸다.

「추워? 아, 미안. 내가 따뜻하게 해줄 테니 조금만 기다려, 황금빛 마녀 아가씨.」

덩컨의 입술과 손이 가슴에 닿은 순간, 앰버는 온 신경을 곤두세웠다. 몸의 구석구석, 모든 세포가 각기 들고일어난 기분이었다.

「나란 녀석은 어떻게 이런 순간을 잊을 수가 있지?」

덩컨이 신기하다는 듯이 말했다.

「우린 전에 한번도…….」

「거짓말할 생각이라면 그만둬. 연습 한번 안 하고 갑자기 하늘을 나는 새는 없어. 우리가 연인이 아니었다면 당신이 이렇게 즉각 반응을 보일 수 없지.」

덩컨은 앰버의 말을 끊으며 단정 지었다. 앰버가 아니라고 고개를 세차게 내저었지만 믿지 않았다.

「에이, 부끄러워하지 않아도 돼. 내숭보다 당신의 열정이 내겐 더 자극적이니까.」

덩컨은 앰버의 가슴으로 입술을 가져갔다. 앰버가 참지 못하고 마구 버둥거렸다.

「아프게 하지 않을 테니까 가만히 있어.」

덩컨이 빙그레 웃으며 앰버를 달랬다.

「나도 알아요. 하지만 이러면 내가 못 하잖아요…….」

앰버가 지쳐서 중얼거렸다.

「뭘 못 한다는 거야?」

「팔이 옷에 걸려 당신을 만지기가 힘들다구요.」

「그 편이 더 나아.」

「내가 만지는 게 싫어요?」

덩컨은 혼란스러워하는 앰버를 보고 빙긋 웃었다.

「그럴 리가 있나. 하지만 당신이 나를 만지면…….」

덩컨은 다시 한 번 앰버의 가슴에 얼굴을 파묻었다.

「난 금방 자제력을 잃을 거야.」

덩컨이 속삭였다.

「당신은 절대 약속을 가볍게 생각하는 사람이 아니에요.」

「황송해서 몸둘 바를 모르겠군. 좋아, 당신 팔을 풀어 주지.」

「고마워요.」

하지만 덩컨은 이내 행동으로 옮기지 못하고 잠시 또 망설였다.

「너무 대담한 짓은 안 하겠다고 약속할게요.」

앰버가 웃음을 참으면서 덧붙였다.

「그거 실망스러운걸. 하지만 어쩔 수 없지.」

덩컨은 앰버의 외투를 아래로 쭉 잡아당겼다. 뽀얀 살결과 늘씬한 몸매가 좀더 드러났다. 덩컨은 옷을 더 벗기고 싶은 욕구를 간신히 억누르며 앰버의 허리를 부드럽게 매만졌다.

앰버는 재빨리 일어났다. 차가운 바람 때문에 몸이 덜덜 떨렸다. 얼른 외투를 어깨에 다시 걸치고 덩컨의 셔츠 단추를 끌렀다.

「당신도 저처럼 외투만 걸치고 있어요.」

「추우면 어쩌지?」

「제가 당신을 따뜻하게 해주면 되지요.」

덩컨은 피식 웃으며 자기 스스로 외투와 셔츠를 벗어 던졌다. 앰버는 들뜬 마음으로 외투를 덩컨의 어깨에 걸쳐 줬다. 덩컨의 목에서도 호박목걸이가 반짝거렸다. 앰버는 목걸이에 살짝 입맞추고는 천천히 덩컨의 가슴으로 손을 미끄러뜨렸다.

「당신이 사경을 헤매고 누워 있었을 때가 생각나네요. 당신 가슴에 호박 기름을 발라 주곤 했었는데…… 그 기름이 얼마나 귀한 건지 알아요?」

앰버의 눈에 장난기가 어렸다.

「그 비싼 호박 기름을 왜 발라 줬어?」

「몸에서 열이 날 때는 호박 기름이 아주 좋거든요.」

「하지만 지금은 소용없을걸.」

「왜요?」

「당신이 만져서 열이 나는 건, 그것과 좀 격이 다르지 않을까?」

앰버도 굳이 부인하려 들지 않았다. 뜨겁게 달아오른 덩컨의 몸이 과장이 아님을 증명해 주고 있었으니까.

「덩컨, 당신에게 고백할 게 있어요.」

「고백? 고해성사라도 할 참인가 본데, 당신 눈에는 내가 사제처럼 보여?」

덩컨의 농담에 앰버가 피식 웃었다.

「아뇨. 당신은 누가 봐도 전사예요.」

「그럼 대관절 무슨 고백을 한다는 거야?」

「음…… 열이 떨어지고 나서도 전 필요 이상으로 오랫동안 당신 몸에 기름을 발랐어요.」

「아니, 왜?」

「당신을 만지는 게 좋았으니까요. 저에겐 금지된 즐거움이었지만요.」

앰버는 손끝으로 덩컨의 가슴을 살짝 건드렸다.

「그땐 금지된 즐거움이 이젠 허용되나 보지?」

덩컨이 숨을 몰아쉬면서 말했다.

「미련한 짓임에는 틀림없지만, 해도 될 것 같아요.」

「왜?」

앰버는 덩컨의 가슴에 살며시 입술을 댔다.

「당신이 한 약속을 믿으니까요.」

덩컨은 앰버의 얼굴을 양손으로 감싸고 사정없이 입술을 탐했다. 앰버가 덩컨의 탄탄한 등을 쓰다듬었다.

「당신 때문에 미칠 것 같애.」

덩컨은 앰버의 아랫입술을 살짝 깨물며 속삭였다.

「나도 그래요.」

「어느 정도지? 내 눈과 손, 입술이 가는 대로 마음껏 당신을 탐해도 좋아?」

「좋아요.」

앰버의 대답은 거침없었다.

덩컨은 흐뭇한 마음에 숨쉬기 힘들 정도로 앰버를 꼭 끌어안고는 천천히 땅으로 엎드렸다.

「자, 엉덩이를 들어 봐.」

덩컨이 신음하듯 말했다. 앰버의 반쯤 벗은 몸을 보고 있노라니 가슴이 터질 것만 같았다. 하지만 앰버는 덩컨이 무슨 일을 하려는지 짐작할 수가 없었다.

「덩컨?」

「당신 몸을 보고 싶어. 오, 정말 아름다워.」

옷을 마저 벗기며 덩컨이 내뱉듯 중얼거렸다. 앰버는 덩컨의 노골적인 시선을 견디기 힘들어 외투를 찾았다.

「부끄러워하지 마. 술탄의 정원에 핀 꽃들도 당신에 비하면 한낱 잡초에 지나지 않아.」

하지만 앰버는 덩컨이 손을 갖다 대자 다리를 착 모았다.

「당신에게 강요할 생각은 없어. 하지만 당신을 만지지 못하면 이대로 불에 타서 재가 되어 버릴 것만 같애.」

「우린 이러면 안 돼요.」

「아니, 우린 이래도 돼.」

앰버는 눈을 감고 조금씩 몸에서 힘을 뺐다.

덩컨은 앰버의 어깨에 걸쳐진 외투를 옆으로 밀어 떨어뜨리고는 손을 앰버의 다리 사이로 천천히 밀어 넣었다. 그리고 조용히 앰버의 몸을 탐색하는 데에 몰두했다. 간간이 앰버의 입에서 흘러나오는 거친 숨소리가 정적을 깨뜨렸다.

덩컨은 욕구불만으로 당장에라도 폭발하기 일보 직전이었지만, 앰버가 절정에 이르는 모습을 보고 그나마 만족했다. 이젠 그만둬야 할 때가 됐다. 앰버의 몸에 계속 손을 댔다간 맹세 따위는 내팽개칠 것만 같았다. 숨을 몰아쉬면서 눈을 꼭 감았다.

「덩컨, 당신이 힘들어하는 게 느껴져요.」

「그래.」

앰버는 위로한답시고 덩컨의 가슴을 쓰다듬었다. 그러자 덩컨이 채찍에라도 맞은 사람처럼 움찔했다. 덩컨에겐 채찍보다 더 고통스러운 손길이었다.

「안 돼, 내 몸에 손대지 마.」

「당신을 편하게 해주고 싶어요.」

「내가 내 약속을 깨뜨리고도 편안해할 것 같애?」

앰버는 숨을 깊이 들이마셨다. 지금 하려는 일이 얼마나 무모한 짓인지 알고 있었지만, 자신 때문에 덩컨이 힘들어하는 모습은 더 이상 지켜볼 수가 없었다.

「더 이상 맹세에 연연하지 않아도 돼요.」

하지만 덩컨은 자리를 박차고 일어났다.

「날 유혹하지 마, 마녀 아가씨.」

주위에 정적이 감돌면서 기묘한 소리들이 귓가를 파고들었다. 수천, 수만의 철새 떼가 맴을 돌면서 낙하했다. 석양에 까만 몸뚱이를 드러내고 급박하게 비명을 내지르는 철새들.

죽음이 네 몸 위를 흐르리라.

앰버는 귓가에 맴도는 예언의 소리를 떨쳐 버리려고 필사적으로 귀를 틀어막았다.

9

에릭은 의자에 앉아서 덩컨과 앰버를 기다렸다. 벽에는 벽걸이가 몇 개 걸려 있고, 벽난로에선 불꽃이 맹렬하게 타고 있는데도 홀 안은 스산하기만 했다. 바람이 불 때마다 문틈으로 차가운 공기가 스며 들어왔다. 나무로 만든 병풍을 세워 놨지만 그것으론 역부족이었다. 문을 열고 닫을 때면 횃불의 불꽃이 흔들거렸다.

벽난로의 불꽃이 바람에 휙 쓰러졌다가 일어났다. 불꽃의 어지러운 춤사위가 에릭의 발치에 누운 사냥개들의 눈동자 속에 떠올랐다. 의자 뒤의 횃대에 앉아 있는 송골매와 에릭의 눈동자에도 불꽃이 반사되었다. 에릭은 손에 쥐고 있던 단검을 천천히 반대쪽으로 돌렸다.

문이 닫히면서 빗장 거는 소리가 들렸다. 잠시 지나자 불꽃도 적당한 크기로 줄어들었다. 발소리가 들리고 알프레드의 목소리가 들리나 싶더니 세 사람이 에릭 앞으로 와 섰다.

에릭은 눈앞의 세 사람을 물끄러미 응시했다. 훤한 대낮에 산책을 나갔던 세 사람은 달이 뜰 때가 다 돼서야 성으로 돌아왔다. 에그버트는 야단맞을 생각에 몸을 사리고 있었고, 앰버는 얼굴에 홍조를 가득 띠고 있었으며, 덩컨은 어둠의 기사라는 이름에 걸맞게 무시무시한 표정을 짓고 있었다.

한참 동안 침묵이 계속되었다. 에릭은 옆쪽에서 머리를 조아리고 있는 알프레드를 무시하고 세 사람만을 뚫어져라 노려보았다. 평상시 같았으면 추울 테니 난롯가에 앉아서 불을 쬐라고 했을 테지만, 지금은 전혀 그럴 기분이 아니었다. 아니, 치밀어 오르는 분노 때문에 그런 생각을 할 겨를이 없었다.

「앰버, 당신 안색을 보니 겨울이 멀지 않았다는 생각이 드는걸.」

온화한 에릭의 목소리는 기분 나쁘게 번쩍거리는 단검과 묘한 대조를 이뤘다.

「안 그래도 이곳으로 날아든 철새 떼를 보고 오는 참이에요.」

앰버가 달아오른 얼굴을 차가운 손으로 식히며 대답했다.

「철새라…… 카산드라가 그 소식을 들으면 좋아하겠군.」

에릭은 혼잣말로 중얼거렸다.

「카산드라는 겨울을 무척 좋아하나 봅니다?」

눈치 없이 분위기 파악을 못 하고 덩컨이 물었다.

「뭐든 예측한 대로 맞아떨어지면 무서울 게 없겠지. 카산드라의 심안을 믿기만 하면 될 테니까. 하지만 미약한 인간은 자연과 달라서, 신의니 명예니 하는 달콤한 말을 의지 삼아 살아야 해. 다른 사람의 신의를 한낱 동물의 배설물처럼 여기는 자들이 숱하지만 어쩔 수 없는 일이지.」

에릭은 앰버에게 시선을 싹 돌려 버렸다.

앰버의 얼굴에서 핏기가 가셨다. 에릭을 오랫동안 옆에서 보아왔지만 이런 모습은 처음이었다. 성격이 워낙 다혈질이라 불같이 화내는 모습도 여러 번 봤고, 또 성격과는 달리 얼음처럼 차가운 태도로 일관하는 모습도 가끔 봤다. 하지만 그런 태도를 앰버 자신에게 보인 적은 결단코 단 한 번도 없었다.

「알프레드, 자네는 이제 물러가도 좋다.」

에릭은 여전히 세 사람에게 시선을 떼지 않은 채 차가운 목소리로 명령했다.

「감사합니다.」

알프레드는 발소리도 없이 민첩하게 그 자리에서 사라졌다.

「에그버트!」

에릭의 목소리가 채찍처럼 내리쳤다.

「네……, 여, 여, 영주님.」

에그버트는 떨어지지 않는 입을 간신히 열어 대답했다.

「낮잠 자느라 반나절을 소모했으니, 오늘밤 보초는 네가 서도록 해라. 자, 어서 움직여!」

「알겠습니다, 영주님!」

에그버트는 그 정도의 벌에 감사하며 내심 안도의 숨을 내쉬었다. 그리고 눈 깜짝할 사이에 그 자리를 빠져나갔다.

앰버는 한숨을 내쉬었다. 에그버트가 낮잠을 잔 사실을 알고 있으니, 덩컨과 단둘이 말을 타고 나간 일도 알 게 분명했다.

「에그버트가 영주님 때문에 겁을 먹었잖아요.」

앰버는 분위기를 바꾸기 위해 일부러 에릭을 책망하는 척했다.

「그래? 생각보다 똘똘한 녀석이군. 하지만 당신은 에그버트보다 모자라도 한참 모자라.」

그 말을 듣고 움찔하는데, 잔뜩 찡그린 얼굴로 앞으로 나서려는 덩컨이 보였다. 앰버는 얼른 덩컨의 손목을 붙잡았다. 하지만 이미 에릭의 시선이 덩컨으로 향한 후였다.

「덩컨, 산책은 어땠나? 춥진 않았나?」

표정과는 반대로 부드러운 목소리였다.

「처음엔 별로 춥지 않았습니다.」

「산책하기에 나무랄 데 없이 좋은 날이었어요.」

앰버는 재빨리 덩컨의 말에 한마디 덧붙였다.

「그래, 앰버, 당신이 각별히 애정을 기울이는 산책로는 어떻던가? 더할 나위 없이 아름답던가?」

「어떻게 아셨지요?」

긴장한 앰버의 목소리를 듣자, 에릭은 먹이를 눈앞에 둔 늑대처럼 차가운 웃음을 흘렸다.

덩컨은 손에 검이나 해머가 없다는 사실이 뼈에 사무치도록 안타까웠다. 겉보기와는 달리, 에릭은 만만히 볼 상대가 아니었다.

덩컨은 에릭을 무시하고 차가운 외투를 벗어 테이블 위에 걸쳐 놓았다. 그리고 앰버의 외투로 손을 뻗었다.

「당신 외투도 말려야지?」

「아뇨, 난…….」

「왜, 외투 끈이 제대로 묶이지 않았을까 봐 걱정되나 보지?」

앰버는 불쑥 끼여든 에릭을 두려움에 떨며 쳐다보았다. 에릭의 비아냥거림은 계속되었다.

「결백하다고 변명할 생각은 전혀 없어? 에그버트만 자게 놔두고 둘이서만 빠져나가지 않았다고 한번 얘기해 보지 그래? 자, 어서 나를 설득시켜 봐.」

냉랭한 에릭의 목소리가 홀 안의 공기를 더욱 서늘하게 만들었다.

「우린…….」

「명예를 더럽힌 적도, 신의는 깨뜨린 적도 없었다고 말할 생각은 애초에 버려. 당신 입술로 아직도 순결한 처녀의 몸이라고 거짓말을 할 생각인가 본데, 얼굴을 붉힌다고…….」

「아니에요. 그게 아니라…….」

「애처로운 얼굴로 아무리 빌어도…….」

「그만 하십시오.」

덩컨의 외침에 두 사람 다 어안이 벙벙했다. 덩컨은 여차하면 싸움이라도 벌일 기세로 에릭을 향해 몸을 내밀었다. 에릭의 발치에 누워 있던 사냥개들이 벌떡 일어났고, 송골매도 날카로운 소리로 울부짖었다.

앰버가 저도 모르게 덩컨을 잡고 있던 손에 힘을 주었다.

「그 정도 닦달하셨으면 충분합니다. 앰버는 아직도 처녀의 몸입니다. 그건 제가 맹세할 수 있습니다.」

에릭은 늑대같이 흉포한 눈빛으로 덩컨을 응시하며, 들고 있던 단검을 손 안에서 이리저리 돌렸다. 덩컨은 당장에라도 싸움에 뛰어들 사람처럼 보였다. 아니 싸움이라도 하지 않으면 못 견딜 사람 같았다.

그제야 에릭은 사태를 대강 짐작했다. 덩컨은 충족되지 않은 욕구를 분출할 통로를 찾지 못해서 저렇게 안달하는 것이리라. 에릭의 호탕한 웃음소리가 홀 안에 울려 퍼졌다.

「자네를 믿네.」

얼마 후 에릭은 덩컨에게 동정 어린 시선을 던지며 말문을 뒀다. 입가에 생글거리는 웃음이 매달려 있었다.

「여인네와 운우(雲雨)의 정을 나눴다면 지금보다는 좀더 느긋했을 거야. 안 그런가?」

덩컨은 나지막하게 욕지거리를 내뱉었다. 남의 속도 모르고 싱글거리는 에릭을 보니 부아가 치밀었다.

「난롯가로 오게나. 추워서 온몸이 얼음처럼 차가울 거야. 혹시 아직 그 부분만 열이 식지 않은 건 아닌가?」

「영주님!」

앰버가 당황해서 외쳤다. 에릭은 앰버의 달아오른 얼굴을 보고 싱긋 웃었다.

「순진한 여자 같으니. 이 성안에서 덩컨의 시선이 늘 누구에게 가 있는지, 또 누가 덩컨에게서 눈길을 떼지 않는지 모르는 사람이 없어.」

앰버는 양손으로 뜨거운 얼굴을 감쌌다.

「그래서 다들 내기를 하고 있다던데.」

「무슨 내기요?」

「덩컨과 당신, 둘 중 누가 먼저 유혹에 넘어가느냐 하는 거지.」

「덩컨은 아닐 거예요.」

모기만한 앰버의 목소리를 듣고 에릭은 웃음을 터뜨렸다. 덩컨이 앰버를 끌어안더니, 달아오른 얼굴을 자기 가슴에 파묻게 했다.

앰버는 한숨을 쉬면서 덩컨의 품을 파고들었다. 예언의 한 구절 때문에 아직도 불안했다.

「눈물이 나올 만큼 감동적이군. 박수라도 쳐 줄까?」

에릭의 농담에 덩컨은 얼굴을 찡그렸다.

「적당히 하시지요.」

「하지만 이렇게 유쾌해 보긴 이 근래 들어 처음이거든. 아, 자네가 앰버를 마음에 두고 있지는 않느냐고 따진 일은 빼고.」

앰버가 놀라서 고개를 휙 쳐들었다.

「정말 그런 말을 했어요?」

「그렇다마다.」

에릭은 덩컨 대신 자신이 나서서 대답했다. 앰버의 입에서 기묘한 웃음소리가 흘러나왔다.

「앰버, 지금 웃은 거야?」

에릭의 눈이 가늘어졌다.

「음…….」

에릭은 대답을 못 하는 앰버에게 못마땅한 시선을 던졌다.

「그 웃음, 내가 여자들이 좋아할 만한 인물이 못 된다는 의미야?」

「아뇨.」

에릭은 앰버의 대답을 믿을 수 없다는 듯 한쪽 눈썹을 치켜 올렸다. 하지만 앰버의 시선은 한동안 덩컨의 얼굴에만 머물렀다.

「어느 누구도 제 몸에 손을 댈 수는 없지요. 단 한 사람을 제외하고는 말이에요. 그런데 다른 사람에게 제 몸을 허락할 거라 생각했다니, 우스울 수밖에요.」

「그 사람이 덩컨이란 말이렷다.」

에릭의 표정이 어느새 눈 녹듯 풀렸다.

「네.」

「앞으로 지아비가 될 사람이니 응당 그래야겠지.」

덩컨과 앰버의 시선이 동시에 에릭에게로 향했다.

「지아비라니요?」

덩컨이 조심스럽게 물었다.

「내일 아침에 두 사람의 약혼을 공포할 작정이야. 설마 하니 책임질 생각도 없이 앰버를 유혹한 건 아니었겠지?」

「제가 말씀드리지 않았습니까? 기억이 돌아오기 전에는 구혼하지 않겠다고요. 그 전에는 절대 앰버의 손을 잡지 않을 겁니다.」

「손은 안 되고, 다른 곳은 마음껏 취하겠다는 말인가? 그럼 자네 때문에 멀쩡한 처녀 신세가 엉망이 되는 거야.」

덩컨의 얼굴이 침울해졌다.

「다들 뒷말들이 많네. 오래지 않아 다들 처녀가 몸을 망쳤다느니, 여자로서 인생은 끝이 났다……」

「하지만 그런 일은 없었습니다!」

덩컨은 발갛게 상기된 얼굴로 반박하고 나섰다.

「그만두게. 아니 땐 굴뚝에 연기가 나겠는가? 자네와 앰버, 두 사람 모두 지금 얼마나 육욕에 시달리는지 눈에 보일 정도라네. 그런데도 그런 말이 나오는가?」

둘 다 아무 대답도 못 하고 입만 다물고 있자, 에릭은 다시 말을 이었다.

「어디 시원하게 말 좀 해보게나.」

「영주님 말씀이 맞습니다.」

덩컨은 순순히 인정했다. 인정하지 않을 수도 없는 문제였다. 덩컨 스스로 자신이 앰버에게 얼마나 푹 빠져 있는지 잘 알고 있었으니까.

「앰버, 당신에겐 물어 볼 필요도 없겠지? 당신이 덩컨을 바라볼 때면 마치 눈에서 불꽃이 튀는 것 같애.」

앰버의 얼굴에 불만의 기미가 어렸다.

「그게 뭐가 그리 잘못됐죠? 젊고 건강한 남녀 사이엔 아주 당연한 일 아닌가요? 왜 다른 이들에겐 당연한 일들이 저에겐 부끄러움이 되어야 하는 거지요?」

「욕정을 말하는 거야?」

그런 노골적인 언사를 에릭은 아무렇지도 않은 듯 툭 내뱉었다.

「아뇨! 누군가를 만졌을 때 느끼는 기쁨을 말하는 거예요. 사람을 만질 때마다 고통스러워야 하는 제 기분을 짐작이나 하시겠어요?」

덩컨은 어리둥절했다. 두 사람이 나누는 이야기가 도대체 무슨 말인지 이해할 수가 없었다.

「제가 덩컨에게 느끼는 감정에는 열정도 있지만 그게 전부는 아니에요. 평안과 안식, 만족과 희열도 있다구요.」

남녀 관계에서 불리한 쪽은 항상 여자였다. 여자들이 약혼이니, 결혼이니 하는 계약에 목숨을 거는 이유도 다 그 때문인데, 앰버는 지금 오히려 덩컨을 변호하느라 진땀을 빼고 있었다. 그런 앰버를 보는 에릭의 한쪽 가슴이 심하게 아파 왔다.

「앰버, 카산드라의 예언을 잊었어? 당신은 이름 없는 남자한테 모든 걸 빼앗기게 돼 있어. 그냥 그렇게 다 빼앗기고만 있을 생각이야!」

「그 예언은 영주님보다 제가 더 잘 기억하고 있으니 아무 걱정 마세요. 예언에서는 이름 없는 남자가 다 빼앗을 거라고 못박아 말하지 않았어요. 그저 그럴지도 모른다고 했을 뿐이라구요.」

「무슨 소리를 하는 거야?」

두 사람의 대화를 더 이상 듣다 못해 덩컨이 끼여들었다. 하지만 에릭은 들은 척도 않고 혼자 중얼거렸다.

「이름 없는 남자가 네 마음과 몸과 영혼을 빼앗을지니……」

「빼앗을지도 모르나니!」

앰버는 성난 목소리로 고쳐 말했다. 에릭의 얼굴에 눈보라처럼 싸늘하고 매몰찬 표정이 떠올랐다.

「바보 같은 여인네가 그 세 가지를 모두 내준다면 재앙이 닥쳐 오겠지.」

「무슨 소리를 하시는 겁니까, 네?」

덩컨은 안달이 났다.

「자네, 기억이 조금이라도 회복됐나?」

에릭이 덩컨에게 돌아섰다.

「아니요, 별다른 진전은 없습니다.」

「그래? 하지만 나로선 자기 이름조차 기억하지 못한다는 위인의 말을 믿어도 될지 모르겠네. 지금까지 조금이라도 기억해 낸 게 있으면 얘기해 보게나.」

덩컨의 입매가 굳어졌다.

「사이먼과 시합하기 전에 다 말씀드리지 않았습니까.」

「다시 말해 보게.」

「녹색 눈동자, 약초 냄새, 불꽃처럼 빨간 머리카락, 그 여자는 신이 함께 하라면서 뺨에 키스를 했었지요.」

덩컨이 간결하게 말했다.

「아, 그래, 글렌드뤼드의 마녀가 저주를 내렸다고 했지?」

「아니, 저주가 아니었습니다.」

「자네가 그걸 어떻게 확신할 수 있지?」

「믿어 주십시오.」

「앰버?」

에릭은 덩컨의 손을 잡고 있는 앰버에게 시선을 돌렸다.

「믿으셔도 돼요.」

덩컨은 이마로 흘러내린 앰버의 머리카락을 매만지면서 환하게 웃었다.

「당신이 그렇게 무조건적으로 믿어 주니까 몸둘 바를 모르겠는걸.」

「너무 좋아하지 말게나. 앰버는 신의 은총을 받아 태어날 때부터 사람의 진실을 볼 수 있는 능력을 부여받았다네.」

「신의 저주겠지요」

앰버의 목소리엔 체념과 비통함이 깃들여 있었다.

「앰버, 그게 무슨 말이야?」

덩컨은 이 사람들이 무슨 얘기를 하고 있는 건지 도무지 갈피를 잡을 수가 없었다.

「내가 방금 말하지 않았는가. 앰버는 누군가를 만지면, 그 사람의 마음을 읽을 수가 있네. 아무리 거짓을 고한다 해도 말이야.」

덩컨의 눈이 휘둥그레졌다가 이내 가늘어졌다. 생각에 잠긴 듯했다.

「정말 유용한 능력이군요」

「하지만 부작용이 만만치 않아요. 사람들을 만지면…… 마음과 몸이 모두 고통스러워지거든요.」

앰버는 슬픈 어조로 덩컨의 생각을 부정했다. 덩컨이 눈을 치켜떴다.

「왜 그렇지?」

「태양은 왜 달보다 더 환하죠? 떡갈나무가 자작나무보다 더 큰 이유는요? 거위 떼는 겨울이 오면 왜 그렇게 빽빽거리며 울어댈까요? 그 이유를 아세요? 아무도 그 원인을 알 수 없죠. 제가 아픈 이유도 그래요. 아무도 모른다고요. 그저 신의 뜻이라고 생각할 밖에요.」

앰버의 목소리가 격앙되었다. 덩컨은 그런 앰버를 보기가 안쓰러웠다. 얼마나 힘들고 아팠으면…….

「앰버, 너무 그렇게 과민 반응 보일 필요 없어.」

앰버는 에릭의 발치에 누워 있는 사냥개에게 시선을 돌렸다.

「내 본 모습을 알면 당신이 싫어할 것 같아서요」

154

덩컨은 앰버의 얼굴을 자기 쪽으로 돌려놓더니, 손등으로 뺨을 부드럽게 쓰다듬었다.

「내가 마녀를 좋아한다고 전에 얘기하지 않았었나? 특히 예쁜 마녀들을 보면 사족을 못 쓰지. 지금 내 손을 잡고 있으니까 내 말이 사실이란 것도 알겠군?」

앰버는 얼굴을 붉히며 고개를 끄덕였다. 덩컨의 따뜻한 말 한마디에 이렇게 마음이 포근해질 수가.

갑자기 에릭이 벌떡 일어났다. 그 바람에 사냥개들이 놀라서 그 자리에서 정신없이 맴을 돌았다.

「자네가 과거를 전혀 기억하지 못하니 큰일이야. 앞으로 앰버는 사는 게 생지옥이나 다름없을 거야.」

「무슨 말씀이신지요?」

느닷없는 에릭의 말에 덩컨은 어안이 벙벙했다.

「앰버가 자네 정부로 살기를 원하는가?」

「정부라니 가당치 않습니다.」

「아직도 내 말을 못 알아듣겠는가. 정말 미련퉁이로군.」

에릭이 성을 내며 소리치자, 앰버가 다급하게 에릭에게 매달렸다.

「영주님, 그만 하세요.」

「뭘 그만 하라는 말이야? 이 미련한 인사는 잠시도 당신 몸에서 손을 떼지 못하는 주제에, 기억을 찾기 전까지는 당신과 결혼할 수가 없다고 하잖아. 단언컨대 첫눈이 오기도 전에 당신은 덩컨과 몸을 섞을 거야!」

덩컨은 화가 나서 양손을 옆구리에 붙였다. 그 모습을 보고 에릭이 웃음을 터뜨렸다.

「이제 손을 뗐으니 안심해도 되겠군. 하지만 다음에 앰버가 몸을 기꺼이 내주겠다고 하면 어쩔 텐가? 절대로 유혹에 넘어가지 않겠다고 약속할 수 있겠는가?」

덩컨은 약속할 수 있다고 호언장담하고 싶었지만 차마 그렇게 하지 못했다. 어떻게 될 줄 뻔히 알면서 거짓 맹세를 할 순 없지 않은가.

「저 때문에 앰버가 순결을 잃는다면 곧바로 결혼하겠습니다.」

덩컨이 딱딱하게 굳은 목소리로 약속했다.

「기억을 되찾든 되찾지 못하든 간에?」

재차 확인하는 에릭의 목소리가 단호했다.

「네.」

에릭은 다시 의자에 앉으며 흡족한 미소를 지었다.

「무슨 일이 있어도 자네가 그 약속을 지키도록 하겠네.」

목소리는 작았지만, 에릭의 의지는 확실히 엿볼 수 있었다.

에릭 앞에 와서 선 이후부터 계속 불안에 시달리고 있던 앰버는 길게 안도의 숨을 내쉬었다.

「글렌드뤼드의 마녀라고 했던가…….」

에릭이 생각에 잠겨서 중얼거렸다.

앰버는 숨을 멈추고 가만히 다음 말을 기다렸다. 에릭이 글렌드뤼드의 마녀와 도미니크 르 사브르를 연관지어 생각할까 봐 조마조마했다.

「분쟁의 땅에 있는 주술사 중에 그런 여자가 있었던가?」

「그런 여자라니요?」

앰버는 내심 안도했다.

「빨간 머리, 녹색 눈동자의 여자 말이야. 덩컨에게 호박목걸이를 내준 걸로 봐서 주술사인 듯한데…….」

「그런 사람은 저도 몰라요.」

「카산드라도 모른다고 하던데, 그럼 분쟁의 땅에 사는 주술사 중

156

에는 그런 여자가 없다는 애긴데…….」

에릭은 생각에 잠긴 채 엄지손가락으로 단검을 쓰다듬었다. 검날에 새겨진 룬 문자가 살아 있는 생물처럼 느껴졌다.

「앰버, 당신이 태어날 때 카산드라가 했던 예언은 분쟁의 땅 안에서는 아주 유명해.」

「그렇지요.」

앰버는 에릭의 표정을 유심히 살피며 그의 의중을 파악하기 위해 애썼다. 덩컨이 의혹 어린 시선을 던졌지만, 에릭에게 고정된 앰버의 시선은 움직이지 않았다.

「당신 보석 중에서 호박을 특별히 아끼는 것도 여기 사람들은 모두 알고 있지.」

앰버는 말없이 수긍했다.

「글렌드뤼드의 여자들은 남자의 영혼을 꿰뚫어 보는 능력이 있다지?」

에릭이 눈길이 덩컨에게 가 멈췄다.

「그렇습니다.」

순간 에릭의 눈이 잠시 빛을 발했다.

「그나저나 자네는 어디서 그런 애기를 들었지?」

「다들 아는 애기 아닙니까?」

「과거에 자네가 살았던 곳에서나 그랬겠지. 여기서는 아니야.」

에릭의 눈동자가 앰버에게 향했다.

「분쟁의 땅 안에 글렌드뤼드의 마녀처럼 남자의 영혼을 들여다보는 자가 누가 있지?」

「저도 미약하나마 할 수 있는 일이지요.」

「그렇지. 하지만 덩컨에게 앰버목걸이를 내준 사람은 당신이 아니잖아.」

「그렇지요.」

앰버의 목소리가 점점 작아졌다.

에릭은 단검을 공중으로 휙 던졌다. 허공에서 빙그르르 회전하던 단검이 칼자루가 아래쪽으로 향한 채 에릭의 손 안으로 정확히 떨어졌다.

「글렌드뤼드의 마녀는 어디서 만났는가?」

단검을 받아 쥔 에릭이 덩컨을 바라보았다.

「기억이 안 납니다.」

「스코틀랜드인이나 색슨인들 사이에서는 그런 여자를 찾기 힘들지요.」

앰버는 안달이 나서 재빨리 끼여들었다.

다시 공중으로 던져진 단검을 에릭이 확 낚아챘다. 전광석화 같은 솜씨였다. 그 모습을 바라보고 있던 덩컨의 입에서 의외의 말이 튀어나왔다.

「사이먼.」

「방금 뭐라고 했나?」

늑대처럼 예리하게 번득이는 눈빛이 덩컨에게 날아왔다.

「영주님은 사이먼 못지않게 몸놀림이 빠르시는군요.」

그 말에 에릭은 안도하며 눈을 내리깔고는 단검을 검집에 집어넣었다.

「안타깝게도 그걸 시험해 볼 기회가 사라졌네. 사이먼이 여길 떠났거든.」

「아니, 왜 그랬답니까?」

덩컨이 놀라움을 감추지 못했다.

「알프레드 말로는, 세상 구경을 좀더 하고 싶다면서 떠났대.」

「그 친구가 정말 맘에 들었는데…… 맞은 자리가 아직도 욱신거리긴 하지만 말입니다.」

덩컨이 얼굴을 익살스럽게 찡그려 보이며 배를 쓰다듬었다.

「그래, 두 사람은 오래 전부터 서로 알고 지낸 사이처럼 친숙해 보였어.」

에릭은 신나서 맞장구를 쳤지만, 앰버는 순간 등골이 오싹했다.

「왠지 낯선 사람 같지 않았습니다.」

덩컨이 솔직하게 말했다.

「그랬나?」

「하지만 정확하게는 기억이 안 납니다.」

「앰버.」

앰버는 부름의 의미를 잘 알았다.

앰버가 천천히 덩컨의 손목을 잡자, 에릭은 덩컨에게 다시 물었다.

「사이먼을 아는가?」

덩컨이 성난 얼굴로 앰버의 손과 에릭을 번갈아 쳐다보더니 주먹을 불끈 쥐었다.

「제 말을 의심하시는 겁니까?」

「아니. 하지만 자네의 과거는 의심해 볼 여지가 있지. 미리 조심해 두면 나쁠 게 없지 않은가. 그러니 이해해 주게.」

「그렇게 하지요.」

덩컨이 한숨을 길게 내쉬었다.

「그럼 계속 얘기해 보게.」

에릭은 덩컨의 화를 건드리지 않으려고 부드럽게 말했다.

「사이먼을 처음 만났을 때 위험한 자라는 느낌을 받았습니다.」

의외였다.

「그런가?」

「네. 그리고 성가 소리도 들렸고, 촛불도 봤습니다.」

「성당 안이었나?」

에릭의 시선이 앰버에게 향했다.

「네, 성당의 분위기가 느껴져요.」

「그 외에 다른 건?」

「모르겠어요. 덩컨의 기억이 조금 되살아나긴 했지만 아직 역부족이에요.」

「그래? 그래도 자세히 알아봐?」

앰버는 슬쩍 덩컨을 곁눈질했다. 믿을 수 없다는 표정으로 자신을 바라보고 있는 덩컨이 눈에 들어왔다. 미안하고 송구스러웠지만 어쩔 수 없었다.

「덩컨, 마음속에 성당을 떠올려 봐요」

덩컨이 아무 말 없이 입을 꾹 다물었다.

「성당 안에서 특별한 의식이 치러졌던 것 같아요. 그저 단순한 미사가 아니에요.」

앰버는 정신을 집중한 채로 중얼거렸다.

「장례미사? 아니면 혼인성사나 세례식?」

에릭이 캐물었다.

「거기까진 모르겠어요.」

덩컨이 한참 동안 심각한 얼굴로 앰버를 응시하자, 앰버의 몸이 희미하게 떨렸다.

「무슨 일이지?」

에릭이 놀라서 물었다.

「덩컨이 저 때문에 화가 났어요.」

「그럴 만도 하지.」

에릭의 목소리가 금방 담담해졌다.

「그래서 그런지 몸이 갑자기 쐐기풀에 찔린 것처럼 따갑고 아파요. 이제 그만 손을 놔도 될까요?」

그렇게 얘기하는 앰버의 목소리가 잔뜩 풀이 죽어 있었다.

「앰버, 잠깐이면 끝나. 조금만 참아. 그리고 덩컨, 자네도 과거를 찾으려면 앰버의 능력에 의존하는 게 제일 빠를 거야.」

「그럴까요?」

덩컨의 싸늘한 답변에 앰버는 다시 한 번 몸을 떨었다.

「자네가 놓친 것까지도 앰버는 감지해 낼 수 있네.」

「정말 그래?」

앰버를 보는 덩컨의 시선이 많이 누그러졌다.

「다른 사람은 그저 그 사람의 생각만을 읽을 수 있는데, 당신한테만 그래요.」

「왜 유독 나한테만 그렇지? 내가 기억이 없어서 그런 거야?」

덩컨은 앰버의 눈동자를 빤히 들여다보았다. 앰버의 파리한 얼굴과 어두운 눈빛을 보니, 이 순간을 고문처럼 여기고 있는 게 분명했다.

「저도 몰라요. 그저 우리가 같은 운명을 타고났다는 사실만 알아요.」

덩컨은 한참 동안 앰버를 물끄러미 바라보다가 한숨을 길게 내쉬더니 앰버의 손가락 하나 하나에 입을 맞추었다. 그러고는 천천히 입을 열었다.

「저, 사이먼을 처음 봤을 때 위험하다는 생각이 들었다고 했지요? 지금 불현듯 떠오른 생각인데, 사이먼을 보는 순간 다리 사이에서 시퍼렇게 번뜩이는 칼날의 이미지가 머리를 스쳤던 것 같습니다.」

덩컨이 앰버의 손을 잡으면서 말했다. 덩컨의 손이 닿는 순간, 앰버는 놀라서 작게 비명을 질렀다.

「별로 달갑지 않은 기억이군.」

희미하게 웃는 에릭을 보며 덩컨은 냉소적인 웃음을 지었다.

「그렇다고 해야겠지요.」

「계속해 보게.」

「음, 그리고 눈동자가 칠흑처럼 검은 남자도 언뜻 보였습니다.」

「사이먼이로군.」

에릭이 대수롭지 않게 단정 지었다.

「처음엔 그렇게 생각했지만 지금은…….」

덩컨의 입술 사이로 긴 한숨이 또다시 흘러나왔다.

「앰버.」

에릭이 다시 앰버에게 시선을 돌렸다. 다시 앰버가 나설 차례였다.

「무슨 연유로 사이먼이 아니라고 생각하는 거예요?」

「사이먼이 날 전혀 알아보지 못했으니까. 설마 하니 자신이 전에 칼을 들이댄 자를 기억 못 하겠어?」

덩컨의 말이 끝나기도 전에 앰버의 얼굴이 하얗게 질렸다.

「앰버, 왜 그래?」

에릭이 마른침을 꿀꺽 삼켰다.

「성당에서…… 혼인성사가 치러졌어요.」

「확실한 거야?」

덩컨과 에릭의 입에서 동시에 튀어나온 말이었다.

「네. 수를 놓은 구두가…….」

「그래, 맞아! 은실로 곱게 수를 놓은 조그만 구두를 내가 들고 있었지. 이제야 기억이 나!」

덩컨이 의기양양해서 외쳤다.

앰버의 눈동자에 고여 있던 눈물이 뺨을 타고 흘렀다.

「앰버, 그 외에 다른 건 없어?」

에릭이 안타까운 심정으로 물었다. 앰버가 흘리는 눈물의 의미는 대충 짐작했지만, 공은 공이고 사는 사였다.

「내가 당신 손을 너무 꽉 쥐고 있었군. 미안해. 많이 아팠지?」

덩컨이 얼른 손을 놓으며 다정하게 속삭였지만, 앰버는 무표정한 얼굴로 말없이 고개만 내저었다.

「그럼 왜 우는 거야?」

덩컨의 얼굴에 걱정의 빛이 가득했지만, 앰버는 목이 메, 아니라고, 괜찮다고 말해 줄 수가 없었다.

「나도 기억하지 못하는 과거를 보기라도 한 거야?」

앰버가 고개를 저으며 덩컨의 손에서 손을 빼내려고 했지만, 덩컨은 손을 놔주지 않았다.

「앰버, 그럼…….」

「그만 하고, 그만 앰버 손을 놔주게.」

에릭이 단호하게 덩컨에게 명령했다. 하지만 덩컨은 그대로 물러설 수 없었다. 앰버가 왜 이러는지 이유를 알아야만 했다.

「도대체 뭐가 잘못된 겁니까? 주술사들 특유의 문제라도 생긴 겁니까? 왜 앰버가 말을 안 하려고 들지요?」

「주술사라서 생긴 문제가 아니라, 마음의 상처 때문에 생긴 문제일 뿐이지.」

「그게 무슨 말씀입니까? 제발 속 시원히 얘기 좀 해주세요!」

「이미 알고 있는 사실이지만, 자넨 참 둔해. 뻔한 거 아닌가. 자네는 혼인성사가 치러지는 성당에서 어떤 여자의 신발을 손에 들고 있었다고 했네.」

「앰버가 우는 게 그거랑 무슨 상관 있습니까?」

덩컨이 분통을 터뜨렸다.

「다른 여자에게 메인 남자에게 마음을 줬으니 마음이 찢어지겠
지.」

「전 그 신발을 그저 신랑될 사람에게 건네줬을 뿐입니다. 제가
신랑은 아니었다구요!」

그제야 모든 상황을 깨달은 덩컨은 앰버를 덥석 안으며 웃음을
터뜨렸다. 앰버도 손끝을 통해서 덩컨의 말이 사실임을 알았다.

갑자기 사냥개들이 자리에서 일어나더니 신나게 짖어 댔다. 앰버
는 에릭을 빤히 응시했다.

저 개들이 저렇게 좋아하는 건 주인의 마음을 읽었기 때문인데,
에릭은 뭐가 저리 좋은 거지?

10

「성역에 두 사람만 보냈다는 말씀입니까?」

카산드라는 기가 막혀 픽픽 헛웃음만 웃었다.

「그래. 하지만 덩컨은 기억을 되찾기 전에 앰버와 몸을 섞지 않기로 했네.」

「영주님 맘대로 일을 처리하셨군요!」

「모두 자네 가르침 덕이지. 호랑이를 잡으려면 호랑이 굴로 들어가야 한다면서?」

에릭의 말투는 분명 비아냥거림이었다.

「대체 제정신입니까? 그건 용기가 아니라 미친 짓입니다!」

에릭은 '신비의 호수' 쪽을 바라보았다. 소리 없이 낙하했다가 다시 산등성이 너머로 사라지는 물새들과 산봉우리에 걸린 새하얀 구름이 눈에 들어왔다. 구름 아래쪽으로 시선을 내려뜨리면, 초록색과 붉은색, 노란색 등이 다채롭게 펼쳐진 계곡이 보였다. 카산드라의 예측대로, 동장군은 예고도 없이 차가운 바람을 몰고 올라오는 중이었다. 이제 얼마 안 있으면 산 정상엔 눈이 쌓이리라.

주인의 복잡한 마음을 읽은 에릭의 송골매가 푸드덕거렸다. 카산드라는 조심스럽게 송골매를 뜯어보았다. 사냥개들만은 못해도, 주인의 마음을 꽤나 잘 읽는 녀석이었다.

「미친 짓인 줄 알지만 나로서도 어쩔 수 없었네. 스톤링 성을 지키기 위해선 믿을 만한 기사가 절실히 필요한 실정이야.」

「다른 영지도 많지 않습니까? 그쪽으로 신경을 돌리시지요.」

「지금 무슨 말을 하는 건가? 그럼 도미니크 르 사브르에게 스톤링 성을 순순히 내주란 말인가?」

「네, 그렇습니다.」

카산드라의 당찬 대답에 에릭은 멈칫했다. 송골매가 날개를 푸드덕거리더니 날카롭게 울부짖었다.

「그럼 시홈은 어찌할까? 그것도 가증스러운 노르만 놈에게 내줄까? 아예 윈터랜스까지 주지, 뭐!」

「영국 왕은 스톤링 성만 언급했으니 걱정할 필요가 없질 않습니까? 그리고 스톤링 성에 대해서는 스코틀랜드 국왕 폐하께서도 동의하셨으니 영주께서 스톤링 성을 내주는 건 빼앗기는 게 아닙니다.」

「국왕 폐하께선 단지 그 순간을 모면하기 위해 그리 동의하신 것뿐이네.」

「아니요. 이젠 더 이상 그런 미련을 버리시는 게 좋을 겁니다.」

에릭의 청동색 외투가 바람에 휘날리면서 검자루가 은빛 번개처럼 번쩍 빛을 발했다.

「딸 결혼시킬 때 지참금으로 주듯 그렇게 선뜻 스톤링 성을 내준 다면, 온갖 소인배들이 다 여기로 모여들 거네. 지들도 하면 된다 하고 말이야. 그럼 안 그래도 무법천지인 분쟁의 땅이 어떻게 되겠 는가?」

「그런 일은 없을 겁니다. 지금껏 점을 치면서 그런 미래를 본 적 은 없으니까요.」

「자네는 계속 그 얘기만 할 생각인가 본데, 난 무슨 일이 있어도 스톤링 성을 도미니크에게 내줄 수 없네. 내 몸에 흐르는 마지막 피 한 방울까지 짜내서 싸울 거란 말이야!」

에릭이 결의에 찬 눈빛으로 단호하게 말했다.

카산드라는 씁쓸한 심정으로 양손을 내려다봤다. 방금 전까지만 해도 소매 안에 감추고 있던 손이었다. 길이가 긴 진분홍 소매에는 초록과 파란색 실로 수가 놓여 있었다.

「그 동안 예지몽(豫知夢)을 꾸었습니다.」

「유혈이 낭자한 전쟁터라도 보았는가?」

「아니요.」

카산드라는 손톱이 잘 손질된 긴 손가락을 물끄러미 내려다보았 다. 물을 상징하는 사파이어, 생명을 상징하는 에메랄드, 피를 상징 하는 루비, 이 세 가지 보석이 박힌 반지가 가운뎃손가락에서 빛을 발하고 있었다.

「녹색 섬과 붉은 봉오리를 맺은 꽃 한 송이, 파란 호수가 있었지 요. 그런데 폭풍우가 무시무시한 속도로 다가오는가 싶더니 어느 순간 꽃봉오리를 건드렸습니다. 그러자 꽃이 활짝 피어났지요. 말로 형용할 수 없을 정도로 아름다웠지요. 하지만…… 폭풍우를 맞으면 서 꽃을 피웠다는 게 맘에 걸립니다.」

에릭의 눈이 가늘어졌다. 카산드라가 얘기를 계속했다.

「여하튼 그 다음엔 폭풍우가 섬을 뒤덮어 버렸지요.」

에릭은 골똘히 생각에 잠긴 채로 송골매를 천천히 쓰다듬었다.

「폭풍우에 점령당하지 않은 건 호수뿐이었지요. 하지만 호수는 곧 폭풍우를 갈망하게 되었습니다. 아름답게 피어난 꽃과 초원을 이룬 섬을 부러워하게 된 거지요.」

세찬 바람이 불어와 에릭의 외투와 카산드라의 드레스를 흔들었다. 송골매는 날개를 접고 앉아서 뚫어져라 하늘을 응시했다. 바람 소리가 적막한 늦가을에 스산함을 더했다.

「그게 전부인가?」

마침내 에릭이 말문을 열었다.

「그만하면 알아들을 때도 되지 않았습니까? 마음과 몸이 가면 영혼도 금세 내주게 될 거란 말입니다!」

「또 그 타령이군. 언제나 입에서 나오는 말이 그 망할 놈의 예언뿐인가!」

에릭이 나지막하게 욕설을 내뱉었다.

「덩컨이라는 작자를 그냥 죽게 내버려둬야 했습니다.」

「그랬으면 꽃봉오리는 영원히 피지도 못하고, 섬에는 초원이 우거지지도 않았겠지.」

「하지만…….」

「자네 꿈은 긍정적인 미래를 보여 준 거네. 아무리 봐도 절망적인 상황은 없잖은가. 그리고 그 정도면 위험도 감수할 만하지 않나?」

「끔찍한 참사가 벌어질지도 모릅니다.」

「말은 똑바로 하게. 내겐 벌써 끔찍한 참사가 벌어지고 있어! 난 아버님에게 전사 좀 내주십사 했지만 일언지하에 거절하셨네.」

「늘 그러셨잖습니까.」

카산드라는 대수롭지 않게 대꾸했다.

「나에겐 유능한 전사들이 절실히 필요해. 그런데 덩컨이 바로 그런 사람이네. 스톤링 성을 지키려면 그 사람이 꼭 필요하단 걸 누구보다도 잘 알잖은가. 그가 없으면 스톤링 성은 십중팔구 노르만 놈의 손에 떨어질 거야.」

「왜 이리 말을 못 알아듣습니까? 덩컨을 전사로 이용할 생각은 이제 그만두시지요!」

「스톤링, 윈터랜스 그리고 시홈을 손에 쥐고 있는 자만이 분쟁의 땅을 장악할 수 있네.」

「하지만…….」

「더 이상 날 설득할 생각 말게!」

「그러다가 죽음을 맞을 수도 있습니다.」

비장한 목소리가 에릭을 뜨끔하게 만들었다.

「죽음은 누구나 예측할 수 있는 것, 굳이 그 문제를 들먹일 필요까진 없네. 누구나 반드시 죽음을 맞이하니까.」

「고집도 아주 똥고집이군요. 영주께서 하고자 하는 일이 얼마나 위험한지 왜 모릅니까?」

카산드라의 목소리가 한 톤 올라갔다.

「그러는 자네는 수수방관만 하는 게 얼마나 위험한 일인지 왜 모르나?」

에릭은 팔을 쭉 뻗으면서 매를 날려보냈다. 매는 바람을 타고 멀리멀리 날아갔다.

「내가 그냥 손을 놓고 있으면 스톤링 성은 그대로 빼앗길 테고, 스톤링 성을 잃으면 시홈은 무방비 상태나 마찬가지가 되네.」

카산드라는 하늘만 올려다볼 뿐 아무 대꾸도 하지 않았다. 에릭은 카산드라의 대답을 포기하고 말을 이었다.

「윈터랜스도 마찬가지네. 스톤링 성을 내주고 얼마 안 가서 탐욕스런 우리 사촌들이나 바이킹들 손에 떨어지고 말걸. 어때, 내 말이 틀리나?」

「맞습니다.」

카산드라는 길게 한숨을 내쉬고는 짧게 대꾸했다.

「그런 참에 덩컨이라는 유용한 무기를 손에 넣게 됐어.」

「덩컨은 양날 검이라고 해야겠지요. 이로운 만큼, 그만큼 위험한 인물이니까요.」

「그래, 아주 조심스럽게 다뤄야 하는 무기지. 하지만 도미니크 르사브르보다는 내 손에 쥐고 있는 편이 낫지 않겠나?」

「영주께서는 덩컨을 죽게 놔뒀어야 했습니다.」

「이미 엎질러진 물인데 이제 와서 그런 말을 해봤자 무슨 소용인가? 설마 지금 예언이라고 그 말을 하는 건 아니겠지? 그자는 호박 목걸이를 걸고 있었을 뿐만 아니라 마가목나무 아래에서 잠들어 있었네. 자네라면 그냥 죽게 놔뒀겠나?」

카산드라는 비아냥거리는 제자를 바라보며 다시 한숨을 내쉬었다.

에릭은 실눈을 뜨고 은빛 구름 사이로 쏟아지는 햇살을 감상했다. 송골매가 맑고 높은 하늘 아래에서 사냥감을 노리고 있었다.

「앰버와 결혼하기 전에 기억을 되찾으면 어쩌겠습니까?」

「그런 일은 없을 거네. 이번 주 안에 앰버는 덩컨에게 순결을 내줄 테니까. 내 장담하지.」

카산드라의 소맷자락이 바람에 휘날리면서 혈관이 드러날 정도로 꽉 모아 쥔 손이 드러났다. 에릭은 카산드라의 마음을 조금이라도 진정시킬 요량으로 한마디 덧붙였다.

「그렇다고 앰버가 겁탈이라도 당할까 걱정한다면, 그냥 맘 푹 놓게. 그런 일은 절대 없으니까. 열정을 주체하기 힘든 건 앰버도 다를 바 없질 않나.」

「앰버와 결혼하기 전에 기억을 되찾으면 어쩌겠습니까?」

카산드라는 앵무새처럼 같은 말을 반복했다.

「그때는 나와 대적해야겠지. 사이먼에게 졌으니까, 나도 이기지 못할 거네.」

「그럼 덩컨을 죽일 생각입니까?」

에릭은 고개를 끄덕였다.

「그자는 숨이 붙어 있는 한 절대 항복하지 않을 거네.」

「그럼 앰버는 어찌되는 겁니까?」

애처로운 송골매의 울음소리가 공기를 갈랐다. 그 높이에 있으면서도 주인의 마음을 읽은 모양이었다. 카산드라는 에릭의 얼굴을 물끄러미 들여다보았다. 그러고는 잠시 눈을 감고 한참 동안 내면의 소리에 귀를 기울였다.

「다른 가능성도 있습니다.」

「그렇겠지. 죽는 건 내 쪽일지도 모르지. 하지만 사이먼과 대적하던 모습으로 판단하건대, 그리 되진 않을 거네.」

「사이먼이라는 기사를 보지 못한 게 못내 아쉽군요. 덩컨을 무릎 꿇게 할 정도라면 실력이 대단했을 텐데.」

「사이먼도 많이 고전했지. 덩컨에게 두 번이나 덜미를 잡힐 뻔했으니까.」

에릭은 외투 앞깃을 단단히 여미고는 검을 쓰는 데 지장이 없도록 옷을 잘 매만졌다.

「솔직히 말해서 덩컨과 대적하기 싫네. 몸집에 어울리지 않게 몸놀림도 빠른 편이거든.」

「영주나 덩컨이나 체격은 엇비슷하지 않습니까? 혹여 덩컨에게 목숨을 잃으신다면, 영주 홀로 구천을 헤매게 하진 않겠다고 이 몸이 약조를 하지요.」

카산드라의 작은 목소리에서 힘이 느껴졌다.

내 스승에게 이런 면도 있었나?

에릭은 카산드라의 얼굴을 찬찬히 뜯어보았다.

「그랬다가는 아버님도 감당하지 못할 정도로 전쟁이 크게 벌어질 거네.」

「될 대로 되라지요. 따지고 보면 모든 게 로버트 경이 교만해서 벌어진 일이 아닙니까? 아직까지 명을 부지하고 있다니, 안타까울 따름입니다. 우리네 인생, 죽고 나서 후회해도 소용없는 일인 것을…… 로버트 경은 아마 죽어서도 편히 쉬지 못할 겁니다.」

카산드라는 에릭에게 얘기한다기보다는 혼잣말처럼 중얼거렸다.

「아버님은 그저 상속자를 바라셨을 뿐이네. 당신의 영지를 지켜 줄 수 있는 아들 말이야.」

「그 때문에 한때는 내 동생을 내치려고 했지요.」

에릭은 놀란 눈으로 카산드라를 바라보았다.

「동생이라고?」

「네, 엠마는 내 동생입니다.」

에릭의 입이 커다래진 눈만큼이나 크게 벌어졌다. 물론 한동안 주위의 모든 사물이 정지해 버린 듯 정적이 흘렀음은 당연한 일이었다.

「왜 지금껏 그런 사실을 숨겼나, 아니, 숨겼어요?」

카산드라가 자신의 이모임을 아는 이상, 에릭은 카산드라에게 계속 말을 놓을 수가 없었다. 그건 조카의 도리가 아니리라.

「이 미천한 몸이 영주의 이모라는 사실 말입니까?」

카산드라가 하는 말을 단 한마디도 놓치지 않으려는 듯, 에릭은 카산드라의 입을 뚫어져라 노려보았다.

「엠마도 그렇고, 나도 그리 하자고 했지요. 로버트 경은 소위 주술사라는 사람들을 무서워했거든요」

수긍이 가는 얘기였다. 에릭도 주술사의 길을 동경하는 바람에 아버지와 한참 불화가 있었다. 화해는 했지만 아직까지도 앙금은 완전히 가시지 않은 상태였다.

「엠마와 결혼한 후, 로버트 경은 우리 자매를 서로 왕래조차 하지 못하게 했지요. 하지만 꼭 한 번 허락한 적이 있었는데, 엠마가 아이를 못 낳아 내게 도움을 청하러 올 때였지요」

「어머닌 이모님의 도움으로 임신하셨던 거군요?」

답을 바라는 질문이라기보다는 자신의 확신을 재확인하는 말이라는 게 옳았다.

「그렇지요. 무지한 로버트 경에게 주술사의 자질이 뛰어난 아들을 줬으니 기쁘기 한량없습니다.」

카산드라의 입가에 싸늘한 미소가 어렸다. 하지만 에릭을 바라보는 눈동자에는 애정이 듬뿍 담겨 있었다. 에릭은 이 의외의 상황에 잠시 당황했다. 카산드라는 이제까지 그런 감정을 내색한 적이 거의 없던 사람이었다.

「엠마도 죽었으니, 로버트 경이 어찌되든 내 알 바 아닙니다. 그저 경멸감만 들 뿐이지요. 영주께서 만에 하나라도 세상을 떠나게 되면 로버트 경도 무사하지 못할 겁니다. 피로 흥한 자는 반드시 피로 망합니다. 눈에는 눈, 이에는 이니까요.」

너무나 뜻밖의 얘기라, 에릭은 한동안 말문이 막혔다. 지금의 말은 저주에 가까웠다. 카산드라의 한마디는 보통 사람들이 하는 말과는 그 경중의 정도가 달라서, 그냥 들어 넘길 문제가 아니었다. 하지만 에릭은 그런 생각들을 떨쳐 버리고 말없이 양팔을 활짝 벌렸다. 어머니 이상으로 자신에게 정신적 지주가 되어 준 존재가 아니었던가.

카산드라 역시 망설임 없이 에릭을 끌어안았다. 자신의 도움이 아니었으면 세상에 태어나지 못했을 조카였다.

「그래 봐야 내 적들만 유리해지지 않겠습니까? 기왕 절 위로해 주려면 좀더 나은 방법을 궁리하시지요.」

얼마 후 에릭은 카산드라를 놔주면서 한마디 했다.

「항상 좀더 멀리 보도록 노력하세요. 어쩌면 영주의 사촌보다 도미니크 르 사브르와 손을 잡는 게 더 유리할지도 모릅니다.」

「사촌들보다야 그 악마가 나을 수도 있겠지요.」

에릭은 골똘히 생각해 잠겨 중얼거렸다.

「한번 진중히 고려해 보시지요. 그럴 만한 가치가 충분한 일입니다.」

에릭은 고개를 내저으며 웃었다.

「아무래도 이모님 사전엔 포기라는 단어가 없는 모양입니다. 그러면서도 나더러 똥고집이라고 합니까?」

「영주는 정말 똥고집이지요.」

「나는 타고난 재능을 믿고 따르는 것뿐입니다.」

「고집이 센 것도 재능이랍니까?」

「통찰력이라고 해주세요. 남들이 실패를 확신할 때, 나는 성공할 방법을 모색하지요.」

카산드라는 에릭의 머리를 매만져 주며 속삭였다.

「명석한 판단력이 오만에 가리지 않기를 빌겠습니다.」

덩컨과 앰버는 스톤링을 향해 나란히 말을 달리고 있었다.

멀리서 천둥소리가 대지를 뒤흔들었다. 먹구름의 장막이 아래로,

아래로 이동해 오고 있었다. 머지않아 폭풍이 몰아칠 것 같았지만, 그것이 언제쯤일지는 알 길이 없었다.

「'폭풍이 머무는 자리'예요.」

앰버가 앞쪽을 가리키며 말했다.

「뭐라고?」

덩컨은 앰버를 쳐다보았다.

「저기 저 고원의 이름이 '폭풍이 머무는 자리'예요. 고원은 겨울이 와서 기분이 좋은 것 같아요. 눈밭에서 좋아라 깡충거리는 강아지처럼 말이에요.」

「고원은 폭풍이 몰아치는 것도 좋아할까?」

「둘은 떼려야 뗄 수 없는 관계지요. 폭풍은 고원에서 가장 빛나는 영광을 맛볼 수 있고, 고원 역시 폭풍의 맹렬한 바람을 맞는 순간이 가장 아름답구요.」

「하지만 위험하기도 하지.」

덩컨은 혼잣말처럼 중얼거렸다.

「위험하니까 더욱더 아름답게 느껴지는 거지요.」

앰버가 싱긋 웃으며 대꾸했다.

「그럼 평화로울 땐 아름다움이 덜하기라도 하나?」

「휴식은 아름다움을 지켜 낼 힘을 주지요.」

「지금 내게 가르침이라도 내려 줄 생각이야?」

덩컨은 장난기 어린 눈을 빛냈다.

「누구나 다 아는 상식인데, 가르침은 무슨 가르침이에요.」

앰버가 무안한 듯 얼굴을 붉히면서 하늘을 올려다보았다.

덩컨은 앰버를 앞에 앉히고 말을 탔으면 하는 마음이 간절했다. 그랬으면 외투 안에 손을 넣고 앰버의 부드러운 가슴을 애무하련만.

그래선 안 돼.

마음속에서 경고의 소리가 울려 퍼졌다.

하지만 앰버는 지아비가 있는 몸도 아니고 약혼자가 있는 것도 아니야. 더더군다나 영주님의 말처럼 순결한 처녀도 아니고 말이야. 그리고 무엇보다도 중요한 건, 앰버 역시 나 이상으로 우리가 하나 되길 간절히 원한다는 거야. 그런데 우리가 즐거운 시간을 가지면 안 될 이유가 뭐가 있어?

하지만 덩컨은 이내 머리를 내저었다. 고집스럽게 침묵을 지키고 있는 과거의 기억이 무너지지 않는 한 그런 일은 꿈꿔서는 안 되었다.

혹시 내가 이미 다른 누군가와 결혼한 몸이라면?

하지만 이번에도 덩컨은 고개를 내저었다. 설명하긴 힘들었지만, 결혼을 하지 않은 게 확실했다.

「덩컨?」

자신을 부르는 소리에 덩컨은 상념에서 빠져 나왔다.

「스톤링까지 거의 다 왔어요. 주위를 한번 둘러보세요. 혹시 어디선가 본 듯한 기분이 안 들어요?」

「유령 계곡으로 가는 길과 비슷한데? 우리의 목적지가 속삭이는 늪이라면 좋겠군.」

덩컨은 익살스럽게 대답했다. 앰버의 얼굴에 추위와 상관없이 홍조가 감돌았다.

「그때 우리가 어떤 시간을 보냈는지 기억 나?」

앰버의 뺨이 더욱 발갛게 달아올랐다.

「기억 나지? 그렇지? 나만 혼자 괜히 안달 난 게 아니라고 대답해 줘. 부탁이야.」

앰버는 덩컨의 과장된 몸짓을 보며 몰래 키득거렸다. 그러고는 눈을 반쯤 내리깔고 얘기했다.

「덩컨, 걱정 말아요. 내가 어떻게 그날 일을 잊겠어요. 당신은 내게…… 천국이 무엇인지 알게 해줬어요.」

「당신이 너무 매혹적이라, 내 몸을 내 뜻대로 조절할 수가 없어. 다 당신 탓이야. 책임져.」

웃고 있던 앰버의 입가에 금방 슬픔이 어렸다. 기쁨과 슬픔이 어떻게 이리도 쉽게 자리를 맞바꿀 수 있는지, 앰버 자신도 이해하기 힘들었다.

「당신을 유혹할 생각은 없어요. 그래선 안 된다는 것도 알았구요.」

「안 된다고? 왜?」

덩컨이 영문을 모르겠다는 듯 눈을 치켜 떴다.

「우리가 얼마나 쉽게 유혹에 빠지는지 알았으니까요.」

「그래서 날 나병환자 보듯이 피했군.」

원망 섞인 덩컨의 목소리를 들으니 가슴이 더욱 쓰라렸다.

「당신을 위해서도 그 편이 나을 것 같았어요.」

「하지만 난 날개 부러진 송골매가 된 기분이야.」

「덩컨, 상처 줄 생각은 없었어요. 내 생각엔…… 우리가 서로 마주치지 않으면…… 당신이 절 안고 싶어하는 마음이 무뎌질 거 같아…….」

「당신은 어때? 하루 이틀 지나니까 욕망이 무뎌져?」

덩컨이 참지 못하고 앰버를 몰아붙였다. 앰버는 나지막하게 한숨을 내쉬면서 눈을 감았다.

「앰버?」

「아니요. 무뎌지기는커녕 시간이 갈수록 힘들어졌어요.」

덩컨의 얼굴에 희색이 만연했다. 하지만 앰버의 속눈썹에 맺혀 있는 눈물 방울을 보는 순간, 얼굴이 딱딱하게 굳어졌다.

「갑자기 왜 우는 거야?」

앰버는 목이 메 대답을 할 수 없었다. 따뜻하고 큼직한 손이 앰버의 턱을 들어올렸다.

「앰버, 똑바로 날 쳐다봐.」

덩컨의 감정이 손끝을 타고 앰버의 가슴으로 물밀듯이 밀려들어왔다. 앰버는 더 이상 덩컨의 마음을 들여다보고 싶지 않았다. 덩컨에 대해 알아 갈수록 괴로움은 커져만 갔다. 자신과 사랑을 나누면 덩컨이 무엇을 잃게 되는지 잘 알았다. 그건 바로…… 덩컨이 가장 소중히 여기는…… 명예였다!

「앰버, 왜 우는지 말 안 해줄 테야?」

앰버의 뺨에 쉴새없이 눈물이 흘러내렸다.

「내가 만지는 게 싫어서 그래?」

「아니에요.」

앰버는 덩컨에게서 도망치고 싶은 마음을 간신히 억눌렀다. 아니 덩컨의 품에 안기고 싶은 마음이 굴뚝 같았다.

「내가 당신을 안을까 봐 두려워?」

「네.」

앰버의 목소리에 힘이 없었다.

「내가 만지는 게 그렇게 끔찍해?」

「아뇨, 절대 그렇지 않아요. 하지만 당신에게 천국이 아닌 지옥을 맛보게 할까 봐 두려워요.」

앰버는 떨리는 숨을 고르면서 눈을 감았다 떴다. 앰버의 대답을 들을 때까지 잠시 긴장하고 있던 덩컨이 안도의 숨을 내쉬며 싱글거렸다.

「그럴 리가 있나. 당신은 머리에서 발끝까지 날 즐겁게 해줄 텐데 말이야.」

「그럼 제가 당신 생각과는 달리 처녀라면 어쩌시겠어요?」

앰버는 이미 덩컨의 마음을 다 읽고 있었다. 덩컨이 어깨를 으쓱해 보였다.

「맹세를 지켜야지.」

「결혼을 하겠단 말씀이에요?」

「그래.」

앰버는 숨을 깊이 들이마셨다.

「당신은 얼마 못 가서 날 미워하게 될 거예요.」

처음에 덩컨은 앰버가 농담을 하는 줄만 알았다. 하지만 앰버의 표정이 너무 진지했다.

「오, 앰버, 당신같이 사랑스러운 여자를 내가 어떻게 미워할 수 있겠어?」

「덩컨…….」

앰버가 슬픈 목소리로 그의 이름을 중얼거렸다.

「앰버, 무슨 이유로 그렇게 슬퍼하는 거야?」

「불안해하는 당신 마음이 느껴지니까요.」

덩컨은 두 손으로 앰버의 얼굴을 살며시 감쌌다.

「당신이 날 받아 주기만 한다면 불안 같은 건 다 내버릴 수 있어.」

「제가 육체의 갈증은 씻어 줄 수 있겠지만 잃어버린 기억은…… 어찌해 볼 도리가 없어요.」

「걱정 마. 언젠가는 반드시 기억이 돌아올 테니까.」

「그날이 오기 전에 우리가 결혼하게 되면요?」

「뭘 그런 걸 걱정하고 그래? 내 진짜 이름이 기억 나면, 그때 가서 사람들 앞에서 당신 남편 이름을 바꿔 부르면 되지 뭐. 하지만 우리 둘만 있을 때는 어둠의 기사라고 불러도 좋아. 나도 당신을 황금빛 마녀라고 부를 테니까.」

희미하게 웃는 앰버의 입술이 가볍게 떨렸다.

「전…… 당신이 기억을 찾으면 날 미워하게 될까 봐 무서워요.」

「내가 억지로 안을까 봐 무서운 게 아니고?」

「그게 아니…….」

앰버는 말을 맺지 못하고 외마디소리를 질렀다. 덩컨이 앰버를
번쩍 들어올려 자기 허벅지 위에 앉혔던 것이다.

「당신이 원하지 않으면 아무 짓도 안 할게. 아니…… 당신이 빌
때까지 기다릴 거야. 당신이 그렇게까지 달아오른 모습을 상상하니
기분이 아주 좋은걸.」

「전 가족도 없고 신분도 보잘것없어요. 그런데 당신이 아주 지체
높은 사람이면 어쩌지요?」

「우리 가족도 당신을 기꺼이 한식구로 받아들일 거야.」

그리도 바라던 말을 들었지만, 앰버의 눈에선 쉴새없이 눈물이
흘러나왔다.

덩컨은 앰버의 눈물을 입술로 닦아 주고는 가볍게 입을 맞췄다.

「당신 입술에서 바다 맛이 나. 차가우면서 약간 짭짤하고.」

「당신에게서도 그 맛이 나요.」

「내 입술에 당신 눈물이 묻어 있어서 그래.」

덩컨은 다시 앰버의 입술을 찾았다. 얼마 후 덩컨이 입술을 떼자,
앰버가 아쉬운 표정을 지었다.

「그래, 바로 그거야.」

덩컨이 다시 앰버의 입술에 입을 맞추는데, 어디선가 갑자기 흉
악한 사람들이 튀어나와 두 사람을 에워쌌다. 도적 떼였다.

11

　도적들은 검과 곤봉, 창으로 무장하고 있었는데, 무기들이 다 부실해 보였다. 하지만 덩컨은 품에 안겨 있는 앰버 때문에 마음껏 싸울 수가 없었다. 결국 두 사람은 늑대처럼 고함을 질러대는 도적들에 의해 말에서 끌어내려졌다.

　한 녀석이 앰버의 팔을 붙들더니 목걸이를 잡아당겼다. 앰버의 입에서 처절한 비명소리가 터져 나왔다. 도적의 손이 몸에 닿으면서 통증이 온몸에 퍼졌기 때문이다. 분노가 치밀었다. 아픈 건 어떻게든 참을 수 있었지만, 소중한 호박목걸이를 빼앗으려는 행위는 도저히 참을 수 없었다.

　앰버의 단검이 햇빛을 받아 빛을 발하는 순간, 허공에 남자의 비멍소리가 울려 퍼졌다. 남자가 앰버에게서 손을 뗐지만, 그것도 잠시, 그는 팔을 높이 쳐들었다가 앰버를 향해 힘껏 날렸다. 앰버는 재빨리 옆으로 몸을 피했지만, 그만 균형을 잃고 땅으로 넘어지고 말았다. 이젠 주먹 대신 단검이 허공에서 앰버를 향해 번뜩였다. 그때 머리 위에서 기이한 쇳소리가 나더니, 앰버의 눈에 남자를 향해 날아오는 해머가 보였다.

픽!

남자가 저 멀리 나가떨어졌다.

일어서려고 몸을 일으키던 앰버는 누군가에게 떠밀려 옆으로 다시 넘어졌다. 통증이 없는 것으로 보아 덩컨이었다.

「일어나면 절대 안 돼! 몸을 최대한 숙이고 있어!」

덩컨이 앰버의 몸 위에 다리를 벌리고 서서 외쳤다.

왜냐고 물을 필요도 없었다. 해머가 윙윙 소리를 내면서 머리 위에서 돌기 시작했기 때문이다. 앰버는 눈을 치켜 뜨고 주위를 살폈다. 도적들이 곤봉을 들고 덩컨에게 달려들었다. 이내 곤봉이 박살나면서 나무 조각들이 사방으로 날렸다. 또 한 놈이 쓰러졌다.

해머는 덩컨의 머리 위에서 무시무시한 속도로 회전했다. 도적들은 잠시 멈칫하더니 우르르 한데 모여서 틈을 노렸다. 아까 덩컨과 앰버를 말에서 끌어내릴 때 써먹은 수법이었다.

갑자기 덩컨이 앞으로 몸을 날렸다. 해머가 눈 깜짝할 사이에 한 놈을 내리쳤다. 꼭 벼락이 나무를 치는 듯했다. 덩컨이 다시 뒷걸음질쳐서 앰버의 몸 위에 다리를 벌리고 섰다. 앰버를 지킬 수 있는 유일한 방법이었다.

「뒤로 가서 공격해! 놈도 다리 심줄을 끊어 놓으면 힘을 못 쓸 거야!」

도적 중 한 놈이 소리쳤다.

세 놈이 조심스럽게 덩컨의 뒤로 움직였다. 덩컨이 쉴새없이 몸을 움직이며 놈들의 움직임을 주시했지만 중과부적이었다.

「덩컨, 저 사람들이…….」

앰버는 뒤쪽에서 다가오는 놈들을 보고 소리를 질렀다.

「나도 알아! 제발, 몸이나 숙이고 있어!」

덩컨이 거칠게 말을 가로챘다.

앰버는 덩컨을 지켜 줘야겠단 생각에 단검을 꼭 쥐고 정신을 집중했다. 그리고 찢어질 듯 예리한 목소리로 쉴새없이 뭐라고 중얼거렸다.

죽음의 저주가 해머의 울음소리를 뚫고 사방으로 퍼져 나갔다. 그 소리를 도적 한 놈의 얼굴이 새파랗게 질렸다. 그는 그제야 자신들이 누굴 건드리려 했는지 깨닫고는, 곤봉을 집어던지고 걸음아 날 살려라 도망갔다. 하지만 다른 놈들은 아직도 자신들의 실수를 전혀 눈치채지 못했는지 덩컨을 공격하는 데 여념이 없었다. 그놈들은 여차하면 해머를 피해 공격할 기세로, 덩컨 주위를 슬슬 맴돌았다. 그러다 그 중 두 놈이 덩컨의 등뒤에서 달려들었다.

「덩컨!」

덩컨은 공중으로 펄쩍 뛰어오르더니 잽싸게 몸을 돌려 두 놈을 향해 해머를 내리쳤다. 그리고 다른 놈들이 손을 쓰기도 전에 재빨리 다시 해머를 휘둘렀다. 해머는 덩컨의 목표물을 향해 정확히 날아갔다.

덩컨의 놀라운 솜씨를 목격한 도적들은 더 이상 싸울 의지를 상실하고 모두 도망쳐 버렸다. 한 놈이 화이트풋을 훔쳐 달아나려 했지만, 말이 어찌나 펄쩍펄쩍 뛰었던지 그냥 포기하고 사라졌다.

덩컨은 잠시 도망치는 도적들의 뒷모습을 바라보고 서서 손목의 움직임을 서서히 늦췄다. 방금 전까지 맹위를 떨치던 해머는 순순히 덩컨의 뜻에 따라 주었다. 그는 언제라도 공격하기 쉽게 해머를 어깨에 둘렀다.

앰버는 멍하니 덩컨을 바라보았다.

맥스웰의 덩컨, 스코틀랜드의 해머.

「어디 다친 데는 없어? 저 망할 자식들이 당신한테 손을 댄 거야?」

덩컨은 무릎을 꿇고 앉아 앰버의 뺨에 손을 댔다. 하지만 앰버가 아무 대답도 하지 않아, 혹시 다치기라도 했나 싶어 걱정이 되었다.

「앰버?」

앰버는 눈을 질끈 감았다. 마지막 희망이 산산조각 나 버렸다. 스코틀랜드의 해머가 주술사란 소문을 들은 적이 없었는데 덩컨이 주술사로서의 자질을 보여 줘서 혹시나 했었다. 하지만 불행히도 덩컨은 스코틀랜드의 해머였다. 그 동안 그토록 외면하려 애썼던 사실을 이제는 인정해야만 했다. 해머를 기막히게 다루는 솜씨를 어찌 설명하리.

이제 더 이상 에릭에게도 숨길 수 없는 노릇이었다.

내가 자신이 그 동안 증오해 마지않던 적의 목숨을 구했다는 사실을 알면 영주님이 어떻게 나올까?

그 동안 덩컨이 스코틀랜드의 해머는 아닐까 해서 얼마나 마음을 졸였던가. 하지만 에릭에게 한번도 그런 마음을 내보인 일이 없었다. 그것도 일종의 배신이리라.

더 이상 영주님을 배신할 수 없어. 그 동안 얼마나 날 알뜰히 보살펴 주셨는데…… 더 이상 그럴 수 없어. 하지만 그렇다고 덩컨을 저버리는 짓도 못 해. 내 생명보다 더 소중한 사람을 어떻게……

덩컨은 앰버를 팔에 안아 뺨과 눈, 그리고 입술에 부드럽게 입을 맞췄다.

「덩컨, 난…… 다친 데 없어요.」

덩컨은 앰버의 안색을 유심히 살폈다.

「그런데 왜 이렇게 얼굴이 창백해? 싸우는 장면을 처음 봐서 그런 거야? 괜찮아, 무서워할 것 없어. 아까 그놈들보다 훨씬 더 무서운 놈들이 몰려와도 끄떡없어. 당신 몸에 손가락 하나 못 대게 할 자신이 있으니까, 마음 편히 먹으라구.」

앰버는 덩컨의 가슴에 얼굴을 파묻고 하염없이 눈물을 흘렸다. 그때 번개가 번쩍하더니 천둥소리가 대지를 진동했다.

「말을 끌어와야 하는데…….」

「여기 있어. 내가 알아서 할 테니까.」

덩컨은 앰버를 다시 땅에 내려놓고 일어섰다. 앰버 눈에 덩컨의 피 묻은 튜닉이 들어왔다.

「당신, 다쳤잖아요!」

앰버가 소리쳤지만, 덩컨은 대꾸도 없이 말이 있는 쪽으로 걸음을 옮겼다.

「덩컨!」

앰버가 벌떡 일어나 덩컨에게 달려갔다. 덩컨은 돌아서서 앰버를 번쩍 안아 올렸다.

「난 괜찮아. 당신 때문에 말들이 놀라겠어.」

「내려줘요! 상처가 벌어지기라도 하면 어쩌려고 그래요!」

덩컨은 싱긋 웃으면서 앰버를 화이트풋 위에 앉히고 고삐를 잡았다. 그리고 걱정 가득한 앰버의 얼굴을 보며 생글거렸다.

「정말 괜찮아. 사이먼에게 맞은 자리가 더 아프…….」

「피가 나잖아요.」

앰버가 덩컨의 말을 중간에서 가로챘다.

「거머리한테 물려도 이보다는 피를 많이 흘렸을 거야.」

앰버가 뭐라고 대꾸할 겨를도 없이 덩컨은 훌쩍 말에 탔다.

「성으로 돌아가려면 어느 방향으로 가야 하지?」

덩컨의 상처에 신경 쓰느라 앰버는 덩컨의 질문을 듣지 못했다.

「앰버? 어느 방향인지 몰라?」

앰버는 깜짝 놀라 덩컨을 돌아보았다. 번개가 다시 번쩍하더니 천둥소리가 요란하게 들렸다.

「저쪽이에요.」

「폭풍도 그 방향으로 진행되고 있는데…… 근처에 비를 피할 만한 곳은 없나?」

덩컨은 앰버가 가리키는 쪽 하늘을 바라보았다.

「스톤링…… 그러니까 성역 한가운데에 작은 언덕이 있는데, 거기라면 피할 만할 거예요.」

「그럼 그곳으로 안내해 줘.」

앰버는 불안한 눈으로 하늘을 올려다봤다. 유령 계곡이나 성역을 찾을 때면 엄습하는 절박한 느낌, 아직 성역에 들어선 것도 아닌데도 앰버는 벌써 그런 느낌을 받았다.

「왜 그래? 길을 몰라?」

우르릉 쾅쾅!

천둥소리가 계곡 아래로 울려 퍼졌다. 번개가 하늘을 가르면서 주위가 대낮처럼 밝아졌다. 성으로 돌아가는 길에 벼락이 떨어졌다. 돌아가면 안 된다고 경고라도 하듯이. 그 근처에 다시 벼락이 내리 꽂혔다.

눈앞이 깜깜했다. 궁지에 몰린 쥐가 된 기분이었다. 어찌해야 할지 난감했다. 성으로 돌아갈 수도, 그렇다고 성역으로 갈 수도 없었다. 성역으로 가면 무슨 일이 벌어질지 생각도 하기 싫었다.

「우린 성으로 돌아가야 해요!」

앰버는 성 가는 방향으로 화이트풋을 돌리고 박차를 가하려고 발을 들었다. 한데 그 순간 벼락이 바로 앞에 떨어지자, 화이트풋이 깜짝 놀라 반대 방향으로 전력 질주했다. 앰버가 방향을 바꾸려고 갖은 애를 썼지만 말은 놀란 가슴을 쉽게 가라앉히지 못했다. 결국 앰버는 말에게 운명을 맡기는 수밖에 없었다. 뒤를 흘끔 돌아보니 덩컨의 말도 엄청난 속도로 화이트풋을 따라오고 있었다.

어느새 성역 앞으로 왔다. 성역은 둥그렇게 세워진 입석 안에 똑같은 형식으로 돌이 박혀 있었다. 화이트풋은 바깥쪽 원의 입석 사이를 통과한 후 걸음을 멈췄다.

앰버는 재빨리 말에서 내려 입석 바깥쪽으로 나가 봤다. 생각했던 대로 덩컨의 말은 입석 안으로 들어오지 못하고 있었다. 덩컨이 박차를 가했지만 말은 필사적으로 뒷걸음질만 쳤다.

「가만히 있어요. 길이 안 보이니까 그러는 거예요.」

「무슨 소릴 하는 거야? 이 사이로 장정 다섯이 지나가도 너끈하겠구만.」

덩컨이 돌과 돌 사이를 가리켰다.

「그래도 말은 못 봐요.」

앰버는 고삐를 잡고 말을 달래다가 말이 좀 진정되자, 재갈을 슬그머니 붙들고 앞으로 슬슬 잡아당겼다. 그렇게 성역의 한중간까지 들어갔다. 말은 주춤거렸지만, 일단 안으로 들어오자 눈에 띄게 안정을 되찾았다.

「길을 못 본다니 무슨 뜻이야?」

말 위에 앉아 있는 덩컨이 고개를 갸웃했다.

「당신 말은 한번도 여기에 온 적이 없으니까요.」

앰버는 무심하게 대꾸했다.

「그런다고 길을 못 본다는 얘기야?」

「화이트풋도 스토링에 들어올 땐 내 인도를 받아야만 해요. 성역으로 들어가는 길은 아무 눈에나 보이지 않는 법이거든요.」

「유령 계곡으로 가는 길처럼 말인가?」

「네. 당신 말은 이런 일이 처음이라 안심하고 주인에게 길을 맡기지 못해요. 훈련을 받지 못했으니까요.」

덩컨은 주위를 둘러보며 생각에 잠겼다. 신비한 기운이 느껴지는 게, 분위기가 심상치 않았다.

「기분이 으스스한걸! 마법이라도 걸려 있는 곳 같애.」

「그런 건 아니에요. 하지만 성역으로 들어오는 사람은 평화를 얻을 수 있지요. 그런 걸 보면 아주 좋은 마법이 걸려 있는 걸지도 모르겠군요.」

「주술사들 눈에만 보일 테니, 주술사들은 좋겠군.」

「전엔 저도 그렇게 생각했지만…….」

앰버가 말꼬리를 흐렸다.

「지금은 아니란 말인가?」

「네. 당신 때문에 생각이 바뀌었어요. 주술사도 아닌데, 당신은 성역으로 들어올 수 있잖아요.」

「나도 주술사였을지 모르지.」

앰버는 쓰디쓰게 웃었다. 이 사람은 스코틀랜드 해머이고, 스코틀랜드 해머는 주술사가 아님을 잘 알기에.

「아마 주술사의 자질이 조금 있나 봐요, 당신에겐.」

덩컨은 빙그레 웃으며 다시 성역을 둘러보았다. 안쪽으로 빙 둘러 세워진 입석 중앙에 길이가 서른 걸음, 높이가 반걸음 정도밖에 되지 않을 정도로 작은 돌밭이 있었는데, 그 틈새로 풀들이 자라고 있었다. 앰버 말에 의하면, 처음엔 전체가 돌투성이었는데 오랜 세월 동안 바람과 비에 시달리면서 그렇게 변한 것이었다.

그에 반해 옆에 있는 둥그런 곳은 너무 개방적이라 그다지 맘에 들지 않았다. 몸을 숨기지도 못할 뿐더러 방어하기에도 적합치 않은 장소였다. 몇 미터 위쪽부터는 수풀이 우거져 있었는데, 다 키가 작은 잡초뿐이었다. 나무라 할 만한 것은 고작 마가목나무 한 그루뿐이었다. 하지만 그것도 폭풍우를 피할 수 있을 만큼 튼튼해 뵈지는 않았다. 언덕 꼭대기에 우아하게 서 있는 그 나무는 묘하게 덩컨의 시선을 붙잡고 놓아주지 않았다.

「왜 그래요?」

앰버가 침묵을 지키고 있는 덩컨을 의아한 표정으로 바라보았다.

「저 나무……, 꼭 어디선가 본 적이 있는 것 같애.」

「그럴 거예요. 영주님이 당신을 마가목나무 밑에서 발견하셨으니까요.」

「내가 잘 때 저 나무가 날 지켜 준 것 같애. 그래, 저 마가목나무가 날 지켜 줬어.」

말투는 차분했지만, 목소리는 반가움으로 한껏 들떠 있었다. 덩컨이 말에서 내려 언덕 위로 올라가자, 앰버는 마음을 졸이면서 그 뒤를 따라갔다.

덩컨이 허리에 양손을 얹고 나무 밑에 서서 마가목나무를 여기저기 뜯어보았다.

「기억이 나요?」

덩컨이 대답 대신 손을 내밀었다. 앰버는 그 손을 잡았다.

「제가 당신 마음을 읽어 주길 바라는 거예요?」

고개를 끄덕이는 덩컨을 보며, 앰버는 정신을 집중했다.

덩컨의 마음속엔 승자의 희열, 앰버에 대한 걱정, 잃어버린 기억을 되찾으려는 굳은 의지와 분노가 복잡하게 엉켜 있었다. 하지만 소용돌이치던 그의 감정은 앰버의 따스한 체온을 의식하는 순간 모두 사라졌다. 덩컨의 마음엔 이제 열정만이 남았다.

앰버는 온몸에서 힘이 빠지는 걸 느끼며 휘청했다. 덩컨의 마음속엔 이제 갈망만이 존재했다. 앰버를 안고자 하는 갈망만이…….

덩컨.

앰버는 속으로 되뇌었다. 덩컨이 그 말을 듣기라도 한 듯 앰버의 눈동자를 응시했다. 맹렬히 타오르는 불길을 눈에 담고서.

덩컨은 앰버의 손목을 꽉 쥐고는 저항할 틈도 주지 않고 얼른 자기 품안으로 끌어당겼다. 그리고 가만히 입술을 맞췄다. 하지만 앰버를 좀더 가까이 느끼고 싶은 마음이 커지면서 키스는 점점 거칠어졌다. 더 이상 욕망을 자제할 수 없어 앰버를 땅에 눕혔다.

「부탁이야. 저항하지 말아 줘.」

앰버는 저항하지 않았다. 하지만 덩컨은 곧 앰버에게서 떨어졌다.

「왜 그래요?」

앰버의 목소리가 심하게 떨렸다.

「지금 당신을 만지면 이대로 안을 것 같애.」

「그럼 그렇게 해요.」

「앰버…….」

「날 안아 줘요.」

한참 동안 덩컨은 앰버의 황금빛 눈동자를 응시했다. 그리고 앰버가 내민 손을 천천히 붙잡았다. 두 사람의 입술이 다시 만났다. 이번엔 앰버도 덩컨에게 질세라 덩컨의 몸을 여기저기 더듬으며 다급하게 속삭였다.

「당신 마음 편한 대로 하세요. 당신이 저 때문에 힘들어하는 건 싫어요!」

덩컨의 손이 앰버의 엉덩이로 내려갔다. 그리고 계속해서 다리로, 발로 내려가던 손은 다시 엉덩이께로 올라왔다가 다리 사이를 파고

들었다. 앰버의 몸은 이미 덩컨을 받아들일 준비가 끝난 뒤였다.

「이젠 더 이상 못 기다리겠어.」

덩컨은 앰버의 허벅지를 벌리고 속바지를 벗겼다. 그리고 황급히 앰버와 하나가 되었다.

날카롭게 앰버를 할퀴고 지나간 통증은 시간이 지나면서 조금씩 쾌감으로 바뀌었다.

얼마 후, 덩컨이 앰버의 몸 위로 쓰러졌다. 앰버는 덩컨의 몸에 팔을 감고 흡족해하는 덩컨의 마음을 읽었다.

덩컨은 다시 기운을 회복하자, 얼른 몸을 옆으로 굴려 일어나서는 자기 몸을 확인했다. 혹시나 했는데, 역시 혈흔이 남아 있었다.

「내가 당신을 너무 아프게 했군. 당신이 너무 작고 여려서 그랬나 봐. 정말 미안해.」

덩컨은 죄책감에 이를 악물었다. 앰버가 덩컨의 뺨을 어루만졌다.

「아니에요. 아프지 않아요.」

「하지만 피를 흘렸잖아!」

「당연하지요. 첫 경험 때는 피를 흘리게 마련이에요.」

「당신이 처녀였다고?」

덩컨이 믿기 힘들다는 듯 되물었다.

「그 증거를 눈으로 확인하고 있으면서도 그런 말이 나와요?」

앰버가 웃으며 덩컨에게 눈을 흘겼다. 하지만 덩컨은 심각했다.

「처녀가 어찌 그렇게 빠르고 쉽게 반응할 수 있지?」

앰버의 눈이 동그래졌다.

「내가 그랬어요?」

「당연하지!」

앰버의 얼굴이 붉게 물들었다.

「몰랐어요.」

덩컨은 눈을 감고 자신이 저지른 일을 곰곰이 되짚었다. 부정하고 싶었지만 앰버는 분명 순결한 처녀였다. 그리고 자신은 에릭에게, 앰버의 순결을 갖게 되면 결혼하겠다고 약속했다. 기억을 되찾든 되찾지 못하든 간에 말이다. 덩컨은 떨리는 손으로 앰버의 옷을 여며 주었다.

앰버는 불안한 눈으로 덩컨을 지켜보았다. 그가 분노와 슬픔, 그리고 자책 때문에 괴로워하는 걸 느낄 수 있었다.

「덩컨, 왜 그래요?」

「당신을 짐승처럼 범하다니, 나 같은 놈은 채찍을 맞아도 싸! 당신을 즐겁게 해주지도 못하고…….」

「그게 무슨 말이에요! 절대 그렇지 않아요」

「유령 계곡에서는 당신도 즐겼는데 오늘은 안 그랬어. 정말 미안해.」

「당신은 당신의 갈증을 말끔히 해소했잖아요. 그럼 된 거예요」

덩컨은 앰버의 눈동자에 비친 자신의 모습을 보기가 괴로워, 애써 앰버의 시선을 피했다.

「덩컨, 제가 뭘 잘못했는지 말해 줘요.」

앰버가 풀 죽은 목소리로 중얼거렸다.

「당신은 잘못한 게 없어.」

「그럼 왜 제 시선을 피하지요?」

「당신 눈에 비친 날 보기가 힘들어서 그랬어. 하지만 그런다고 이미 저지른 일을 되돌린 순 없지. 앰버, 신경 쓰지 마.」

덩컨은 일어나서 옷매무시를 다시 하고는 앰버를 보았다.

「말을 탈 수 있겠어?」

「당연하지요.」

「정말 괜찮겠어?」

「그럼 여기까지 어떻게 왔겠어요? 당신하고 같이 말을 타고 왔잖아요.」

앰버는 화가 나서 쌀쌀맞게 쏘붙였다.

「하지만 당신은 지금 피를 흘렸어. 다시 묻는데, 정말 말을 탈 수 있겠어?」

「저도 그럼 다시 대답하지요. 정말 탈 수 있어요!」

「다행이군. 우린 되도록 빨리 성으로 돌아가야 해.」

앰버의 눈이 커졌다.

「왜요?」

덩컨의 대답은 들리지 않았다. 앰버는 체념하고 하늘을 올려다보았다. 어느새 먹구름이 가시고 하늘은 비둘기 깃털처럼 회색빛이었다.

「보세요. 폭풍우 걱정은 안 해도 돼요!」

앰버가 반갑게 소리쳤지만, 덩컨은 화난 얼굴로 하늘을 흘깃 쳐다보고는 언덕 꼭대기에 있는 마가목나무를 바라보았다.

마가목나무, 날 차라리 죽게 놔두지 그랬소. 처녀를 함부로 건드리는 꼴답잖은 전사는 되고 싶지 않았소.

에릭이 앰버가 순결을 잃었다는 얘기를 들으면 좋아할 리 만무했다. 그 생각을 하니 기분이 한층 더 씁쓸해졌다. 자신은 에릭이 미리 경고했던 '금기'를 깼다. 그러니 이젠 책임지는 일만 남았다.

「그만 가지. 돌아가면 결혼할 준비를 해야 하니까.」

덩컨은 말을 세워둔 곳으로 걸어가면서 불쑥 한마디 내뱉었다.

12

「자칭 순례자라고 하는 자가 영주님을 뵙고자 합니다.」

에릭은 룬 문자가 적힌 문서에서 시선을 떼고 알프레드를 보았다. 발치에 누워 있던 사냥개도 덩달아 알프레드에게 고개를 돌렸다.

「순례자라…….」

「네. 자기 말로는 그렇다고 합니다.」

알프레드의 어투에는 순례자라는 사람에 대한 경멸감이 짙게 배어 있었다.

에릭은 문서를 다시 한 번 들여보고 나서 그것을 옆으로 치웠다.

「무슨 이유로 나를 보겠다던가?」

「스코틀랜드 해머를 봤다고 합니다.」

그때 송골매가 날카롭게 울부짖었다.

「그래? 흥미로운 일이군.」

알프레드는 흥미롭기는커녕 못마땅하단 표정이었다.

「어디서 봤다고 하던가? 언제, 어떻게? 스코틀랜드의 해머는 확실하다던가?」

「영주님께만 말씀드리겠다고 해서 그런 건 자세히 묻지 못했습니다. 비밀이 확실히 보장되는 자리에서만 입을 열겠다나요.」

에릭은 의자에 깊숙이 기대앉더니 단검을 집어 들었다. 그리고 칼날에 새겨진 룬 문자를 하나하나 쓰다듬었다.

「정말 기이한 자로군.」

송골매도 에릭의 손동작을 따라 그 작은 머리를 움직였다. 피의 사냥을 기대라도 하는 듯했다.

「들여보내게.」

「알겠습니다.」

알프레드는 불안한 눈빛으로 송골매를 한번 쳐다보더니 밖으로 나갔다. 에릭의 송골매는 짐승보다는 오히려 사람을 더 잘 공격하는 녀석이었는데도 횃대에 묶여 있지 않은 상태였다.

에릭이 부드럽게 휘파람을 불자 송골매는 날개를 펼쳤다 접더니 검을 쓰다듬는 에릭이 손을 뚫어져라 지켜보았다.

순례자는 홀에 들어오기 전부터 악취로 자신의 존재를 알렸다. 탐욕과 두려움, 욕망의 냄새가 퀴퀴한 몸 냄새와 함께 홀 안에 가득 퍼졌다.

「자네는 닭장에서 뒹굴다 왔나? 아니면 썩은 생선 더미에 파묻혀 있기라도 했나?」

순례자 옆에 있던 알프레드가 쿡쿡 웃었다.

「아닙니다.」

순례자는 비굴해 보일 정도로 머리를 조아리며 조그맣게 대답했다.

「뭐, 따뜻한 목욕의 즐거움을 모르는 자들도 있는 법이지.」

에릭의 눈에 순례자는 무척 불안해 보였다. 걸치고 있는 옷은 꽤좋아 보였지만, 꼭 남의 옷을 입은 것처럼 어색하기만 했다. 머리가 하도 지저분해 정확히 머리색이 무엇인지는 알 수 없었지만 아무래도 황갈색일 것 같았다.

순례자의 시선이 금그릇이 진열되어 있는 장식장으로 향했고, 에릭의 얼굴에 비웃음이 어렸다.

에릭의 차가운 표정을 보는 순간, 순례자의 얼굴이 공포에 질렸고, 그 순간 사냥개 한 마리가 벌떡 일어나 순례자를 향해 으르렁거렸다.

「스택킬러, 앉아!」

에릭의 한마디에 사냥개는 입을 다물고 바닥을 박박 긁어대더니 자리에서 몇 번 맴을 돌다가 에릭의 발치에 가서 엎드렸다.

「존경해 마지않는 영주님.」

마침내 순례자가 에릭 앞으로 한 발짝 다가서며 입을 뗐다. 하지만 사냥개들이 일제히 자리에서 일어나는 바람에 그대로 다시 입을 다물고 말았다.

「가까이 오지 마라. 이 녀석들이 자네에게서 벼룩 냄새를 맡았으니까. 내 사냥개들은 벼룩을 아주 싫어한다.」

얼음처럼 차가운 목소리였다. 알프레드가 갑자기 사래 걸린 사람처럼 기침을 해댔다. 하지만 에릭이 매서운 시선을 던지자 곧 잠잠해졌다.

「자, 말해 보라.」

196

에릭의 시선이 다시 순례자에게 향했다.

「스코틀랜드 해머의 행방에 대해 고하는 자에겐 포상해 주신다고 들었습니다.」

에릭이 고개를 한 번 끄덕여 보이자, 순례자는 알프레드를 흘끔 쳐다봤다.

「알프레드, 자네는 이제 물러가도 되네.」

「알겠습니다.」

알프레드의 발소리가 사라질 때까지 홀 안은 정적에 휩싸였다.

「자, 이제 빨리, 요점만 추려서 고하라.」

「네. 전 숲을 지나는 길이었습니다. 그런데 어디선가 비명소리가 들려 오기에 뭔 일인지 냅다 달려가…….」

「숲? 어느 숲을 말하는가?」

순례자가 허겁지겁 얘기하는데 에릭이 불쑥 끼여들었다.

「저쪽으로 몇 시간 정도 가다 보면 숲이 하나 나옵니다요.」

남자는 땟물이 줄줄 흐르는 손으로 방향을 가리켰다.

「스톤링 근처란 말이더냐?」

순례자는 성호를 긋더니 바닥에 침을 뱉으려다가 생각을 바꾼 듯 고개를 들었다.

「그렇습니다요.」

「내 영지 안에서 무얼 하고 있었느냐? 그것도 숲에서 말이다. 분명 사슴고기를 맛봤을 테지?」

남자의 얼굴에 공포의 그림자가 더욱 짙게 드리워졌다.

「이 몸은 순례자일 뿐, 도둑놈이 아니올습니다!」

「그래. 신의 뜻을 널리 전하는 중임을 맡았단 말이지?」

표정과 달리 에릭의 목소리는 무척 부드러웠다.

「네, 네, 그러믄입쇼. 천하디 천한 몸이지만 마음만은 언제나 경건합니다요.」

남자가 굽실거리며 열심히 머리를 조아렸다.

「잘됐군. 내 영지에 자네처럼 '마음이 경건한 순례자'들만 있다면 정말 좋겠다. 강도나 밀렵꾼 때문에 얼마나 골치를 썩고 있는지 자네는 모르겠지?」

송골매가 매서운 눈으로 남자를 뚫어져라 노려보았다.

「계속해 보라. 숲 속에 있었는데 비명소리가 났다고?」

「네? 아, 네.」

「그래 무슨 일이더냐?」

「도적 떼가 장정 하나와 처녀를 위협하고 있었지요. 처녀와 장정은 둘이 서로 찰싹 달라붙어 있었는데, 아마 날씨가 좀 우중충해서 추웠던가 봅니다. 놈들이 처녀의 호박목걸이를 보고…….」

송골매가 울부짖는 바람에 남자의 말이 막혀 버렸다.

「처녀는 다치지 않았느냐?」

에릭이 다급하게, 하지만 아주 부드럽게 물었다.

「네. 그게 바로 제가 말씀드리려고 했던 겁니다요.」

남자가 재빨리 대답했다.

「처녀에게 손댄 자가 있었더냐?」

「저는…… 아니, 처녀는 말에서 끌어내려진 후에 뺨을 한 대 맞았습니다요. 하지만 아주 살짝 스칠 정도였습지요. 목걸이를 빼앗으려는 자를 칼로 찔렀다가 그 지경이 됐습지요. 그게 전붑니다.」

에릭은 잠시 눈을 감았다 떴다. 얘기가 끝날 때까지는 자칭 순례자라는 작자에게 마음을 들키지 않아야 했다.

「그리고 어떻게 됐지?」

마음의 평정을 되찾은 에릭은 솜털처럼 부드러운 목소리로 물었다.

「그때 장정이 처녀를 때린 놈을 향해 해머를 휘둘러댔습지요.」

에릭의 입가에 차가운 미소가 어렸다.

「신들린 사람 같았지요. 저는…… 아니 처녀를 때린 놈은 그대로 내뺐고, 나머지 놈들이 그자와 맞붙었는데 오히려 도적 떼들이 몰리는 것 같았습니다. 10 대 1로 싸웠는데도 말씀입니다요. 그런데 갑자기 처녀가 알아듣지 못할 말을 중얼거리지 뭡니까. 저는 그제야 그 처녀가 스톤링 성 근처에 산다는 마녀임을 알았습지요.」

에릭은 아무 말 없이 고개만 끄덕였다.

「도적놈 몇몇이 남자 등뒤로 몰래 움직였습지요. 하지만 마녀 계집이 소리를 지르는 바람에 산통이 깨졌지요. 그 작자가 공중으로 펄쩍 뛰어오르면서 몸을 틀더니 해머를 휘두르더군요. 그렇게 몸을 움직이면서도 해머를 자유자재로 부리더라구요. 정말이지 눈 깜짝할 사이에 벌어진 일이었습지요. 그렇게 해머를 잘 다루는 사람은 한 사람뿐이 없지요.」

순례자가 마침내 얘기를 마쳤다. 끝까지 아무 말 없이 경청하던 에릭은 생각에 잠겼다. 너무 어려워 기사들끼리 입으로만 떠드는 기술이 있는데, 순례자가 말했던 것이 바로 그런 기술이었다. 무거운 해머를 들고 그렇게 싸울 수 있는 사람은 오직 하나였다.

스코틀랜드의 해머.

괜히 붙여진 별명이 아니었던 것이다.

「내가 직접 보지 못한 것이 한이로구나. 그래서 어떻게 되었느냐?」

「강도들은 발이 보이지 않을 정도로 재빨리 도망을 쳤습지요. 마녀와 스코틀랜드 해머는 전속력으로 말을 몰더니 어딘가로 사라졌습니다요.」

「여기로 오는 것 같더냐?」

「아니요. 반대 방향으로 갔습지요. 이 몸은 스코틀랜드의 해머에 대해 고하고자 곧바로 달려왔습니다요」

에릭은 손에 들고 있던 칼을 유심히 들여다볼 뿐 아무 대꾸도 하지 않았다.

「못 믿으시겠습니까? 하지만 제 말은 분명 진실입니다요. 그 사람은 분명 스코틀랜드의 해머였습지요. 웬만한 장정의 두 배는 되는 체격, 검은 머리, 갈색 눈동자만 봐도 그자가 분명합니다요」

에릭이 단검을 뒤집었더니 빛이 번쩍했다.

「스코틀랜드의 해머는 전에도 봤습니다요. 블랙소른에 음…… 순례를 하느라 그곳에 갔었는데, 그때 도미니크 르 사브르와 싸우는 모습을 봤습니다. 그 작자가 스코틀랜드의 해머라는 건 제가 모시는 신께 맹세할 수 있습죠」

「자네가 한 말을 믿는다」

「그럼 포상 받을 수 있는 겁니까?」

「그래. 적당한 보상을 해주도록 하지」

송골매가 갑자기 날개를 펼치자, 자칭 순례자는 깜짝 놀라 뒤로 물러섰다. 그 바람에 에릭의 발치에 있던 사냥개들이 모두 머리를 쳐들었다.

「알프레드」

에릭의 목소리가 우렁차게 울려 퍼졌다. 잠시 후에 알프레드가 나타났다.

「부르셨습니까?」

「은화 서른 닢을 가져오게」

「알겠습니다, 영주님」

알프레드가 다시 바깥으로 사라졌다.

에릭은 순례자를 한참 동안 응시했다. 순례자가 불안한 듯 어색

한 표정을 지었다.

「한 가지 자네가 해줄 일이 있다.」

에릭이 은근한 말투로 말했다.

「그게 뭡니까요?」

「자루 속의 내용물을 다 꺼내 봐라.」

「예?」

순례자가 느닷없는 에릭의 요구에 잠시 당황해했다.

「귀가 먹었느냐? 시키는 대로 해라.」

여전히 목소리는 부드러웠지만, 눈빛은 등골이 오싹할 정도로 싸늘했다. 순례자는 마지못해 자루를 꺼내 들었다.

에릭의 단검이 순례자의 근처에 놓인 테이블을 가리켰다.

순례자는 테이블 위에다 자루 속의 것을 쏟아 부었다. 단검 두 개, 은으로 만든 빗 세 개, 은과 금 덩어리, 그리고 동전이 우수수 쏟아졌다. 칼자루가 은으로 된 단검의 날엔 피가 묻어 있었고, 여자들이 머리 장식으로 꽂을 법한 빗엔 머리칼이 한 가닥 엉겨 붙어 있었다.

「이게 전붑니다요.」

순례자가 머리를 조아리며 아뢨다.

「그럴 리가 없다.」

「먼지까지 탈탈 털어서 보여 드렸는데, 뭘 더 바라십니까요?」

에릭은 의자에서 벌떡 일어났다. 순식간에 에릭의 손엔 순례자의 머리채가 잡혀 있었고, 목엔 단검이 들이대져 있었다.

「고해성사도 못 하고 싶으냐?」

여전히 목소리는 부드러웠다.

「아니…… 소인은…….」

자칭 순례자가 말을 더듬거렸다.

「호박, 그걸 꺼내 놓아라.」

「호박이라니 무슨 말씀…… 앗!」

단검 끝이 살갗을 파고들었다. 순례자는 외마디 비명을 지르고 정신없이 외투를 뒤져 지갑을 하나 꺼냈다. 부러진 팔찌가 테이블 위로 떨어졌다. 부유한 영주가 아니면 갖기 힘든 진귀한 것이었다.

홀 안으로 들어오던 알프레드가 에릭이 순례자에게 단검을 겨눈 모습을 보고 걸음을 멈췄다.

「은화는 가지고 왔는가?」

「네, 가져왔습니다.」

「수고했네. 여기 이 순례자에게 주게나.」

알프레드는 순례자의 떨리는 손에 은화를 쥐여 주었다.

「자네 이름이 뭔가?」

「바…… 밥입니다.」

「설마 등뒤에서 비겁하게 칼을 찌르기로 유명한 밥은 아니겠지?」

순례자는 새파랗게 질려 땀을 비오듯 흘렸다.

「이 팔찌를 차고 있는 처녀가 내 보호하에 있다는 얘기는 듣지 못했는가?」

「아가씨는 무사합니다요, 영주님. 그건 돌아가신 어머니를 걸고 맹세할 수 있습니다!」

「이 땅에서 '순결한 처녀'에게 손을 대면 어떤 벌을 받는지 알고 있을 텐데.」

밥이 변명하려고 입을 열었지만 에릭은 틈을 주지 않았다.

「알프레드, 이자를 신부님에게 데리고 가게. 그리고 고해성사가 끝나면 바로 목을 매달게.」

밥은 에릭의 손에서 몸을 휙 빼더니 문 쪽으로 도망갔다. 하지만 에릭의 발이 훨씬 빨랐다. 결국 자칭 순례자는 알프레드의 발치에 대자로 뻗고 말았다.

「내가 이만큼 자비를 베푼 것도 기적인 줄 알아라. 안 그랬으면 네 살가죽을 다 벗겨 내고 사지를 찢었을걸. 고해성사도 어림없지. 연약한 여자를 칼로 찌르기까지 한 놈에겐 더할 나위 없이 관대한 처분이지.」

밥의 얼굴이 정말 백지장처럼 하얘졌다.

「당신은 마법사야! 내가 말도 안 했는데 어떻게 그런 것까지 알지?」

에릭은 들은 척도 않고 알프레드에게 밥을 넘겨주었다.

「은화와 자루에서 나온 나머지 물건들은 가난한 사람들에게 나눠 주게.」

「알겠습니다.」

알프레드가 밥을 질질 끌고 갔다. 갑자기 알렉이 알프레드를 소리쳐 불렀다. 밖으로 나가던 알프레드가 알렉을 돌아보았다.

「무슨 일이십니까?」

「교수형에 쓴 밧줄도 남기지 말고 태워 버리게.」

앰버는 덩컨이 도와 주기 전에 벌써 말에서 내렸다. 처음엔 다리가 조금 후들거렸지만 금세 괜찮아졌다.

그 모습을 보며 덩컨은 입술을 깨물었다. 앰버가 자신의 손길을 피하는 듯한 기분이 들었던 것이다.

「고마워, 에그버트. 영주님은 시홈에서 돌아오셨어?」

앰버는 고삐를 건네주며 에그버트에게 물었다.

「네. 안에서 기다리고 계십니다. 하지만 기분이 별로 안 좋으실 겁니다.」

「왜? 무슨 일이 있었느냐?」

덩컨은 에릭의 기분이 저조하단 말에 신경이 쓰여 얼른 그렇게 물었다.

「한 시간 전에 어떤 작자를 교수형에 처했거든요」

앞서가던 앰버가 획 돌아섰다. 모자가 벗겨지면서 머리가 바람에 흩날렸다.

「교수형이라니?」

「그 작자 지갑에서 호박으로 만든 팔찌가 나왔답니다. 소문을 듣자 하니 아가씨 물건이라고 하던데…….」

앰버는 재빨리 왼쪽 손을 들어 보았다. 팔찌 세 줄 중에서 한 줄이 사라지고 없었다. 덩컨이 도적 떼와 싸우는 통에, 아니 어쩌면 그 후의 일 때문에 정신이 없어서 잃어버린 줄도 몰랐다. 치마 앞자락을 들고 서둘러 성 안으로 들어갔다. 홀 입구에 들어서는데 덩컨이 어느새 성큼 옆에 와서 섰다. 두 사람이 함께 에릭 앞으로 가자, 사냥개와 송골매가 불안스레 몸을 꼼지락댔다. 에릭은 보고 있는 문서에서 눈을 떼지 않았다. 기분이 별로 안 좋다는 신호였다. 앰버는 용기를 내 입을 열었다.

「교수형을 당한 사람이 있다니, 무슨 말이요?」

그제야 에릭이 문서를 옆으로 치우더니 앰버와 덩컨에게 눈길을 주었다.

「금기를 깬 자에겐 죽음만이 기다리고 있을 뿐이지.」

앰버는 멈칫했다. 덩컨 역시 앰버에게 손을 대면 안 된다는 금기를 깼다. 아니 그 이상의 일을 저지르지 않았던가. 에릭도 그 사실을 이미 알고 있는 게 분명했다.

「앰버, 당신 것이지?」

에릭이 문서 밑에서 팔찌를 꺼내 앰버에게 건네고는 덩컨에게 눈길을 돌렸다.

「자네가 잘 싸웠다는 얘기는 들었네.」

「상대가 고작 도적놈들이었으니까요.」

「10 대 1로 싸웠다면서? 아무리 오합지졸 도적 떼라 해도 그만한 수라면 혼자 상대하기 벅찼을 것이네. 서너 명이라면 몰라도.」

「영주님께 긴히 드릴 말씀이 있습니다.」

덩컨은 화제를 바꿨다.

「오늘 그런 얘기를 했다가 불쌍한 최후를 맞은 자가 있었지. 하지만 난 자네를 훨씬 높이 평가하네. 자네처럼 뛰어난 전사는 쉽게 찾을 수 없으니까.」

덩컨은 앰버를 한참 동안 쳐다보며 자리를 피해 달라는 눈짓을 보냈다. 하지만 앰버는 한 발짝도 움직이지 않았다. 결국 에릭이 나섰다.

「앰버, 미안하지만 자리를 피해 줬으면 좋겠어.」

「그럴 순 없어요. 저와 무관한 얘기를 한다면 모를까.」

에릭이 덩컨에게 시선을 던졌다. 덩컨은 아직도 앰버만 바라보고 있었다.

「내가 설명하면 되잖아. 굳이 당신이 얘기할 필요는 없어.」

덩컨은 앰버에게 나지막한 목소리로 말했다.

「그럴까요? 우리 두 사람이 함께 저지른 일인데도요?」

「내가 일방적으로 당신에게 저지른 일이지.」

앰버가 아니라고 하려는데 덩컨이 획 돌아섰다.

「영주님, 앰버와 결혼하고자 하니 허락해 주십시오.」

덩컨이 거칠게 말했다. 에릭의 대답은 의외로 쉽게 나왔다.

「좋네.」

「제 의향은 들어보지도 않으시구요?」

앰버가 에릭에게 따졌다. 에릭의 입가에 웃음이 떠올랐다.

「벌써 허락했잖아.」

「제가 언제 허락을 했단 말씀이지요?」

「덩컨과 몸을 섞었으니 허락한 것이나 다름없지.」

앰버의 얼굴이 창백해졌다. 덩컨이 보호하듯 앰버의 앞을 가로막
고 나섰다.

「앰버에겐 아무 책임도 없습니다.」

에릭의 얼굴이 즉시 굳어졌다.

「앰버, 덩컨이 강제로 당신을 범한 거야?」

「아니에요!」

「앰버는 순결한 몸이었으니, 전적으로 잘못은 제게 있습니다.」

「잘잘못을 따지는 자리가 아니네. 나도 책임을 묻지 않겠네.」

「관대하시군요.」

덩컨이 담담하게 대답했다.

「두 사람이 서로 원해서 생긴 일이니 반대할 이유도 없고, 당장
예식을 치르게.」

덩컨의 마음속에서 앰버와 결혼하면 안 된다고, 그러면 과거의
맹세를 깨뜨리는 거라고 경고의 소리가 메아리쳤다. 그렇다고 에릭
에게 했던 맹세를 어길 순 없었다.

덩컨은 끓어오르는 분노를 진정시키려고 눈을 감았다. 결혼하면
안 되는 절실한 이유가 있었지만, 그게 무엇인지는 알 수 없었다.
그때 어떤 이름이 머리를 스치고 지나갔다.

애리언.

하지만 그 이상은 아무리 해도 기억할 수가 없었다.

얼음처럼 차가운 손이 덩컨의 손목을 붙잡았다. 덩컨은 앰버의
눈동자에 아로새겨진 공포를 엿보았다.

「앰버, 당신이 원치 않으면 당신 몸에 손끝 하나 대지 않을 거야. 우리가 결혼하고 나서도 그건 마찬가지야. 걱정 마.」

하지만 덩컨의 말을 듣고도 앰버의 눈동자엔 눈물이 고였다. 덩컨에게 속마음을 털어놓고 싶었지만 입술을 열면 울음이 터져 나올 것만 같아 꾹 참았다. 앰버는 덩컨이 마음속에서 속삭였던 여자의 이름을 들었다.

애리언.

「앰버?」

에릭이 앰버의 안색을 살피면서 물었다. 에릭이 보기에도 참기 힘든 슬픔을 억지로 감내하고 있는 듯했다.

앰버는 눈을 감고 덩컨의 손목을 놔주었다.

「덩컨, 잠깐 자리를 피해 주게나.」

에릭이 덩컨을 보고 말했다.

「그럴 순 없습니다. 앰버는 아무 죄도 없으니 수치스럽게 만들 생각은 하지 마세요.」

덩컨이 거칠게 말했다.

에릭은 덩컨을 똑바로 응시했다. 아직은 아슬아슬하게 기억의 끈을 붙잡지 못하고 있지만, 기억을 되찾는 건 시간 문제였다.

스코틀랜드의 해머, 앰버의 연인, 도미니크의 가신…….

에릭의 입가에 주름이 새겨졌다. 이제 시간이 별로 없었다. 두 사람을 결혼시켜야 했다. 그것도 당장!

「여동생 같은 여자를 내 어찌 수치스럽게 만들겠는가?」

에릭은 조심스럽게 말했다. 그리고 앰버를 보았다.

「결혼 준비에 관한 얘기가 남았는데…… 덩컨도 같이 있으라고 할까?」

앰버가 천천히 머리를 내젓자, 덩컨이 말없이 밖으로 나갔다.

에릭은 덩컨의 발소리가 들리지 않을 때까지 기다렸다. 앰버의 눈에서 눈물이 하염없이 흘렀다. 앰버가 이렇게 슬퍼하는 모습은 본 적이 없었다.

「당신이 아파하지만 않으면 당신을 아기처럼 안아 주고 싶어.」

그 말을 듣고 앰버는 웃었지만, 그것은 흐느낌에 가까웠다.

「저 같은 사람도 통증 없이 안길 수 있는 사람이 있어요.」

「덩컨?」

앰버의 표정은 비통했다.

「네, 그 사람뿐이죠.」

「내일 아침 미사 전에 그와 결혼하게 될 거야. 그런데 왜 그리 슬퍼하는 거야?」

「그 사람과 결혼할 수 없어요.」

에릭의 얼굴이 심하게 일그러졌다.

「덩컨이 당신을 짐승처럼 욕보인 거야?」

「아니에요.」

앰버는 얼굴을 붉히며 부정했다.

「그런데 왜 그래? 남자 중에는 욕정을 다스리지 못하고 포악해지는 사람이 있어. 혹시 덩컨이 그렇다면 사실대로 얘기해. 내가 아무리 덩컨을 곁에 두고 싶어도, 몸집이 산만한 발정 난 짐승한테 당신을 보내진 않을 거야.」

에릭의 노골적인 말에 앰버의 뺨이 더욱 빨개졌다.

「아니에요. 그러니 그만 하세요!」

「날 똑바로 쳐다봐.」

에릭은 앰버에게 얼굴을 가까이 들이밀었다.

「카산드라가 당신에게 남녀 관계에 대해 말한 적 있어?」

앰버가 고개를 내저었다.

「카산드라는 당신이 일생 동안 혼자 살 거라 생각했을 거야. 손만 잡아도 고통스러워하는데 어떻게 남자를 받아들일 수 있겠냐고 생각했겠지.」

앰버는 눈을 슬며시 내리깔았다. 이런 얘기를 남자와 함께 하고 있으려니 괜히 쑥스러웠다. 아무리 친남매처럼 지냈다 해도, 에릭 역시 남자 아닌가.

「부끄러워할 거 없어. 남자와 여자가 한몸이 되는 건 수치스러운 일이 아니야. 신이 내려 주신 선물이지. 직접 경험해 보니까…… 별로 맘에 들지 않아?」

앰버가 고개를 저었다.

「그럼 아팠어?」

앰버가 다시 고개를 저었다.

「덩컨이 너무 성급하게 굴었어? 아니면 기술이 부족해?」

에릭은 고집스럽게 물고 늘어졌다.

「영주님, 정말이지 이런 얘기는 하고 싶지 않아요.」

앰버가 기어 들어가는 소리로 말했다.

「당신은 어머니도 없고, 언니나 여동생도 없잖아. 카산드라는 남자와 몸을 섞은 일도 없는 사람이니, 당신과 이런 얘기를 나눌 수도 없어.」

「그래도 얼굴이 자꾸 화끈거려서 그만 얘기하고 싶어요. 무안하잖아요!」

에릭은 생기가 돌아온 앰버의 목소리를 듣고 안도의 숨을 내쉬었다. 정말 다행이었다.

「싫어도 꼭 한 번은 짚고 넘어가야 할 일이야.」

앰버는 마지못해서 고개를 끄덕였다.

「기술이 부족하다면 노력해서 나아질 수도 있지만, 짐승처럼 구는 작자는 도저히 손쓸 도리가 없지.」

「두 가지 다 덩컨과 상관없는 일이에요.」

앰버의 대답을 듣고 에릭은 미소지었다.

「다행이군.」

「내가 듣기에, 첫 경험은 별로…… 기억에 남을 일은 아니라고 하던데, 어땠어?」

에릭은 앰버의 눈치를 살피며 넌지시 물었다.

「전 죽을 때까지 못 잊을 거예요. 덩컨이 내 몸 안에서 느낀 희열이 저에게도 고스란히 전해졌으니까요. 그때의 기분은…… 말로 표현하기 힘들어요.」

에릭의 얼굴도 희미하게나마 붉어졌다. 그는 이내 호탕하게 웃어 젖혔다.

「날더러 무안하게 한다고 투덜댄 사람이 누구였더라?」

앰버의 얼굴이 다시 붉어졌다.

「영주님을 무안하게 할 생각은 없었어요.」

「무안해서 죽을 정도는 아니니까 걱정 마. 자, 어서 가서 머리도 매만지고 예복도 챙겨. 혼인성사는 오늘 자정에 치를 거야.」

앰버의 얼굴이 다시 굳어졌다.

「안 돼요.」

너무나 단호한 목소리에 에릭은 내심 놀랐다.

「왜?」

「덩컨이 어떤 여자의 이름을 기억해 냈어요.」

「애리언?」

앰버는 에릭의 입에서 튀어나온 이름을 듣고 너무 놀라 한순간 말문이 막혔다.

「알고 계셨어요?」

에릭이 고개를 끄덕였다.

「어떻게 아셨어요?」

「당신의 어둠의 기사가 맥스웰의 덩컨이기 때문이지.」

앰버의 몸이 휘청했다.

「알고 계셨군요?」

「그래.」

「그럼 제가 왜 덩컨과 결혼할 수 없는지 아시겠군요.」

「그런 이유 따위는 몰라.」

앰버는 입을 꾹 다물었다. 그리고 힘겹게 다시 입을 열었다.

「덩컨은 애리언과 결혼한 몸이니까요.」

「아니, 약혼만 했을 뿐이야. 얼굴도 본 적이 없고, 이름만 아는 여자라지, 아마? 도미니크 르 사브르가 정해 준 약혼녀래.」

「덩컨은 도미니크 르 사브르의 가신이에요. 저와 결혼하면 영주를 배반하는 죄를 짓게 되는 거라구요.」

앰버의 목소리가 심하게 떨렸다.

「왜 하나는 알고 둘은 몰라? 이제 청승 그만 떨고 날 똑바로 쳐다봐!」

에릭의 차가운 목소리가 채찍처럼 앰버를 내리쳤다.

「신은 당신이 손을 대도 아프지 않은 남자를 보내 주셨어. 그리고 내게는 아버님의 영지를 지켜 줄 전사를 보내 주셨고.」

「하지만…….」

에릭은 앰버의 말을 무시하고 계속 말을 이었다.

「신은 내게 적대 관계를 해소하고 분쟁의 땅에 평화를 깃들일 수 있는 방법을 제시해 주신 거야. 당신과 결혼하면 덩컨은 내 가신이 되는 거야. 더 이상 도미니크 르 사브르의 가신이 아니라구!」

「그래선 안 돼요. 덩컨에겐 영지와 귀족 출신의 약혼녀가 있어요.

그에게 상속자를 낳아 줄 여자가 있다는 사실을 엄연히 알고 있으면서 어찌 그 사람과 결혼하겠어요?」

「덩컨은 죽었다가 다시 살아난 사람이야. 그러니까 이제 과거는 왈가왈부할 필요가 없는 거야!」

에릭은 성난 목소리로 앰버에게 반박했다.

「하지만 덩컨의 기억이 조금씩 돌아오고 있어요.」

슬픔이 가득한 앰버의 얼굴을 보며 에릭은 싸늘하게 미소지었다.

「그래서 오늘 자정에 혼인성사를 치르려는 거야.」

「하지만 예언은……..」

「예언 따윈 이제 무시해 버려! 모두 당신이 벌여 놓은 일이잖아? 당신은 앞으로 덩컨의 아내로 살아가면 돼.」

「카산드라 어머니는……..」

「카산드라도 받아들인 건 받아들여야지.」

에릭이 대신 말을 끝맺었다.

「예언의 두 가지 조건이 이루어졌어요. 그런데도 아무 생각도 안 드세요?」

「당신이 덩컨에게 영혼을 내주지만 않으면 되는 거야.」

「전 절대 덩컨을 배신할 수 없어요.」

에릭의 표정이 대번에 싸늘해졌다.

「당신은 오늘 자정에 스코틀랜드 해머와 결혼해야 해.」

「그럴 순 없어요!」

「그게 싫다면 자정에 덩컨의 교수형이 집행될 거야.」

13

「네가 그토록 흠모하던 남자의 아내가 됐는데 왜 그리 풀이 죽었지?」

카산드라의 물음에 앰버는 아무 대꾸도 않고 오직 덩컨만 바라보았다. 덩컨이 에릭의 오른편에 서서 기사들의 축하 인사를 받고 있었다. 기사들 사이에 서 있어도 그 사람은 눈에 확 띄었다. 다른 사람보다 훤칠하고 몸집이 큰 탓이리라.

사람들은 산해진미가 가득한 진수성찬을 앞에 놓고 신나게 즐기고 있었다. 시끌벅적한 게 잔칫날은 잔칫날이었다. 어릿광대와 얼치기 시인이 돌아다니면서 사람들의 기분을 더욱 즐겁게 해주었다. 어릿광대는 여러 손재주를 선보였고, 얼치기 시인은 첫날밤에 관한 시들을 은근한 목소리로 읊어댔다.

에릭의 사냥개들은 식탁 밑에서 음식 쟁탈전을 벌이고 있었고, 횃대에 앉아 있는 매도 흥미롭게 혼인성사를 지켜보았다.

카산드라는 앰버의 일거수 일투족을 지켜보았다. 산파로 잠시 마을에 갔다 와 보니 성안은 말 그대로 흥분의 도가니였다. 교수형을 당한 남자와 그날 자정에 있을 혼인성사 때문이었다. 여기에 바이킹들이 윈터랜스에 침입했다는 소문도 한몫 했다.

카산드라가 미처 반대할 기회도 없이 예식은 거행되고 말았다. 앰버와 단둘이 얘기를 나눌 시간조차 없었다.

무슨 생각으로 이런 엄청난 일을 저질렀느냐고, 앞날이 어찌될지 알면서도 기어이 덩컨에게 몸을 내준 이유가 뭐냐고 묻고 싶었는데…… 덩컨이 영영 기억을 찾지 못하면 좋으련만.

하지만 점괘는 이미 나왔다. 덩컨은 기억을 되찾으리라.

「덩컨에게 얘기는 한 거냐?」

앰버는 카산드라가 무슨 얘기를 하는 건지 잘 알았다.

「아뇨.」

앰버도 식이 거행되기 전에 몇 시간 동안 앰버목걸이를 들고 점을 쳤는데, 점괘는 번번이 불길한 미래만 보여 줬다.

「오래지 않아 누군가 저 사람을 알아보는 사람이 있을 거다.」

「네, 알아요.」

「그땐 어떻게 할 거냐?」

「제가 할 도리를 해야겠지요.」

「예언이 이루어질 바엔 차라리 저자를 교수형에 처하는 편이 나았을 거야.」

카산드라를 보는 앰버의 눈빛이 활활 타올랐다.

「그래, 미안하다. 몸과 마음을 내주었으니 영혼도 오래지 않아 그 뒤를 따를 거다.」

「어쩔 수 없지요. 그러니 덩컨의 목을 매단다느니 어쩌느니 하는 말은 하지 말아 주세요. 듣고 싶지 않아요.」

앰버의 차가운 목소리가 카산드라의 마음을 더욱 아프게 했다.

「네 영혼을 내주지 않으면 될 일이야.」

「어떻게 그럴 수 있죠?」

「그와 잠자리를 같이 하지 마라.」

카산드라는 담담하게 말했다.

「지금 뭐라고 하셨어요?」

앰버가 어이없는 표정을 지었다.

「정을 통할 때마다 네 몸과 마음은 점점 더 그에게 갈 거야. 그러니까 내 말대로 잠자리를 같이 하지 말아야 한다.」

「신의 섭리를 거스르는 일이에요.」

「네가 품고 있는 욕정을 거스르는 일이겠지.」

「영주님도 어머니 못지않게 제 걱정을 하세요.」

「행여나.」

카산드라는 코웃음을 쳤다.

「마음 편히 가지세요. 영주님도 어머니와 비슷한 정도의 예지력을 갖고 있잖아요. 그러니 영주님 말을…….」

「재난을 예견해도 어떻게든 이득을 보겠다고 뛰어드는 인사다. 예지력이 있다 해도 인간은 인간일 뿐이지. 욕심에 눈이 멀면 뻔히 보이는 웅덩이에도 빠지는 법이다.」

「그건 저나 어머니도 마찬가지예요. 어쨌든 영주님에겐 자신이나 가신들, 그리고 영지에 이득이 되면 나쁠 게 없겠지요.」

「자신에게 이득이 된다고?」

「네. 영주님이 무슨 이유로 덩컨을 스톤링 성의 집사로 임명하셨겠어요? 영주님은 자신의 고민거리를 덩컨에게 맡기신 거예요.」

「너를 생각해서 특별히 그랬겠지.」

카산드라는 심드렁하게 말했다.

「그건 결과일 뿐, 동기가 아니에요. 덩컨은 스톤링 성을 잘 끌어 갈 거예요. 영주님은 덩컨의 능력을 믿으시죠. 그리고 믿을 만하기도 하고요.」

카산드라는 지그시 눈을 감았다.

「윈터랜스에서 온 전령 말이, 이틀 후면 바이킹들이 뭍에 들어올 거래요.」

「배가 몇 척인지 보았다더냐?」

「네 척을 봤다는 사람도 있고, 일곱 척을 봤다는 사람도 있어요. 직접 맞닥뜨리기 전에는 소문만 무성할 듯싶어요.」

「영주께선 언제 떠나신다더냐?」

「새벽녘에 떠나실 참인가 봐요.」

「기사는 몇이나 데리고 가시지?」

「한 사람만 놔두고 모두 데리고 가실 거라던데요.」

「알프레드 말이냐?」

「아뇨, 덩컨이요.」

「아무리 스코틀랜드 해머라고 해도 혼자서 성을 어찌 지키겠누.」

카산드라는 푸념하듯 중얼거렸다.

「병사들을 네 명 남긴대요.」

「그래도 위험하긴 마찬가지다.」

앰버의 입술에 침울한 웃음이 떠올랐다.

「그럴까요? 맥스웰의 덩컨은 스톤링 성을 지키는 데 있어서 제일 위협적인 존재가 아니었던가요?」

「그랬지. 그래도 위험해. 아니 더 위험하지. 덩컨은 이제 영주의 가신이 됐다. 안 그러냐?」

「그래요. 그런데요?」

카산드라는 고개만 내저을 뿐 아무 말이 없었다. 생각을 정리하는지 한참 동안 침묵을 지키다가 마침내 입을 열었다.

「도미니크 르 사브르가 그 소식을 들으면 가만있을 것 같으냐? 아니, 절대 그냥 있을 위인이 아니지. 분명 스톤링 성을 공격하려고 오겠지.」

앰버는 소름이 오싹 끼쳤다. 그리 되면 덩컨은 더욱 괴로워하리라. 그 생각을 하니 하늘이 무너져 내리는 듯했다.

「저들도 겨울에 공격하는 게 얼마나 무모한 일인지 알겠지요.」

힘없는 항변이었다.

「하지만 겨울이 지나면 봄이 오고 여름도 오질 않느냐.」

「그때쯤이면 바이킹들도 윈터랜스에서 물러나겠지요. 그럼 영주님도 다시 이곳에 병력을 집중시킬 수 있을 거예요.」

카산드라는 길게 한숨을 내쉬었다. 앰버가 이런 모습을 보인 적은 한번도 없었다. 슬픔에 젖은 듯하면서도 감정은 격렬하고, 뭔가에 홀려 넋이 나간 듯하면서도 대담해 보였다. 앰버의 목소리가 계속 이어졌다.

「그리고 내년 봄이나 여름쯤이면 로버트 경도 마음을 바꾸셔서 영주님에게 더 많은 기사를 보내 주실지도 몰라요. 아니면 영주님이 도미니크 르 사브르와 동맹하게 될지도 모르고요. 도미니크 르 사브르는 전쟁보다는 평화를 더 추구한다고 들었어요.」

「도미니크는 남에게 자비를 구하지도 않고, 자비를 베풀지도 않는다고 들었다.」

「그런 면에선 영주님도 마찬가지지요.」

갑자기 기사들의 우렁찬 웃음소리가 홀을 가득 메웠다. 두 사람으로선 무슨 일 때문에 그들이 그리 즐거워하는지 알 도리가 없었다. 마찬가지로 두 사람의 얘기를 누군가 엿들을 걱정은 없었다. 본디 와자지껄한 잔칫집처럼 밀담 나누기 좋은 곳이 없었다.

「영주는 덩컨이 기억을 되찾으면 어찌될 거라 하더냐?」

카산드라의 목소리가 무척이나 조심스러웠다.

「사실을 알면 화를 내겠지만 저에 대한 애정이 깊어지면 분노도 사라질 거래요」

단조롭기 그지없는 목소리였다.

「정말 그리 생각하느냐?」

앰버는 카산드라의 물음에 입도 뻥긋할 생각을 하지 않았다.

「그럼 네 본심은 뭐지?」

역시 입을 뗄 생각이 없는 듯했다.

「앰버?」

카산드라는 속이 달아 버럭 소리를 질렀다. 주위가 시끌벅적해 다행이었다.

「전 어둠 속에서 내게 다가온 남자를 사랑해요. 그 사람은 영혼을 다해서 절 갈망하고 있어요. 그리고……」

앰버는 말꼬리를 흐렸다.

「계속 말해 보렴.」

측은해하는 카산드라의 목소리를 듣자, 앰버는 결국 눈물을 글썽이고 말았다. 긴 속눈썹에 눈물이 한 방울 매달렸다.

「덩컨이 기억을 찾기 전에 절 사랑하게 됐으면 좋겠어요. 그리고 어쩌면……」

앰버는 말끝을 맺지 못하고 입을 다물었다. 그리고 탁자 밑에서 손톱이 박힐 정도로 주먹을 꽉 쥐었다.

「어쩌면 뭐지?」

앰버의 몸이 덜덜 떨리기 시작했다.

「어쩌면 덩컨도 절 용서해 줄지 모르지요.」

「그래서 결국 덩컨과 잠자리를 하겠다는 말이냐? 그렇게 해서라도 덩컨의 마음을 얻고 싶은 거야?」

「네.」

앰버는 울먹이며 짧게 대답했다.

「덩컨이 계속 네 몸에 손을 대면 너는 영혼마저 내주게 될 거야.」

「그렇겠죠.」

「그럼 네가 몸과 마음, 영혼을 다해 사랑한 남자가 널 미워하는 그런 불행한 날이 올지도 몰라.」

「알고 있어요.」

앰버의 눈에서 눈물이 한 방울 떨어졌다. 앰버는 눈물의 흐름을 막으리란 다짐이라도 했는지 단호한 얼굴로 눈을 빠르게 끔벅거렸다. 눈물은 더 이상 떨어지지 않았다.

「그럼 무슨 일이 벌어질지도 알겠구나?」

「네.」

「대답 한번 시원하게 하는구나. 앰버, 날 똑바로 봐라. 너 정말 알고 있는 거야?」

앰버는 천천히 카산드라를 응시했다. 두 사람의 뇌리에서 잔칫집의 떠들썩한 소음은 사라져갔다. 갑자기 카산드라가 고개를 돌렸다. 주술사로서의 지침도 앰버의 처연한 눈동자 앞에서는 힘을 잃었던 것이다.

「그래, 정말 알고 있구나. 그런데도 상관없단 말이지? 네 용기에 절로 고개가 숙여지는구나.」

「그래도 절 한심하다고 여기시겠죠?」

카산드라의 눈에 눈물이 가득 고였다. 앰버를 평생 딸처럼 여기고 살아온 카산드라였다.

앰버는 너무 놀라 할말을 잃었다. 카산드라가 눈물을 보이다니, 상상도 할 수 없는 일이었다.

「신도 무심하시구나. 차라리 내게 시련을 주실 것이지…… 내가 네 대신 고통을 짊어질 수만 있다면 좋겠다.」

그때 덩컨이 앰버에게 다가와 손을 내밀었다. 앰버는 자리에서 일어나 덩컨의 손을 잡았다. 그 순간 앰버의 입가에 주름이 펴지고 눈에서 생기가 돌았다.

웃고 있는 앰버를 보고 있으려니, 카산드라는 가슴이 미어졌다.

「이제 알겠습니까? 저보다 앰버가 덩컨을 더 절실히 필요로 한다 이 말입니다.」

에릭이 카산드라 귀에 대고 속삭였다.

「영주의 맘은 이해하지만, 덩컨이 기억을 되찾아 앰버를 죽이기라도 하면…….」

「말도 안 되는 소립니다.」

에릭이 나지막한 목소리로 카산드라의 말을 잘랐다. 하지만 카산드라는 멈추지 않았다.

「행여 그런 일이 생기면 마음이 찢어질 겁니다. 천 갈래 만 갈래로 갈기갈기 찢어질 거라고요! 그렇게 되면 어찌하겠습니까?」

「무슨 일이 있어도 덩컨은 앰버를 사랑하게 될 겁니다! 자기 때문에 저렇게 행복해하는 여자를 사랑하지 않을 남자는 없습니다.」

「앰버를 사랑하게 될 거라구요? 남녀 사이엔 육체적 욕망이 전부라고 믿는 분이 웬일입니까? 사랑 운운할 자격이 있다고 생각합니까? 영주에겐 비웃음도 아까울 뿐입니다.」

220

「덩컨은 앰버를 사랑하게 될 겁니다.」

에릭은 고집스럽게 대꾸했다.

「영주라면 자신을 배반한 여자를 사랑할 수 있겠습니까?」

에릭은 잠시 머뭇거렸다. 하지만 금세 대답을 찾았다.

「덩컨은 나와 다릅니다.」

「영주나 덩컨이나 모두 남자지요. 자기밖에 모르는 남자 말입니다. 덩컨도 자신이 앰버 때문에 뭘 포기해야 했는지 알게 되면 앰버를 미워할 겁니다. 안 봐도 훤한 일이지요.」

에릭의 얼굴에 난감한 표정이 떠올랐다.

「이모님이 저라면 어떻게 했겠습니까?」

카산드라는 망설임이 없었다.

「스톤링 성을 도미니크 르 사브르에게 양보했겠지요.」

「절대 그런 일은 없을 겁니다.」

「그렇게 자존심만 내세우지 마시지요.」

「사내놈이 자존심마저 없으면 어디다 써먹겠습니까?」

「덩컨에게 물어 보시지요. 영주가 덩컨을 자존심도 없는 밸 없는 위인으로 만들지 않았습니까?」

카산드라의 냉혹한 비난에 에릭은 이를 악물었다. 그때 사람들의 환호성이 들렸다. 돌아보니, 앰버가 덩컨의 목에 팔을 감고 귀엣말을 속삭이고 있었다. 이어 덩컨이 활짝 웃으며 앰버의 손을 잡아 손가락 하나하나에 부드럽게 입을 맞췄다.

「한번 두 사람 좀 보세요. 이모님이라면 두 사람을 갈라 놓을 수 있겠습니까?」

에릭이 뿌듯한 얼굴로 카산드라를 돌아보았다.

「제겐 그럴 만한 힘이 없지요. 영주는 우리가 왜 앰버 문제로 서로 못 잡아먹어 안달하는지 압니까? 우린 지금 착각에 빠져 있기 때문이지요. 앰버의 운명을 우리가 조정해서 바꿀 수 있다고 말입니다. 하지만 실상 우리에겐 그런 힘이 없지요.」

카산드라는 에릭의 손을 잡아 쓰다듬으면서 조용히 말했다.

덩컨이 앰버와 손을 잡고 에릭에게 다가왔다.

「이제 좀 쉬면서 피로를 풀어도 될지 여쭈러 왔습니다.」

기사들 사이에서 웃음이 터져 나왔다. 홀 안 분위기는 이내 맥주 거품 일 듯 부풀었다.

「쉰다고? 당연히 그래야지. 피곤하면 내일 아침까지 푹 쉬게나. 내일은 닭도 느지막하게 울어댈 테니까 걱정은 붙들어 매고 말이야.」

에릭이 싱글거리며 말하자, 기사들 사이에서 다시 한 번 웃음소리가 터져 나왔다.

웃음기 가득한 에릭의 얼굴은 앰버를 보는 순간 사라졌다. 그는 앰버가 아파할까 걱정하면서 손을 뺨에 닿을락 말락 갖다 댔다. 순간 울컥하면서 목이 멨다. 간신히 마른침을 삼키며 앰버에게 축하 인사를 했다. 진심에서 우러나온 목소리로.

「앰버, 행복하길 빌어.」

앰버는 고개를 약간 움직여 에릭의 손이 뺨에 닿게 했다. 그리고 눈부시게 환한 웃음을 지어 보였다.

갈대밭에 바람이 불 듯 홀 안이 갑자기 술렁거렸다.

「고맙습니다. 영주님께선 저에게 햇살처럼 따사로운 마음을 베풀어 주셨어요. 호박은 궂은 날에도 변함없이 밝은 빛을 내지요. 저에겐 영주님이 바로 그런 분이세요.」

에릭의 얼굴에 슬프면서도 아름다운 미소가 떠올랐다.

카산드라는 비수로 저미듯 가슴이 옜다. 에릭 역시 앰버를 사랑하고 있었다. 하지만 그건 육욕과는 무관한 감정이었다. 갑자기 가

숨이 철렁했다.

알고 있었구나. 에릭도 알고 있었어! 그래서 저렇게 무리를 하는 걸까? 앰버가 태어날 때 빼앗긴 권리를 보상해 주려고?

「어머니, 절 축복해 주시겠어요?」

앰버는 카산드라에게 돌아섰다.

「넌 내 딸이나 다름없는 아이다. 할 수만 있다면 천국이라도 네 손에 쥐어 주고 싶구나.」

「고맙습니다. 제겐 어머니가 해주시는 축사가 얼마나 소중한지 몰라요. 세상의 모든 딸들이 그렇듯 저도 어머니를 사랑해요.」

앰버는 카산드라의 뺨에 손을 댔다. 여기저기서 웅성대는 소리가 들렸다. 앰버가 카산드라와 영주를 손으로 만지다니, 전엔 한번도 본 적 없는 광경이었다.

카산드라의 눈동자에 눈물이 차 올랐다. 카산드라의 시선이 덩컨에게 머물렀다.

「자네는 값어치를 따질 수 없을 정도로 귀중한 선물을 받은 거라네. 그런 선물을 받은 사람은 거의 없지.」

덩컨은 본능적으로 카산드라를 조심해야 한다는 느낌을 받았다.

「사위를 한번 안아 봐도 되겠나?」

카산드라의 말에 덩컨이 놀란 정도라면 나머지 사람들은 충격을 받았다. 홀 안에 정적이 흘렀다.

「그렇게 하시지요.」

카산드라는 덩컨에게 한 걸음 다가서더니 덩컨의 어깨에 양손을 올려놓았다.

「이건 과거의 진실이라네.」

카산드라가 덩컨의 왼쪽 뺨에 키스하면서 말했다. 그리고 오른쪽 뺨에도 입을 맞췄다.

「이건 현재의 진실이야.」

카산드라는 덩컨의 양쪽 뺨을 손으로 감쌌다.

「자네의 삶은 과거에서부터 현재까지 이어져 있는 거야. 과거나 현재의 진실을 거부하면 자네는 자멸할 걸세. 전쟁터에서 머리가 잘려 나가는 것만 두려워할 게 아니야.」

카산드라의 말을 듣고 기사들은 성호를 긋느라 바빴다.

「과거 때문에 현재를 거짓으로 여기게 될 때가 올지도 모르네. 그때는 내 말을 기억해 주길 바라겠네. 꼭 기억해 주게나.」

카산드라가 다짐하듯 말하고 한 걸음 뒤로 물러섰다. 그런데 덩컨이 손목을 붙들었다.

깜짝 놀란 에릭이 앞으로 나섰지만 카산드라가 눈짓으로 에릭을 말렸다.

「제 과거에 대해 아십니까?」

「들어서 좋을 이야기는 하나도 없네.」

덩컨의 시선이 앰버에게 머물렀다. 앰버는 덩컨의 마음을 읽기라도 한 듯, 카산드라의 팔에 손을 올려놓았다.

「제 과거에 대해 아시는 바가 있습니까?」

덩컨은 똑같은 질문을 다시 했고, 그 질문에 대한 카산드라의 대답도 똑같았다.

「들어서 좋을 이야기는 하나도 없네.」

「어머니 말씀은 사실이에요.」

앰버의 말을 듣고서야 덩컨은 카산드라의 팔을 놔주었다.

「안사람의 말에 귀를 기울일 줄 아는구먼. 기억이 돌아와도 계속 그렇게 해주길 바라네.」

카산드라가 냉랭하게 말했다. 현자라고 불리는 자신을 믿지 못하는 덩컨이 측은하면서도 한편으론 괘씸했다.

「이제 그만 신혼부부를 놔줘야 할 것 같습니다. 아무래도 두 사람보다는 새로 태어날 아기가 나를 더 필요로 할 것 같군요. 영주님, 허락을 해주시겠습니까?」

카산드라는 예의를 갖춰 영주에게 허락을 구했다.

「그렇게 하라. 그만한 일로. 내 허락을 구할 필요는 없네.」

에릭은 영주로서 위엄을 갖춰 대꾸했다.

「이 몸이 좋아서 하는 일입니다.」

「자네가 언제부터 나한테 허락받길 좋아했나?」

에릭은 어깨를 으쓱하며 장난스레 대꾸했다.

「그래야 영주께서 제 말에 귀를 기울이는 시늉이라도 하지 않겠습니까?」

와 하고 기사들이 웃음보를 터뜨렸다. 그들도 에릭이 얼마나 고집불통인지 잘 알고 있었던 것이다. 그래도 제일 시원스럽게 웃는 사람은 에릭이었다.

「앰버, 카산드라가 뭘 알고 있는지 당신도 알아?」

그렇게 묻는 덩컨의 얼굴은 다른 사람들과는 대조적으로 심각하고 진지했다.

「당신 과거에 대해서 말인가요?」

「그래.」

「전 그저 어머니 생각이 틀리지 않을 거라는 것만 알아요.」

「그게 무슨 말이지?」

「과거로 인해 현재의 당신이 불행해질 수 있다는 말이지요.」

「왜 그렇지?」

덩컨은 양미간을 찌푸렸다.

「저에게 묻지 말고 스스로 답을 찾으세요.」

「무엇 하나 시원하게 아는 게 있어야지.」

「알고 싶은 마음도 없겠지요. 지금 이 순간은 말이에요.」

덩컨은 그게 무슨 말이냐는 듯 고개를 갸웃했다.

「좋은 대답이 나오지도 않을 질문만 하면서 신혼 첫날밤을 망치고 싶으냐 말이에요. 대답을 들어 봐야 마음만 아플 거예요.」

「마음이 아플 거라고?」

「그래요.」

앰버는 가운뎃손가락을 덩컨의 입술에 살며시 갖다 댔다.

「질문은 이제 그만 하세요. 그보다 당신 신부를 신방으로 데려가서 미래를 설계하는 게 어때요?」

14

신방은 어디 한 군데 나무랄 곳이 없을 정도로 완벽하게 꾸며져
있었다. 시간에 쫓겨 허겁지겁 꾸민 방이라고 보기 힘들 정도였다.
「우와, 정말 멋있어요」
앰버가 황홀한 표정으로 방을 둘러보았다.
신방은 본디 성의 안주인을 위해 이미 만들어진 방이었는데, 에
릭이 아직 미혼이라 앰버가 쓰게 된 것이었다. 등잔에서 피어나는
이국적인 향기가 방 안에 은은히 감돌았다. 벽난로에서는 장작이
노란 불꽃을 내며 타고 있었다.
「어쩜 이렇게 화려할까요?」
앰버는 신이 나, 드레스 자락을 펄럭이며 방 안을 빙글빙글 돌았

다. 하지만 덩컨은 심각한 얼굴을 하고서 침묵만 지키고 있었다.

「당신은 맘에 안 들어요?」

「아니, 맘에 들어.」

「그런데 왜 그렇게 무서운 얼굴을 하고 있어요? 혹…… 기억이라
도 돌아온 거예요?」

「응.」

앰버는 심장이 조여드는 기분이었다.

「어떤 기억이 떠올랐는데요?」

「내 몸에 묻었던 당신 피.」

「아, 그거요. 별로 중요한 일도 아니네요.」

앰버는 덩컨 몰래 안도의 숨을 내쉬었다.

「중요한 일이 아니라니. 당신이 처녀성을 잃은 증거인데.」

「거머리한테 물렸어도 그보다 피를 많이 흘렸을 텐데요, 뭐.」

앰버는 도적들과 싸운 후에 덩컨이 했던 말을 떠올리며 빙그레
웃었다. 덩컨은 앰버를 따라 웃으며 신방을 둘러보았다. 하지만 그
의 시선은 자꾸 침대로만 쏠렸다.

침대는 덩컨이나 에릭처럼 몸집이 큰 사람들을 위해 특별 제작되
었는지 엄청나게, 진짜 엄청나게 컸다. 그리고 침대 주위는 화려한
빛깔의 망사로 둘러쳐 있었고, 침대 위는 부드러운 시트며 솜털처
럼 뽀송뽀송한 이불, 그리고 호사스러운 모피 담요로 덮여 있었다.
시트에 달린 레이스 장식은 얼마나 섬세한지 혀를 내두를 정도였다.

「저렇게 화려하게 꾸민 침대를 본 적이 있어요?」

앰버는 덩컨의 시선이 침대에 쏠려 있음을 알고 물었다.

「정말 호사스럽군. 영주께선 마음도 넓으시지. 이런 방은 집사에
게 너무 과분해.」

「영주님은 우리가 맺어진 걸 진심으로 기뻐하시니까요.」

「그래.」

덩컨의 목소리가 몹시 거칠었다. 앰버는 놀란 눈으로 덩컨을 보았다.

「왜 그래요?」

「영주님의 허락이 없었어도, 그리고 그런 맹세를 하지 않았더라도 난 당신과 결혼했을 거야. 영주님은 당신을 고이 내주든가, 아니면 나와 결투를 벌이든가, 둘 중 하나를 선택해야 한다는 걸 이미 간파하고 내게 당신을 내주신 거야.」

결투란 말을 듣는 순간, 앰버의 몸은 경직되었다.

「영주님과 싸울 생각은 절대 하지 마세요.」

「내가 그렇게 형편없는 싸움꾼으로 보였어?」

「그런 게 아니에요!」

덩컨이 흥분한 앰버를 이해할 수 없어 얼굴을 찌푸렸다. 그제야 자신이 과민반응했음을 깨달은 앰버는 서둘러 변명거리를 찾았다.

「전 두 분을 모두 사랑해요. 만일 두 사람이 싸운다면…… 안 돼요! 절대 그런 일이 생기면 안 된다구요!」

「방금 뭐라고 했지?」

덩컨이 앰버에게 바싹 다가서서 물었다.

「두 사람이 싸운다면…….」

「아니, 바로 그 전에 했던 말.」

「전 두 분을 모두 사랑해요.」

「그게 무슨 말이지?」

앰버는 금세 덩컨의 의도를 파악했다. 쿡쿡 웃음이 나왔다.

「전 에릭을 사랑해요.」

덩컨이 뭐라고 툴툴거렸다.

「그리고 당신을 사랑해요. 너무 사랑해서 가슴이 아플 정도로.」

덩컨의 얼굴이 대번에 환해지면서, 앰버는 어느새 덩컨의 품에 안겨 있었다.

「정말이야?」

「그럼요. 제 말이 믿어지지 않아요?」

앰버는 덩컨의 품에서 빠져 나와 자기의 남편을 마주 보았다.

「어떤 여자가 첫 경험을 그렇게 엉망으로 만든 남자를 사랑할 수 있겠어?」

덩컨의 얼굴이 시무룩해졌다.

「엉망으로 만들지 않았어요.」

「난 짐승처럼…….」

앰버가 입술로 덩컨의 말을 막았다. 한동안 덩컨은 앰버의 달콤한 입술에 취해 있었지만 이내 매정하게 입술을 떼어 냈다.

「왜 그래요? 제가 싫어요?」

앰버가 당황해서 물었다.

「날 만지고 있으니, 당신이 더 잘 알겠지. 내가 당신을 안고 싶어하지 않는 것 같애?」

「아뇨. 당신의 뜨거운 마음이 불꽃이 되어 내 몸으로 번지고 있는 기분이에요.」

앰버는 눈을 감고 손끝에서 느껴지는 감각에 집중했다.

「그래. 하지만 당신은 첫 경험에서 겪은 아픔이 채 가시지 않았겠지? 내가 억지로 범해서…….」

「억지로 범했다는 말은 하지 마세요!」

앰버는 덩컨의 말을 단호히 부인했다.

「내가 저지른 일이니까 내가 더 잘 알아.」

「아뇨! 나도 당신 이상으로 원하던 일이었어요. 왜 그걸 못 믿지요?」

「왜 못 믿느냐고? 여자를 이렇게까지 절실히 원해 본 일은 없었으니까. 내 몸에 그런 열정이 숨어 있으리라고는 상상도 못 했으니까. 하지만 경험도 없는 당신이 그런 열정을, 아니 그 비슷한 감정을 이해할 수 있겠어?」

「덩컨, 제가 당신을 만지면 당신의 기분을 저도 느낄 수 있어요. 알잖아요.」

앰버는 싱긋 웃으며 덩컨의 뺨에 입을 맞췄다.

「당신의 숨결이 빨라지고, 심장 박동이 세차지고…… 그리고 제 몸 안에 들어오기 위해 몸이 단단해지는 것도 느낄 수 있어요.」

「그만 해. 그런 말을 들으면 순식간에 자제력을 놓칠지도 몰라.」

「우린 지금 신방에 있잖아요. 자제력 같은 건 팽개쳐 버려요.」

덩컨은 아무 대꾸 없이 앰버의 시선을 외면했다.

「덩컨?」

앰버가 덩컨을 붙잡을 생각에 손을 내밀었지만 덩컨은 뒤로 물러났다.

「안 돼.」

「전 당신이 왜 이러는지 모르겠어요.」

「그럴 거야. 하지만 남자를 짐승처럼 돌변하게 하는 정욕의 실체는 겪어 봐서 알겠지? 과거나 지금이나 당신은 스스로 열정을 느끼지 못하고 그저 내 열정에 휩쓸려서 반응할 뿐이지. 그건 다른 남자와 사랑을 나눠도 마찬가지란 말이잖아.」

덩컨은 돌아섰다.

「당신은 절 스스로는 열정을 품지 못하는 여자라고 생각하고 있군요? 그렇지요?」

앰버가 눈을 가늘게 뜨고 덩컨의 뒷모습을 노려봤다. 덩컨은 등을 돌린 채로 고개를 끄덕였다.

「어떤 남자든 절 열정적으로 안는다면, 저도 그렇게 반응할 거란 말인가요? 당신이 아닌 다른 남자라 해도 말인가요?」

앰버의 목소리에 원망이 담겨 있었다. 덩컨은 망설이다가 고개를 다시 끄덕였다.

「그건 당신 자신은 물론이고 저에 대한 모욕이에요」

덩컨은 다시 앰버를 돌아보며 뭐라 말을 꺼내려고 했다. 하지만 앰버가 먼저 선수를 쳤다.

「지금까지 살아오면서 남자와 성적으로 접촉할 기회가 세 번 있었어요. 처음 그 일이 있었을 때는 앞뒤 안 보고 정신없이 도망치고는 주저앉아 속을 완전히 게워 냈죠. 헛구역질이 나올 때까지요.」

「언제 있었던 일이지?」

「아홉 살 때요」

「그땐 너무 어려서 그랬겠지. 지금은 성인이 됐으니…….」

「두 번째는 제가 열아홉 살 때의 일이었지요. 그 정도면 남자의 열정에 반응을 보일 만큼 성숙한 나이지요. 안 그래요?」

「그래.」

덩컨은 거칠게 내뱉었다.

「제가 열정적으로 반응했을 거라고 생각해요?」

덩컨이 고개만 끄덕거렸다.

「그랬어요. 정말 열정적으로 반응했죠」

덩컨의 얼굴이 굳어졌다.

「혐오감과 분노로 피가 나올 정도로 토하고 또 토했으니까요. 어때요, 아주 열정적인 반응이란 생각 안 들어요? 결국 단검으로 치마를 들추던 남자의 손을 찌르고 도망쳤지만, 그때 생각만 해도 몸서리가 쳐져요.」

232

「도대체 그 짐승 같은 놈들이 누구였어?」

덩컨이 성난 목소리로 물었지만 앰버는 덩컨의 질문은 무시하고 이야기를 계속했다.

「그러던 어느 날 낯선 남자를 알게 됐어요. 그 사람이 제 머리카락을 움켜잡는 순간, 난생 처음으로 쾌감이란 걸 느꼈지요.」

「낯선 남자라니, 그게 누구야?」

덩컨의 얼굴에 다시 긴장이 어렸다.

「바로 당신.」

「그게 무슨 말이야?」

「처음 당신을 만졌을 때도 얼마나 기분이 좋았는지 몰라요.」

「당신은 내가 느낀 쾌감을 느꼈을 뿐이야. 당신이 직접 느낀 게 아니라구.」

「하지만 그때 당신은 의식이 없었어요.」

앰버의 말에 덩컨은 눈을 크게 떴다.

「지금 무슨 소리를 하는 거야?」

「당신은 의식이 없었으니까 기억하지 못할 거예요. 당신을 치료하려고 가슴에 기름을 문질렀을 때 어떤 기분이 들었는지 아세요? 할 수만 있으면 계속 그렇게 당신을 만지고 싶었어요. 당신과 사랑을 나누고 싶었다구요.」

덩컨의 입에서 앰버의 이름인지, 신음소리인지 구분하기 힘든 소리가 흘러나왔다.

「전 당신을 위해 태어났다고 생각해요. 당신, 오직 당신만을 위해서요. 그런데도 우리가 서로 아낌없이 주고받아야 할 것을 거부만 하실 참이에요?」

「그게 뭔데?」

덩컨은 짐짓 모른 척하면서 능청을 떨었다.

「우리 마음은 하나로 맺어졌어요. 그런데 육체는 그렇게 되면 안 되나요?」

덩컨은 빙그레 웃었다.

「사랑스러운 앰버, 뒤로 돌아봐.」

앰버가 잠시 주춤거리다가 뒤로 돌아섰다. 덩컨은 앰버의 드레스에 달린 끈을 풀었다. 앰버의 입에서도 안도의 숨이 흘러나왔다.

옷이 한겹 한겹 바닥으로 스르르 미끄러졌다. 얼마 후 앰버는 알몸이 되었다. 벽난로 불빛이 눈처럼 하얀 나신 위로 넘실거렸다.

덩컨의 손가락이 앰버의 목덜미와 등줄기를 따라 움직였다.

「이렇게 하니까 좋아?」

「네.」

앰버는 참고 있던 숨을 내뱉으며 대답했다. 그 순간 덩컨이 앰버를 번쩍 안아 들었다. 예상치 못한 행동에 앰버는 외마디소리를 질렀고 이내 모피가 깔린 침대로 떨어졌다. 피부에 닿는 감촉이 매끄러우면서도 차가웠다.

덩컨이 약간의 거리를 두고 앰버와 마주 누웠다. 시선이 마주치는 순간, 앰버는 심장이 멎는 듯했다. 덩컨의 눈빛은 앰버의 몸이 얼마나 아름다운지 숨김없이 말해 주고 있었다.

「나만 불리해.」

덩컨이 낮게 투덜거렸다.

「당신은 옷을 입고 있고, 전 그렇지 않은데도요?」

「당신은 내 몸을 만지기만 하면 내 기분을 다 알잖아. 하지만 나는 당신을 만져도 당신 기분이 어떤지 도통 알 수가 없어.」

덩컨은 앰버의 가슴을 부드럽게 어루만졌다.

「지금 기분이 어때?」

「불에 덴 것처럼 몸이 화끈거려요.」

「그럼 아프단 말이야?」

「아뇨. 하지만 우리가 서로 원하는 걸 당신이 마다하면 그리 되겠지요.」

「우리가 서로 원하는 게 뭔데? 이거?」

덩컨은 입술을 앰버의 가슴에 닿을락 말락 접근시켰다.

「절 그렇게도 애태우고 싶으세요?」

앰버가 신음하듯 중얼거렸다. 몸이 안달이 났다.

「이렇게 떨어져 있으면 당신은 내 열정을 못 느끼겠지? 그럼 당신은 자신의 욕망에만 충실할 수 있어.」

덩컨의 뜨거운 숨결이 피부를 간질였다. 앰버는 몸을 한껏 젖혔지만 덩컨이 뒤로 물러나 버렸다.

「가만히 있어, 앰버. 안 그러면 당신이 나한테 저지른 죗값을 치르게 할 거야.」

「네? 그게 무슨 말이에요?」

앰버는 벌떡 일어나 앉았다.

「움직이지 못하게 당신을 묶어 놔도 좋아?」

「설마 진짜 그럴 건 아니죠?」

「난 당신 남편이야. 당신을 내 맘대로 해도 신의 섭리나 인간의 법도에 어긋나지 않는다고.」

「그래서 절 고문할 작정이군요?」

「그래.」

덩컨이 짐짓 심각하게 말했다.

앰버는 싱긋 웃으면서 다시 모피 위에 누웠다. 덩컨이 앰버의 긴 머리카락을 한줌 쥐더니 그걸로 앰버의 가슴을 간질였다. 앰버는 숨을 몰아쉬면서 작게 신음소리를 냈다.

머리카락은 가슴을 지나서 허벅지까지 내려왔다. 앰버는 저도 모르게 모피를 꽉 움켜잡았다.

「어떤 느낌이지?」

「등골이 오싹해요. 자꾸만······.」

앰버는 더 이상 말을 잇지 못했다. 머리카락이 다리 사이로 움직였기 때문이다.

「내가 어떻게 해줬으면 좋겠어?」

「날 애태운 벌로 당신 손을 깨물어요.」

덩컨은 웃으면서 입술을 앰버의 배에 가까이 가져갔다. 앰버가 지금껏 생각지도 못했던 대담한 행위였다.

「덩컨, 제발 부탁이에요.」

「뭘 부탁한다는 거야? 솔직하게 얘기해 줘. 난 마법사가 아니라, 당신 맘을 읽을 수가 없어.」

「내 몸이 이상해요.」

「어디가 이상한데?」

「당신이 머리카락으로 장난친 곳이요.」

「그게 어딘데?」

「다리······ 다리 사이요.」

「으흠.」

덩컨은 앰버의 발목에 숨을 내뿜었다.

「이제 좀 괜찮아?」

앰버는 고개를 끄덕였다. 덩컨은 음흉한 웃음을 지으며 입술을 앰버의 무릎으로 가져갔다.

「이건 어때? 좋아?」

앰버의 몸이 점점 뜨거워졌다.

이번엔 덩컨의 손이 다리 사이로 움직였다. 앰버의 몸이 굳어지면서 신음소리가 흘러나왔다. 덩컨은 천천히 앰버에게서 손을 뗐다.

「안 돼요, 덩컨…….」

앰버가 안타까운 목소리로 애원했다.

「옷을 벗으려는 거니까, 조금만 참아.」

덩컨은 정신없이 옷을 벗었다. 앰버의 눈이 커다래졌다.

「왜 그래?」

「스톤링에서도 당신…… 이랬…… 어요?」

앰버의 눈길이 자꾸 덩컨의 다리 사이로 쏠렸다.

「그래.」

앰버는 길게 한숨을 내쉬었다.

「그럼 걱정할 필욘 없겠군요. 아무리 봐도 걱정이 되지만, 예전에 괜찮았다면 지금도 그렇겠죠.」

덩컨이 나지막하게 웃으면서 앰버 옆에 누웠다.

「그래. 그러니까 걱정하지 마. 형편없는 전사들이나 검집에 검을 제대로 못 넣는 거야.」

덩컨이 앰버의 몸 위로 올라갔다. 앰버의 떨림이 느껴졌다.

「왜, 무서워?」

「아뇨.」

「아프면 나한테 꼭 얘기해.」

덩컨은 아주 천천히 앰버의 몸 안으로 들어갔다. 앰버의 손톱이 덩컨의 등을 사정없이 할퀴었다.

「날 원해?」

「그래요, 그래요, 그렇다구요. 덩컨, 부탁이에요.」

덩컨은 앰버의 몸 안으로 좀더 파고들었다. 앰버의 입에서 나지막한 비명소리가 터져 나왔다.

「날 똑바로 쳐다봐. 앰버, 아프진 않아?」

덩컨의 눈에 걱정의 빛이 어렸다.

「하나도 아프지 않아요. 그저…… 온몸이 짜릿할 뿐이에요.」

「다리를 내 허리에 감아 봐.」

덩컨은 앰버의 몸 안으로 좀더 깊숙이 파고들었다.

「이제 내가 얼마나 당신을 원하는지 느낄 수 있겠어?」

「네.」

덩컨은 천천히 몸을 뒤로 뺐다.

「안 돼요!」

앰버가 저항하는 소리를 질렀고, 그 모습에 덩컨은 만족한 듯 웃음을 지었다. 그리고 다시 앰버의 몸 안으로 밀고 들어갔다. 천천히, 아주 천천히.

「덩컨, 내 몸이 이상해요…….」

찢어질 듯 날카로운 비명을 지르며 엠버는 전율했다. 덩컨의 입술이 앰버의 비명을 삼켰다.

덩컨은 조금씩 몸을 움직였고, 그 움직임이 빨라지자, 앰버가 몸을 젖히면서 경련을 일으켰다. 덩컨의 이름이 방 안에 울려 퍼졌다.

「당신은 너무 완벽해. 뭔가를 이렇게 간절히 원해 보기는 처음이야. 잃어버린 기억보다 당신을 더 원해.」

덩컨은 더 이상 참지 못하고 절정의 순간을 온몸으로 만끽했다.

15

    사이먼을 태운 전투마는 블랙소른 성을 향해 전력 질주하고 있었다. 전투복을 갖춰 입은 사이먼 양옆에는 사슬 갑옷과 투구로 무장한 기사 한 명과, 방패와 검을 실은 짙은 갈색 종마가 달리고 있었는데, 방패엔 도미니크 르 사브르의 상징인 검은 늑대 머리가 그려져 있었다.

    일행은 도개교를 건너 성안으로 들어갔다. 이내 자갈밭 위로 달리는 말발굽 소리가 온 성을 진동시켰다.

    한 여자가 커다란 성채의 문을 열고 나오다가 사람을 태우지 않은 종마를 보고는 치마를 들어올리고 다급히 계단을 내려왔다. 모자가 벗겨지면서 불꽃처럼 빨간 머리가 바람에 날렸다. 자그마한

금종이 딸랑거리며 맑은 종소리가 푸른 하늘로 퍼져 나갔다.

여자는 말발굽에 차일 걱정 같은 건 않는지 달려오는 말 앞에 떡 하니 버티고 서서 절박하게 외쳤다.

「사이먼! 덩컨은 어디 있어요? 무슨 일 있었어요? 덩컨은 어디 가고 말만 있지요?」

사이먼은 놀라서 고삐를 세게 잡아당겼고, 말은 앞발을 들면서 제자리에 섰다.

「뒤로 물러서세요, 형수님! 형수님이 말굽에 밟히기라도 하면 전 형님 손에 죽습니다. 아마 당장에라도 제 목을 따려고 할걸요」

「그 정도론 부족하지. 네 형수에게 무슨 일이라도 생기면 네 심장을 꼬챙이에 꿰어 불에 구워 버릴 거야」

귓전을 때리는 목소리에 사이먼은 뒤를 돌아보았다. 성큼성큼 걸어오는 도미니크가 보였다.

도미니크는 길고 검은 망토에 늑대 머리 모양의 커다란 은핀을 하나 꽂고 있었다. 그것말고 다른 장식은 전혀 없었지만, 그의 지위를 나타내는 데는 그것만한 게 없었다. 천년의 세월 동안 자취를 감췄던 글렌드뤼드의 울프는 도미니크의 가슴에서 수정 눈동자를 빛내며 한결같은 시선으로 다시 세상을 굽어보고 있었다.

도미니크는 메그가 다치거나 다칠 걱정이 없다는 것을 확인한 후에야 동생에게 돌아섰다.

「덩컨은 어찌된 거야? 죽기라도 한 거야?」

「아뇨, 살아 있어요」

메그는 눈을 감고 감사의 기도를 드렸다. 도미니크는 그런 아내를 품에 안았다.

「그럼 부상을 당한 모양이지?」

「그렇다, 아니다 딱 잘라 말하기가 힘들어요」

240

메그는 불안한 얼굴로 사이먼의 안색을 살폈다. 말소리도 차분하고 얼굴색도 평소와 다름없었지만, 눈빛만은 증오로 불타고 있었다. 순간 도미니크에게 독약을 먹였느냐고 메그를 다그치던 사이먼의 모습이 떠올랐다. 하지만 그 이후로 이런 모습은 처음이었다.

「안으로 들어가자.」

도미니크의 말이 끝나기가 무섭게, 마부들이 득달같이 나타나 사이먼에게서 말고삐를 받아 마구간으로 갔다. 종자들 역시 음식을 준비하라는 도미니크의 말이 떨어지기가 무섭게 주방으로 달려갔다.

홀 안으로 들어갈 때까지 세 사람은 아무 말도 안 했다. 도미니크는 망토를 벗어 벽에 걸고는 동생에게 돌아섰다.

「덩컨이 어찌된 건지 말해 봐라.」

「덩컨은 사악한 마법에 걸렸어요.」

사이먼이 이를 갈며 말했다.

「마법에 걸리다니, 그게 무슨 말이에요?」

메그가 눈을 동그랗게 떴다.

「블랙소른에 대해서나, 형님에게 충성을 맹세하고 애리언과 약혼한 사실이나 다 기억을 못 하더란 말입니다.」

「저런, 국왕 폐하가 들으시면 심려가 크시겠군. 노르만 출신의 상속녀에게 걸맞은 색슨족 전사를 찾아냈다고 아주 흡족해하셨는데.」

「썩 괜찮은 한 쌍이었지요. 덩컨은 간접적으로나마 국왕 폐하의 은혜를 입은 것이니까요. 하지만 디게르 성의 영주는 심기가 영 불편하겠는데요.」

스벤이 한마디 거들었다. 도미니크는 싸늘한 웃음을 지으며 고개를 끄덕였다.

「사이먼, 덩컨에 대해 자세히 얘기해 봐라.」

「아주 못된 마녀가 덩컨에게 마법을 걸어 완전히 자기 손아귀에 쥐고 있어요. 천인공노할 마녀 같으니라고!」

앰버를 생각하자 사이먼은 다시 화가 치밀었다. 메그가 화를 달래듯 사이먼의 손을 부드럽게 어루만지며 물었다.

「어떤 마법에 걸린 것처럼 보였지요?」

「분쟁의 땅에 살고 있는 마녀에게 물어 보기 전에는 모르지요.」

「처음부터 차근차근 얘기해 보세요.」

「스벤과 저는 시홈에서 헤어져서 따로 움직이기로 했습니다. 스벤은 갈색 종마가 숲 속을 헤매고 다닌다는 소문의 진상을 캐고 싶어했거든요.」

「그게 덩컨의 말이었군요?」

메그가 스벤에게 물었다.

「네, 그랬습니다. 혹시나 해서 숲 속으로 갔죠. 그리고 숲 속이 떠나가라 휘파람을 불었습니다. 덩컨이 말을 부를 때 휘파람을 불었던 기억이 났거든요. 그랬더니 아나나 다를까, 녀석이 신이 나서 달려오지 뭡니까.」

메그는 스벤의 대답을 듣고 다시 사이먼을 돌아보았다. 사이먼이 다시 이야기를 계속했다.

「스벤이 숲을 뒤지는 동안, 저는 시홈에 떠도는 소문을 캐고 다녔습니다.」

「위험한 짓을 했군요. 시홈의 영주인 에릭 경은 주술사라고 불리는 분이에요.」

사이먼의 눈이 활처럼 둥글게 가늘어졌다. 걱정 어린 형수의 잔소리가 왠지 푸근하게 느껴졌다. 사이먼은 투구를 벗어 탁자에 올려놓았다.

「주술사라는 사람이 제 마음 하나 읽지 못한답니까? 종교적인 이유로 유랑하고 있다는 제 말을 전혀 의심하지 않던걸.」

「겨우 며칠 지났을까, 어떤 남자와 처녀가 말을 타고 시홈에 들어오는 모습을 봤습니다. 처녀는 금색 옷을 입고, 호박목걸이를 걸고 있었지요.」

「호박목걸이를요?」

메그가 양미간을 좁히며 심각한 표정을 지었다.

「네. 이름도 호박이란 뜻의 앰버라고 하더군요.」

「단순히 앰버라고만 불리던가요?」

「모두 그 여자를 순결한 처녀라고 부른답니다. 남녀노소를 불문하고, 누구든 그 여자의 몸에 손을 댈 수 없기 때문이지요.」

「네? 왜요?」

의아해하는 메그를 보며 사이먼이 피식 웃었다.

「그건 말도 안 되는 소문일 뿐이에요. 앰버란 여자는 함께 있던 남자에게 딱 달라붙어 있었습니다. 순결한 처녀보다 '고목나무의 매미'라고 부르는 게 나았을 텐데.」

사이먼은 그렇게 비웃어도 분에 차지 않는 듯 혀까지 끌끌 찼다.

「그럼 그 여잔 앰버가 아니겠지요.」

사이먼과 스벤은 서로 시선을 주고받았다.

「하지만 시홈의 사람들은 다 그 여자를 앰버라고 불렀습니다. 에릭 역시 앰버라고 불렀는걸요. 에릭은 그 여자에게 같이 있는 남자의 생각을 읽게 했습니다.」

메그가 무릎을 쳤다.

「아, 아마 그래서 남자를 만지고 있었을 거예요. 상대편이 진실을 말하는지 알기 위해서 말이에요. 그 여자는 분명 주술사예요.」

「무슨 소리야?」

조용히 듣고만 있던 도미니크가 물었다.

「당신이 스톤링 성을 치려고 계획할 때마다, 제가 주술사들 얘기를 해줬잖아요.」

「그래. 하지만 솔직히 말해서 주술사니 예언이니 하는 말도 안
되는 헛소리는 믿을 수가 없어.」

도미니크가 얼굴을 잔뜩 찡그리고 투덜거렸다.

메그의 녹색 눈동자에 장난기가 어렸다. 도미니크는 천년 동안
전설로만 내려오던 글렌드뤼드의 울프를 몸에 지녔으면서도 자신이
직접 보고, 만지고 경험할 수 없는 대상에 대해서는 냉정한 편이었
다.

「때로는 보이지 않는 존재가 보이는 존재보다 훨씬 큰 힘을 발휘
할 수도 있지요.」

「나 같은 일개 전사가 이해하긴 어려운 얘기인걸. 하지만 내겐
당신처럼 훌륭한 스승이 있으니까 다행이야. 당신은 차갑게 얼어붙
은 전사의 심장도 따스하게 만든 사람이잖아.」

메그와 도미니크는 미소를 교환했다. 그 모습을 보며 사이먼은
앰버와 덩컨의 모습을 떠올렸다. 감히 그 두 사람을 형님 내외와
비교하다니, 스스로에게 분통이 터졌다.

「얘기 계속해 보세요. 앰버가 동행한 남자의 마음을 읽었다고 했
었지요?」

「형수님 말씀대로 마음을 읽기 위해서 남자를 만졌을지도 모르지
만, 그 여자 태도는 남자를 연인으로 생각하는 것 같았어요.」

「도대체 이런 얘기를 언제까지 들어야 하지? 우리가 관심 있는
사람은 덩컨이지 못된 마녀가 아니야.」

도미니크가 답답하다는 듯이 투덜거렸다.

「그 마녀와 함께 있던 남자, 그 남자가 누군지 알아요? 바로 맥
스웰의 덩컨이었어요.」

순식간에 도미니크의 표정이 싸늘해졌다.

「덩컨이 포로로 잡힌 거냐?」

「사지에 사슬을 묶고 있는 신세는 아니었고, 그저 마녀의 손에 손목을 붙들리고 있었지요.」

「앰버라는 여자가 그렇게 검술이 뛰어나단 말은 아니겠지? 아무리 그래도 덩컨이 한낱 여자 전사에게 당할 사람이 아닌데…….」

도미니크로선 도저히 이해할 수 없는 상황이었다.

「그 여자가 덩컨을 죽이는 데 사용한 검은…….」

「뭐라구요? 덩컨이 살아 있다고 했잖아요!」

메그가 놀라서 소리를 질렀다.

「형수님이 덩컨에게 약하다는 건 진작에 알고 있었지요.」

사이먼이 피식 웃으며 중얼거렸다. 하지만 도미니크의 얼굴은 험악하게 일그러졌다. 아내가 어릴 적 친구인 맥스웰의 덩컨에게 남다른 애정을 품고 있다는 건 진작부터 아는 사실이었지만, 그 생각만 하면 아직도 심기가 불편해졌다. 물론 아내가 사랑하는 사람이 자신뿐임은 의심할 여지가 없었지만 말이다.

「어쩌면 덩컨은 마녀에게 영혼을 빼앗긴 걸지도 모릅니다.」

사이먼이 무서운 얼굴로 말했다.

「그럼 덩컨이 좀비(죽은 자를 되살리는 영력에 의해 되살아난 몬스터)라도 되었단 말이냐?」

「아니요. 하지만 살아 있다고 할 수도 없지요.」

「무슨 말인지 쉽게 얘기해라.」

「내가 말했잖아요. 덩컨은 분쟁의 땅에 가기 전의 일에 대해선 아무것도 기억하지 못한다고.」

사이먼이 말했다.

「확실한 거냐? 덩컨이 그 땅을 정찰할 목적으로 그렇게 가장한 게 아니라?」

「그랬으면 얼마나 좋았겠어요」

사이먼은 안타까운 표정을 지으며 대꾸했다. 메그의 눈에 눈물이 그렁그렁 맺혔다.

「덩컨은 연극에는 서툰 사람이에요.」

「인간은 자기 목숨이 걸린 일에는 죽음도 불사하는 법인데 하물며 연극 정도야…….」

도미니크가 아내를 안심시키려고 한마디 했지만 메그에게 그다지 도움이 되지 않은 듯했다.

「사이먼, 계속 얘기해 보세요. 덩컨이 어떻게 변했는지 들어야겠어요. 아는 대로 전부 얘기해 줘요.」

메그는 다시 사이먼을 재촉했다.

「저도 처음엔 그렇게 생각해서 덩컨에게 아는 척도 안 했습니다. 그런데 덩컨이 저를 뚫어져라 쳐다보더군요. 눈치를 보아하니 절 아는지 어쩐지 긴가민가하는 듯했지요.」

「그 사람들이 덩컨을 어떻게 소개했어요?」

「기억을 잃은 사람이라고 하더군요.」

「그럼 덩컨을 뭐라고 부르던가요?」

「그런데 거기서도 덩컨이라고 부르더군요.」

메그가 눈썹을 찌푸렸다.

「어떻게 그럴 수 있죠?」

「앰버라는 여자가 그렇게 붙였답니다.」

「덩컨은 어쩌다가 기억을 잃었대요?」

「에릭 말로는, 폭풍우가 치던 날 덩컨이 성역에서 의식을 잃고 쓰러져 있었답니다. 실오라기 하나 걸치지 않은 몸에 형수님이 주신 호박목걸이만 걸고 말이에요.」

「그래요?」

메그가 그들의 말이 사실일지 여부를 따져 보듯 눈동자를 굴렸다.

「네. 그 목걸이 때문에 덩컨은 생명을 구했답니다.」

「어쩌다 그렇게 됐지?」

도미니크가 끼여들었다.

「에릭은 덩컨을 우리나 덩컨의 심복일 거라고 의심했었나 봐요. 본래 낯선 자는 첩자나 범법자로 찍혀 살해되게 마련이니까, 당연히 그랬겠지요. 하지만 호박목걸이를 걸고 있어 죽일 수가 없었대요.」

「그래서 순결한 처녀 앰버에게 데리고 갔군요?」

메그가 정확하게 추측해 냈다.

「네. 다들 호박에 관한 한 모든 것이 그 여자 소유라고 하더군요.」

「당신, 이렇게 될 줄 알고 있었던 거야? 그래서 덩컨에게 호박목걸이를 줬던 거야?」

도미니크가 아내를 유심히 보고 있다가 물었다.

「덩컨에게 호박목걸이를 주던 날 아침에 덩컨이 위험에 빠지는 꿈을 꿨어요.」

도미니크의 입술에 살포시 미소가 어렸다.

「나도 위험하다는 건 알고 있었지. 내가 덩컨을 스톤링 성으로 보낸 건, 덩컨이 거기서 살아남을 수 있는지 보고 싶어서였어. 분쟁의 땅에선 강한 전사만이 살아남을 수 있으니까.」

「스톤링 성을 지키려면 재력도 있어야겠지요.」

사이먼이 덧붙였다.

「그래서 국왕 폐하께서 디게르 성의 영주 딸과 덩컨을 정혼시키신 거야.」

「하지만 그게 뜻대로 될까요?」

사이먼이 입술을 실룩이며 중얼거렸다. 단번에 도미니크의 시선이 사이먼에게 향했다.

「무슨 소리를 하는 거야?」

「시홈에 있는 사람들은 덩컨이 앰버와 결혼할 거라고 생각하고 있거든요. 기정 사실이라고 할 수 있지요.」

「젠장, 덩컨이 미쳐도 단단히 미쳤구나. 애리언이 벌써 사흘 전에 이곳에 당도해 있는데!」

도미니크는 버럭 소리를 질렀다.

「그래? 난 아직 낯선 기사들이나 하인들은 못 봤는데.」

사이먼이 눈을 끔벅거리며 형을 쳐다봤다.

「애리언은 기사 세 명과 하녀 한 사람만을 대동하고 왔거든요.」

메그가 도미니크를 대신해 설명해 주었다.

「기사들은 지참금이 성안에 무사히 도착하는 걸 확인하자마자 떠나 버렸지.」

도미니크가 덧붙였다.

「그 대단하신 디게르 성의 영주께서 자기 딸을 그렇게 보냈단 말입니까? 사냥개라도 그런 식으로 취급하진 않겠구만…….」

사이먼이 기가 막힌 듯 중얼대자, 도미니크는 담담하게 설명을 덧붙였다.

「디게르 성 영주는 색슨인을 사위로 맞아들이는 걸 아주 못마땅하게 여기니까.」

「그럼 그 영주는 딸이 덩컨과 결혼하지 않고 그냥 돌아가면 아주 좋아하겠군요.」

「하지만 그렇게 되면, 덩컨은 스톤링 성을 지킬 만한 재력을 얻지 못해. 애리언의 지참금이 얼마나 되는지나 알아? 그리고 나 역시 국왕 폐하의 노여움을 감수해야 할 거야.」

잠시 생각에 잠겨 있던 메그가 남편을 보았다.

「지금쯤이면 당신이 덩컨과 함께 보낸 전사들이 블랙소른 성으로 돌아오고 있겠지요? 벼락이 떨어지는 바람에 말들이 주인을 팽개치고 뿔뿔이 흩어졌으니, 천상 걸어서들 돌아오고 있겠네요.」

고개를 끄덕여 보이는 도미니크의 표정에 의혹의 그림자가 드리워졌다.

「사이먼, 덩컨이 맹세를 저버리고 에릭에게 붙은 건 아닐까?」

「그건 말도 안 돼요!」

사이먼 대신 메그가 버럭 소리를 질러 대답해 주었다. 사이먼은 그런 형수를 보며 피식 웃었다.

「아닌게아니라 나도 처음엔 그런 의심을 해봤어요. 전후 사정이 너무 잘 맞아떨어지니까요. 하지만 덩컨이 배신한 거라면, 내가 누군지 에릭에게 말하지 않았겠어요?」

「그랬으면 사이먼도 무사하지 못했겠지요.」

스벤이 사이먼을 거들고 나섰다.

「아, 그래서 덩컨이 마법에 걸렸다고 했군요?」

그제야 메그는 사이먼이 왜 그렇게 결론을 내렸는지 이해했다.

「마법에 걸리지 않았으면 왜 절 못 알아보겠습니까?」

「해머 같은 물건에 머리를 부딪히거나 말에 밟히거나 하면 기억을 잃는 사람들이 종종 있어요. 충격 때문에 잠시 기억을 잃는 거지요.」

「잠시? 그럼 언젠가는 다시 기억을 되찾을 수 있단 말인가?」

도미니크는 기대에 차서 눈을 빛냈다.

「네. 대체로 며칠 혹은 몇 달이면 기억을 되찾아요. 하지만 어떤 사람들은…… 영영 못 찾기도 하지요.」

「제가 보기엔 사고가 아니라 마녀가 한 짓 같습니다. 마녀가 아니라면 누가 멀쩡한 사람을 그렇게 바꿔 놓을 수 있겠습니까? 그리고 덩컨은 강인한 사람이잖습니까?」

스벤이 성호를 그으면서 메그가 제시한 새로운 가능성을 일축했다. 도미니크는 아내의 의견이 정확히 무엇인지 궁금했다.

「메그, 당신은 덩컨이 사고를 당했다고 생각하는 거야?」

「직접 보지 않는 한, 사고 때문인지 아니면 마법에 걸린 건지 알 도리가 없지요.」

사이먼이 한마디 거들고 싶어 입을 열었다.

「덩컨과 싸워 보니까……」

「싸우다니, 무슨 말이에요?」

메그가 너무 놀라서 사이먼의 말을 다 듣지도 않고 소리쳤다.

「에릭이 자기 휘하에 들어온 전사들의 능력을 시험해 보고 싶어 해서, 저와 덩컨은 결투를 벌였습니다.」

도미니크의 입가에 희미하게 웃음이 어렸다.

「내가 직접 보지 못한 게 안타깝구나. 볼 만했을 텐데……. 빠른 공격이 주특기인 너와 완력을 앞세운 덩컨, 누가 이겼을까?」

사이먼의 눈에 광채가 어렸다.

「형님과 싸울 때와 비슷했어요. 여기저기 멍들긴 했지만 그 덕에 덩컨이 배신자가 아니란 사실을 확인했지요.」

「어떤 연유에서 그런 생각을 하게 됐지?」

「'블랙소른'이란 말을 했더니 덩컨이 한 대 맞은 사람처럼 비틀거렸어요. 그 순간 기억이 돌아오려고 했던 게 분명해요.」

「그래서 어찌됐어요? 다치진 않았어요?」

메그의 생각은 오직 덩컨의 안전에만 가 있었다.

「다치진 않았으니까 걱정 마세요, 형수님. 덩컨을 땅에 넘어뜨리고는 다른 사람들이 가까이 다가오기 전에 얼른 물었지요. 에릭의 말처럼 기억을 잃었느냐고요.」

「그랬더니 뭐래요?」

「그렇다고 하더군요.」

「그 말을 믿으시는군요?」

메그는 한숨 돌렸다. 덩컨은 다치지도 않았고, 또 배신자도 아닌 게 확실했다.

「네. 덩컨은 아무 기억도 없어요. 악마와 손을 잡은 사악한 마녀에게 영혼을 빼앗긴 거지요.」

메그는 증오에 찬 사이먼의 말을 듣고 움찔했다. 사이먼이 마법이니 마녀니 하는 것을 왜 그렇게 혐오하는지 그 이유를 도대체 알 수가 없었다.

「소기의 목적은 달성한 상태라서 스벤과 최대한 빨리 합류해 돌아온 겁니다.」

도미니크는 은으로 된 글렌드뤼드의 울프를 가만히 매만지고는 사이먼과 스벤, 두 사람에게 시선을 던졌다.

「너희 두 사람은 가서 쉬도록 해라. 내일 새벽에 너희 둘과 함께 분쟁의 땅으로 가 볼 것이니 그리 알고.」

「고작 세 사람이 가서 뭐하게요? 세 사람의 검술이 아무리 뛰어나다 해도 스톤링 성을 함락시키기엔 역부족이에요. 알죠?」

아내가 반박하고 나섰지만, 도미니크는 여전히 부드러운 웃음을 띠고 있었다.

「기사들을 더 데리고 가면 블랙소른 성이 위험해져. 그리고 내가 입버릇처럼 하던 말이 있었지? 방어가 굳건한 요새를 점령하려면 어찌해야 된다고 했지?」

「적의 내분, 바로 반역 행위가 있어야 한다고 했지요.」

메그가 조그만 목소리로 중얼거렸다.

「그래.」

「그럼 어쩌실 생각인데요?」

「덩컨을 도로 찾아와야지.」

도미니크는 무심한 어조로 대답했다. 사이먼도 형의 말이 조금 의외라는 듯 눈을 끔벅이며 물었다.

「어떻게요?」

「우선 그물을 던져서 덩컨을 붙들어야겠지.」

도미니크는 간단하게 대답했다.

「그 다음엔?」

「덩컨에게 과거를 알려 줘야겠지. 그리고 덩컨을 다시 스톤링 성에 돌려보내는 거야. 과거를 알았으니, 덩컨도 우리가 성안으로 들어갈 수 있도록 문을 열어 주겠지.」

스벤이 나지막하게 웃음을 터뜨렸다. 사이먼의 얼굴에서도 웃음꽃이 피어났다.

「형님다운 생각이에요. 되도록 살상은 피하면서 아주 대범한 계획을 꾸민단 말이에요.」

「좋은 방법 놔두고, 괜히 무고한 사람들을 희생시킬 필요는 없지.」

메그도 남편의 말에 동감을 표하기 위해 입을 열었다.

「맞아요. 그리고 될 수 있는 한 서둘러야겠어요 우리가 빨리 가야……」

「우리라니?」

도미니크가 의아한 얼굴로 메그를 바라보았다.

「우리죠. 저도 갈 테니까.」

도미니크 얼굴이 딱딱하게 굳어졌다.

「안 돼! 뱃속에 있는 아기를 생각해야지. 당신은 여기 남아 있어.」

「산달은 아직 멀었어요. 더구나 난 당신 기사들 못지않게 말을 잘 타요. 그러니까 절 걸핏하면 쓰러지는 연약한 여자로 취급하지 마세요.」

도미니크는 결의에 찬 메그를 향해 냉정하게 한마디 내뱉었다.

「안 돼.」

사이먼은 형을 힐끗 쳐다보았다. 형이 저렇게 무서운 표정을 지을 때면, 웬만한 사람은 대꾸할 엄두도 내지 못했다. 하지만 형수를 도와야겠단 생각에, 일부러 목청을 가다듬으며 형의 주의를 끌었다. 단번에 도미니크의 고함 소리가 들려 왔다.

「뭐야!」

「덩컨이 다쳤으면 형수님이 치료해 줄 수 있잖아요.」

사이먼의 지원에 힘을 얻은 메그가 얼른 나섰다.

「당분간 식솔들을 칼라일 영지에 보내도록 할게요. 칼라일에서 분쟁의 땅까진 얼마 안 멀잖아요.」

도미니크는 한참 동안 침묵을 지켰다. 얼마쯤 지났을까, 그는 한 손으로 메그의 턱을 들어 올렸다.

「뱃속의 아이에게 무슨 일이라도 생기면, 신의 뜻으로 받아들이고 견뎌 내겠어. 하지만 당신만은 절대 안 돼. 당신이 없으면 난 못 살아.」

메그는 도미니크의 손을 잡아 자기 입술로 가져갔다.

「누군가가 죽는 꿈은 꾼 일이 없어요. 더구나 당신하고 헤어지는 건 죽기보다 싫어요. 그러니 저도 같이 데려가 주세요. 제가 해야 할 도리는 다하고 싶어요.」

「당신의 의술을 유용하게 쓰고 싶다는 건가?」

「그래요.」

도미니크는 한동안 생각에 잠겼다. 한참 만에 그는 고개를 끄덕여 보이고는 스벤에게 돌아섰다.

「새벽에 떠날 것이니 마부들에게 미리 준비해 두라고 일러.」

「말은 몇 필을 준비하라고 할까요?」

도미니크는 잠시 망설이다가 메그의 단호한 눈동자와 시선이 마주쳤다.

「네 필.」

16

침대의 화려한 휘장 너머로 촛불이 흔들거렸다. 덩컨은 자다가 흠칫 놀라 벌떡 일어나서는 검을 찾아 침대를 더듬거렸다. 결혼식을 치른 이후 열이틀 동안 새벽마다 매일 이렇게 잠에서 깼다.

덩컨은 침대에서 내려와 불을 밝히고 방 안을 여기저기 살폈다. 침입자가 없다는 사실을 확인하고 나서야 안도하고 다시 침대로 돌아왔다.

「덩컨?」

익숙하면서도 왠지 낯선 목소리였다.

과거에도 이 여자를 알고 있었을까? 아니, 분명히 몰랐어. 난 지금 함정에 빠진 거야!

지금까지 스톤링 성에서 받은 대접을 생각하면 말도 안 되는 생각이었지만, 덩컨의 마음 한구석엔 늘 그런 생각이 도사리고 있었다.

이러다가 미쳐 버릴 것만 같애.

과거의 기억이 조각조각 떠올랐다가도 하나하나 꿰어 맞추려고 하면 뿔뿔이 흩어져 버렸다. 그럴 때마다 어김없이 찾아드는 절망감은 마음의 문을 굳게 닫아 잠그고는 기억의 편린들을 망각의 저편으로 내몰았다. 기억을 되찾는 일이 두려웠다.

내가 왜 이러지? 기억이 돌아오길 그토록 바랐으면서……

덩컨은 양손으로 머리를 움켜잡았다. 이내 부드러운 손길이 느껴졌다.

「덩컨, 마음을 편히 먹어요.」

덩컨은 아무런 대꾸도 하지 않았다.

뜨거운 눈물이 앰버의 뺨을 적셨다. 앰버도 덩컨의 기억이 조금씩 돌아오고 있음을 알았다. 언젠가는 퍼즐 조각처럼 흩어져 있는 기억이 하나로 맞춰지리라.

「당신이 없으면 난 살아갈 힘을 잃을 거야.」

덩컨은 앰버의 손을 살며시 붙잡았다.

「그래도 당신은 저보다 덜 힘들 거예요. 전 당신을 제 목숨보다 더 소중히 생각하니까요.」

덩컨은 손등으로 앰버의 눈물을 쓱 닦아 주었다.

「울지 마. 꿈이 뒤숭숭해서 그랬어. 그러니까 마음 쓰지 않아도 돼.」

두 사람 모두 덩컨이 그저 앰버의 마음을 편하게 해줄 생각으로 한 말임을 알았다.

덩컨은 혼자가 아니었다. 돌아보면 언제나 앰버가 옆에 있었다.

256

무거운 마음으로 창 밖을 내다보고 있으면 어느새 곁에 와 서 있었고, 의자에 앉아 생각에 잠겨 있으면 슬며시 옆자리에 와서 앉았다.

가끔씩 앰버가 덩컨보다 일찍 일어났는데, 그런 날이면 덩컨은 부드럽게 몸을 쓰다듬는 손길에 잠을 깼다. 저녁식사 전엔 함께 말을 타고 산책을 나갔고, 밤에는 하인들을 물리치고 앰버가 손수 덩컨을 목욕시켰다. 덩컨이 아침에 일을 나갈 때면 앰버의 얼굴은 금세 시무룩해졌고, 일과를 마치고 돌아오면 그때부턴 생기가 돌았다. 가끔 덩컨은 문간에 서서 열심히 책을 들여다보고 있는 앰버를 지켜보았는데, 그러다가 두 사람 시선이 마주치기라도 하면 앰버의 만면에 행복이 가득 피어올랐다.

앰버는 늘 덩컨 가까이에 있었다. 앰버가 두 사람이 함께 하는 시간을 얼마나 소중히 여기는지는 덩컨도 장님이 아닌 이상 잘 알았다.

「당신이 없었으면 난 견디지 못했을 거야.」

앰버는 그 한마디에 금세 표정이 밝아져서, 덩컨의 목덜미에 입을 맞추고는 어깨를 살짝 깨물었다.

「당신이 날 또 유혹하는군.」

「그래요.」

앰버는 덩컨의 알몸을 쓰다듬었다. 희고 가느다란 손이 가슴과 배를 지나 허벅지에 이르렀다. 덩컨의 숨이 점점 거칠어졌다. 그 모습을 보고 앰버는 비시시 웃었다.

「뭐가 그렇게 좋아?」

덩컨이 뿌로통해서 물었다.

「당신 몸은 어느 한 군데 크지 않은 곳이 없군요.」

「그래서?」

「손과…… 입술로 감당할 수 있을까요?」

덩컨은 잠시 어리둥절해했지만, 곧 그 말뜻을 깨달았다. 앰버의 손과 입술이 바로 그곳으로 이동했던 것이다.

「앰버!」

앰버는 덩컨의 다급한 목소리에 고개를 들었다.

「제가 아프게 했어요?」

「아니.」

「저 때문에 충격을 받았어요?」

「그래. 아니, 아니야.」

「결정하기가 힘드나 보지요? 그럼 마음을 정할 수 있게 제가 도와 드릴까요?」

앰버가 다시 한 번 덩컨을 애무했다. 시간이 얼마나 지났을까, 덩컨은 더 이상은 참을 수가 없어 앰버를 자기 허벅지에 앉혔다. 그리고 양손으로 앰버의 엉덩이를 감싸더니 가까이 끌어당겼다. 이내 덩컨과 앰버는 하나가 되었다.

두 사람은 함께 천천히 움직였다. 그리고 시작과 끝을 구분할 수 없는 절정을 향해 치달았다. 잃어버린 과거의 기억조차 끼여들지 못하는 둘만의 세상으로.

홀 안에는 아직도 사람들이 여럿 있었지만, 집사에게 볼일이 남은 사람은 얼마 안 되는 듯했다.

「아직 안 끝났어요?」

앰버는 방금 전까지 열심히 책을 들여다보다가 자기 일을 끝내기가 무섭게 덩컨을 찾았다. 누가 덩컨을 빼앗아 가는 것도 아닌데, 곁에 없으면 왠지 마음이 불안했다.

「여기 앉아서 기다려 주겠어? 금세 끝날 거야.」

덩컨이 옆자리를 가리켰다.

앰버가 기다리는 동안, 덩컨은 사람들의 불만 사항을 들어주고 해결 방안을 제시해 줬다.

「아침 내내 골치 아팠겠어요.」

앰버가 귓엣말로 덩컨을 다독여 주자, 덩컨은 답례로 씩 웃어 보였다. 하지만 다음 사람을 보자 얼굴을 바로 찡그렸다.

「마음 같아선 돼지란 돼지는 몽땅 다리를 묶어 놓고 싶어.」

앰버는 투덜거리는 남편을 보고 애써 웃음을 참았다. 다음 사람이 누구인지, 무슨 일 때문에 왔는지 알 만했기 때문이다.

「애설로드의 돼지가 또 과부 메리의 정원을 파헤쳤나 보죠?」

덩컨의 눈이 휘둥그레져서 앰버를 돌아보았다.

「자주 있는 일이야?」

「애설로드와 메리가 잠자리를 같이 하는 횟수와 거의 비등비등해요. 돼지가 워낙 애설로드를 좋아하거든요.」

앰버가 개미만큼이나 작은 목소리로 속삭였다.

「그래서?」

「애설로드가 가는 곳이라면 언제나 사냥개처럼 쫄래쫄래 따라다니죠.」

「아하, 이제야 좀 이해가 가는군. 그래도 돼지가 날뛰지 않게 울타리를 치면 되잖아.」

「농노 신분이라 그럴 만한 능력이 안 되거든요.」

「그런데 왜 결혼을 하지 않지? 결혼하면 돼지 때문에 속 썩을 일 없을 거 아냐?」

「메리는 자유농인데 애설로드는 농노잖아요. 결혼해서 아이를 낳으면 자연히 농노가 될 테니, 꺼릴 수밖에요.」

그 말에 덩컨은 얼굴을 찌푸렸다.

「영주님께서는 부릴 농노가 부족한 거야?」

「아뇨. 영주님은 농노들에게 아주 잘해 주세요. 지금껏 달아난 농노가 없는 것만 봐도 알 수 있지요. 그러니 부족할 리 없지요.」

「애설로드의 인품은 어떻지?」

「아주 성실하고 정직한 사람이에요.」

「성안에서 사람들 평판은 어떤가?」

「다들 문제가 생기면 제일 먼저 애설로드에게 달려간답니다.」

덩컨은 앰버의 손을 잡고 애설로드와 메리를 향해 돌아섰다.

「메리, 애설로드를 남편으로 맞을 맘이 있는가?」

너무나 느닷없는 질문에 메리는 한동안 덩컨을 멀뚱멀뚱 바라보고만 있었다.

「네. 성실하고 마음이 넓은 남정네니까요. 하지만…….」

「하지만 뭔가?」

「망할 놈의 돼지가 내 집안에서 알짱대는 꼴은 절대 못 봅니다. 꼬챙이에 꿰인 채 식탁에 오른다면 모를까.」

홀에 있던 사람들이 박장대소했다. 스톤링 성에서 돼지와 과부가 오래 전부터 숙적임을 모르는 사람은 첩자나 다름없었다.

덩컨은 웃으면서 애설로드에게 돌아섰다. 애설로드는 마디가 굵어진 손으로 모자를 틀어쥐고 서 있었다.

「애설로드, 자네는 메리와 결혼할 의향이 있나?」

애설로드의 얼굴이 벌겋게 달아올랐다.

「예…… 메리는…… 정말 좋은 여잡니다.」

「그럼 이번 문제는 간단히 해결되겠군. 자네가 메리와 결혼하는 날, 농노 신세도 벗어나게 될 거네.」

애설로드는 너무 놀라 입을 다물지 못했다.

「나무를 내어 줄 테니 튼튼한 돼지우리를 만들게. 두 사람의 앞날을 축복하는 의미로 에릭 경이 주시는 선물일세.」

박수를 치고 축하해 주는 사람들로 홀 안이 떠들썩해졌다. 집사로 일한 지 고작 2주밖에 지나지 않았건만, 덩컨은 벌써 성안 사람들의 두터운 신망을 얻어 냈다.

「같이 산책 가지 않겠어?」

일이 끝나자 덩컨이 일어나며 앰버에게 손을 내밀었다.

「오늘은 어디로 갈까요?」

「매일 가던 곳으로 가지.」

둘은 안뜰에 준비된 말에 올라탔다. 가뜩이나 병력도 모자란데 산책 호위까지 맡길 순 없어 두 사람은 항상 둘이서만 움직였다. 얼마 전 도적을 교수형 시킨 뒤여서 그런지, 범법자들도 섣불리 모습을 드러내지 않았다.

산책을 나가면서 앰버는 누가 농노이고 누가 자유농인지, 또 아픈 사람은 누구인지 등 성안 사람들에 대해 자세히 설명했다.

「영주님도 유능한 집사를 됐다고 좋아하시겠어요.」

「전사로 써 주신다면 훨씬 더 잘할 자신이 있는걸.」

「그건 영주님도 잘 알고 계세요.」

「그럼 날 왜 윈터랜스에서 데리고 가시지 않았지?」

덩컨의 목소리에 불만이 가득했다.

「이곳을 지킬 수 있는 사람은 당신뿐이니까요. 어제 영주님 사촌 하나가 사람을 시켜서 당신에 대해 캐묻고 다녔나 봐요. 지금쯤이면 그 사람들도 신임 집사가 얼마나 농민들의 신망을 얻고 있는지 알았겠지요. 그리고 그 뛰어난 검술에 대해서도 낱낱이 들었을 거구요. 당신이 있는 한 그 사람들은 스톤링 성을 넘보지 못할 거예요.」

한껏 추켜세워 주었지만, 덩컨은 여전히 시무룩한 얼굴로 아무 대답도 하지 않았다.

앰버가 슬픈 얼굴로 덩컨을 바라보는데, 덩컨이 갑자기 바짝 긴장해서는 주위를 둘러보았다. 오른손이 칼자루에 놓여 있었다.

「왜 그래요?」

　덩컨과 시선이 마주치는 순간, 앰버는 가슴이 덜컹 내려앉았다. 한순간이었지만 덩컨이 낯선 여자 보듯 그렇게 자신을 바라보았던 것이다.

　덩컨은 반쯤 뽑은 검을 잠시 내려다보고는 앰버 어깨 너머로 시선을 돌렸다. 평화로운 하늘 아래, 부채꼴 형태로 들판이 넓게 펼쳐져 있었다. 다시 고개를 돌려 정면을 보았다. 붉게 물든 숲에서 가을 분위기가 물씬 풍겼다. 여기저기 떨어진 나뭇잎과 말라비틀어진 잡초들이 바람에 날려 말발굽 주위로 소용돌이쳤다.

　한동안 말발굽 소리만이 주위에 울려 퍼졌다. 앰버는 더 이상 참지 못하고 손을 뻗어 덩컨의 손목을 잡았다.

「제가 누군지 알겠어요?」

　덩컨은 의아한 얼굴로 앰버를 한참 동안 바라보더니 껄껄 웃었다.

「잘 알다마다. 근데 왜 그래?」

「하지만 방금 전에 절 낯선 사람 보듯 그렇게 쳐다봤잖아요.」

　덩컨의 눈에서 장난기가 사라졌다.

「잠깐 기억이 돌아오려다 말았거든.」

　다시 두 사람 사이에 침묵이 흘렀다. 덩컨은 앰버의 손을 깍지꼈다. 숲 속에서 그물이 튀어나와 덩컨을 덮었을 때도 두 사람은 그렇게 손을 마주 잡고 있었다.

17

덩컨은 어떻게든 그물에서 벗어나려고 몸부림쳤다. 하지만 그럴수록 그물이 몸에 엉겨 움직이기조차 힘들어졌다.

앰버는 어떻게든 덩컨을 구해야 한단 생각에 품에서 단검을 꺼내 들었다. 정신없이 그물을 끊느라 누군가 다가온다는 사실조차 의식하지 못했다.

억센 손이 앰버의 손목을 붙들었다. 손목을 타고 흘러 들어온 강한 증오심에 앰버는 고통에 찬 비명을 내지르며 정신을 잃고 쓰러졌다. 덩컨이 목젖이 찢어져라 앰버의 이름을 외쳐 불렀지만 앰버는 쓰러진 채 꿈쩍도 안 했다.

덩컨은 이성을 잃고 그물을 잡아 끊으려고 안간힘을 썼다.

「지금이야!」

앰버를 잡고 있던 남자가 소리치자, 숲 속에서 장정 두 사람이 튀어나왔다. 세 사람이 합세해서 덩컨을 넘어뜨리고 위를 덮쳤다. 하나는 덩컨만큼이나 체격이 컸고, 나머지 두 사람도 덩컨만큼은 아니었지만 꽤 큰 편에 속했다. 셋이 한꺼번에 달려들었는데도 덩컨 한 사람을 제압하지 못해 끙끙댔다.

「사이먼, 그쪽 팔 좀 제대로 잡아!」

「누군 놀고 있는 줄 알아요?」

「젠장, 황소가 따로 없군.」

세 남자가 한마디씩 욕지거리를 내뱉었다.

「덩컨! 덩컨, 우리가 누군지 모르겠어요?」

언제 왔는지 메그가 덩컨에게 소리를 질렀다.

메그의 목소리를 듣는 순간 덩컨은 멈칫했다. 도미니크가 때를 놓치지 않고 덩컨의 목을 틀어쥐었다. 덩컨은 허공으로 발을 몇 번 차더니 저항을 멈추고 축 늘어졌다.

도미니크가 덩컨을 바닥에 내려놓자, 사이먼은 재빨리 그물을 걸었다.

「손과 발을 묶어 두면 백곰이라도 꼼짝 못 할 겁니다.」

스벤이 밧줄로 덩컨을 꽁꽁 묶었다. 다 묶고 나자, 도미니크가 사이먼에게 소리쳤다.

「사이먼! 덩컨을 말에 실어야 하니까 발을 잡아. 그리고 쓸데없이 입을 놀리면 안 된다는 사실을 명심해. 그저 우리가 한편이고, 덩컨이 마법에 걸렸다는 얘기만 하면 되는 거야, 알겠어?」

사이먼은 덩컨의 발을 붙잡으며 구시렁댔다.

「그냥 다 얘기해 주면 속 편하잖아요.」

「누군들 그러고 싶겠냐? 하지만 네 형수 말이, 덩컨에게 안 좋은 영향을 줄 수 있다질 않느냐.」

「젠장.」

도미니크와 사이먼은 덩컨을 안장 위에 걸쳐 놓고 재빨리 숲 속으로 말을 몰았다. 그 뒤를 스벤이 앰버를 안아 들고, 메그가 나머지 말들을 이끌고 따라갔다. 메그 손목에 달린 방울 소리가 경쾌하게 울려 퍼졌다.

스벤이 앰버를 내려놓고 메그에게 건네받은 말고삐를 나무에 묶는 동안, 메그는 덩컨 옆에 무릎을 꿇고 앉아 심장 박동과 체온, 맥박을 체크했다. 다행히도 모두 정상이었다.

도미니크는 덩컨 옆에 붙어 있는 아내를 보며 검집을 만지작거렸다. 사이먼이 그 모습을 보고 슬며시 웃음을 지었다. 어린애처럼 질투하는 형의 모습이 정겨웠다.

「정말 손 힘 한번 세군요, 낭군님. 목에 멍이 생기겠어요.」

메그는 덩컨을 이리저리 살피며 남편을 힐책했다.

「도끼 자루로 후려갈기는 것보다는 낫잖아. 목이 붙어 있는 것만으로도 감지덕지해야지.」

도미니크가 심드렁하게 대꾸했다.

「다른 영주 손에 걸렸다면 덩컨은 진작에 반역죄로 교수형을 당했을 겁니다, 형수님.」

사이먼이 옆에서 형을 거들고 나섰다. 메그는 생글생글 웃으며 남편에게 다가갔다.

「나도 알아요. 그래서 다들 당신을 글렌드뤼드의 울프라고 부르는 거예요. 당신은 누군가를 죽이지 않아도 될 만큼 강하니까요.」

도미니크는 금방 굳어진 얼굴을 펴며 아내의 손을 잡았다. 그때 스벤이 눈치 없이 끼여들었다.

「마녀를 좀 봐 주셔야겠습니다. 얼굴이 창백하고 몸이 얼음장처럼 차가워요.」

메그는 무릎을 꿇고 앉아서 앰버를 살펴보았다. 심장 박동도 불규칙하고, 숨도 고르지 않았다.

「사이먼, 왜 이렇게 된 거예요?」

메그가 책망하듯 쳐다보자, 사이먼은 어깨를 으쓱했다.

「몰라요. 전 그저 손목만 붙들었어요.」

「뼈가 으스러질 정도로 세게?」

「아뇨. 하지만 뼈가 부러진다고 대숩니까? 덩컨에게 한 짓거리를 생각하면 너무 가벼운 형벌인 셈이지요.」

「제가 봐서 아는데, 사이먼이 손목을 붙잡았더니 마녀가 미친 듯이 비명을 지르더군요. 소문을 듣자 하니 다른 사람의 손이 닿으면 통증을 느낀다고 합니다.」

스벤이 사이먼을 옹호하며 나섰다. 메그는 담요를 살짝 젖혀 보았다. 손목이 앞으로 묶여 있을 뿐, 육안으로 봐서는 아무 상처도 찾을 수 없었다. 손목이 멍들거나 부은 것 같지도 않았다.

메그는 담요를 꼭 여며 주고 일어나 다시 덩컨에게 돌아섰다. 하지만 도미니크가 앞을 가로막았다.

「그냥 놔둬. 덩컨은 우릴 알아보지 못해.」

「덩컨은 절 알아보고 멈칫했어요.」

메그의 목소리가 단호했다. 사이먼이 조심스레 메그에게 반박했다.

「갑자기 여자 목소리가 들리니까 멈칫한 게 아닐까요?」

「직접 물어 봐라. 지금은 깨어나서 자는 척하고 있으니까.」

도미니크의 목소리가 싸늘할 정도로 냉랭했다.

덩컨은 도미니크의 말을 듣고 눈을 번쩍 떴다. 눈이 증오에 불타고 있었다. 과거의 충성스런 가신, 덩컨은 사라지고 없었다.

「앰버에게 무슨 짓을 한 거냐?」

「말에서 끌어내렸을 뿐이다.」

버럭 소리를 지르는 덩컨과 달리, 도미니크는 작고 차분하게 대꾸했다.

「앰버의 몸에 손을 댄 거야?」

「내가 아니라 사이먼이 그랬지.」

「앰버가 어떤지 보게 해줘!」

「안 돼. 그만큼 노닥거렸으면 충분하지 않나?」

「남편이 아내와 함께 있는 건 당연지사인데, 노닥거리다니!」

도미니크의 안색이 대번에 딱딱하게 굳었다.

「아내라고? 결혼은 언제 했지?」

「열이틀 전에 했다.」

덩컨이 밧줄을 풀려고 용을 쓰면서 끙끙거렸다.

「앰버는 다른 사람들과는 달라. 사람들의 손이 닿으면 칼에 찔리는 것과 진배없다구. 부탁이니까 아내를 보게 해줘.」

덩컨의 목소리와 표정에 걱정의 빛이 가득했다.

도미니크는 투구를 벗고 덩컨을 내려다봤다.

검은 머리카락과 투명한 회색 눈동자가 선명하게 대조를 이루며 덩컨의 기억을 붙잡았다. 그리고 검은 망토에서 눈을 빛내는 늑대 모양의 핀…….

「날 알아보겠는가?」

덩컨은 대답 대신 고통에 찬 고함을 질렀다.

「덩컨, 자네는 마법에 걸린 거야. 우린 과거에 뜻을 함께 하는 동지였네. 그런데도 자네는 우릴 기억하지 못하는군.」

덩컨의 몸이 부르르 떨렸다.

「마법에 걸린 게 아니라 사고를 당해서 기억을 잃은 거다.」

반박하는 덩컨의 목소리가 희미하게 떨렸다.

「분쟁의 땅에 오기 전의 일은 모두 잊었는가?」

「그렇다.」

「저 사람이 누군지 아는가?」

도미니크가 스벤을 가리켰다.

스벤을 바라보는 덩컨의 얼굴이 일그러졌다. 손에 닿을 듯 말 듯 하는 기억을 붙잡으려고 안간힘을 썼다.

「난…… 모르는 사람이다.」

덩컨의 목소리가 기어 들어갔다.

「이 여자가 누군지 모르겠나?」

도미니크가 옆으로 비켜섰다. 도미니크의 등에 가려 보이지 않았던 메그가 모습을 나타냈다. 느슨하게 묶은 머리는 불꽃처럼 빨갰고, 눈동자는 특이한 녹색이었다.

신이 글렌드뤼드의 여자들에게만 주셨다는 기묘한 녹색 눈동자.

덩컨의 입에서 신음소리가 흘러나왔다.

「덩컨, 내가 누군지 모르겠어요? 우린 어릴 적에 같이 나비를 잡으러 다녔는데, 기억 안 나요?」

메그의 부드러운 목소리가 덩컨의 뇌리에 깊숙이 박혔다. 덩컨의 얼굴이 고통스럽게 일그러졌다.

「나한테 승마, 사냥, 그리고 송골매에게 미끼 던지는 법도 가르쳐 줬잖아요. 내가 겨우 아홉 살 되던 해 우린 약혼했었지요.」

자그마한 소녀의 얼굴이 덩컨의 머릿속에 떠올랐다.

「메기(메그의 애칭)?」

메그의 얼굴이 환해졌다.

「그래요. 나 메기예요. 블랙소른 성에서 날 메기라 부르는 사람은 당신뿐이었지요.」

「우리가 대적했을 때 블랙소른 성에 대해 떠들어댔지?」

덩컨이 사이먼에게 고개를 돌리며 말했다. 사이먼이 고개를 끄덕였다.

「그래. 그 덕에 자네를 가뿐히 누를 수 있었지.」

「블랙소른…….」

기억의 파편이 조금씩 의식의 바다 위로 떠올랐다. 마침내 퍼즐 조각들이 하나로 완성되었다.

「존 경, 그분이 우리…… 아버지였나?」

덩컨이 메그를 쳐다보았다.

「네. 당신 어머니와 정식으로 결혼하진 않으셨지만…….」

「그건 나도 알고 있었어.」

「아버지에 대해서 알고 있었다고요?」

메그의 눈이 동그래졌다.

「아니, 내가 사생아라는 사실. 메기, 부탁이야. 앰버가 괜찮은지 직접 봐야겠어.」

덩컨이 간절하게 부탁했다.

「덩컨의 눈을 들여다봐야겠어요. 정 마음이 놓이지 않으면 덩컨 목에 단검을 들이대도 좋아요.」

메그의 말에 도미니크는 아무 말 없이 단검을 꺼내 덩컨의 목에 들이댔다.

「가만히 있게나. 자네도 소중하지만, 내 아내보다 소중한 사람은 없어.」

덩컨은 단검은 무시하고 메그에게만 정신을 집중했다. 메그는 무릎을 꿇고 앉아 한참 동안 덩컨의 눈을 응시했다. 등골이 오싹할 정도로 상대방의 마음을 꿰뚫어 보는 시선으로.

「덩컨이 해달라는 대로 해줘요.」

한참 만에 메그가 입을 열었다.

「그건 안 됩니다! 덩컨이 도대체 누구 때문에 저 지경이 됐는데요. 저 망할 놈의 마녀 때문이 아닙니까?」

사이먼은 사납게 메그에게 대들었다. 메그가 달래듯 입을 열었다.

「사이먼, 덩컨은 마법에 걸리지 않았어요.」

「말도 안 돼요. 저 망할 놈의 마녀가 덩컨의 기억을 빼앗아 갔단 말입니다!」

「누군가 마법을 썼다면 덩컨의 영혼에도 흔적이 남았겠지요. 하지만 그런 흔적은 없었어요.」

사이먼은 메그를 뚫어져라 쳐다보았다.

「사이먼, 제가 우리에게 해가 될 만한 일을 할 것 같아요?」

「아뇨.」

「제가 도미니크의 신변이 위험할 일을 할 것 같아요?」

「아뇨. 그런 일은 절대 없겠지요.」

사이먼은 한풀꺾여 대답했다.

「그럼 제 말을 믿어주세요. 덩컨은 마법에 걸리지 않았어요.」

「다른 사람이 말했으면 안 믿었겠지만…… 제가 가서 마녀를 직접 데려오지요.」

사이먼이 휙 돌아서는데 덩컨이 갑자기 버럭 소리를 질렀다.

「내 말을 왜 알아듣지 못하는 거야! 사이먼 자네 손이 닿으면 앰버는 아파서 못 견딜 거란 말이야! 자네의 증오심이 큰 만큼 통증도 심하다고!」

「덩컨, 풀어 줘도 얌전히 있겠다고 맹세할 수 있어요?」

메그는 덩컨의 말을 이해하고 그렇게 물었다.

「앰버를 괴롭히지 않는 한 얌전히 있겠어.」

메그는 단검을 꺼내 밧줄을 끊으려고 했다. 그런데 도미니크가 아내를 저지했다.

「메그, 그렇게 서두르지 마. 전에도 덩컨은 지키지도 않을 맹세를 했잖아. 지금이라고 그러지 않으란 법이 어딨어?」

덩컨의 얼굴이 분노로 벌게졌다가 이내 창백해졌다.

「내가 어떤 맹세를 했었는데?」

도미니크는 괴로워하는 덩컨을 보고, 그가 고의로 맹세를 깨지 않았음을 직접 확인했다.

「내가 누군지 알아보겠나?」

덩컨은 도미니크를 뚫어져라 쳐다봤다. 하지만 조각난 기억은 좀체 하나로 맞춰지지 않았다.

「아는 사람이라는 느낌은 들지만……」

「누군지 모르겠단 말이지?」

덩컨은 착잡한 표정을 지으며 수긍했다.

「그렇다면 자네는 맹세를 어긴 게 아니야. 메그, 당신이 직접 풀어 줘. 덩컨도 얌전히 있겠다고 맹세를 했으니까.」

메그가 밧줄을 끊자마자 덩컨은 당장 앰버에게 달려갔다. 백지장처럼 창백한 앰버를 보는 순간 욕지거리가 올라왔다. 우선 앰버의 체온을 올려야겠단 생각에, 축 늘어진 앰버를 꼭 끌어안고 담요를 칭칭 둘렀다.

「앰버, 제발 정신을 차려.」

하지만 앰버는 아무 반응이 없었다.

「난 그저 여자를 말에서 끌어내렸을 뿐이야. 맹세할 수 있어.」

그제야 사이먼은 앰버의 상태가 심상치 않음을 깨닫고 당황했다. 메그가 안절부절못하는 사이먼의 손을 가만히 잡아 주었다.

「사이먼, 당신 잘못이 아니에요. 글렌드뤼드의 여자나 주술사들에겐 신이 주신 능력이 때로는 저주 같을 때가 있지요.」

도미니크도 메그의 말에 동감했다.

「저렇게 기절한 모습을 보고 있자니, 능력이 아니라 저주란 생각 밖에 안 드는군.」

「고작 손목 하나 붙들었다고 저렇게 된단 말입니까?」

사이먼은 도저히 믿을 수 없다는 듯 몸서리를 쳤다.

「당신의 증오심이 그대로 전해지면서 충격도 배가 됐을 거예요. 사이먼, 당신은 평소에도 여자들, 특히 우리 같은 여자들은 특히 싫어했잖아요.」

「그래도 형수님은 예외입니다.」

사이먼은 부정할 생각도 안 하고 말했다.

「저도 알아요.」

메그가 사이먼에게 빙그레 웃어 보이자 도미니크가 정색을 하고 끼여들었다.

「당신, 왜 그렇게 다정하게 웃어 주는 거야?」

사이먼은 형의 눈치를 살피며 입을 비죽거렸다. 메그가 못 말리는 형제를 보며 피식 웃음을 터뜨렸다.

「도미니크, 당신이 질투할 이유가 뭐가 있어요? 난 당신 아내이고, 당신은 나의 사랑하는 남편이에요.」

「나도 알아. 하지만 녀석이 워낙 잘생겼어야지.」

「물론 내 인물이 좀 빼어나긴 하지요. 하지만 덩컨도 만만치 않은걸요.」

사이먼이 장난스레 대꾸했다.

「그래도 한시름 놓았다. 덩컨이 저 앰버라는 여자에게 지극 정성인 걸 보니 메그에게 딴맘 품을 걱정은 없겠어.」

사이먼의 시선이 앰버를 안고 있는 덩컨에게 머물렀다.

「맞는 말이에요. 그나저나 이젠 어쩌지요?」

사이먼의 얼굴에 근심이 어렸다. 아무래도 앞으로의 일이 걱정되지 않을 수 없으리라.

「계획대로 해야지.」

「계획? 계획이 뭔데요?」

도미니크는 동생을 보며 혀를 끌끌 찼다.

「마녀가 깨어나기 전에 덩컨이 우릴 기억할 수 있게 이런저런 질문을 해야지. 그거말고 뭐할 게 있겠냐?」

「아이구, 그래 형님 잘났습니다. 이 동생은 멍청해서 몰랐습니다.」

메그는 두 형제의 익살스런 말싸움을 보며 배꼽을 잡았다. 언제쯤 철이 드는지…….

「도미니크, 질문은 제가 할게요.」

「당신이? 좋아, 그렇게 해. 덩컨의 기억 속에 당신은 사랑스러운…… 아니, 좋은 이미지로 남아 있으니까. 하지만 나에 대한 기억은 별로 안 좋을 수도 있지.」

도미니크의 입가에 씁쓸한 웃음이 떠올랐다.

「성당에서 있었던 일을 기억하면 더 그렇겠지.」

사이먼이 냉소적으로 한마디 던졌다.

메그는 남편의 눈치를 살폈다. 덩컨은 존의 계략에 따라, 도미니크를 죽이고 자신이 대신 메그와 결혼하려고 했었다. 결국 그 계략은 무산되었지만, 도미니크는 그때의 일을 떠올리기조차 싫어했다.

「덩컨.」

메그의 목소리가 밤새 소복이 쌓이는 눈처럼 부드러웠다.

덩컨은 눈동자에 짙은 그늘을 드리운 채 고개를 들었다.

「앰버는 지금 상태가 어때요?」

「몸은 조금 따뜻해진 것 같애.」

메그는 덩컨에게 다가가 앰버의 안색을 살폈다. 메그가 한걸음 한걸음 뗄 때마다 방울이 맑고 고운 소리를 내며 딸랑거렸다.

「심장 박동이 정상인지 살펴봐 주겠어요?」

덩컨은 메그가 시키는 대로 했다.

「정상이야.」

「다행이네요. 인사불성은 아니니까 걱정 말아요. 그저 몸이 회복되느라고 깊은 잠에 빠진 것뿐이에요.」

덩컨은 앰버의 뺨으로 흘러내린 머리카락을 뒤로 쓸어 넘겼다. 언뜻 앰버의 얼굴이 덩컨의 손길을 따라 움직이는 것처럼 보였다.

「확실히 당신 손이 닿으면 아파하지 않는군요.」

메그가 상냥한 웃음을 띠며 중얼거렸다.

「그래.」

「이해하기 힘든 일이네요.」

「그래. 스톤링 성에서도 다들 신기하게 여기지.」

'스톤링'이란 말에 도미니크는 귀가 번쩍 띄었지만 아무 내색도 하지 않았다. 하지만 메그는 남편의 마음을 꿰뚫어보았다.

「그럼 앰버는 스톤링 성에 살고 있나요?」

메그는 다시 덩컨에게 주의를 돌렸다.

「그래.」

「'불패(不敗)의 기사'라 불리는 에릭 경의 보호를 받는 아가씨인가요?」

덩컨의 웃음이 기묘한 분위기를 자아냈다.

「그래, 우리처럼 어려서부터 친구로 지낸 사이래.」

바람이 휙 불면서 메그의 손목에 달린 작은 방울들이 희미하게 울렸다. 덩컨의 시선이 메그의 손목으로 향했다.

「전엔 그런 장식을 달고 다니지 않았잖아?」

「그랬지요. 얼마 전에 남편에게 선물로 받았어요.」

덩컨은 앰버의 뺨을 부드럽게 쓰다듬었다. 아까보다는 제법 온기가 감도는 듯했다.

「분쟁의 땅에 오기 전 일은 모두 잊었나요?」

「응. 기억 나는 게 거의 없어. 내 진짜 이름이 무엇인지도 모르겠어.」

「당신의 이름은 덩컨이에요.」

「아니, 덩컨은 앰버가 지어 준 이름이야. 내 기억이 어둠 속에 갇혀 버린데다 내가 기사처럼 생겼으니까 '어둠의 기사'가 어울릴 거라고 말이야.」

덩컨은 앰버의 눈꺼풀에 입술을 댔다.

도미니크의 한쪽 눈썹이 치켜 올라갔다. 아무래도 뭐라고 한마디 해주고 싶은 모양이었다. 메그는 남편에게 재빨리 경고의 눈짓을 보냈다.

「덩컨, 앰버는 어디서 만났지요?」

「에릭은 내가 스톤링이라는 성역 안의 마가목나무 밑에 쓰러져 있었다고 했어.」

순간 메그의 몸이 뻣뻣하게 굳었다.

「알몸으로 당신이 내게 줬던 호박목걸이만 하나 달랑 걸고 말이야.」

갑자기 덩컨이 고개를 획 쳐들었다.

「당신이 내게 목걸이를 줬어. 맞지?」

「그래요.」

「당신 머리와 눈동자는 항상 머리에 떠올랐는데, 당신이 어디 사는 누구이며, 내게 왜 목걸이를 줬는지는 전혀 기억이 안 나.」

「정말 당신을 스톤링 안에서 발견했대요?」

메그는 다짜고짜 물었다.

「그래. 그 목걸이를 보고 에릭이 날 앰버에게 데려갔지. 호박에 관한 한 모든 것이 앰버에게 속해 있으니까.」

「앰버는 순결한 처녀라고 불린다면서요?」

「그래. 날 만나기 전까진 그랬어.」

자책하는 기색이 역력한 목소리였다.

「당신을 만나고 나서 앰버가 어찌됐는데요?」

「내가 만지면 앰버는 아픔을 느끼지 않았어. 아픔은커녕 오히려 짜릿한 쾌락을 느꼈지.」

덩컨은 간절한 눈빛으로 메그의 이해를 구했다.

「지금까지 살아오면서 앰버 같은 여자는 처음이야. 아마 앞으로도 그럴 거야. 태어나기 전부터 신이 정해 주신 반려자란 생각까지 들어.」

사이먼과 도미니크가 서로 시선을 교환했다.

「에릭이 의식을 잃은 당신을 앰버에게 데려갔단 말이지요?」

메그는 조심스럽게 말문을 열었다.

「그래. 난 앰버의 집에서 이틀 동안 의식을 잃고 누워 있었지.」

「세상에, 정말요?」

「그래, 정말이야. 정신없이 어둠 속을 헤매는데 앰버가 날 빛의 세계로 이끌어 줬어. 앰버가 없었으면 난 영영 잠에서 깨어나지 못했을 거야.」

「은혜에 보답코자 결혼한 거로군.」

덩컨이 고개를 내저었다.

「앰버를 안으면 결혼하겠다고 맹세를 했었어.」

「그래서 앰버가 자넬 유혹한 거로군?」

이번에도 도미니크는 임의로 상황을 이해했고, 덩컨은 도미니크의 추측을 또 한 번 부정했다.

「아니, 내가 앰버를 범했어.」

메그는 그들의 대화를 무시하고 다시 질문을 던졌다.

「기억은 어느 정도 회복됐지요?」

「뭔가 떠오르려고 하다가도 금세 사라져 버려. 매번 반복되는 일이지.」

「의식을 회복한 이래로 상태가 좀 나아지지 않았어요?」

「순간적으로 기억이 돌아올 때가 있긴 하지만, 그것도 그때뿐이고 늘 제자리걸음이야.」

「기억이 언제, 어떤 상황에서 돌아왔는지 구체적으로 말해 줄 수 있어요?」

「시홈에서 사이먼을 처음 만났을 때 그랬어. 촛불과 성가 소리, 그리고 다리 사이에서 번뜩이던 칼날이 언뜻 머리에 떠올랐지.」

덩컨이 사이먼을 보았다.

「성당에서 난 어떤 여자의 구두를 손에 들고 있었어. 그런데 누군가 내게 칼을 들이댔지. 한데 정말 그런 일이 있었나?」

「그래, 칼을 들이댄 자가 바로 나였네.」

사이먼의 대답을 듣는 순간, 기억의 편린들이 하나로 합쳐졌다.

「그래, 그 구두는 메기, 당신 거였어.」

덩컨이 메그를 돌아보며 무릎을 쳤다.

「그래요.」

「아버지는 몸이 좋지 않아 예식에 나오지 못하셨지. 그래서 내가 대신 당신 아버지 역할을 했던 거야.」

「그랬지요.」

조금씩 기억의 끈을 움켜잡는 덩컨을 보고 있자니, 메그는 코끝이 찡했다.

「그리고…… 난…… 난…….」

갑자기 머릿속이 캄캄해지더니 기억이 모두 사라져 버렸다.

「거의 다 기억했는데…… 젠장, 뭐였지? 도대체 왜, 기억이 돌아올 만하면 그 상태에서 주저하게 되는 거야?」

덩컨이 숨을 몰아쉬면서 거칠게 중얼거렸다.

그때 앰버가 몸을 뒤척이더니 가만히 눈을 떴다.

앰버는 첫눈에 덩컨이 지금 어떤 상태인지 알아챘다. 흩어진 기억의 편린들이 거의 맞춰졌는데도 덩컨은 두려움 때문에 마지막 조각을 제자리에 끼우지 못하고 있었다. 두렵기는 앰버 자신도 마찬가지였다. 하지만 더 이상 피할 수만은 없는 문제였다. 저렇게 과거와 현재 사이에서 갈팡질팡하다가는 덩컨이 언제 미쳐 버릴지 모를 일이었다.

앰버는 주위 사람들을 돌아보았다. 그러다가 한 남자의 외투에서 번뜩이는 은편을 발견했다.

아, 이제 올 것이 왔구나.

「덩컨, 날 놔줘요.」

한동안 덩컨은 앰버가 말하고 있다는 사실을 눈치채지 못했다. 앰버는 다시 입을 열었다.

「덩컨, 당신이 과거를 되찾으려면 절 포기해야 돼요.」

「무엇 때문에?」

「둘을 모두 가질 순 없으니까요.」

「왜?」

앰버는 가슴 저미는 슬픔이 어떤 것인지 이제야 알 것 같았다. 이렇게 되리라고 전혀 예상하지 못한 건 아니었다. 덩컨을 처음 보았을 때부터 막연하게나마 짐작하고 있었으니까. 하지만 그 동안 애써 외면해 왔던 것들이 거대한 실체가 되어 현실로 나타났다.

「지금 당신은 절 진심으로 사랑하는 게 아니에요. 그건 기억이 돌아오는 순간 사라져 버릴 마음이지요.」

슬픔에 잠긴 앰버의 목소리가 허공에 메아리쳤다.

「앰버, 도대체 무슨 소리를 하는 거야? 아무리 정신을 잃었다 깨어났다지만…….」

「아니에요. 당신을 보호한다는 명목으로 제가 무슨 일을 저질렀는지 이제야 알겠어요.」

「그게 무슨 소리야? 당신은 날 어둠 속에서 건져 준 은인이야.」

앰버는 고개를 천천히 내저었다.

「절 포기하세요. 그럼 기억이 저절로 되살아날 거예요.」

「그게 무슨 뜻이야?」

「절 포기하세요.」

눈물이 뺨을 타고 또르르 굴러 떨어졌다. 앰버는 덩컨의 품에서 빠져 나왔다.

「이렇게 떨어져 있으면 기억도 되살아날 거예요.」

「이런다고 기억이 돌아오겠어?」

덩컨은 여전히 어리둥절한 얼굴이었다.

「그럼 제가 하는 말을 잘 들어요. 글렌드뤼드의 마녀는 당신의 어린 시절 친구였어요.」

「나도 알아.」

「금발에 검은 눈동자의 기사가 누군지 알겠어요?」

덩컨의 시선이 사이먼에게 향했다.

「그래, 알아. 사이먼이지. 별명이…… 그래 맞아, '충직한 기사'였어!」

덩컨은 승리감에 들떠서 외쳤다.

「누구에게 충성을 다해서 그런 별명을 얻었지요?」

「자기 형이지 누구겠어?」

당연한 걸 묻는다는 듯, 덩컨은 거침없이 말했다. 하지만 아직도 지금 상황을 전혀 깨닫지 못하고 있었다.

「충직한 기사, 사이먼의 형이 누구지요?」

갑자기 덩컨은 벌떡 일어나 외투에 핀을 꽂은 기사 앞에 섰다.

「도미니크 르 사브르.」

도미니크의 만면에 흐뭇한 웃음이 떠올랐다.

「그럼 당신은 누구예요? 당신 진짜 이름은 뭐지요?」

앰버의 목소리가 거칠게 갈라졌다.

덩컨은 눈을 감고 마음의 소리에 귀를 기울였다. 조금씩 안개가 걷히면서 마지막 남은 하나의 조각이 마침내 제자리를 찾아 들어갔다. 그는 눈을 번쩍 떴다. 그리고 분노에 찬 목소리로 소리쳤다.

「난 맥스웰의 덩컨, 스코틀랜드의 해머야! 주군이 내려 주신 내 봉토에서 일개 집사 노릇을 하고 있는 맥스웰의 덩컨이라구! 나는 거짓말쟁이 마녀의 꼬임에 빠져서 신세를 망친 맥스웰의 덩컨이야! 내가 바로 주군에게 거짓 맹세를 한 맥스웰의 덩컨이야!」

18

앰버는 일행이 떠날 채비를 하는 모습을 멍하니 지켜봤다.

「혼자서 말에 오를 수 있겠어요?」

메그가 앰버에게 다가와 물었다.

「네.」

「다행이네요. 부득이 또 몸을 불편하게 해드려야 하는 것은 아닌지 걱정했어요.」

「이제 덩컨도 다른 사람들처럼 절 만지려 들지 않는군요. 전에도 그렇게 살았으니, 다시 그때로 돌아가는 셈치면 되겠지요.」

메그는 애써 담담히 말하는 앰버에게서 연민의 정을 느꼈다. 같은 여자로서 안타깝기만 했다.

「하지만 전엔 육체적인 즐거움은…… 몰랐어요. 차라리 아무것도 모르는 편이 나았을 텐데……. 네, 제게 주어진 형벌이려니 생각하고 감수해야겠지요.」

자조적인 앰버의 말이 메그를 씁쓸하게 했다.

「뭐라고 위로를 해드려야 할지 모르겠어요.」

「그러지 마세요. 덩컨이 제게 손을 대느니, 차라리 그냥 이대로 살아가는 편이 낫답니다.」

「덩컨은 함부로 폭력을 휘두를 사람이 아니에요.」

메그가 재빨리 덩컨을 옹호했다.

「굳이 육체적인 폭력을 쓸 필요도 없어요. 벌써 덩컨의 분노가 내 영혼의 골수를 조금씩 좀먹고 있으니까요.」

메그는 앰버를 위로해 줄 생각에 본능적으로 손을 내밀었다가 이내 거둬들였다. 앰버가 오히려 아파할 테니까.

「저러다가 금세 마음이 풀릴 거예요. 덩컨이 누군가에게 그렇게 지극 정성인 건 처음 봤어요.」

「우리 두 사람의 관계를 모를 때는 그랬지만, 앞으로는 절대 그런 일 없을 거예요.」

「덩컨은 원래 성격이 불같아서, 한번 화가 나면 무섭지만 그만큼 금세 풀어진답니다.」

메그는 어떻게든 앰버를 달래고 싶었다.

「덩컨에게 있어서 저는 이제 스코틀랜드 해머의 명예를 더럽힌 죄인일 뿐이에요. 기적이 일어나지 않는 한, 절 영원히 용서하지 않을 거예요. 저에 대한 애정이 증오를 누를 정도라면 용서를 받을 수도 있겠지만…… 하지만 덩컨은 절 사랑하지 않아요.」

앰버의 목소리에는 체념의 심정이 담겨 있었다.

「이런 일이 생길 줄 알고 있었군요?」

「이런 일이 생기지 않기만을 바랐지요. 제 모든 걸 걸었지만……한순간에 물거품이 되고 말았어요.」

「왜 그런 무모한 도박을 했어요?」

「덩컨은 어둠 속에서 제게 다가왔지요. 그런데 덩컨을 만지는 순간, 어둠 속에 갇힌 사람은 덩컨이 아니라 저라는 걸 깨달았어요.」

「무슨 뜻인지 잘 모르겠어요.」

「저처럼 저주받은 능력을 지닌 사람이 아니면 이해하기 힘들어요. 덩컨은 제게 빛을 가져다준 사람이에요. 그런데 어떻게 교수형을 당하게 할 수 있겠어요?」

「교수형이라고요?」

메그가 의아한 눈빛을 던졌다.

「죽음이 네 몸 위를 흐르리라.」

앰버는 몹시 추운 듯 양팔을 몸에 두르고는 덤덤한 목소리로 예언을 중얼거렸다.

「갑자기 그게 무슨 말이지요?」

말의 내용도 그렇고, 목소리도 그렇고, 메그는 왠지 등골이 서늘했다.

「카산드라 어머니가 제게 남기신 예언이지요.」

「무슨 예언이었는데요?」

「저 같은 바보가 또 있을까요? 풍요로운 삶은 그저 미끼일 뿐, 죽음이 바로 진실이었어요. 애초에 세상에 태어나지 않았으면 좋았을 것을.」

「무슨 예언이었지요?」

다그쳐 묻는 메그의 목소리가 날카로웠다. 도미니크가 그 목소리에 놀라 메그에게 다가왔다.

「무슨 일이야?」

「저도 몰라요. 하지만 뭔가 잘못됐다는 생각이 들어요. 앰버, 미안해요. 하지만 무슨 예언이었는지 듣고 싶어요.」

「제가 태어났을 때 카산드라 어머니께서 예언을 하셨어요. 참, 카산드라 어머니는 주술사이시죠.」

앰버는 잠시 입을 다물었다가 조용하고 엄숙하게 예언을 읊조렸다.

「이름 없는 남자가 네 마음과 몸과 영혼을 빼앗을지도 모르나니, 그로써 삶이 풍요로워진다 해도 죽음이 네 몸 위를 흐르리라. 그 남자는 어둠 속에서 너에게 다가올진대, 그를 만지면 삶 혹은 죽음을 체득하게 되리라. 그러할지니 그를 호박에 갇힌 햇빛이라 여기고 만지지 말지어다. 네게 금지된 남자니라.」

무거운 침묵이 일행을 짓눌렀다. 앰버는 천천히 덩컨에게 돌아섰다. 자신을 보며 싸늘하게 비웃고 있는 덩컨의 얼굴이 눈에 들어왔다.

「덩컨, 당신은 예언 그대로 어둠 속에서 제게 다가왔어요. 그리고 전 이미 당신에게 몸과 마음을 내줬어요. 이젠 제 영혼이 남아 있기만 기도해야겠지요. 그렇지 않으면 죽음이 날 덮칠 테니까요.」

「그럼 이제 당신의 종말을 볼 수 있겠군. 당신 같은 마녀에게 무슨 영혼이 남아 있겠어? 벌써 오래 전에 악마에게 팔아먹었겠지.」

「덩컨!」

메그가 매정하고 쌀쌀맞은 덩컨의 말을 듣고 놀라 소리쳤다.

「저 여자가 천사 같은 얼굴을 하고 있다고 넘어가면 안 돼. 하는 말마다 모두 거짓말뿐일 테니 귀 기울여 들을 필요도 없어.」

「덩컨, 내 능력을 과소평가하지 말아요. 난 앰버의 마음을 들여다볼 수 있어요!」

「날 배신한 주제에 내 품에 안겨 사랑 타령을 해댄 여자야!」

앰버는 더 이상 참을 수 없어 고개를 빳빳이 쳐들었다.

「덩컨, 난 당신을 배신한 일 없어요!」

「내 과거에 대해 알고 있으면서도 말을 안 했어. 난 당신과 적대 관계에 있는 사람인데 말이야. 그런데도 배신이 아니라고?」

「당신이 도적 떼와 싸우기 전까진 저도 몰랐어요. 더구나 당신은 주술사로서의 자질을 보였지요. 저는 맥스웰의 덩컨이 주술사라는 얘기는 한번도 들은 적이 없었어요.」

메그는 새삼스럽게 덩컨을 다시 보았다. 주술사로서의 자질이 있었다니, 미처 모르고 있던 사실이었다.

「그럼 우리가 결혼하기 전에 내가 누군지 알았다는 얘기잖아, 안 그래?」

「그래요.」

앰버가 턱을 치켜들고 용감하게 말했다.

「내가 다른 여자와 결혼할 몸이라는 사실도 알고 있었어?」

「영주님께서 말씀해 주셨어요.」

「우리가 결혼하기 전에 말이야?」

「네.」

「그런데도 날 배신하지 않았다고? 이제 보니 주술사라는 것들은 시시콜콜 따지는 법만 연구하는 모양이군. 정작 중요한 건 다 제쳐놓고 쓸데없는 것들만 따지고 드는 머저리들!」

경멸감이 가득한 덩컨의 목소리가 채찍처럼 앰버를 내리쳤다.

「다른 수가 없었어요! 당신이 교수형 당하는 걸 그냥 두고 볼 수 없었다구요!」

앰버는 어떻게든 이 참담한 순간을 벗어나고 싶었다. 제발 덩컨이 자기의 진심을 알아주길 바랐다. 하지만 그 바람은 산산이 조각났다.

「맹세를 예사로 여기는 막된놈이 될 바엔, 차라리 죽는 게 나아.」

도미니크가 덩컨의 어깨를 살며시 잡았다.

「한번도 자네를 그렇게 생각한 적 없네. 자네 주군으로서, 자네의 맹세를 정말 값지게 생각하네.」

덩컨은 황급히 도미니크 앞에서 한쪽 무릎을 꿇었다.

「주군의 관대하신 마음, 감사히 받겠습니다.」

「에릭 경도 그렇게 생각해 줬으면 좋겠군. 윈터랜스에서 돌아와서 내가 스톤링 성을 점령한 것을 알면 어떻게 나올까?」

도미니크의 얼굴에 싸늘한 웃음이 스쳐 지나갔다.

스톤링 성에 도착한 덩컨은 쩌렁쩌렁한 목소리로 병사들을 소집했다.

「너희들은 지금 앰버의 집으로 가서 앰버를 도와 줘라. 성에 가져올 물건들이 너무 많아서 혼자 감당하긴 벅찰 거야.」

병사들은 덩컨의 명에 따라 신속하게 움직였다. 이제 성을 지킬 병력이라고는 햇병아리 종자들이 전부였다.

「나는 성문 입구에서 보초를 서고 있겠다. 혹시 이상한 일이 생기더라도 시끄럽게 떠들지 말고, 신속하고 조용히 내게 와라. 알아듣겠나?」

덩컨이 에그버트에게 명령했다.

「예.」

에그버트가 사라지자, 덩컨은 재빨리 병기고로 향했다. 에릭이 윈터랜스로 가면서 무기를 많이 가지고 가는 바람에 병기고는 썰렁했지만, 그래도 성을 방어하는 데는 문제없었다.

덩컨은 병기고의 문을 잠그고 열쇠를 잘 챙긴 뒤, 글렌드뤼드의 울프를 맞이하기 위해 성문으로 갔다.

도미니크 일행을 기다리는 동안, 덩컨은 마음속에서 앰버를 지우려고 안간힘을 썼다.

내 몸은 당신을 기억하고 있어. 우리가 얼마나 많은 밤을 함께 보냈지? 얼마나 많이 당신의 옷을 벗기고, 당신의 따뜻한 몸에 입을 맞췄을까? 당신 몸 속에 나를 묻은 게 몇 번쯤이었을까?

앰버는 너무나 완벽한 반려자였다. 아니 철저히 가면을 쓴 마녀였다.

당신과 함께라면 천국이든 지옥이든, 어디든 갈 거예요. 무슨 일이 있어도 난 당신을 보호할 거예요. 왜냐면…… 우리는…… 하나로 맺어졌으니까요.

앰버의 맹세가 덩컨의 머릿속에서 메아리쳤다. 새삼 배신당한 상처가 욱신거렸다. 영원히 아물지 않을 상처가 되리라.

그 여자를 믿다니, 나 같은 바보는 세상에 없을 거야! 그래도 함께 나눴던 열정은 도저히 잊을 수가 없어. 차라리 그 여자에 대한 기억을 모조리 잃어 버렸으면.

하지만 불가능한 일이었다. 앰버는 자신의 몸과 마음, 영혼에 셀 수도 없는 화인을 남기지 않았던가.

날 안아 줘요.

열정에 찬 앰버의 말이 머릿속에서 맴돌았다.

덩컨은 고통에 찬 신음소리를 내며 머리를 감싸 쥐었다. 얼마 전까지만 해도 잃어버린 과거를 떠올리려고 안간힘을 썼는데, 이번에는 너무나 선명하게 떠오르는 기억 때문에 미칠 것만 같았다.

앰버가 차라리 병사들을 데리고 시홈이나 윈터랜스로 도망을 갔으면 좋으련만. 앞으로 더 이상 얼굴을 마주치는 일이 없었으면 좋으련만.

하지만 마음 한구석에선 앰버가 그렇게 떠나갈까 봐 불안했다. 다시는 앰버의 웃음소리도 못 듣고, 열정에 가득한 눈빛도 보지 못하리란 생각을 하면 가슴이 갈기갈기 찢겨 나가는 기분이었다. 그리고 무엇보다 자신을 뜨겁게 받아 주던 앰버의 따스한 체온을 느끼지 못하리라 생각하면…….

「집사님?」

등뒤에서 누군가가 덩컨을 불렀다. 에그버트였다.

「무슨 일이지?」

「기사 셋과 아가씨 한 분이 성으로 오고 있습니다.」

「아가씨가 한 사람이더냐?」

덩컨이 버럭 소리를 질렀다. 에그버트는 깜짝 놀라 뒤로 한 걸음 물러났다.

「한 분이었습니다.」

「앰버더냐?」

「아니요, 다들 처음 보는 사람이었습니다.」

덩컨은 분노와 고통으로 얼굴이 일그러졌다. 앰버는 오지 않을 게 분명했다. 하지만 어쩌겠는가. 우선 마음을 다잡고 성루에 올라 밖을 내다보았다.

성을 향해 말을 몰고 오는 도미니크 일행이 보였다. 자신의 전투마와 방패도 보였다. 이제야 그것들도 제자리를 찾아 주인 곁으로 돌아오고 있었다.

「집사님?」

에그버트가 다급하게 불렀다.

「네 자리로 돌아가라.」

에그버트는 잠시 망설이다가 그대로 돌아섰다. 에그버트로서는 덩컨의 심사가 왜 저렇게 불편한지 알 길이 없었다.

덩컨은 성문을 열고 도미니크 일행이 성안으로 들어오길 기다렸다.

「계획대로 하기에 어려운 점은 없었는가?」

도미니크의 물음에 덩컨은 말없이 고개만 끄덕였다.

「피 한 방울 흘리지 않고 성을 손에 넣은 사람 표정이 왜 그리 심각하지?」

「이 성은 제 것이 아니라 영주님 것입니다. 전 단지 이 땅을 맡아 관리하는 집사일 뿐이지요.」

「아니, 스톤링 성을 자네에게 아예 주겠네. 자네는 이제 스톤링 성의 영주야.」

도미니크는 덩컨의 넋 나간 얼굴을 보고 싱긋 웃었다. 사생아로 태어난 죄로 변변한 지위나 영지, 재산도 없이 살다가 이제 꿈에 그리던 영지를 손에 넣었으니 얼마나 감격스럽겠는가. 덩컨의 심정을 충분히 이해하고도 남았다. 자신 역시 사생아로 태어나 온갖 설움 다 이겨 내고 여기까지 오지 않았던가.

「이 성이 제 것이란 말이지요?」

덩컨은 감격에 찬 눈으로 성을 둘러보았다. 이제 자신의 소유라고 생각하니 새삼 모든 것이 다르게 보였다.

「실감이 나질 않습니다. 맨손으로 시작해서 하루아침에 이렇게 내 영지를 갖게 되다니……」

일생일대의 꿈이 실현되었다. 스톤링 성은 다른 사람이 아닌 덩컨 자신의 소유였다. 성과 토지, 그리고 스톤링에 사는 모든 사람들을 맘대로 할 수 있었다. 이젠 더 이상 근본도 없는 맥스웰의 덩컨이 아니라, 스톤링의 영주 덩컨이었다.

「제게 과분한 선물을 주셨습니다.」

덩컨이 도미니크 앞에 무릎을 꿇고 앉아 머리를 조아렸다.

「자네야말로 내게 과분한 선물을 줬네.」

「선물을 드리다니요? 수고스럽게 이곳까지 몸소 오시게 했을 뿐더러, 군주의 신임을 잃을 만한 짓을 하질 않았습니까?」

「자네는 내가 간절히 바라던 소망을 이뤄 줬어. 바로 이 땅의 평화 말이네.」

「평화라니요?」

「자네는 스톤링 성에 혼자 돌아왔지. 맘만 먹으면 성문을 닫고 우리 일행을 내쫓을 수 있었는데도 우릴 따뜻이 맞아 주었네. 만약 그렇게 하지 않았다면, 우린 아마 지금쯤 전쟁 준비를 하고 있겠지?」

「전 절대로…….」

「나도 아네. 자네는 어떤 유혹을 받아도 약속을 지킬 사람이야. 성문을 열어 주겠다는 약속도 이렇게 지키지 않았나.」

덩컨은 길게 한숨을 내쉬었다. 무거운 짐을 벗은 듯 마음이 홀가분했다. 도미니크의 마음 씀씀이가 고맙기만 했다.

「자네가 스톤링의 영주로 있는 한, 칼라일 영지의 안전도 보장되는 셈이네.」

「스톤링의 덩컨, 주군의 뜻을 받들어 신명(身命)을 다할 것을 맹세하겠습니다.」

덩컨이 단호한 어조로 맹세했다.

「도움이 필요하면 언제든 블랙소른에 전령을 보내게. 글렌드뤼드의 울프는 항상 자네 편이라는 걸 잊지 말고. 스톤링의 덩컨, 나도 자네를 힘껏 돕겠다고 맹세하겠네.」

두 사람은 맹세의 표시로 악수를 나누었다.

「아무래도 주군께 도움을 청해야 할 것 같습니다. 앰버가 윈터랜스에 갔으니 에릭 경이 곧 기사들을 이끌고 들이닥칠 텐데, 고작 병사 몇 명으로 맞서기는 힘에 부칩니다.」

「앰버가 윈터랜스에 갔다고?」

「네. 그 마녀는 분명 에릭에게 고자질하러 갔을 겁니다.」

「성밖을 한번 내다보지 그러나, 덩컨.」

도미니크가 시키는 대로 밖을 내다보니, 병사들과 함께 스톤링 성으로 돌아오는 앰버가 보였다. 안도감인지 분노인지 모를 감정이 솟구쳐 올랐다.

덩컨은 급히 성문으로 쫓아가, 앰버와 병사들이 도개교를 넘어오길 기다렸다가 화이트풋의 고삐를 건네받았다.

「자네들은 가서 일들 보게.」

병사들은 신속하게 시야에서 사라졌다. 그들도 덩컨의 불편한 심기를 눈치챈 모양이었다. 이미 마음의 준비를 하고 있던 앰버조차 덩컨의 싸늘한 눈초리에 가슴이 철렁했다.

「왜 돌아왔지?」

「지아비가 여기 있는데, 그럼 제가 어디로 가야 하죠? 우리가 결혼한 사실도 잊으셨나요?」

「잊은 건 아무것도 없어.」

목소리가 어찌나 냉랭했던지, 앰버는 등골이 오싹했다.

「그럼 말고삐를 놔주세요. 화이트풋을 마부에게 맡겨야 하지 않겠어요?」

하지만 덩컨은 고삐를 놓는 대신 도미니크를 돌아보았다.

「도개교 좀 올려 주시겠습니까? 설마 블랙소른 영주로 몇 달 지내셨다고 도개교 올리는 법을 잊으신 건 아니겠지요? 저 대신 수고 좀 해주셨으면 하는데……」

어찌 보면 무례해 보이기도 한 덩컨의 말을 도미니크는 호탕한 웃음으로 받아 주었다. 곧 우렁찬 소리와 함께 도개교가 올라오고 성문이 닫혔다.

「자, 이제 당신은 도망갈 기회를 완전히 놓쳤어.」

덩컨이 성문이 닫힌 걸 확인하고 비아냥거렸지만, 앰버는 의외로 담담했다.

「제가 무슨 이유로 도망을 가겠어요?」

「에릭을 끌어들일 생각이 없진 않을 텐데?」

덩컨은 다 꿰뚫고 있다는 듯 눈을 가늘게 뜨고 앰버를 노려봤다.

「그래 봤자 살상만 있을 뿐이에요. 제가 이 성에 있는 한, 영주님은 공격하시지 않을 거예요.」

「공격할 테면 해보라고 해! 무서울 거 전혀 없으니까.」

덩컨의 말은 사실 그다지 중요하지 않았다. 그런 문제는 영주의 뜻이니까. 앰버는 도미니크에게 시선을 돌렸다.

「글렌드뤼드의 울프께서는 전쟁이 일어나길 바라십니까?」

「내 의향은 별로 중요하지 않소. 이제 스톤링의 영주는 덩컨이지 내가 아니라오. 따라서 결정을 내릴 사람은 덩컨이오.」

앰버는 숨이 턱 막혔다.

「덩컨에게 스톤링 성을 내리셨다고요?」

「그렇소.」

도미니크가 덩컨의 옆으로 가서 섰다.

「영구히, 그러니까 덩컨의 자손들에게도 이 성이 대물림된다는 얘긴가요?」

「그렇소.」

「정말 너그러우시군요. 기억을 잃은 상황에서도 덩컨이 영주님께 했던 맹세에 그토록 집착했던 이유를 알겠어요.」

「덩컨이 힘들어하는 모습을 보고도 사실을 털어놓지 않은 이유가 뭐요?」

292

앰버의 시선이 도미니크와 덩컨을 오고 갔다. 커다란 체구, 불같은 성미, 온몸에 넘치는 힘, 자신감 넘치는 태도, 두 사람은 형제처럼 닮아 있었다.

앰버는 숨을 고르면서 도미니크의 불꽃 튀는 눈빛을 마주 보았다. 그가 봄날처럼 따스하고 솜털처럼 부드러운 눈빛으로 메그를 바라보던 그 사람일 수 있을까?

「영주님의 부인께서 경멸 어린 눈빛으로 영주님을 볼 날이 오리란 걸 알고 계신다면, 영주님은 그날을 어떻게든 미루고 싶지 않으시겠어요?」

도미니크의 눈이 가늘어졌다.

「메그도 아까 비슷한 말을 하던데……. 하지만 나로선 이해하기 힘든 말이오.」

앰버의 눈동자에 기대의 빛이 어렸다.

「무슨 말을 했는데요?」

「여자들은 남자를 사랑하지, 그 남자의 명예를 사랑하는 게 아니라고 했소. 하지만 그건 말도 안 되는 말이오.」

앰버의 얼굴에서 핏기가 싹 가셨다.

「그럼 영주님께서도 덩컨처럼, 명예를 잃을 바엔 차라리 죽는 게 낫다고 생각하시나요? 명예를 위해 사랑하는 남편을 그냥 죽게 내버려 두라고요?」

「애초에 해서는 안 될 결혼을 한 것이 잘못이오.」

도미니크가 가차없이 앰버를 비난했다.

「네, 지당하신 말씀입니다. 하지만 에릭 영주님은 덩컨과 제가 결혼하게끔 미리 손을 써 놓으셨어요.」

「무슨 뜻이지?」

덩컨과 도미니크의 목소리가 동시에 튀어나왔다.

「다들 에릭 영주님을 주술사라고 하지요. 하지만 제 생각엔 빈틈없다는 표현이 맞을 거예요. 에릭 영주님은 어떻게 하면 사람들을 조종할 수 있는지 너무나 잘 아시지요.」

「그럼 에릭 경은 덩컨을 어떤 식으로 조종했소?」

도미니크는 냉소를 띠며 물었다.

「영주님은 덩컨이 절 사랑하지 않는다는 걸 알고 계셨어요.」

기대하지도 않았지만, 앰버는 부정할 기미를 전혀 보이지 않는 덩컨을 보며 깊은 절망에 빠졌다.

「영주님은 덩컨이 기억을 되찾으면 저와 결혼하지 않으리라는 걸 꿰뚫고 계셨지요. 그리고 저를 안고 싶어하는 욕망도요. 그리고 제가 얼마나 간절히…… 사랑하는 사람의 손길을 바라고 있는지도 잘 아셨어요.」

「그래서 우리 두 사람만 있을 기회를 만들어 줬군. 일부러 제일 게으르고 미련한 종자 놈을 딸려 보낸 것도 다 이유가 있었어. 그리고 당신은 내 앞에서 처녀가 아닌 척했지.」

그 동안 입을 다물고 있던 덩컨이 드디어 말문을 열었다.

「아뇨, 당신은 영주님과 제 말을 믿지 않았어요. 육욕 때문에 진실을 외면했던 거지요. 제가 순결하단 말을 믿었으면, 절대로 절 안지 않았을 거잖아요.」

「그래.」

어쩌면 저렇게 냉정할 수 있지!

앰버는 너무도 쉽게 대답하는 덩컨에게 화가 치밀었다.

「참 쉽게도 대답하는군요. 당신은 덩치만 큰 미련퉁이예요. 제가 순결하다는 사실만 믿었더라면, 우린 지금과는 전혀 다른 모습으로 마주하고 있었을 거예요. 당신은 절 미워하는 대신, 당신 자신을 미워하며 괴로워했겠지요!」

앰버의 뇌리에 두 사람이 처음 맺어졌던 순간이 번개처럼 지나갔다.

「당신 자신보다는 절 미워하는 편이 쉽겠지요. 안 그래요?」

앰버는 덩컨의 손에서 말고삐를 잡아 뺐다.

「달아나기엔 너무 늦었어. 성문이 닫히는 걸 이미 봤잖아.」

덩컨이 비아냥거렸다.

「저도 알아요. 당신을 처음 만졌을 때부터 죽 해오던 생각이니까요. 이제야 깨달았나요, 달아나기엔 너무 늦었다는 걸?」

19

카산드라가 돌아왔다는 소문은 삽시간에 성안에 퍼졌다. 발 없는 말이 천리를 간다고 했던가. 이틀 전, 덩컨이 스코틀랜드의 해머란 사실이 사람들의 입방아에 올랐을 때도 그랬다. 앰버도 하인들이 속닥거리는 걸 귀동냥으로 들어서 알고 있었다.

덩컨은 자신의 신분을 알게 된 날, 사이먼을 시켜 앰버를 침실 앞까지 바래다주게 한 후로는 코빼기도 한번 내비치지 않았다. 앰버는 명목상 덩컨의 부인일 뿐이지 죄수나 다름없었다. 침실을 들락거리며 시중드는 하인들을 제외하고는 아무도 만날 수 없었고, 누구하고도 얘기를 나눌 수 없었다. 하인들조차 앰버가 말이라도 걸라 치면, 잔뜩 겁을 집어먹고는 어떻게든 그 순간을 모면하려고 눈치를 살살 살폈다.

앰버가 막 욕조에 들어가려는데, 창 밖에서 누군가 고래고래 고함치는 소리가 들렸다. 그러자 물을 길어 온 하인들이 밖에서 속닥거렸다.

「거봐, 진짜 돌아왔지! 내 두 눈으로 똑똑히 봤다니까, 못 믿고 그래. 진한 보라색 로브를 걸치고 은색 머리를 휘날리며 돌아다닐 사람이 어디 흔해?」

앰버는 귀를 쫑긋 세웠지만, 카산드라에 대한 애기는 그것으로 끝이었다. 땅이 꺼져라 한숨을 내쉬며 욕조에 몸을 담갔다.

오늘은 덩컨이 와 줄까? 지금쯤이면 우리가 서로에게 얼마나 필요한 존재인지 깨달았을 법도 한데…….

덩컨을 만나기 전엔, 덩컨의 품에 안겨 아침에 눈을 뜨는 즐거움이 어떤 건지 몰랐다. 덩컨의 목소리가 얼마나 마음을 편하게 해주는지, 웃음소리가 얼마나 기분을 들뜨게 하는지 전혀 몰랐다. 덩컨을 만나고 난 후, 그 동안 전혀 알지 못했던 감정들이 얼마나 많았는지 새삼 깨달았는데……. 그와 나눴던 짧지만 소중한 시간들은 앰버에게 진짜 외로움이 무엇인지 깨닫게 했다.

한기가 느껴졌다. 너무 오랫동안 쓸데없는 상념에 빠져 있느라 목욕물이 다 식어 버렸던 것이다. 앰버는 비누를 집어 들고 재빨리 몸을 씻었다. 방 안에 비누 향이 은은하게 퍼졌다.

「아씨.」

침실 밖에서 에그버트의 목소리가 들렸다.

「정말 귀찮게 하네.」

앰버는 혼잣말을 중얼거리며 밖에 대고 소리쳤다.

「무슨 일이야?」

「들어가도 되겠습니까?」

남들에게 목욕하는 모습도 보이지 않고, 벽난로의 온기도 새어 나가지 못하게 할 참으로 병풍을 쳐 놓은 상태라 별 무리는 없을 듯했지만, 혼자 목욕하는 방 안에 에그버트를 불러들일 생각을 하니 왠지 꺼림칙했다.

「내가 목욕할 거라고 말했잖아!」

앰버가 짜증을 내며 톡 쏘았다.

「하지만 덩컨 영주님께서 빨리 모셔오라고 재촉하셔서요.」

안절부절못하는 에그버트의 목소리를 들으니 급히 찾는 모양이었다.

「금세 내려간다고 말씀드려.」

앰버는 생기 없는 목소리로 대답했다. 감옥살이가 끝난 셈인데도 그다지 달갑지 않았다. 앰버의 목소리에서 열의가 느껴지지 않자, 에그버트가 다시 재촉했다.

「아주 급하신 것 같습니다.」

「그렇다고 목욕하다 말고 알몸으로 가서 뵈란 말이야? 영주께 가서 내가 그렇게 묻더라고 전해.」

앰버가 역정을 내자, 에그버트는 더 이상 재촉하지 못하고 발소리만 남기고 사라졌다.

몸의 물기를 닦고 있는데, 갑자기 침실 안의 촛불이 춤을 추었다. 앰버는 깜짝 놀라 고개를 쳐들었다. 누군가 방 안으로 들어와 병풍 뒤에 조용히 섰다.

덩컨이었다. 굳이 눈으로 확인할 필요도 없었다.

「무슨 일이지요?」

하지만 아무런 대답이 없었다.

덩컨은 분노와 욕망이 뒤섞인 마음을 추스르느라 대답을 할 수가 없었다. 숨을 쉴 때마다 독특한 비누 냄새가 콧속을 파고들었다. 조

298

용한 방 안에선 물소리만 작게 들렸다.

「카산드라가 당신을 보고 싶다고 하는군.」

마음을 최대한 가라앉히려고 노력했지만, 목소리가 심하게 갈라져 나왔다. 마음은 빗장을 단단히 걸어 잠그고 있을지언정, 몸은 앰버를 갈구하고 있었다.

앰버의 입에서 저도 모르게 신음소리가 흘러나왔다. 그 사실을 깨닫는 순간 얼른 입을 손으로 막았다.

덩컨이 제발 그 소리를 듣지 못했으면…….

하지만 내심 덩컨이 그 소리를 들었길 바랐다.

앰버는 덩컨의 분노를 빠른 시일 내에 가라앉혀야 한다는 것을 본능적으로 알았다. 이대로 가다가는 덩컨의 분노가 두 사람을, 그리고 스톤링 성의 주민들까지 파멸로 몰고 갈지 모를 일이었다. 정욕이 그에게 다가갈 수 있는 유일한 방법이라면…… 수단과 방법을 가리지 않고 욕망을 부추기리라.

「카산드라 어머니에게 제가 목욕한다고 전해 주세요.」

앰버는 일부러 병풍 쪽을 바라보고 섰다. 그리고 어깨와 가슴에 물을 끼얹었다. 투명한 물방울이 가슴 사이로 흘러내렸다.

덩컨의 가쁜 숨소리가 들려 왔다. 생각했던 대로 덩컨은 병풍 틈새로 앰버를 훔쳐보고 있었다.

「이런 시간에 목욕을 하다니, 당신답지 않군.」

「평소에 안 하던 감옥살이를 하니까 그렇지요.」

앰버는 양팔을 들어올리고 흘러내린 머리카락을 뒤로 넘겼다. 새빨간 불꽃이 앰버의 몸을 구석구석 핥듯이 하얀 나신을 화려하게 물들였다.

덩컨은 끙 소리를 내며 돌아섰다. 몇 시간 전에 올려 보냈던 저녁식사가 거의 그대로 남아 침대 위에 놓여 있었다.

「음식이 입에 맞질 않았나 보지?」

「아뇨.」

「그렇게 새 모이처럼 먹고서 명이나 보전하겠어?」

「편안히 감옥살이만 하는데 무슨 힘이 필요하겠어요?」

앰버의 차가운 대꾸에 덩컨은 순간 화가 치밀어 문 쪽으로 획 돌아섰다.

「빨리 끝내. 계속 그렇게 꾸물거렸다가는 하인들을 시켜서 밖으로 끌어낼 테니까.」

쾅 소리와 함께 문이 닫혔다.

앰버는 냉담한 덩컨에게 더럭 짜증이 났지만, 그렇다고 일부러 덩컨의 심기를 건드릴 생각은 없었다. 그랬다가 하인들의 손에 질질 끌려 나가기라도 하면 어쩌겠는가. 이 세상에서 자기 몸에 손을 대도 되는 사람은 셋뿐이었다.

카산드라, 에릭, 그리고 덩컨.

물론 손이 닿아도 아프지 않은 사람은 덩컨 하나뿐이었지만.

앰버는 최대한 빨리 몸을 씻고 옷을 챙겨 입은 후, 서둘러 홀로 내려갔다.

「보시다시피, 앰버는 다친 곳 없이 멀쩡하네.」

앰버가 방 안에 들어서자, 덩컨이 카산드라에게 냉정하게 말했다.

「어떻게 지내고 있니?」

「어머니가 예견하신 대로예요.」

카산드라의 얼굴에 고통의 자국이 새겨졌다. 카산드라는 잠시 고개를 숙이고 있다가 짧은 한숨을 내쉬고는 덩컨을 쳐다보았다. 방금 전과는 달리 무표정한 얼굴이었다.

「고맙군요. 이젠 더 이상 번거로운 부탁을 드리지 않으리다.」

「잠깐 기다리게.」

덩컨이 돌아서는 카산드라를 불러 세웠다.

「왜 그러십니까?」

「앰버의 미래를 어떻게 예견한 건가?」

「영주님이 스톤링 성을 통치하는 데는 전혀 영향이 없을 것입니다.」

「앰버, 내가 질문할 동안 카산드라 손을 잡고 있어.」

덩컨이 카산드라에게 시선을 떼지 않고 말했다. 아니 명령이었다. 앰버는 기가 막혀 입을 다물지 못했다.

「어머니 말씀은 의심할 여지가 없어요.」

「카산드라는 내게 아무런 애정도 없는 사람이야. 그러니 의심할 여지가 충분하지.」

「앰버, 네 남편이 해달라는 대로 해줘라.」

카산드라가 앰버에게 손을 내밀었다. 앰버는 카산드라의 손을 붙잡고 그 복잡한 심경을 읽었다. 끓어오르는 분노와 슬픔이 그대로 전해져 왔다. 왈칵 치미는 눈물을 감추려고 눈을 끔벅거렸다.

「영주님이 스톤링 성을 통치하는 데는 전혀 영향이 없을 것입니다.」

카산드라가 다시 같은 말을 반복했다.

「진실이에요.」

앰버는 자기 뺨에 카산드라의 손을 가볍게 비볐다가 내려놓았다. 말없이 슬픔을 나누는 그 모습이 애써 냉정해지려는 덩컨의 마음을 뒤흔들었다.

「앰버의 미래를 어떻게 예견했는가?」

덩컨이 다시 물었다.

카산드라가 동의를 구하듯 앰버를 쳐다보았지만, 앰버는 고개를 가로저었다.

「그건 나와 앰버 두 사람만의 문제입니다.」

「이제 이 성의 영주는 에릭이 아니라 날세. 그런데도 내가 묻는 말에 대답하지 않을 텐가!」

「맞지요. 이제 스톤링 성의 영주는 과거 맥스웰의 덩컨이었던 사람이지요. 하지만 제가 예견한 미래는 스톤링 성과는 전혀 무관한 것입니다.」

덩컨은 얼음처럼 차가운 카산드라의 눈동자를 한참 동안 응시했다.

「앰버, 당신이 대신 대답해 봐.」

「제 능력을 단순히 호기심을 만족시키는 데 쓴다면, 그건 죄악이나 마찬가지예요. 당신은 영주로서 사람들의 몸은 지배할 수 있겠지만, 마음은 지배할 수 없어요.」

덩컨은 의자에서 벌떡 일어나 앰버의 팔을 붙잡았다. 순간 앰버가 짧게 비명을 질렀다. 덩컨의 분노가 몸 안으로 밀려 들어왔기 때문이다.

「왜 그래?」

덩컨이 거칠게 물었지만, 앰버는 아픔을 참느라 아무 말도 할 수 없었다.

「차라리 채찍으로 휘갈기시는 편이 앰버에겐 더 나을 겁니다. 하지만 그만한 아량도 베푸실 생각이 없겠지요.」

「무슨 소린가? 난 그저 살짝 팔을 붙들고 있을 뿐이라구.」

덩컨이 버럭 화를 냈다.

「차라리 뼈를 부러뜨리시죠. 그 편이 고통이 훨씬 덜할 테니까. 영주님이 계속 그렇게 잡고 있는 동안 앰버는 뼈를 깎는 아픔을 참아야 한다는 걸 왜 모르십니까?」

덩컨은 앰버의 얼굴을 유심히 들여다보았다. 핏기 없는 창백한 얼굴에 식은땀이 송골송골 맺혀 있었다. 시간이 흐를수록 앰버의 얼굴이 더욱 하얗게 질려 갔다.

덩컨은 앰버를 힘껏 떠밀었다. 앰버가 바닥에 털썩 주저앉아 양 팔로 몸을 감싸 안았다.

「이해할 수 없군. 전엔 내가 만지면 좋아했잖아? 내가 기억을 되찾는 바람에 이렇게 된 거야?」

앰버가 고개를 저었다.

「그럼 대체 어찌된 일이야?」

버럭 고함을 지르는 덩컨을 보며 카산드라가 대신 대답했다.

「분노에 찬 영주님의 마음 때문이지요.」

「쉽게 말하게.」

「분노에 찬 영주님의 마음을 저 아이가 고스란히 느끼기 때문이지요. 차라리 채찍으로 치시는 게 앰버에겐 덜 고통스러울 겁니다.」

덩컨은 놀라서 자신의 손을 내려다보았다. 지금까지 어린아이나 여자에게 손찌검 한번 한 적이 없었다. 그런데 손만 대도 참기 힘든 고통을 준다니, 너무 끔찍한 일이었다.

「에릭은 어떻게 당신에게 이런 일을 시킨 거지? 잔인한 인간 같으니!」

덩컨이 애꿎게 화살을 에릭에게 돌렸다.

「그런 소리 마세요! 보통 통증은 길어야 몇 초면 사라져요.」

앰버가 숨을 몰아쉬며 에릭을 감싸고돌았다.

「사이먼이 만졌을 때는 기절했잖아?」

「사이먼의 마음엔 저에 대한 증오가 가득했었어요. 사이먼이 내뿜는 열정에 압도당했던 거예요.」

「그럼 에릭이 당신을 만지면 어떤가? 그도 열정으로 치자면 사이먼 못지않은 사람이야.」

「영주님은 제게 다정한 마음을 품고 계세요. 저도 그렇구요.」

앰버가 몸을 추스르며 자리에서 일어나다가 현기증 때문에 비틀거렸다. 덩컨은 재빨리 앰버를 부축해 주고는 얼른 손을 뗐다. 앰버에 대한 배신감과 분노는 여전했지만, 자기로 인해 고통받는 모습은 보고 싶지 않았던 것이다.

「아프게 할 생각은…….」

「괜찮아요. 처음보다는 통증이 심하지 않았어요.」

「왜 그렇지?」

「당신의 마음에 절 아프게 하지 않겠다는 의지가 남아 있었으니까요.」

덩컨의 얼굴에 어두운 그림자가 드리워졌다. 앰버가 자기 마음을 얼마나 잘 읽는지 새삼 깨달았기 때문이다.

「아직 희망을 버리지 않아도 되겠구나.」

카산드라가 불쑥 앰버에게 한마디 던졌다.

「덩컨은 도리를 아는 사람이에요. 제 미래말고 그쪽에 희망을 거시는 편이 나을 거예요.」

「희망이라니? 무슨 희망?」

하지만 카산드라나 앰버나 모두 입을 다물었다. 덩컨은 대답 듣기를 포기하기로 했다.

「앰버, 이젠 좀 괜찮아졌지?」

「네.」

앰버가 딱딱하게 대답했다.

「그럼 계속해도 되겠군. 카산드라 손을 잡아. 자, 그럼 또 하나 묻겠는데, 카산드라, 주술사들이 혹시 날 해치려고 계략을 꾸미고 있지는 않은가?」

「아니요, 그런 일 없습니다.」

카산드라는 앰버의 뺨을 가만히 어루만졌다.

「카산드라 어머니의 말씀은 진실이에요.」

「그럼, 자네는 앞으로 그런 모략을 꾸밀 생각이 있는가?」

「없습니다.」

「그 말은 진심이에요.」

앰버가 답안지 채점하듯 카산드라의 대답을 하나씩 감정했다. 한동안 바람소리와 우물에서 물을 길어 나르는 하인의 휘파람 소리만 들렸다.

얼마쯤 지났을까, 사이먼과 에그버트가 홀 안으로 들어왔다.

「덩컨, 자네가 해달라는 대로 이 녀석을 데리고 왔네. 이런 게으른 녀석을 어디에 써먹으려는지 알 도리가 없네만은.」

「사이먼, 자네가 원한다면 여기 있어도 좋네.」

고개를 끄덕이는 사이먼을 보고, 덩컨은 에그버트에게 시선을 돌렸다.

「에그버트, 앞으로 나와라.」

에그버트는 몇 발짝 앞으로 나와서는 앰버를 보고 옆으로 멀찍이 피해 섰다.

「아니, 그만! 마녀에게 가까이 가라.」

「어느 쪽을 말씀하시는 겁니까?」

덩컨이 종자에게 냉랭한 시선을 던졌다.

「앰버.」

에그버트는 앰버 옆으로 다가갔다.

「앰버, 에그버트의 손을 잡아.」

앰버는 등골이 오싹했다. 앰버가 망설이자, 덩컨이 한마디 했다.

「몇 초만 지나면 통증이 가신다고, 당신 입으로 말했잖아?」

앰버는 잔뜩 겁에 질린 에그버트를 돌아보았다.

「에그버트, 괜찮으니까 손을 내밀어.」

「하지만 영주님이 돌아오시면 절 교수형에 처하실 겁니다!」

에그버트가 덜덜 떨며 앰버의 손길을 피하자, 덩컨이 쩌렁쩌렁한 목소리로 호통쳤다.

「에릭은 이제 이 성의 영주가 아니다. 어서 손을 내밀라니까, 뭘 꾸물거리는 게냐!」

에그버트가 마음을 다잡은 듯 이를 악물고 손을 내밀었다. 앰버는 그 손에 살짝 손가락 끝을 댔다. 순간 움찔했지만 이내 평정을 되찾고 덩컨을 돌아보았다.

창백해진 앰버를 보는 덩컨의 마음에 분노가 끓어올랐다.

「왜 얼굴이 창백해진 거야? 에그버트는 아직 어린애잖아. 성인 남자가 품고 있는 열정엔 아직 따라가지도 못할 나이라고.」

「지금 제게 질문하신 건가요?」

얄미운 앰버의 태도에 덩컨은 입을 꾹 다물었다. 그리고 결심한 듯 종자에게 시선을 돌렸다.

「이곳에 남아 내게 충성을 다할 생각이 있느냐?」

「전…… 저는…….」

「앰버?」

애초부터 에그버트의 대답을 들을 생각은 없었다.

「아뇨, 없어요. 에그버트는 에릭 영주님에게 이미 충성을 맹세했기 때문에 변절할 생각이 없어요. 게으르긴 해도, 당신처럼 명예를 헌신짝처럼 버리는 짓은 안 하지요.」

「동이 트면 윈터랜스로 가라. 하지만 그 후에 성안에서 얼쩡거리다 걸리면, 첩자로 간주하고 그에 따른 처벌을 내리겠다. 알아들었으면, 그만 물러가라. 사이먼, 다음 사람을 들여보내 주게.」

카산드라가 무의식적으로 손을 내저었다. 덩컨의 매서운 눈길이 카산드라에게 가 박혔다.

「참견할 생각은 말게. 에릭도 지금까지 이 여자를 무기로 잘 써먹지 않았는가. 나라고 못 할 이유가 없지.」

매정하고 잔인한 덩컨의 말이었다.

덩컨은 성의 종자와 병사, 하인들까지 일일이 심문했다. 그 동안 벽난로의 불길을 살리려고 땔감을 보충한 횟수만 해도 세 번이었다. 종자들은 모두 에릭을 배신할 마음이 없었지만, 병사들은 영주가 아닌 성 자체에 충성을 다하는 자들이어서 모두 스톤링 성에 그대로 남길 원했다. 하인들 역시 가족들이 성에 사는 이상 병사들과 생각이 같았다.

앰버는 심문이 끝나자 벽난로 앞에 놓인 의자에 쓰러지듯 주저앉았다. 너무 지쳐서 손 하나 까딱할 힘이 없었다. 창백한 얼굴엔 덩컨에 대한 원망이 가득했다.

「이 애한테 음식을 좀 먹여 줘도 되겠습니까?」

카산드라의 절제된 목소리가 덩컨의 신경을 자극했다.

「앰버한테 수족이 없기라도 하나? 배가 고프면 자기가 알아서 찾아 먹겠지.」

「앰버는 너무 지쳐 있습니다.」

「지치다니? 저 여자가 자기 입으로 통증은 금세 사라진다고 하질 않았는가!」

덩컨은 성난 목소리로 퉁명스럽게 내뱉었다.

「그럼 촛불 위에 손을 한번 올려놓아 보시지요.」

카산드라의 요구에 덩컨은 발끈했다.

「지금 누굴 희롱하려고 드는 건가?」

「그럴 리가요. 다 이유가 있어서 그러는 겁니다. 영 내키지 않으면 다른 기사들에게 시키시지요.」

「아니, 내가 하겠네.」

「그럼 촛불 위에 손을 올려놓고 숨을 세 번 쉴 동안만 참고 계십시오.」

「그만두세요. 저 사람은 아무것도 모르고 한 일이에요.」

앰버가 카산드라를 말렸다.

「모르면 배워야 하는 것이 이치가 아니더냐. 안 그렇습니까? 친애하는 영주님!」

도전적인 카산드라의 말에 오기가 난 덩컨은 아무 말 없이 손을 촛불 위에 올려놓고 자신의 숨소리에 귀를 기울였다.

한 번, 두 번, 세 번.

「이제 됐는가?」

덩컨은 손을 옆으로 치우면서 카산드라에게 말했다.

「그 손을 다시 촛불 위에 올려놓아 보시지요.」

「그만 하세요! 전 아무렇지도 않아요.」

앰버가 다시 카산드라를 말렸다. 하지만 카산드라는 아무 대꾸도 하지 않고 덩컨만 뚫어져라 바라보았다.

덩컨은 말없이 다시 촛불 위에 손을 올려놓았다. 한 번, 두 번, 세 번. 손을 다시 치웠다.

「영주님, 다시 해보시지요.」

「지금……」

「계속 그렇게 해보시지요. 서른두 번을 다 채울 때까지……」

그제야 덩컨은 카산드라의 말을 이해할 수 있었다. 서른둘, 앰버가 지금까지 상대한 사람들이 정확히 서른두 명이었다.

「그럼 영주님의 살도 촛불에 시뻘겋게 익을 겁니다. 아마 비명소리가 목구멍에서 절로 튀어나오겠지요.」

「그만 하게!」

카산드라는 덩컨의 굳은 얼굴을 보며 조소했다.

「뭘 그리 놀라십니까? 활활 타오르는 저 벽난로 불에 비하면 아무것도 아니라고 촛불을 우습게 생각하셨겠지만, 티끌도 모으면 태산이 되고, 밥 한 술도 열 순가락이 모이면 한 공기가 되듯, 작은 화력의 촛불에도 심한 화상을 입을 수 있는 법이지요.」

「거기까진 생각이 미치지 못했네.」

덩컨은 이를 악물고 자신의 잘못을 인정했다.

「앰버가 지금 어떤 상태가 됐는지 한번 보시지요. 영주님을 보고 있자니, 무식하면 용감하다는 말이 절로 떠오릅니다!」

「하지만 내가 다스릴 사람들이 무슨 생각을 하는지는 알아야 할 것 아닌가!」

「허면 인간의 도리에 어긋나지 않는 방도를 찾으셨어야지요.」

덩컨이 반성하는 기미를 보이자, 카산드라가 한풀꺾였다.

덩컨은 미안하단 말을 하려고 앰버를 보았지만 차마 눈을 마주칠 수가 없었다.

「앰버, 미안해. 하지만 아프면 아프다고 말을 했어야지.」

그 말에 카산드라가 다시 끼여들었다.

「무기는 본디 말을 못 하는 법이랍니다. 그저 무기를 쓰는 사람 맘대로 휘둘릴 뿐이지요.」

덩컨은 천천히 주먹을 쥐었다 폈다 했다.

「침실로 돌아가 있어.」

앰버는 아무 말 없이 일어나 홀을 나갔다. 카산드라도 앰버를 따라 밖으로 나서는데 덩컨이 의자를 가리켰다.

「카산드라, 자네는 남아 있게. 내게 충성할 맘은 없겠지만, 저 마녀를 도와 주고는 싶겠지? 안 그런가?」

「앰버는 마녀가 아니라 주술사입니다.」

「묻는 말에나 대답하게.」

「네, 앰버를 위해선 뭐든 할 생각입니다.」

「앰버가 말을 안 하려고 드니, 자네가 대신 대변자 노릇을 해줘
야겠네.」

「그 아이의 가치를 알고 계시긴 하나 보지요?」

「무기로 치자면 단검보다는 유용해도, 검보다는 못 하다고 해야
겠지.」

덩컨의 냉랭한 대꾸에 카산드라는 한숨을 푹 내쉬었다.

「에릭 영주가 지금 이 자리에 없는 게 한입니다.」

「무슨 뜻이지?」

「에릭 영주는 맥스웰의 덩컨이 자존심보다는 앰버를 더 소중히
여길 거라고 생각했지요. 그의 오판 탓에 애꿎은 사람만 고통을 겪
게 된 셈이지요.」

그때 사이먼과 도미니크가 홀로 들어왔다. 도미니크의 표정이 아
주 밝았다.

「자네에게 반가운 소식을 하나 갖고 왔네.」

「무슨 소식인데 그러십니까?」

「스벤 말로는 스톤링 성 주민들이 자네를 기꺼이 영주로 모시겠
다고 했다더군.」

「자네 기대대로 안 돼서 실망스럽지 않나?」

덩컨은 카산드라에게 회심의 미소를 지어 보이며 한껏 비아냥거
렸다.

「이 몸은 부인을 대하는 영주님의 태도에 실망했을 뿐입니다.」

그러자 사이먼이 끼여들었다.

310

「그 점은 이제 걱정할 필요 없네. 머지않아 결혼은 무효가 될 터이니.」

덩컨과 카산드라가 동시에 사이먼을 바라보았다. 카산드라는 하도 어이가 없어 픽 헛웃음을 웃었다.

「정식으로 한 결혼을 어찌 무효로 만든단 말이오?」

「사기 결혼이 아니었나? 덩컨, 걱정 말게. 성직자들도 다들 무효라고 선언할 걸세.」

이번엔 도미니크가 나섰다. 카산드라는 사태의 심각성을 깨닫고 덩컨에게 하소연하기로 맘먹었다.

「영주님, 신성한 결혼 서약을 어길 작정이십니까?」

「내가 기억을 잃었을 때의 일들은 아무것도 모르고, 아니, 속아서 한 일이니 지킬 필요가 없지. 난 엄연히 애리언과 약혼한 몸이었고, 이제 기억도 되찾았으니 예정대로 그 여자와 결혼하겠네.」

「앰버는 어쩌시구요?」

덩컨은 카산드라의 말을 아예 무시하고 도미니크를 보았다.

「애리언에게 전해 주십시오. 교회에서 승인을 받는 즉시 결혼을 거행하겠다고 말입니다.」

「그럼 앰버는 어찌되는 겁니까?」

카산드라는 덩컨의 바짓가랑이라도 붙잡고 사정하고 싶을 만큼 절박한 심정이었지만, 애써 내색하지 않았다. 하지만 덩컨이 자기를 본 척도 않고 문 쪽으로 걸어가자, 순간 이성을 잃고 목청을 높였다.

「앰버는 어찌되냐구요!」

카산드라의 고함 소리가 홀 안에 쩌렁쩌렁 울려 퍼졌다. 꽁꽁 얼어붙은 덩컨의 마음 한구석에서 절규하는 소리가 들려 왔다.

앰버는 어찌되는 거지? 신성한 결혼 서약을 어겨도 되는 걸까?

앰버, 앰버, 앰버!

소리 없는 처절한 외침이 덩컨 마음에 씻을 수 없는 상처를 남겼다.

당신이라 그런지 전혀 무섭다는 생각이 들지 않아요.

사랑스러운 앰버, 난 절대 당신에게 상처를 주지 않아. 내가 혹시라도 그렇게 한다면 차라리 내 손목을 끊어 버리겠어.

불현듯 떠오른 추억이 덩컨의 마음을 고문했다. 연이어 결혼식 피로연에서 카산드라가 했던 말이 떠올랐다.

자네의 삶은 과거에서부터 현재까지 이어져 있는 거야. 과거나 현재의 진실을 거부하면 자네는 자멸할 걸세. 전쟁터에서 머리가 잘려 나가는 것만 두려워할 게 아니야. …… 과거 때문에 현재를 거짓으로 여기게 될 때가 올지도 모르네. 그때는 내 말을 기억해 주길 바라겠네. 꼭 기억해 주게나.

다들 잠자리에 든 이후에도 덩컨은 홀 안을 배회했다. 그러다 정신을 차려 보니, 그곳은 앰버의 침실 앞이었다.

얼마나 망설이고 서 있었을까, 그는 살그머니 방문을 열었다. 시선이 제일 먼저 간 곳은 침대였다. 잠이 든 앰버의 모습이 몹시 불안해 보였다. 베개 위에 흐트러진 황금빛 머리칼을 보는 순간, 앰버가 목욕하던 장면이 선명하게 떠올랐다. 물방울이 방울방울 맺힌 새하얀 나신에 화려하게 물들인 새빨간 불꽃.

덩컨은 옷을 모두 벗어 던지고 천천히 앰버 옆에 누웠다. 그리고 입술로 천천히 손을 가져가다가 멈칫했다.

분노에 찬 영주님의 마음을 저 아이가 고스란히 느끼기 때문이지요. 차라리 채찍으로 치시는 게 앰버에겐 덜 고통스러울 겁니다.

마음속에서 분노와 욕망이 아귀다툼을 벌이는 동안, 덩컨은 가만히 누워만 있었다. 욕망이 분노를 눌렀다. 앰버가 자신에게 열정적으로 반응하는 모습을 보고 싶었다. 앰버와 하나되던 순간이 떠오르면서 따뜻하고 포근한 앰버의 품이 그리워졌다.

뜨거운 열정은 덩컨의 손을 앰버의 얼굴로 가져갔다. 손이 뺨에 닿는 순간, 앰버가 눈을 떴다. 하지만 이내 덩컨을 알아보았다.

「덩컨.」

「떨고 있군. 아파서 그러는 거야?」

앰버는 덩컨의 욕망에 압도되어 금세 몸이 뜨거워졌다.

허겁지겁 앰버의 몸으로 파고든 덩컨은 나지막한 신음소리를 흘리며 앰버의 입술을 탐했다. 그리고 천천히 몸을 움직였다.

덩컨은 두 사람이 완전히 하나로 녹아들기를 바랐다. 이 순간이 영원히 지속되길 빌었다. 그리고 앰버와 영원히 함께 하길 간절히 희망했다.

두 사람은 완전히 녹초가 되어 잠에 떨어졌다. 그리고 함께 악몽을 꾸었다. 맹세와 그로 인해 깨져 버린 맹세, 배신과 또 다른 배신…….

앰버는 몸서리를 치며 잠에서 깨어났다. 착잡한 심경에 덩컨의 품에서 빠져 나와 멍하니 어둠을 응시했다.

글렌드뤼드의 울프는 덩컨에 대해 정확히 알았다. 어떤 유혹에도 굴하지 않고 기필코 맹세를 지킬 사람, 덩컨은 그런 사람이었다.

덩컨이 나를 사랑하게 되면 결혼을 깨지 않으려고 하겠지. 그럼 덩컨이 그리 중히 여기는 명예도, 도미니크 르 사브르에 대한 충성도 저버리게 되는 거야. 맹세를 헌신짝처럼 버리는 기사, 맥스웰의 덩컨. 명예를 중시하는 덩컨이 세상의 손가락질을 이겨 낼 수 있을까? 분명 자신을 증오하겠지. 그리고 나도…….

20

며칠 후, 카산드라는 감옥이나 다름없는 앰버의 침실을 찾았다. 뭔가를 열심히 들여다보고 있던 앰버가 인기척에 고개를 들었다.

「애리언이 도착했다. 덩컨은 네가 홀로 내려왔으면 하더구나.」

앰버는 한동안 넋이 나간 사람처럼 멍하니 허공을 응시하다가 깊은 숨을 내쉬었다. 카산드라는 앰버의 신세가 처량하고 딱해서 속으로 눈물지었다.

「그 여자까지 여기로 데리고 온 걸 보면, 기어코 결혼을 무효로 만들 작정인 것 같다.」

앰버는 아무 대꾸도 없었다.

「어찌할 거니?」

「제가 해야 할 도리를 해야겠지요.」

「아직도 덩컨이 널 사랑할 거라는 희망을 버리지 못한 거니?」

「아뇨.」

하지만 카산드라는 앰버의 말이 거짓임을 한눈에 알아챘다. 눈동자에 분명 희망의 빛이 어려 있었다.

「지금도 덩컨이 밤이면 널 찾는 거냐?」

「네.」

앰버가 고개를 푹 숙이고 대답했다.

「너와 잠자리를 하고 나서는?」

「괴로워해요. 자학하면서 절 증오하죠. 그러곤 절 만지려고도 하지 않아요. 그래서 마음이 너무 아파요.」

「증오에 불타는 맘으로 네 몸을 만지면, 네가 고통스러워한다는 걸 염두에 두고는 있었나 보지? 그래도 최소한의 양심은 있군.」

「네. 제가 아파하면 그 사람도 괴로워해요.」

「아직도 덩컨이 언젠가는 널 사랑할 거라 생각하니?」

「그 사람과 살을 맞대고 있으면 열정보다는 연민이 느껴져요. 우리 사이에 그렇게 진하고 끈끈한 감정이 존재한다면 희망을 버리지 않아도…….」

「희망이 있는 한 여기 남아 있겠다는 말이로구나?」

앰버가 고개를 끄덕였다.

「희망이 완전히 사라지면 어쩔 거야?」

아무 대답도 없었다.

「잠시 네 목걸이를 봐도 되겠니?」

앰버가 잠깐 망설이다 호박목걸이를 빼 건넸다. 목걸이를 들여다보는 카산드라의 손이 경미하게 떨렸다.

「넌 덩컨 때문에 산송장 신세가 될 거야. 너도 알고 있겠지?」

앰버가 조용히 고개만 끄덕였다.

「외로움과 고독에 지쳐 인생의 즐거움을 완전히 잊은 채 살아가게 될 거다.」

앰버는 여전히 함구한 채 미동도 하지 않았다.

「결국엔 덩컨도 너와 똑같이 되겠지.」

그제야 앰버의 입에서 고통과 분노로 가득한 비명이 흘러나왔다. 두 사람 위로 드리워진 어둠은 시간이 지날수록 빛을 빠르게 흡수하고 있었다. 언젠가는 모든 빛이 어둠 속으로 자취를 감추리라.

「덩컨은 널 버리면 안 돼. 지금까지 살아오면서 다른 사람의 불행을 바란 적은 단 한 번도 없었지만, 덩컨의 정혼녀라는 노르만 계집만 죽는다면…….」

카산드라의 눈에서 살기가 느껴졌다.

「어머니, 제발 그만 하세요! 애리언이 죽는다고 해도 제2, 제3의 애리언이 나타날 거예요. 저 때문에 아무 죄도 없는 여자들을 계속 죽일 수도 없는 노릇이잖아요. 안 그래요?」

체념한 듯 빙긋 웃는 카산드라의 얼굴이 유난히 늙어 보였다.

「그래, 이 나라 여자들의 씨를 말린다고 해도 무슨 소용이 있겠니? 그래 봤자 머저리 같은 네 남편은 자기 손에 쥔 보석도 못 알아볼 텐데.」

두 사람은 함께 홀로 내려갔다. 덩컨은 떡갈나무로 만든 의자에 앉아 있다가 앰버를 보고 자리에서 일어났다.

「애리언, 이쪽은 내가 무기로 써먹는 앰버라는 마녀요.」

검은색 가운을 입은 여자가 돌아섰다. 손엔 작은 하프가 들려 있었고, 촘촘히 땋아 올린 은빛 머리칼엔 자수정과 은으로 만든 장식이 꽂혀 있었다.

「애리언에게 인사를 여쭤야지.」

덩컨이 앰버에게 눈을 흘겼고, 앰버는 발이 땅에서 떨어지지 않는 듯 힘겹게 애리언에게 다가갔다.

「처음 뵙겠습니다, 애리언.」

앰버는 살짝 고개를 숙였다.

한순간 애리언의 보랏빛 눈동자에 호기심이 깃들였다. 하지만 애리언은 이내 눈을 내리깔았고, 다시 고개를 든 그녀의 눈동자는 차갑고 냉랭할 뿐 아무 감정도 담겨 있지 않았다.

「네, 만나서 반갑습니다.」

눈빛처럼 무심한 목소리였다.

「먼길 오시느라, 고생 많으셨지요?」

「이 몸은 노예나 다름없는지라, 가라면 가고 오라면 와야 합니다.」

애리언이 하프를 옆에 내려놓으며 심드렁하게 대꾸했다. 앰버는 깜짝 놀랐다. 그건 덩컨과의 결혼이 그다지 달갑지 않다는 사실을 노골적으로 드러내는 말 아닌가.

덩컨은 애리언에게 형식적인 웃음을 한번 보이고는 앰버를 바라보았다.

「내가 당신을 왜 불렀는지 짐작했겠지? 내 약혼녀의 아버지는 스코틀랜드인이나 색슨인을 아주 싫어해. 왕의 명령이니까 어쩔 수 없이 딸을 내줬지만, 또 누가 알아? 우리 아버지처럼 오로지 복수할 맘으로 딸을 내준 것일지.」

덩컨의 말에 발끈할 만도 한데, 애리언은 여전히 아무 반응도 보이지 않았다.

「그래. 존 경은 우리 형님에게 상속자를 안기지 않을 악의를 품고 형수님을 내줬지. 물론 전화위복이 됐지만.」

사이먼이 옆에서 부가 설명을 했다.

「바로 그거야. 나는 상속자도 낳아줄 맘이 없는 여자와는 결혼하고 싶지 않아.」

그 말에 카산드라가 눈을 빛냈다.

사이먼은 고기와 치즈, 과일이 담긴 접시를 애리언에게 내밀었다. 그의 손이 스치는 순간 애리언은 화들짝 놀랐다.

「맥주를 좀 들어 보겠소?」

「아뇨, 됐어요.」

애리언이 거절했음에도 불구하고 사이먼은 맥주잔을 기어이 애리언 코앞까지 들이밀었다.

「얼굴이 너무 창백하오. 그러지 말고 한잔 들이켜시오.」

애리언은 한숨을 길게 내쉬더니 떨리는 손으로 잔을 받아 들었다. 사이먼이 덩컨을 돌아보았다.

「애리언을 좀 쉬게 하지. 먼길을 오느라 지쳤을 텐데.」

「오래 걸리지 않을 걸세.」

덩컨은 앰버를 돌아보았다.

「앰버, 애리언의 손을 잡아.」

이미 짐작하고 있던 바라 앰버는 망설이지 않고 손을 내밀었다.

잔뜩 경계하는 얼굴로 덩컨과 앰버를 번갈아 보던 애리언은 덩컨의 심기를 건드리기 싫었는지 결국 앰버의 손을 붙잡았다.

애리언은 열정적인 여자였지만, 공포와 수치, 배신감이 소용돌이치면서 그 열정을 바싹 옥죄고 있었다.

「애리언, 혹시 아이를 못 낳는 몸은 아니오?」

덩컨이 애리언에게 질문을 던졌다.

「아닙니다.」

「아내로서의 의무를 다하겠소?」

「네.」

318

「앰버, 다 사실인가?」

애리언의 마음속에서 꿈틀대는 어두운 감정과 싸우느라, 앰버는 덩컨의 목소리를 듣지 못했다. 귓가엔 목놓아 울부짖는 애리언의 비명소리만이 들려 왔다.

「앰버!」

앰버는 휘청하면서 애리언의 손을 떨어뜨렸다. 애리언의 영혼에 깊이 새겨진 분노와 슬픔을 더 이상 감당하기 힘들었다.

「모두 사실이에요.」

「앰버, 몸이 불편하니?」

카산드라가 걱정스레 물었다.

「아뇨. 참을 만해요」

그제야 지금 무슨 일이 벌어졌는지 깨달은 애리언이 눈에 불을 켰다.

「저주받은 마녀 같으니, 네가 감히 무슨 권리로 내 영혼을 괴롭히려고 드느냐!」

카산드라가 눈을 가늘게 뜨고 애리언을 째려보았다.

「입 조심하시오! 괴로운 쪽은 아가씨가 아니라 앰버요. 저 아이의 얼굴을 한번 보시오. 아가씨의 내면에 소용돌이치는 어두운 열정 때문에 저리 된 거요. 아가씨의 비밀이 무엇이든 간에 앰버는 아무 것도 모르오. 저 아이는 그저 감정만 읽을 뿐, 자세한 내막은 알지 못하오.」

애리언은 핏기 없는 앰버의 얼굴을 보고 흠칫했다.

「정말 감정만 읽으신 건가요?」

앰버가 고개를 끄덕거렸다.

「그럼 내가 지금 어떤 감정인지 말해 줘요」

「진담인가요?」

「물론이죠. 난 지금껏 마음의 문을 꼭꼭 닫고 살아왔어요. 애써 내 감정을 외면하면서 말이에요. 그러다 보니, 이젠 내가 무얼 생각하고, 무얼 느끼는지 전혀 모르겠어요.」

애리언이 어찌나 간절히 부탁하던지, 앰버는 그 부탁을 들어주지 않을 수 없었다.

「분노, 소리 없는 절규, 처참한 절망……, 당신 영혼은 죽어 가고 있어요.」

예상하지 못했던 말도 아니었지만, 앰버의 말은 애리언에게 깊은 자괴감을 안겨 주었다. 애리언이 경멸 어린 눈빛으로 덩컨을 쏘아보았다.

「그 동안 잊으려고 애썼던 아픔들을 끄집어내 절 괴롭히시니까 속 시원하십니까? 그리고 이 사람이 어떤 잘못을 저질렀는지는 모르겠지만, 아무리 그렇다 해도 이렇게 모진 고문을 하셔도 됩니까?」

「두 사람을 괴롭힐 생각은 없었소. 단지 난 우리 약혼이 정당한지 알아보고 싶었을 뿐이오.」

하지만 애리언은 덩컨의 변명에도 화가 풀리지 않았다.

「영주께선 제 명예와, '무기'라고 부르시는 이 여인의 명예를 훼손하셨습니다.」

애리언의 적확한 지적은 오히려 덩컨을 화나게 했다. 그는 주먹으로 의자의 팔걸이를 힘껏 내리쳤다.

「난 내가 신임하던 자들에게 배신당했소! 그러니 다시는 그런 일이 없게 미리 조심하려는 거요.」

「배신당했다고요?」

애리언이 의미를 알 수 없는 웃음을 지었다.

「그렇소.」

「저도 쓰라린 배신을 당해 봐서 그 아픔이 얼마나 큰지 잘 알지요. 다른 사람에게 저와 똑같은 아픔을 줄 생각은 추호도 없으니, 그 점은 걱정 마세요.」

「좋소. 그럼 당신은 당신 아버지보다 남편에게 충성하는 아내가 되겠소?」

애리언은 한동안 덩컨을 똑바로 바라보더니 앰버에게 손을 내밀며 대답했다.

「네.」

「네.」

앰버가 앵무새처럼 애리언의 말을 똑같이 따라했다.

「내가 앰버를 성안에 두고 정부로 삼아도 불만 없겠소?」

순간 앰버의 마음이 심하게 요동쳤다. 그래서 애리언의 마음에 안도와 희망의 물결이 밀려드는 걸 감지하지 못할 뻔했다.

「전혀 상관없습니다. 오히려 제겐 다행스러운 일이지요.」

거침없는 애리언의 대답에 덩컨은 놀란 기색이 다분했다.

「아내로서의 의무는 소홀히 하지 않겠지만, 아기를 낳아 기르는 일은 제게 고문이나 다름없습니다.」

덩컨이 애리언에게 의혹에 찬 눈길을 던졌다.

「다른 자에게 마음을 내줬는가?」

「제겐 다른 이에게 내줄 마음이 없어요.」

「앰버?」

하지만 앰버는 침묵을 지켰다. 지금은 자기 감정을 추스르는 것만으로 벅찼으니까.

정부? 정부, 정부!

모멸감을 참기 힘들었다. 하지만 하루가 지나고, 또 하루가 지나면 어둠이 모든 것을 삼키게 되리라.

「앰버, 내가 묻고 있잖아!」

「애리언의 말은 진실이에요.」

덩컨은 짧게 고개를 끄떡이더니 단호하게 한마디 내뱉었다.

「그럼 됐소. 내일 아침 바로 결혼식을 치릅시다.」

그에 답이라도 하듯 성밖에서 늑대 울음소리가 들려 왔다. 이어서 송골매의 울음소리가 뒤따라 들렸다. 앰버와 카산드라의 눈이 동시에 창으로 향했다. 그들의 눈에 사슬 갑옷과 투구를 갖춰 입은 에릭의 모습이 들어왔다. 에릭의 손엔 검만 한 자루 달랑 들려 있었다.

덩컨은 이미 투구와 해머를 꺼내 들고 자리에서 일어나 있었다.

「덩컨, 잘 있었나? 그래, 자네 부인은 별고 없는가?」

그렇게 묻는 에릭의 목소리가 섬뜩할 정도로 부드러웠다.

「내겐 아내가 없소.」

「어허, 성대한 피로연까지 치르고서도 그런 얘길 하나? 그리고 결혼 서약서는 또 어쩌고? 그 서약서까지 무효로 만들 생각인가 보지?」

「그렇소.」

에릭의 등장을 눈치챈 도미니크가 홀로 들어서며 덩컨 대신 대답했다. 하지만 에릭은 등뒤의 도미니크에겐 신경도 쓰지 않고, 덩컨만 뚫어져라 응시하다가 입을 열었다.

「정말인가?」

「도장 찍는 일만 남았소.」

또 도미니크가 대답했다. 에릭은 여전히 덩컨에게만 시선을 고정시켰다. 덩컨의 말을 직접 듣지 않는 이상 믿지 않으리라.

「자네도 저 사람 의견에 동의했나?」

「그렇소.」

322

송골매가 날카롭게 울부짖었다. 에릭의 입가에 잔인한 미소가 떠올랐다.

「내 피붙이를 대신해서 결투를 신청하겠네!」

덩컨이 비웃는 듯 코웃음을 쳤다.

「이 안엔 에릭 경의 피붙이가 없소.」

「어디서 그런 말도 안 되는 소리를 함부로 지껄이는 건가? 앰버는 하나뿐인 내 여동생이네.」

순간 방 안은 침묵에 휩싸였다. 제일 놀란 사람은 당연히 앰버였다. 에릭은 앰버에게 슬픈 웃음을 지어 보이며 손을 내밀었다.

「자, 내 말이 진심인지 아닌지 알아봐.」

앰버는 멍청히 에릭의 손을 잡았다.

「앰버, 넌 분명 로버트 경의 딸이야. 내가 태어나고 몇 분 후 네가 태어났지. 우린 쌍둥이야.」

에릭의 말이 천둥처럼 앰버를 강타했다.

「하지만 왜……」

앰버는 차마 말을 잇지 못했다.

「왜 너만 버려졌느냐고?」

앰버는 고개만 끄덕였다.

「나도 몰라. 그저 날 낳게 해준 대가가 아니었을까 하고 짐작해 볼 뿐이지.」

「영주님이 태어나신 대가로 절 버렸단 말인가요?」

「아니. 날 잉태하게 해준 대가로, 아이를 갖지 못하는 카산드라 이모님에게 너를 줬을 거란 얘기야.」

카산드라 입에서 신음소리도, 웃음소리도 아닌 기묘한 소리가 새어 나왔다. 주위 사람들은 다시 한 번 놀랐다. 에릭과 앰버, 카산드라의 관계가 그들에겐 충격적일 수밖에 없으리라.

앰버의 시선이 카산드라에게 향했다.

「정말인가요? 어머님이 이모님?」

「네가 태어났을 때…….」

카산드라가 말을 잇지 못하고 머뭇거렸다.

「예언 때문이군요?」

「그래. 네 엄마인 엠마는 예언 때문에 널 무서워했어. 젖을 먹일 생각도 못할 만큼.」

카산드라의 긴 한숨소리를 들으며 앰버는 눈을 감았다. 눈썹에 눈물이 방울방울 맺혔다.

「하지만 난 널 보자마자 사랑하게 됐단다. 넌 아주 작고 예쁜 아기였어. 그래서 결심했지. 널 주술사로 키워서 죽음이 아닌 풍요로운 삶이 충만하게 만들겠다고 말이다.」

차라리 절 늑대 밥이 되게 놔두시지 그러셨어요.

앰버는 허전한 웃음을 지었다. 그런 말로 카산드라의 마음을 아프게 하고 싶지 않았다.

「제가 주술사로서의 자질이 변변치 못해서 어머니를 실망시켜 드렸군요.」

「아니, 내가 제대로 가르치질 못해서 그런 거야.」

앰버는 고개를 내저으며 눈물이 그렁그렁한 눈으로 에릭을 쳐다보았다.

아, 나의 가족. 나의 오빠…….

감정이 복받쳐 오르면서 코끝이 시큰해지고 목이 아파 왔다. 에릭의 뺨과 머리카락, 그리고 입술을 더듬어 만져 보았다.

이 세상 천지에 핏줄 하나 없이 혼자라는 외로움, 그 동안 얼마나 많은 시간을 외로움에 울고 지냈던가. 그 수많은 시절을 지금 이 순간 다 보상받는 기분이었다.

「강물은 결국 바다로 흘러가게 마련이에요. 인간이 아무리 그 물줄기를 바꾸려고 해도 소용이 없지요. 그러니 그냥 물이 흐르는 대로 놔둬요, 오빠.」

「절대 안 돼.」

「전 오빠가 이러길 바라지 않아요!」

「나도 알아. 하지만 꼭 해야 하는 일도 있는 법이야.」

「안 돼요!」

앰버는 에릭의 팔에 매달려 눈물을 흘리며 애원했다.

「마음이 따뜻하고 순결한 처녀가 어둠 속에서 한 남자의 영혼을 구해 줬어.」

에릭의 목소리는 한여름의 태양이라도 얼릴 듯이 차갑고 냉정했다. 갑자기 해머에 달린 사슬이 귀에 거슬리는 소리를 냈다.

「순결한 처녀는 그 남자의 텅 빈 영혼을 채워 주기 위해 자신의 영혼을 기꺼이 내주었다. 그런데 그 잡놈은 값진 선물을 준 처녀를 창녀로 만들겠다고 선포했어.」

에릭은 앰버의 손을 들어 손가락 하나하나에 입을 맞췄다. 그러고는 뒤로 돌아 도미니크를 마주 보았다.

「글렌드뤼드의 울프, 당신도 들었듯이 앰버와 나는 혈연 관계요.」

「그래서?」

「당신 가신이 나와 결투할 수 있게 허가해 주시오.」

「덩컨은 나와 동료일 뿐 가신이 아니오.」

「흠, 역시 소문대로 무서운 책략가군.」

에릭이 냉소적으로 말했다.

「내가 할 소리를 대신 하시는군. 쥐꼬리만한 병력으로 분쟁의 땅에서 그만한 영지를 지켜 낼 수 있는 인물이 어디 흔하겠소? 그런데 당신 별명이 주술사라고 들었소. 개구멍으로 성안에 몰래 들어오는 취미도 그런 명성을 얻는 데 한몫 했겠소?」

에릭은 도미니크의 비아냥거림에 약이 올랐다.

「그렇소」

「하지만 에릭 경, 앞으로는 그런 일이 절대 없을 거요.」

「그게 무슨 뜻이오?」

「좀더 통찰력이 있었다면, 덩컨이 결투를 신청할 때까지 기다렸어야 했소. 하지만 당신이 먼저 결투를 신청했으니 물은 이미 엎질러진 거요. 자, 당신은 이제 죽은목숨이나 진배없소!」

도미니크는 덩컨에게 시선을 돌렸다.

「내가 결투에 쓸 무기를 정해도 되겠지? 난 자네가 해머를 써 주길 바라네. 에릭은 검으로 불패(不敗)의 기사라는 별칭을 얻었지만, 해머를 잘 다룬다는 소문은 들은 바가 없네. 명심하게, 덩컨. 자네는 날 위해서라도 절대 죽으면 안 돼.」

덩컨이 놀라서 도미니크를 바라보았다. 도미니크는 덩컨을 이해시키기 위해 한마디 덧붙였다.

「자네가 스톤링 성의 영주로 있어야 블랙소른도 안전하네. 그러니 내 말대로 해주게나.」

덩컨은 잠시 해머를 내려다보다가 앰버 쪽으로 고개를 돌렸다. 앰버는 눈을 커다랗게 뜬 채, 양손으로 입을 막고 있었다. 누가 승자가 되건, 앰버는 절망의 나락으로 떨어지리라.

「에릭 경이 앰버와 결혼하도록 자넬 부추긴 건, 자네가 맹세를 어겨도 상관없다고 생각했기 때문이네. 지체 높은 신분이라 사생아 따위가 지킬 명예는 없다고 여긴 거겠지.」

도미니크가 옆에서 은근히 덩컨을 부추겼다. 덩컨은 결심했다.

「그렇게 하지요. 해머로 싸우겠습니다.」

앰버가 질끈 눈을 감았지만, 정작 당사자인 에릭은 그다지 놀라는 기색이 없었다.

「덩컨, 병기고에서 해머를 꺼내 왔으면 하네.」

「말리진 않겠소. 하지만 검으로 싸운다고 해도 난 상관없소.」

에릭의 입가에 회심의 미소가 떠올랐다.

「검으로 싸워도 된단 말인가?」

「그렇소. 사이먼, 병기고에 가서 방패 좀 가져다주겠나?」

덩컨의 말이 떨어지기가 무섭게 사이먼은 방을 나갔고, 얼마 지나지 않아 방패를 두 개 들고 돌아왔다. 싸울 준비가 끝난 두 사람은 신부에게 고해성사를 했다.

「에릭 경, 당신은 결투에서 패하더라도 목숨만은 부지하길 바라오?」

고해성사가 끝나자, 도미니크가 에릭에게 물었다.

「아니오.」

「그럼 됐소. 피차 목숨을 구걸하는 일은 없을 거요. 자, 그럼, 시작!」

도미니크가 망토를 펄럭이며 뒤로 물러났다.

에릭은 손놀림이 보이지 않을 정도로 재빨리 덩컨을 공격했다. 한발 뒤늦은 덩컨이 에릭의 검을 간신히 받아 냈다.

쨍!

검과 방패가 서로 부딪치면서, 그 충격으로 덩컨이 한쪽 무릎을 꿇었다. 에릭은 검을 높이 치켜들고 덩컨을 향해 힘껏 내리쳤다. 덩컨이 얼른 에릭의 공격을 막아 내면서 한쪽 손으로 해머를 돌리기 시작했다.

휙휙!

기분 나쁜 금속성의 소리가 공기를 찢었다. 해머가 곧 에릭의 방패와 부딪쳤고, 에릭은 그 충격으로 뒤로 나가떨어졌다. 해머의 힘이 얼마나 셌던지, 에릭의 방패 한쪽이 움푹 파였다. 에릭은 옆으로 굴러 재빨리 일어섰다.

해머가 다시 에릭을 향해 공격해 왔다. 에릭은 재빨리 해머를 피하면서 검으로 덩컨을 내리쳤다.

방패로 막아 내긴 했지만, 검을 받아치는 덩컨의 힘이 전보다 훨씬 약했다. 에릭은 검을 마구 휘둘러 덩컨을 벽까지 몰고 갔다. 해머를 휘두를 만한 공간이 점점 줄어들었다. 에릭이 노린 점이 바로 그것이었다.

에릭의 숨쉴 틈 없는 빠른 공격에 덩컨이 무릎을 꿇었다. 반동강 낼 기세로 달려드는 에릭을 향해 해머가 무서운 속도로 다가오더니 사슬이 발목을 휘감았다.

덩컨은 재빨리 해머를 휙 잡아당겼다. 에릭이 쿵 소리를 내며 바닥으로 넘어졌고, 그 충격으로 투구가 저 멀리 날아갔다.

덩컨이 단검을 뽑아 들고 에릭의 몸에 올라탔다. 에릭은 바닥에 넘어진 충격으로 반격할 기력을 회복하지 못한 상태였다. 매섭게 번뜩이는 눈이 덩컨의 눈을 똑바로 응시했다. 단검이 에릭을 향해 힘껏 내리꽂히는 순간 찢어질 듯한 여자의 비명소리가 정적을 깨뜨렸다.

마지막 순간에 단검은 에릭을 비켜가 바닥에 꽂혔다.

「앰버와 똑같은 눈으로 날 바라보는 인간은 죽이지 못합니다!」

덩컨은 한마디 거칠게 내뱉더니, 단검을 휙 집어던졌다. 그리고 분풀이라도 하듯 에릭의 발목에 묶인 사슬을 거칠게 풀었다.

앰버가 에릭에게 달려가려는데 카산드라가 막았다.

「아직 안 끝났다. 도미니크 르 사브르가 글렌드뤼드의 울프를 지닐 자격이 있는 재목인지 잠시 두고 보자꾸나.」

도미니크는 에릭의 목에 검을 겨누었다. 한동안 두 사람의 시선이 허공에서 맞부딪쳤다.

「난 장례식은 딱 질색이니, 동맹을 하기로 하면 어떻겠소?」

「싫소!」

「당신이 죽으면 로버트 경이 가만있지 않을 거요. 여러 일족들을 이끌고 글렌드뤼드의 울프를 치겠다고 덤벼들 게 분명하단 말이오.」

「그리고 주술사들도 가만히 있지 않을 겁니다.」

카산드라가 위협하듯이 끼여들었다.

「그래도 당신네는 승산이 없소. 국왕 폐하가 북쪽 국경 지역을 색슨인과 스코틀랜드인의 차지가 되게 놔두실 것 같소?」

「국왕이라도 선택의 여지가 없으면 포기해야지 다른 수가 있겠소?」

에릭이 입을 비죽이며 대꾸했다.

「하지만 국왕 폐하는 지금까지 애써서 일궈 낸 영토를 단 한 번도 빼앗기신 일이 없소.」

그 말에 에릭은 아무 대꾸도 하지 않았다.

「애리언이 버림받으면 전쟁이 일어날 것은 명약관화한 일이오. 디게르 성의 영주도 본디 거만한 작자라 가만히 있진 않을 거고. 당신은 전쟁이 일어나길 바라오?」

「아니, 그렇지 않소. 하지만 내 여동생이 정부로 전락하는 꼴은 볼 수 없소.」

「당신 여동생은 덩컨을 배신한 것이나 다름없지 않소?」

「덩컨을 잃는 것이 앰버에게 얼마나 가혹한 형벌인지 당신은 모를 거요. 내 동생에게 그런 아픔을 주고 싶지 않았소.」

「좋소. 그럼 결혼을 무효화하기 위해선 덩컨이 어떤 형벌을 받았으면 좋겠소?」

도미니크의 물음에 에릭이 잔인한 미소를 지었다. 앰버는 가슴이 철렁했다. 에릭이 덩컨에게 복수를 계획하고 있다!

「오빠, 안 돼요! 덩컨은 아무 잘못도 없어요. 그저 사랑보다 명예를 중시하는 것뿐이라고요. 그 사람에게 보복할 생각일랑 아예 버리세요.」

앰버의 말을 외면하고, 에릭은 도미니크를 바라보았다.

「자신에게 지워진 형벌은 덩컨이 제일 먼저 알게 될 거요. 그때가 오면 덩컨도 자신이 무슨 짓을 저질렀는지 깨닫고 땅을 치며 후회할 겁니다. 그리고 너무 오랫동안 진실을 몰라 봤던 자신을 용서하지 못할 거요.」

홀이 갑자기 쥐죽은듯 조용해졌다. 도미니크가 정적을 깼다.

「덩컨이 그 형벌을 받고도 살아남을 수 있소?」

「그건 나도 모르오.」

「제대로 대답하시오!」

「나도 모르오!」

「바른 대로 고하시지.」

도미니크는 에릭의 목에 겨눈 검을 좀더 세게 누르고, 다시 한 번 에릭을 다그쳤다.

「덩컨과 앰버의 운명은 하나로 연결되어 있소. 일심동체라는 말이오. 앰버를 거부하고 망신을 주면, 덩컨 자신도 그 아픔과 수치심을 똑같이 느낄 거요. 그리고 앰버에게 상처를 주면……」

「덩컨도 상처를 받는단 말이로군. 상처받는다고 해서 죽지는 않소. 하지만 분쟁의 땅에선 기사들을 거느릴 돈이 없으면 살아남지 못하지.」

도미니크가 에릭의 말을 가로챘다.

「앰버는 덩컨의 피나 다름없는 존재요. 글렌드뤼드의 울프, 당신도 한번 생각해 보시오. 인간이 피 한 방울 없이 얼마나 오래 살 수 있을 것 같소?」

도미니크는 덩컨을 돌아보았다. 덩컨은 등을 돌리고 서서 생각에 잠겨 있었다. 도미니크와 에릭의 말에는 전혀 신경도 쓰지 않은 채. 이번엔 앰버를 보았다. 창백한 얼굴과 겁에 질린 눈동자, 에릭의 말은 과장이 아니었다.

「당신은 내게 목숨을 빚졌소. 그 대가로 덩컨을 옆에서 도와 주시오. 전쟁을 피하려면 덩컨이 스톤링 성의 영주로 지내는 수밖에 없소.」

에릭은 아무 대답도 안 했다.

「난 한 사람에게 두 번 자비를 베풀지 않소. 전쟁이 일어나면 당신은 죽은목숨이라고 봐야 할 거요. 알아듣겠소?」

에릭은 여전히 입을 꼭 다물고 꼼짝 않고 누워 있었다. 지금 도미니크를 공격해도 살아남을 확률은 거의 없었다. 그럼 길은 하나, 도미니크의 제안에 동의하는 수밖에 없었다.

「도울 수 있다면 최대한 돕겠소.」

마침내 얻고자 한 대답을 들은 도미니크는 에릭의 목에서 검을 치웠다. 그때 나지막한 카산드라의 웃음소리가 들려 왔다.

「영주께선 글렌드뤼드의 울프를 몸에 지닐 자격이 있는 분이시오.」

카산드라의 말을 듣고 도미니크는 한쪽 눈썹을 치켜 올렸다. 시선이 다시 에릭에게 고정되었다.

「내가 7일의 기한을 줄 터이니, 그 동안 덩컨의 문제를 해결할 방안을 찾아내시오. 무슨 일이 있어도 일 주일 후엔 결혼이 무효임을 공식적으로 알릴 것이니, 그리 알고.」

「고작 일 주일 동안 말이오? 알았소.」

에릭은 고양이처럼 유연하게 몸을 일으켰다. 그 모습을 보고 사이먼은 만약을 대비해서 검을 뽑아 들었다.

「사이먼, 내 말을 믿지 못하겠나 본데, 앰버가 내 진심을 증명해 줄 거네.」

「아니, 그럴 필요까진 없소.」

도미니크가 고개를 저었다.

「내가 내 의지로 맹세했음을 사람들에게 알리고 싶소. 그러려면 앰버가 내 말을 증명해 주어야 하오. 자, 앰버?」

에릭은 앰버에게 손을 내밀었다. 카산드라가 머뭇거리는 앰버를 에릭 쪽으로 살살 밀었다.

「가 보렴. 글렌드뤼드의 울프가 준 선물을 받아야지.」

앰버는 천천히 에릭에게 다가갔다. 그리고 눈물을 왈칵 쏟으며 오빠를 꼭 끌어안았다. 뜨거운 눈물이 에릭의 목덜미를 적셨다.

「사랑해요, 오빠.」

「나도 널 사랑한다. 그리고 난 내가 한 맹세를 성실히 지킬 거야.」

「저도 알아요. 오빠가 진정으로 원해서 맹세했음을.」

앰버는 천천히 에릭의 품에서 빠져 나와 덩컨을 돌아보았다. 당장에라도 뛰어가서 안기고 싶었지만, 덩컨은 에릭의 목숨을 살려 준 이후로 앰버에게 눈길 한번 주지 않았다.

사이먼이 뽑았던 검을 다시 집어넣었다. 도미니크는 에릭과 앰버를 보며 싱긋 웃었다. 카산드라도 밝게 웃음지었다.

「이상한 일입니다, 글렌드뤼드의 울프여.」

「뭐가 말인가?」

「다들 앰버의 말을 쉽게 믿어 주는데, 정작 당사자인 덩컨만 그 아이를 오해하고 있으니 우습지 않습니까?」

「앰버의 눈만 봐도 절대 덩컨을 배신할 여자가 아니라는 건 알 수 있네.」

「그렇지요. 앰버는 덩컨을 사랑하고 있습니다. 영주께서도 아시는 일을 저 미련한 전사는 눈치채지 못하고 있지요.」

「하지만 앰버는 덩컨을 속이지 않았나?」

「그러지 않았으면 덩컨은 지금쯤 불귀의 객이 되었겠지요.」

「그랬겠지.」

「그런데도 앰버가 덩컨을 속였다고 몰아붙일 수 있습니까?」

「덩컨에게 직접 물어 보게. 앰버에게 등을 돌린 사람은 덩컨이니. 그리고 아내와 정부를 모두 거느리겠다고 한 사람도 덩컨이었네.」

도미니크의 말이 떨어지자마자 곧 카산드라는 덩컨을 불렀다.

「앰버를 자유롭게 놔주시지요.」

「그럴 순 없지. 앰버는 내 사람이네.」

카산드라는 고뇌의 한숨을 내쉬었다.

「앰버도 전에 그런 말을 했지요. 영주께서 아직 정신을 회복하기 전이었는데, 이 몸이 앰버에게 영주님을 성역에 도로 버려 두라고 했더니 앰버는 영주님을 자기에게 속한 사람이라고 하더군요.」

덩컨의 몸이 희미하게 떨렸다.

「앰버를 욕보이면 영주님의 명예가 회복된답니까?」

덩컨은 고집스럽게 침묵을 지켰다.

「앰버를 보내 주시지요.」

「절대로 보내지 않겠네.」

「보내지 않겠다고요? 그게 아니라, 도저히 보낼 수 없다고 해야 옳겠지요.」

카산드라의 조소 어린 목소리에도 덩컨은 입을 열지 않았다.

「결국 앰버의 생명줄이 끊어지면, 그럼 이 몸이 직접 영주님을 저세상에 보내려고 했지요. 하지만 이제 그럴 맘이 사라져 버렸습니다.」

「기껏해야 마녀인 주제에 내게 자비를 베풀겠다고?」

그제야 말문을 연 덩컨이 카산드라를 비웃었다.

「자비라고 하셨습니까? 착각도 자유라더니, 전 영주님께 자비를 베풀 생각이 전혀 없습니다. 단지 영주님께서 저지른 잘못을 낱낱이 깨닫고 뉘우치는 모습을 보고 싶을 뿐입니다. 전 영주님의 영혼이 죽어 가는 과정을 이 두 눈으로 똑똑히 확인할 겁니다.」

덩컨의 몸이 뻣뻣하게 굳었다.

21

앰버는 침대에 누워 있었다. 침실 밖에서 인기척이 들려 오면 가슴을 졸였지만, 매번 덩컨이 아니었다.

덩컨은 오늘밤에도 내게 오겠지. 꼭 그래야 하는데…… . 덩컨, 부탁이니 내게 와 줘요. 한 번만 더 당신과 함께 있게 해줘요. 당신 영혼을 느낄 수 있게 해줘요. 단 한 번이라도 좋아요.

밤은 점점 깊어갔다. 덩컨이 오지 않을 거라는 사실은 확실해졌다. 죽음의 문턱까지 갔다 온 뒤라, 삶과 인생에 대해 다시 생각하고 있을지도 모른다. 오늘밤엔 덩컨도 앰버에게 모질게 굴지 않으리라.

앰버는 자리에서 일어나 밖으로 나갔다.

복도는 조용했다. 밖에서 보초들이 떠드는 소리말고는 아무런 기척도 없었다. 앰버는 쥐걸음으로 살금살금 덩컨의 침실로 갔다. 문은 반쯤 열려 있었다.

앰버는 침실에 들어가 조용히 문을 닫고는 입고 있던 옷을 하나하나 벗었다. 그리고 살그머니 덩컨의 옆에 가서 누웠다. 희미하게 비누 냄새가 났다. 덩컨이 등을 돌리고 누워 있었다.

앰버는 덩컨의 목덜미와 등뼈를 조심스레 더듬었다. 마음껏 애무하고 싶었지만, 그랬다가는 견디기 힘든 통증을 느낄 게 분명했다. 덩컨의 영혼은 진실과 또 다른 진실 사이에서 방황하고 있었으니까.

수많은 상념이 머리를 스쳐 지나갔다. 덩컨이 속삭였던 달콤한 말들과 잔인한 얘기들……. 장밋빛 시간이나 어둠의 시간들이 모두 앰버의 마음을 아프게 했지만, 그렇다고 덩컨을 원망하고 싶지는 않았다. 덩컨의 마음은 충분히 이해할 수 있었다. 명예를 따르자니 사랑이 울고, 사랑을 따르자니 명예가 울고, 덩컨도 지금 말할 수 없이 괴롭고 고통스러우리라.

덩컨은 맹세를 어기면 자멸해 버릴 사람이었다. 그렇다고 덩컨이 맹세를 지키면 이번엔 앰버가 살아갈 수 없었다. 이럴 수도 저럴 수도 없는 상황, 이 가혹한 운명은 두 사람을 모두 산산조각 내 버리리라.

앰버는 아픔을 꾹 참고 덩컨의 등을 쓰다듬었다.

「덩컨, 당신은 강한 사람이에요. 왜 진실을 외면하려고만 하지요? 받아들여야 할 건 받아들일 줄 아는 용기도 필요한 법이에요. 그런 용기가 없으면 절 사랑할 수 없어요.」

덩컨은 깊게 잠들었는지 꿈쩍도 하지 않았다. 앰버는 한숨을 내쉬면서 덩컨의 어깨에 입술을 댔다. 그리고 그의 가슴에 뺨을 대고 심장 박동 소리를 들었다.

「단 한 번만이라도 당신을 만질 수 있다면……」

갑자기 덩컨의 손이 앰버의 머리카락을 휘어잡았다.

「지금 뭐하는 짓이야? 난 당신을 안고 싶지 않아. 당신 몸은 털 끝만큼도 건드리지 않을 거야!」

덩컨의 목소리가 냉정했지만, 앰버의 얼굴엔 희미한 웃음이 떠올랐다.

「지금 제게 맹세하시는 건가요?」

「갑자기 무슨 말이야?」

「오늘밤에 제 몸에 손을 안 대겠다고 맹세할 수 있냔 말이에요?」

「그래. 절대 당신 몸은 건드리지 않을 거야!」

「그럼 제 머리부터 놔주시죠. 벌써부터 맹세를 어길 참인가요?」

덩컨은 재빨리 앰버를 머리칼을 놨다.

「당장 나가!」

앰버는 한동안 덩컨의 눈을 들여다보다가 갑자기 침대보를 휙 걷어 젖혔다. 생각했던 대로 덩컨의 몸은 흥분한 상태였다.

「당장 꺼지지 못해!」

얼음처럼 차가운 목소리였다. 하지만 앰버는 싱긋 웃고서 손가락을 덩컨의 가슴에 미끄러뜨렸다. 덩컨은 앰버의 손을 잡아채려다 멈칫했다. 방금 전에 했던 맹세가 떠올랐기 때문이다.

「악랄한 마녀 같으니.」

분노와 욕망이 뒤섞인 목소리였다.

「그럼 사이먼을 부르지 그러세요?」

앰버의 손가락이 점점 아래로 내려갔다.

「사이먼은 절 불신하는데다 미워하기까지 해요. 그 사람이 절 만지면 전 당신 뜻대로 꺼져 줄 수 있어요.」

앰버는 덩컨의 허벅지에 손톱을 세웠다. 덩컨은 저도 모르게 주먹을 불끈 쥐었다.

「날 없애 달라고 하면 사이먼은 아주 좋아할 거예요.」

앰버는 덩컨의 허벅지에 입술을 댔다. 머리카락이 폭포처럼 덩컨의 허벅지에 쏟아졌다. 덩컨의 입술에서 신음소리가 흘러나왔다.

「당신 머리부터 발끝까지 애무하고 싶어요.」

앰버는 덩컨의 무릎을 혀로 살짝 핥았다. 덩컨의 입에서 쥐어짜는 듯한 소리가 났다. 덩컨이 얼른 양손으로 다리 사이를 덮었다.

「저리 가!」

신음에 가까운 외침이었다.

「정말이에요?」

앰버는 덩컨의 손을 살짝 깨물었다. 그리고 덩컨의 새끼손가락을 입에 물고 살짝 깨물었다. 덩컨의 몸이 움찔하면서 다리를 덮고 있던 손도 같이 움직였다. 그 틈을 타서 앰버의 손이 재빨리 덩컨의 허벅지 사이로 미끄러졌다.

「그만 해!」

「괜찮아요.」

앰버는 손 대신 입술과 혀로 덩컨의 몸을 애무했다.

「그만 하라니까!」

덩컨의 목에서 쇳소리가 났다.

「그만두라니요? 아직 멀었어요.」

앰버는 덩컨의 저항에도 아랑곳하지 않고 애무를 계속했다. 그리고 절정에 거의 도달하기 직전에 애무를 멈췄다. 덩컨은 숨을 깊이 들이쉬면서 욕망을 억제하려고 안간힘을 썼다.

앰버는 땀에 젖은 덩컨의 머리를 뒤로 넘겨주고는 달아오른 뺨에 부드럽게 입을 맞췄다. 앰버의 애무는 그렇게 다시 시작되었다.

「고문 그만 하고 끝내!」

덩컨이 이를 악물고 중얼거렸다.

「알았어요.」

앰버는 덩컨의 허벅지 위에 걸터앉아 천천히 몸을 움직였다.

「그만 고문하라고 했잖아!」

「설마 제 허벅지에 놓인 게 당신 손은 아니겠지요?」

덩컨은 욕지거리를 내뱉으며 손을 치웠다.

「나도 모르게 움직인 거야.」

「나도 알아요.」

「당신에겐 뭐든 숨기려고 해도 숨길 수가 없겠군.」

「그렇지 않아요. 당신 영혼은 제 눈앞에서 굳게 닫혀 있어요.」

「당신도 마찬가지야.」

「아뇨. 오늘밤 당신에게 내 영혼을 모두 내주겠어요.」

두 사람의 몸이 하나로 결합되었다. 앰버는 덩컨의 열정을 온몸으로 받아들이고, 자신의 영혼을 아낌없이 내주었다.

당신 마음속으로 나를 들여보내 줘요. 당신 영혼을 느낄 수 있게 해주세요. 단 한 번이라도 좋아요.

두 사람은 지칠 대로 지친 몸을 부둥켜안고 잠이 들었다. 앰버는 잠결에 덩컨의 품을 파고들었다. 평온해야 할 덩컨의 마음은 공허함과 허무감으로 가득 차 있는 게 느껴졌다. 덩컨의 영혼은 분노와 욕망 사이에서 무섭게 갈등하고 있었다. 갈등으로 몸부림치는 덩컨의 영혼이 앰버를 잠에서 깨웠다.

이젠 예언의 세 가지 조건이 모두 갖춰졌다. 하지만 덩컨은 여전히 마음을 굳게 닫고 있었다.

카산드라 어머니가 잘못 생각하셨어. 덩컨의 영혼은 절대 상처받지 않아. 이 사람은 날 조금도 사랑하지 않으니까.

앰버는 천천히 침대에서 일어났다. 떨리는 손으로 목에 걸린 호박목걸이를 끄르고 그것을 덩컨의 해머 위에 올려놓았다. 덩컨의 몸을 만지고 싶은 열망에 손을 내밀었지만, 차마 손을 대지는 못했다. 더 이상 덩컨을 만지는 고통을 견뎌 낼 자신이 없었다.

「신이 당신과 함께 하시길 빌어요.」

메그는 남편을 물끄러미 바라보았다. 앞의 음식은 대부분 손도 대지 않은 채 그대로 놓여 있었다.

도미니크는 눈을 가늘게 뜨고 앉아, 애리언이 들려주는 구슬픈 가락에 맞춰 손가락으로 허벅지를 툭툭 건드렸다. 사이먼이 얇게 저민 사슴고기 한 접시와 맥주를 애리언에게 내밀고 퉁명스레 말했다.

「하프는 그만 치고 먹기나 하시오.」

「또 먹으라구요? 잔칫상에 올리려고 살찌우는 돼지가 된 기분이네요.」

애리언은 투덜거리면서도 마지못해 하프를 내려놓았다.

「메그, 왜 그렇게 넋이 나가 있어? 예지몽이라도 꾼 거야?」

도미니크는 아내의 안색을 살피며 말을 붙였다.

「네.」

그리고 메그가 입을 다물었다. 별로 좋지 않은 꿈을 꿨다는 증거였다. 도미니크는 손등으로 메그의 뺨을 쓰다듬었다.

「메그, 모든 걱정은 다 내게 맡겨. 난 당신을 안전하게 보살필 거야. 물론 뱃속의 아이도.」

도미니크는 방 안에 있는 다른 사람은 무시하고 메그를 무릎에 올려놓았다. 그리고 조용히 사랑을 속삭였다.

얼마 후, 애리언의 하프에서 구슬픈 가락이 다시 흘러나왔다.

「다들 즐겁게 식사를 즐기고 있군. 그런데 애리언, 당신은 주로 장례식에서 연주를 하나 봅니다?」

에릭이 식당으로 들어오며 농을 걸었다.

「그나마 지금은 아까보다 경쾌한 가락을 연주하는 겁니다.」

사이먼의 말에 에릭이 애리언을 보며 장난스레 눈을 흘겼다.

「저런, 그럼 안 되지요.」

에릭을 보는 도미니크의 표정이 곱지 않았다.

「에릭 경, 지금쯤 덩컨과 같이 있을 줄 알았는데 어찌된 거요? 덩컨을 최대한 도와 준다고 하셨잖소?」

「내 동생이 훨씬 효과적인 방법을 시도했소. 어젯밤에 덩컨의 침소를 찾아갔지 뭐요.」

에릭과 도미니크의 입술에 의미심장한 미소가 떠올랐다.

「그래서 두 사람 모두 아침 미사에 못 나왔군?」

「그렇소.」

「평화를 바라는 내 의도에 도움이 되려나?」

「잘은 모르겠지만, 뭔가 변화가 있을 거요. 정확하게 집어서 말은 못 하겠지만 변화의 조짐이 보이오.」

에릭이 말을 하는데 카산드라가 식당에 나타났다.

「이 몸이 대신 말해 드릴까요?」

에릭은 카산드라가 지나가도록 옆으로 물러나며 예의를 다해 인사했다. 이젠 카산드라를 이모로 떳떳이 모실 수 있어 마음 편했다. 카산드라는 평상시와 달리, 머리를 길게 늘어뜨리고 룬 문자가 새겨진 막대기를 들고 있었다.

「점괘가 나왔나 보군요?」

에릭이 중얼거리자, 도미니크가 궁금한 얼굴로 카산드라를 보았다.

「어떤 점괘가 나왔는가?」

「결국 이 몸이 걱정하던 일이 벌어졌지요. 어쩌면 고대했던 일이라고 해야 할지도 모르지요.」

카산드라는 메그에게 다가갔다.

「메그, 예지몽을 꾸지 않으셨습니까?」

「꿨어요.」

대답하는 메그 얼굴에 근심이 어렸다.

「어떤 꿈이었는지 들려주실 수 있습니까?」

「고통에 찬 비명소리가 울려 퍼지자, 질긴 천을 찢을 때처럼 힘겹게 어둠이 갈라졌어요.」

「고맙습니다.」

카산드라는 메그에게 고개 숙여 인사했다.

「좋은 꿈도 아닌데 왜 고맙다고 하시는지요?」

「이 몸의 추측이 맞는지 확인할 수 있었으니까요.」

「무슨 말씀이지요?」

「감정이 개입되면 점을 제대로 치기가 힘든 법이지요. 사실보다는 제가 바라는 대로 보게 마련이니까요.」

「무얼 보셨지요? 제게 말씀해 주시겠어요?」

「결국 예언을 피할 마지막 보루도 무너지고 말았습니다. 어젯밤 앰버는 덩컨에게 영혼까지 내주고 말았습니다.」

「이미 알고 있던 바였으면서, 새삼 점을 다시 친 이유가 무엇입니까?」

에릭이 의아한 얼굴로 자신의 이모를 바라보았다. 카산드라는 그 물음엔 대답할 생각도 않고 에릭과 도미니크만 번갈아 쳐다볼 뿐이었다. 한참 후에야 카산드라의 입에서 말소리가 흘러나왔다.

「앞으로 블랙소른과 윈터랜스 사이에 전쟁이 일어난다면, 그건 여기 두 분의 뜻이지 앰버의 탓이 아닙니다. 앰버는 이제 전쟁의 구실이 될 수 없습니다. 그 아이는…….」

「무슨 말을 하는 겁니까?」

에릭이 심상치 않은 상황임을 깨닫고 다그쳐 물었다.

「앰버는 이제 여기서 분란을 일으키지 않을 겁니다.」

「아니, 앰버에게 무슨 일이라도 생겼습니까?」

에릭이 다급하게 물었다.

「그 아이는 호박목걸이를 덩컨에게 주고 떠났습니다.」

그때 분노에 찬 비명소리가 성안에 울려 퍼졌다. 카산드라는 놀란 기색도 없이 소리나는 쪽으로 고개를 돌렸다.

「이제야 덩컨도 고통을 느끼기 시작하나 보군요. 하지만 앰버의 고통은 이제 끝날 겁니다.」

「아니, 카산드라의 말이 무슨 뜻이오?」

도미니크가 에릭에게 물었지만, 에릭이라고 그 말의 의미를 알 수는 없었다. 덩컨의 침실 쪽에서 뭔가 부서지는 소리가 요란하게 났다.

「사이먼!」

도미니크와 사이먼은 황급히 덩컨의 침실로 달려갔다.

덩컨이 알몸으로, 낯부끄러워 차마 입에 담지 못할 욕지거리를 퍼부으면서 해머와 호박목걸이를 휘두르고 있었다. 침대보를 잡아채 벽난로에 던지고, 해머를 휘둘러 탁자며 침대며 의자 등을 산산조각 냈다. 그리고 바닥에서 나뒹구는 물건들은 발에 걸리는 대로 다 차 버렸다. 정신이 반쯤 나가서 광포하게 날뛰는 덩컨을 도미니크와 사이먼은 기막힌 표정으로 지켜보았다. 그래도 도미니크는 전장에서 이런 사람을 몇 번 본 일이 있어 금세 정신을 추슬렀다.

「이런 상태에선 우리가 아무리 말을 해도 못 알아들어. 애꿎은 사람들한테까지 피해가 가기 전에 얼른 손을 써야 해.」

「형님, 병기고에 가서 밧줄을 가져올까요?」

「그래, 지체하지 말고 가라.」

사이먼은 도미니크가 말을 끝내기도 전에 모습을 감췄다가 순식간에 밧줄을 들고 나타났다. 도미니크가 망토를 벗어 들고 문가에 서 있다가 동생이 오자 말했다.

「내가 망토를 해머에 덮어씌우는 동안, 넌 덩컨을 밧줄로 꽁꽁 묶어.」

갑자기 인기척을 느낀 도미니크는 획 고개를 돌렸다. 메그였다. 얼른 메그의 앞을 막았다.

「침실 밖에서 기다리고 있어. 덩컨은 지금 정상이 아니야.」

해머가 획획 돌아가는 소리가 들리고, 곧 이어 퍽 소리와 함께 장롱이 박살났다. 이제 침실에 남아 있는 가구는 옷장 하나뿐이었다.

덩컨이 다시 해머를 엄청난 속도로 돌리기 시작했다. 도미니크는 잽싸게 해머를 향해 망토를 던졌다. 그리고 잠시 덩컨이 주춤할 동안 몸을 날려 덩컨을 넘어뜨렸다. 덩컨이 바닥으로 나가떨어졌다.

그 순간 사이먼은 재빨리 덩컨을 덮쳤다. 얼마나 광포하게 날뛰던지, 덩컨을 묶는 데 꽤 많은 시간이 소요됐다. 결국 도미니크의 도움으로 간신히 덩컨을 꽁꽁 묶었다. 덩컨이 괴성을 지르며 밧줄을 끊으려고 안간힘을 썼지만, 몇 분 지나자 조금씩 잠잠해졌다.

마침내 덩컨이 축 늘어졌다. 사이먼과 도미니크는 숨을 가쁘게 몰아쉬며 흐르는 땀을 닦았다. 그리고 멍한 눈으로 꼼짝 않고 누워 있는 덩컨의 알몸을 망토로 덮어 줬다.

「이제 당신이 나설 차례야, 메그. 덩컨은 당신 말을 제일 잘 들으니까, 와서 얘길 좀 해봐.」

344

마음이 어느 정도 진정되자, 도미니크가 메그를 불렀다. 메그가 바로 침실 안으로 들어왔다.

「덩컨?」

메그는 최대한 부드럽게 덩컨을 불렀다. 덩컨이 천천히 고개를 들었다.

「메기?」

「그래요, 저예요. 덩컨, 무슨 일인지 말해 줄 수 있어요?」

덩컨의 눈에서 점차 광기가 사라졌다.

「가 버렸어.」

「그게 무슨 말이에요?」

묵묵부답이었다. 메그는 덩컨 옆에 무릎을 꿇고 앉아 부드럽게 머리를 쓰다듬어 주었다.

「앰버가 갔다는 말인가요?」

빛을 잃은 덩컨의 눈동자가 허공을 응시했다.

「그래. 날 이렇게 만들고 사라져 버렸어.」

22

「도개교도 내려가 있지 않고, 성문도 굳게 닫혀 있어요. 그런데 앰버가 무슨 수로 밖으로 나갔겠어요?」

사이먼이 도미니크에게 말했다.

「비밀 통로를 이용했을지도 모르지.」

「그래도 멀리 가진 못했을 거예요. 어젯밤엔 폭풍까지 몰아쳤잖아요.」

그때 냉랭한 에릭의 웃음소리가 들렸다. 에릭은 문가에 서서 분노와 동정이 뒤섞인 눈으로 덩컨을 바라보다가 도미니크에게 고개를 돌렸다.

「앰버가 달리 주술사라고 불리는지 아시오? 그 아이에게 순식간에 모습을 감추는 일쯤은 아무것도 아니오.」

「사냥개를 풀어 앰버를 찾아보면 어떻겠소? 어찌됐든 앰버를 빨리 찾아서 덩컨을 살리는 일이 급선무 아니겠소?」

「도미니크 경이 원하신다면 그리 하겠소.」

「동생을 찾고자 하는 의욕이 별로 없어 보이는군요?」

사이먼이 불만스레 말했다.

「그 아이는 성역에 갔네. 일단 성역 안으로 들어가면 사냥개들도 더 이상 쫓아가지 못하지.」

「그래도 시도는 해봐야지 않겠소?」

도미니크의 얼굴에 근심이 가득했다. 에릭이 싸늘한 웃음을 지었다.

「내 동생을 걱정하느라고 하는 말씀이오?」

「당신을 상대로 전쟁을 하고 싶지 않기 때문이오.」

「전쟁은 일어나지 않을 거요.」

「엿새 후엔 결혼이 무효가 되는데도 말이오?」

「이젠 아무 의미가 없는 일이오.」

「의미가 없다니?」

「신경 쓰실 이유가 뭐 있소? 전쟁만 일어나지 않으면 되는 거 아니오?」

에릭은 획 돌아서더니 침실을 나갔다. 카산드라가 문가에 서 있다가 에릭의 손을 잡았다. 두 사람 모두 눈물은 비추지 않았지만 깊은 슬픔에 잠겨 있었다.

도미니크는 불편한 마음으로 덩컨에게 시선을 돌렸다.

이제야 덩컨도 고통을 느끼기 시작하나 보군요.

날 이렇게 만들고 사라져 버렸어.

그제야 도미니크는 카산드라의 말을 이해할 수 있을 것 같았다.

덩컨이 감내해야 할 고통이 무엇인지도 짐작이 갔다.

「사이먼!」

도미니크가 동생을 외쳐 불렀다. 바로 옆에 있는데도 말이다.

「말을 준비하란 말이지요?」

사이먼은 형의 마음을 이해한다는 듯 고개를 끄덕여 보였다.

「그래, 하지만 한 사람은 여기 남아 있어야 해.」

도미니크가 메그를 쳐다보며 말했다. 메그는 덩컨 옆에 앉아서 이마를 쓸어 주며 눈물을 흘리고 있었다.

「메그?」

메그는 멍하니 허공을 응시하고 있는 덩컨에게서 눈을 떼고 남편을 돌아보았다.

「사냥개를 끌고 앰버를 찾으러 갈 생각이야. 당신 도움이 필요할지도 몰라. 성역으로 들어가는 길을 좀 안내해 줄 수 있겠어?」

「귄 노파가 있었으면 좋았을 텐데……. 제게 그런 능력이 있을지 의문이에요. 그리고 전 덩컨을 돌봐줘야 해요」

「형님은 남아서 형수나 잘 지켜 줘요」

사이먼이 메그의 맘을 이해하고 도미니크에게 말했다.

「스벤도 없는데 너 혼자 가겠단 말이야?」

「에릭 경과 함께 가면 돼요.」

「그 사람이 불시에 널 공격이라도 하면 어쩔 건데?」

「그럼 에릭만 불쌍해지는 거지요. 안 그래요?」

사이먼의 넉살에 도미니크가 껄껄 웃음을 터뜨렸다.

얼마 후, 갑주를 착용한 두 기사와 진보라 로브를 입은 여인을 태운 말 세 필이 천둥 소리를 내며 도개교를 지나갔다. 도개교 끝에는 몸집이 커다란 사냥개 한 마리가 대기 중이었다. 사냥개 관리인은 어디 갔는지 보이지 않았다.

「고작 사냥개 한 마리로 무슨 수색을 합니까?」

「이 녀석은 냄새만으로 무엇이든 찾을 수 있는 사냥개네. 다른 사냥개 열 마리의 몫을 하고도 남지.」

에릭은 단 한마디로 사이먼의 불평을 일축해 버렸다.

사냥개는 에릭의 명에 따라 앰버의 체취를 찾아 움직이기 시작했다. 성벽에서 약 15미터 떨어진 버드나무 숲에서 처음으로 앰버의 흔적이 발견되었다. 사냥개는 긴 털을 휘날리며 어디론가 달려갔고, 그 뒤를 세 마리의 말이 따랐다. 지나가던 사람들이 무슨 일인가 싶어 호기심 어린 시선을 던졌다.

에릭 일행은 큰길을 지나 지그재그로 난 샛길로 들어섰다. 사냥개는 한눈파는 일 없이, 형형색색의 나무들 사이를 지나 어디론가 계속 달려갔다. 얼마쯤 달렸을까, 안개로 뒤덮인 언덕이 나타났다. 언덕을 구불구불 가로질러 흐르는 시냇물이 햇빛을 받아 은빛으로 반짝거렸다.

산길의 경사가 조금씩 급해졌다. 저만치 입석들이 원형으로 박혀 있는 성역이 보였다. 사냥개는 땅에 코를 박고 성역을 향해서 달리다가 갑자기 벽에 부딪히기라도 한 듯 그 자리에 멈춰 섰다. 그리고 성역을 향해 컹컹 짖더니 에릭을 돌아보았다. 에릭은 손목에 앉아 있던 송골매를 하늘에 날려보냈다.

「앰버를 찾아!」

하지만 별 소득이 없었다.

「젠장, 블랙소른 성역하고 다를 바가 없구만!」

사이먼이 짜증 섞인 소리로 혼잣말을 했다. 카산드라가 흥미로운 시선을 사이먼에게 던졌다.

「사이먼 경, 무슨 말이지요?」

「형수님이 남긴 흔적을 찾아 성역에 간 일이 있었는데, 그때도 사냥개들은 성역에 도착해서는 아무런 냄새도 맡지 못했소.」

「그래서 직접 성역을 찾아 다녔습니까?」

「그럴 필요가 없었소.」

「이유가 뭐지요?」

「성역에 들어가진 못했지만, 형수님이 대충 어디쯤 있었는지는 알고 있었소.」

카산드라와 에릭이 시선을 교환했다.

「그럼 이번엔 성역을 한번 찾아보겠나?」

에릭의 제안에 사이먼은 흔쾌히 동의했다.

사이먼은 돌이 원형으로 박힌 자리로 말을 몰았다. 그리고 원 주위를 돌면서 주위를 살폈다. 말이 입석 안쪽으론 가려 하질 않아서, 말에서 내려 원 안쪽을 들여다봤다. 하지만 특징적인 것은 하나도 없었다.

사이먼은 돌 사이를 통과해 안쪽으로 들어갔다. 사람의 흔적은 보이지 않았다. 아무리 주위를 샅샅이 뒤져 봐도 더 안쪽으로 들어가는 입구는 찾을 수 없었다.

사이먼은 일행이 기다리고 있는 곳으로 돌아갔다. 갑자기 스톤링 성에 처음 도착했을 때 들었던 얘기가 떠올랐다.

「에릭 경, 여기서 덩컨을 발견했습니까?」

「그래, 언덕 꼭대기에 있는 마가목나무 밑에서 발견했네.」

사이먼은 다시 주위를 살폈다. 언덕이라고 할 만한 것은 전혀 눈에 띄지 않았다.

「에릭 경, 마가목나무는 아무리 찾아도 없었습니다.」

사이먼이 솔직히 말했다.

「그리 말씀하신다면 그렇겠지요.」

카산드라는 사이먼에게 고개를 끄덕여 보였지만, 에릭은 아무 반응이 없었다. 사이먼이 다시 에릭을 불렀다.

「주술사들은 보통 사람들이 보지 못하는 것도 본다네.」

「제길, 그럼 직접 가서 찾아보시지요.」

에릭과 카산드라는 돌이 원형으로 박힌 자리로 말을 몰았다. 말은 별 저항 없이 돌과 돌 사이를 통과했고, 두 사람은 거기다 말을 놔두고 걸어서 그 안쪽으로 들어갔다.

사이먼은 언덕을 올라가는 두 사람의 뒷모습을 지켜봤다. 하지만 햇빛이 너무 눈부셔 이마에 손을 얹고 눈을 몇 번 깜박거렸다. 한데 갑자기 에릭과 카산드라가 보이지 않았다. 눈을 비비고 몇 번이나 동산을 살펴봤지만, 두 사람의 모습은 완전히 사라지고 없었다.

얼마 후, 두 사람이 다시 보였다. 하지만 물위에 이는 파문처럼 두 사람의 형체가 흔들거렸다.

사이먼은 다시 눈을 비비고 동산 쪽을 보았다. 에릭과 카산드라가 애기를 나누면서 안쪽에서 걸어나오고 있었다.

「앰버를 찾았습니까?」

두 사람이 말을 끌고 다가오자 사이먼이 득달같이 물어 봤다.

「앰버는 여기 오긴 왔었는데 지금은 없네.」

에릭이 대답했다.

「그럼 앰버는 대체 어디 있는 겁니까?」

사이먼이 툴툴거렸다. 에릭은 혹시나 하는 맘으로 카산드라를 보았다.

「혹시 앰버가 어디 있는지 아시겠습니까?」

「나도 모릅니다.」

「주술사라면서 그것도 모른답니까?」

사이먼이 잔뜩 짜증난 얼굴로 비아냥거렸다.

「이 몸도 믿기 힘든 일이라 그렇습니다.」

「젠장, 그게 무슨 일인지 말해 보시오.」

「그 아이는 과거 드루이드들이 쓰던 방식을 이용해서 사라져 버렸습니다.」

「그럼 따라가면 될 것 아니오!」

사이먼은 더 이상 참지 못하고 버럭 소리를 질렀다.

「그럴 수는 없습니다. 설명을 해드리고 싶지만, 주술사가 아닌 사람은 아무리 얘기해도 이해를 못 하지요. 더구나 사이먼 경은 보이지 않는 것에 대해선 절대 믿지 않으시잖습니까?」

카산드라가 사이먼을 보며 눈을 빛냈다.

사이먼은 뭐라고 나지막하게 욕설을 중얼거리더니 말에 올랐다. 일행은 스톤링 성으로 방향을 잡았다.

「덩컨은 좀 괜찮아졌습니까?」

사이먼이 메그에게 물었다.

메그는 덩컨에게 눈길을 돌렸다. 덩컨은 애리언이 연주하는 슬픈 곡조를 들으며, 앰버의 호박목걸이를 뚫어져라 들여다보고 있었다.

「별 차도가 없어요. 큰 소리로 불러야 겨우 알아듣고 대답을 하고, 도미니크가 아닌 다른 사람들에겐 대꾸도 안 해요.」

「젠장, 악마에게 영혼을 뺏기기라도 했나?」

사이먼은 얼굴을 찡그리고 혼잣말을 했다. 옆에서 도미니크가 한마디 했다.

「덩컨은 감정 없는 사람처럼 보여.」

「덩컨은 살아남기 위해서 마음의 문을 닫은 거예요. 일종의 자기 방어라고 할 수 있지요.」

세 사람이 덩컨에게 다가갔다. 하지만 덩컨은 쳐다볼 생각도 않았다.

「마법에 걸린 게 분명해요. 나쁜 마녀 같으니!」

사이먼은 앰버를 생각하며 분개했다.

「아니에요. 앰버는 덩컨이 스스로 선택한 반려자일 뿐이에요. 문제는 애리언을 어떻게 하느냐예요.」

사이먼은 메그의 말을 듣고, 하프를 뜯고 있는 보랏빛 눈동자의 상속녀를 바라봤다. 여전히 슬픈 노래를 연주하고 있었다.

「애리언, 당신은 밝은 음악은 하나도 모르시오? 지금 이 음악을 들으면 돌멩이조차 눈물을 흘리겠소.」

애리언은 사이먼을 쳐다보더니 말없이 하프를 옆으로 내려놓았다. 음악이 그쳐도 움직일 줄을 모르는 덩컨을 보며 도미니크가 입을 열었다.

「덩컨?」

호박목걸이를 들여다보고 있던 덩컨은 천천히 고개를 들었다.

「자네가 죽어 가는 꼴은 도저히 못 보겠네. 결혼은 무효화하지 않아도 되니 걱정 말게.」

「그럴 수는 없습니다.」

「그런 소리……」

「아닙니다. 스톤링 성을 지키지 못하면 주군은 분쟁의 땅 영주들과 전쟁을 벌여야 할 겁니다. 전 스톤링 성을 지키기 위해서라도 애리언과 결혼해야 합니다. 제겐 재산이 한푼도 없으니 애리언의 지참금이 절대적으로 필요합니다. 주군께서도 절 지원해 주실 여유가 없지 않습니까?」

도미니크는 입을 다물었다. 덩컨의 말이 옳았다. 지금 자신은 블랙소른 재건비를 마련하는 데도 헐떡거리고 있는데 어떻게 덩컨을 지원해 줄 여력이 있겠는가. 무의식중에 욕지거리가 나왔다.

「닷새 후에 애리언과 결혼하겠습니다.」

덩컨이 단호하게 말했다.

「안 돼! 자네가 반송장으로 사는 꼴은 못 보겠네.」

갑자기 송골매의 울음소리가 작게 들렸다. 고개를 돌려보니, 에릭이 송골매를 대동하고 근처에 서 있었다.

「덩컨, 내가 애리언의 지참금에 해당하는 돈을 앰버의 지참금으로 내주면 어떻겠나?」

귀가 솔깃한 제안이었지만, 덩컨은 한숨을 푹 내쉬었다.

「말은 고맙지만 디게르 남작이 가만있지 않을 거요. 사생아 따위가 소중한 딸을 버렸으니, 응당 전쟁을 일으키려고 들 거요.」

의견을 묻듯 에릭이 도미니크를 보았고, 도미니크가 마지못해 고개를 끄덕였다.

「덩컨 말이 맞소. 디게르 성 영주는 처음부터 딸이 이름 없는 기사와 결혼하게 됐다고 불만이 많았는데 파혼까지 선언하면, 백이면 백 우리에게 전쟁을 선포할 거요. 그럼 국왕 폐하도 우릴 옹호하지 못하실 거요.」

「예정대로 애리언과 결혼하겠습니다. 앰버가 사라졌으니, 제겐 결혼도 별 의미가 없습니다.」

덩컨은 모든 걸 체념한 사람 같았다. 한동안 방 안에 정적이 감돌더니, 이내 애리언의 하프 소리가 울려 퍼졌다. 슬프고 처절한 음악이 방 안 분위기와 잘 맞아떨어졌다.

사이먼은 도미니크와 애리언을 번갈아 쳐다보더니, 중대한 결정을 한 사람처럼 결연한 표정을 지었다.

「형님, 내가 애리언과 결혼하겠어요.」

하프 소리가 갑자기 뚝 멈췄다.

「뭐라고?」

도미니크가 눈을 휘둥그렇게 뜨고 동생을 쳐다보았다.

「다른 사람들에겐 사랑에 빠졌다고 둘러대면 돼요. 사랑 때문에 국왕 폐하의 뜻을 저버렸다고 하면, 디게르 성의 영주도 뭐라고 못 할 거예요.」

사이먼은 마치 다른 사람 일 애기하듯 무심하게 말했다. 에릭이 기대에 찬 눈빛으로 도미니크를 보았다.

「사이먼의 애기를 어찌 생각하시오?」

「국왕 폐하는 반대하지 않으실 거요.」

도미니크가 잠시 생각에 잠겼다가 그렇게 대답했다.

「그럼 디게르 성 영주는 어떻소?」

「오히려 좋아할 거요. 사이먼은 내 동생이자 오른팔이오. 덩컨보다는 사이먼을 훨씬 흡족하게 여길 거요.」

에릭의 얼굴이 점점 밝아졌다. 이제 마지막 관문이 남았다.

「애리언, 당신 생각은 어떻십니까?」

애리언은 한참 동안 뜸을 들인 후에야 천천히 말문을 열었다.

「사이먼이 충직한 기사라고 불리는 이유를 이제 알겠군요. 차라리 수녀원에 들어가고 싶지만, 아버지가 허락지 않으시겠지요.」

애리언은 하프 줄을 한 번 튕겼다. 청명한 음색이 방 안에 울려 퍼졌다가 여운을 남기면서 사라졌다.

「그런 생각은 꿈도 꾸지 마시오.」

도미니크가 꾸짖듯 애리언을 보며 눈에 힘을 주었다.

「사랑 때문에 국왕 폐하의 뜻을 저버린다……」

애리언은 사이먼이 했던 말을 중얼거리며 하프 줄을 거칠게 잡아 당겼다 놨다.

「신랑이 누구든 제겐 아무 상관 없어요. 남자들은 모두 잔인하고 거만한 존재들이니까요.」

도미니크는 기가 막혀 픽 웃었다.

「사이먼, 이렇게 냉정한 여자의 짝이 되기엔 네가 좀 아깝다는 생각이 든다.」

「블랙소른에 전쟁이 일어나는 것보다는 낫지요. 설마 결혼 생활이 술탄의 고문보다 더 끔찍하겠어요?」

「그래도 나는 전부터 네가 진정 사랑하는 짝을 찾길 바랐는데.」

「애리언보다 지참금이 많은 여자는 별로 없을걸요. 난 사랑 따위 시시해서 싫어요. 사랑 타령을 할 바엔 지참금이나 챙기는 편이 훨씬 낫지요.」

사이먼이 어깨를 으쓱해 보였다. 도미니크는 혀를 한번 차고는 덩컨에게 시선을 옮겼다. 덩컨은 여전히 호박목걸이만 들여다보고 있었다.

「덩컨, 사이먼과 애리언을 결혼시켜도 되겠나?」

「맘대로 하시지요. 앰버가 사라졌으니 어찌되든 아무 상관 없습니다.」

「앰버는 찾으면 되니까, 너무 상심하지 말고 힘을 내게.」

「주술사라는 사람들도 찾지 못했는데 어떻게 찾겠습니까?」

그때 침묵을 지키고 있던 에릭이 입을 열었다.

「하지만 자네라면 찾을 수 있을지 모르네.」

덩컨이 눈을 번쩍 떴다. 눈동자에 기대의 빛이 가득했다.

「덩컨, 자네와 앰버는 같은 운명을 지니고 태어났네. 성스러운 마가목나무가 두 사람을 하나로 이어준 거야.」

갑자기 덩컨은 호박목걸이를 꽉 쥐고는 벌떡 일어났다. 시선이 빛을 잃은 호박목걸이에 머물자, 에릭의 얼굴이 하얗게 질렸다. 주인의 마음을 읽은 송골매가 구슬프게 울부짖었다. 그때 카산드라가 보라색 로브를 펄럭이며 나타났다. 그녀의 눈길 역시 호박목걸이에 머물렀다.

「무슨 일이지요?」

메그가 의아해하며 물었다.

「앰버 때문이지요. 그 아이는 지금 죽어 가고 있습니다!」

덩컨이 에릭을 향해 획 돌아섰다.

「앰버를 찾을 방법을 말해 주시오!」

「목걸이를 보면 알 것 아닌가. 너무 늦었어. 앰버는 죽어 가고 있네.」

에릭이 고개를 내저었다. 그러자 덩컨이 고함을 질렀다.

「내가 어찌해야 되는지 말해 주게! 빨리!」

옆에서 카산드라가 끼여들었다.

「영주님께선 주술사가 아니질 않습니까? 이 몸도 못 하는 일을 어찌…….」

「덩컨, 우선 목걸이를 불가에 가져다 놓게.」

에릭이 카산드라의 말을 잘랐다. 덩컨은 에릭과 함께 벽난로 앞으로 갔다.

「목걸이를 양손으로 감싸게.」

덩컨은 에릭이 하라는 대로 했다. 순간 그의 숨소리가 거칠어졌다.

「너무 뜨거워. 왜 이렇게 뜨겁지? 에릭, 이게 어찌된 일이오?」

「앰버가 왜 떠났는지 이젠 알겠나?」

덩컨은 느닷없는 에릭의 말에 얼굴을 찡그렸다.

「그게 무슨 말이오?」

「지금 자네는 앰버가 마음에 입은 상처를 느끼고 있는 거네.」

에릭의 목소리가 냉랭했다.

「목걸이에 부드럽게 입김을 내뿜게. 표면에 김이 서릴 때까지만 살짝.」

덩컨은 눈을 감고 천천히 목걸이에 입김을 불었다.

「다시 해보게.」

다들 조용히 두 사람을 지켜보고 있었다. 제일 주의 깊게 보고 있는 사람은 역시 카산드라였다.

「김이 서렸는가?」

덩컨이 고개를 끄덕였다.

「목걸이를 불꽃에 가까이 가져가게. 목걸이에 서린 김이 사라질 때 앰버를 생각하면 목걸이에서 뭔가 보일 걸세.」

덩컨은 목걸이를 불꽃에 최대한 가까이 가져갔다. 그리고 앰버를 생각했다. 하지만 아무것도 보이지 않았다.

「아무것도 보이지 않소.」

실망의 빛이 역력한 목소리였다.

「실망하지 말고 다시 해보게.」

덩컨은 얼굴을 찡그리면서 화염처럼 뜨거운 목걸이를 손으로 감쌌다.

「아파도 참게. 앰버도 겪은 고통이니까. 자네에게 몸과 마음, 영혼까지 내준 여자를 생각해 보게. 자넨 그 아이에게 몸만 내줬나? 자신의 일부를 앰버와 함께 떠나 보낸 건 아닌가? 마음의 문을 열고 앰버를 찾아내게.」

에릭의 차가운 목소리가 덩컨을 채찍질하듯 내리쳤다. 목걸이가 점점 뜨거워졌다. 덩컨은 손에 든 목걸이에 입김을 불었다.

「앰버를 생각하게. 이 세상 무엇보다 절실히 앰버를 원하는 마음이 필요해. 내 말 알아듣겠나? 자네 목숨보다 더 소중하게 여기는 마음이 필요하단 말일세.」

덩컨은 다시 부드럽게 목걸이에 입김을 내뿜었다.

「불에 가까이 대게. 김이 사라지면 앰버를 볼 수 있을 거네.」

덩컨은 줄을 늘어뜨려 불꽃에 닿을락 말락 하게 목걸이를 갖다 댔다. 그리고 한참 동안 목걸이를 들여다보며 어둠 속에 헤매고 있을 앰버를 생각했다.

공기를 가르는 독수리 울음소리가 들렸다. 안개가 걷히면서 언덕과 절벽에 매달린 나무들, 그리고 계곡이 보였다. 수없이 많은 사람들이 속닥거리는 소리가 바람을 타고 들려 왔다. 앰버는 그곳에 있으리라!

에릭이 덩컨을 거칠게 흔들었다. 덩컨은 비오듯 땀을 흘리며 손까지 떨고 있었다.

「덩컨, 내 말이 안 들리나? 덩컨!」

덩컨이 천천히 고개를 들었다.

「자네가 어떻게 된 줄 알았네.」

에릭은 한숨 놓으며 거칠게 말했다.

「앰버가…….」

덩컨이 숨을 깊이 들이마셨다.

「앰버를 봤나?」

「아니.」

에릭의 눈에 실망이 빛이 어렸다.

「쉬게나. 조금 있다가 다시 해보기로 하고.」

「난 앰버가 어딨는지 아오.」

「어디에 있는데?」

에릭과 카산드라가 동시에 외쳤다.

「유령 계곡.」

에릭이 카산드라에게 시선을 돌렸다. 카산드라가 고개를 끄덕였다.

「밑겨야 본전이니, 한번 믿어 보지요.」

「그곳은 우리도 찾기가 힘들지 않습니까? 지금껏 앰버만 그곳에 갈 수 있었는데……」

「나도 간 적이 있소! 난 찾을 수 있을 거요.」

덩컨이 외쳤다.

「그땐 앰버와 같이 있었기 때문일 거네.」

덩컨은 목걸이를 손에 꼭 쥐었다. 통증이 온몸으로 퍼져 나갔다. 앰버가 아직 살아 있다는 증거였다.

「앰버가 날 그곳까지 이끌어 줄 거요.」

「그럼, 카산드라 이모님과 나도 같이 가겠네.」

에릭이 얼른 나섰다.

「사이먼도 따라갈 걸세. 지금 말을 준비하러 갔네.」

도미니크가 한마디 덧붙이자, 에릭이 걱정 어린 표정을 지었다.

「유령 계곡이 우리에게 모습을 드러낼지 의문이오.」

「당신들이 못 찾아도 사이먼은 찾아낼 거요. 사이먼은 사물을 있는 그대로 보는 재능이 있거든. 에릭 경, 덩컨을 잘 좀 도와 주시오. 당신이 여동생을 생각하는 만큼 나도 덩컨을 소중히 여기오.」

도미니크가 에릭에게 부탁했다.

「그렇게 하겠다고 맹세하겠소.」

「목걸이를 만지는 느낌이 어떤가?」

에릭이 덩컨을 보고 물었다.

「통증이 느껴지는 걸 보면, 앰버는 아직 살아 있소.」

「뜨거워서 갖고 있기 힘들 테니, 이젠 목걸이를 그만 내려놓게.」

에릭이 괴로워하는 덩컨을 안타까운 얼굴로 바라보았다.

「그럴 순 없소. 지금 앰버와 하나로 이어져 있는 끈을 통증 때문에 놔 버릴 수는 없소. 그건 앰버를 거부하는 행위나 다름없는 거요. 다시는 절대 그런 짓 안 할 거요, 절대.」

덩컨이 단호하게 말했다.

일행은 한동안 침묵을 지켰다. 카산드라가 갑자기 고삐를 잡아당기며 말을 세우고 에릭을 보았다.

「영주, 뭔가 이상한 기운이 느껴지지 않습니까?」

「그렇군요.」

에릭이 고개를 끄덕였다. 하지만 덩컨은 말을 멈출 생각도 없이 앞으로 질주했다. 그의 시선은 바위가 가득한 산마루에 고정돼 있었다.

정상에 이르자 말이 뒷걸음질치며 앞으로 나아가질 않았다. 덩컨은 화이트풋의 안장 위로 몸을 날렸다. 그리고 계속 말을 몰았다. 화이트풋은 속도를 늦추긴 했지만 멈추진 않았다.

얼마 후 화이트풋은 덩컨과 함께 산등성이 너머로 사라졌다. 멀리서 독수리 울음소리가 들려 왔다.

「덩컨이 길을 찾아낼 줄 알았어! 주술사가 아니라도 거뜬히 해낼 줄 알았지. 성스러운 마가목나무가 앰버에게 한심한 짝을 찾아주었을 리 없지.」

에릭이 의기양양하게 외쳤다.

「하지만 고집불통에 미련하고 거만하기까지 하지요.」

카산드라는 여전히 못마땅해 중얼거렸다. 덩컨이 앰버에게 했던 짓을 아직도 용서할 수가 없었던 것이다.

「덩컨은 용감하고 강인하면서도 명예를 아는 사람입니다. 그만하면 괜찮은 남자라고 해도 되질 않겠습니까?」

에릭이 덩컨을 변호하고 나섰다. 카산드라는 피식 웃고는 성호를 긋고 말을 앞으로 몰았다. 하지만 카산드라의 말은 더 이상 나가려고 들지 않았다. 에릭과 사이먼의 말도 마찬가지였다.

사이먼은 말에서 내려 덩컨이 지나간 길을 찾아 이리저리 가 보았지만, 안개 너머로 언덕이 하나 보였다 사라졌다 할 뿐이었다. 에릭이나 카산드라도 마찬가지였다. 유령 계곡은 전에도 그랬듯이 그들을 받아들이지 않았다.

한편 화이트풋은 시내와 나뭇가지를 뛰어넘으며 계곡 아래로 전력질주했다. 안개 속에서 입석이 하나 어렴풋이 보였다. 덩컨은 입석이 어떤 모양인지, 입석 주위의 풀밭이 얼마나 푹신한지 알고 있었다. 앰버가 거기에 있으리라. 추억을 되새기며 그를 기다리고 있을 게 분명했다.

덩컨은 말에서 훌쩍 뛰어내린 뒤 앰버를 소리쳐 불렀다. 하지만 앰버의 대답은 들리지 않았다.

「앰버! 부탁이니 숨지 말고 나와. 덩컨이야!」

하지만 역시 대답은 없었다. 덩컨은 목이 터져라 앰버를 불러댔다. 하지만 돌아오는 건 공허한 메아리뿐이었다. 앰버가 여기서 자신을 기다리고 있을 거란 확신은 드는데, 앰버는 어디에도 없었다.

얼마나 앰버를 외쳐 불렀을까, 덩컨은 아주 잠시 앰버를 보았다. 아니 앰버가 눈앞에 스쳐 지나갔다고 해야 옳으리라. 눈을 비비고 다시 보니, 앰버의 형체가 잔물결처럼 눈앞에서 흔들렸다.

「앰버!」

덩컨은 앰버를 잡아야 한다는 생각에 손을 뻗었다. 하지만 손에 닿는 건 딱딱한 바위였다. 목구멍이 따끔거리며 눈시울이 뜨거워졌다. 철새들이 푸드덕거리면서 하늘로 날아갔다. 다시 한 번 앰버를 찾을 생각에 목걸이를 손으로 감싸면서 괴로운 비명을 질렀다.

「앰버! 부탁이야. 내게 돌아와 줘!」

처절한 울부짖음이 울려 퍼지고 주위엔 정적이 감돌았다. 새소리나 바람소리조차 들리지 않았다. 속삭이는 늪은 기괴할 정도로 괴

괴하고 음산한 기운이 흘렀다.

덩컨은 퍼뜩 정신이 들었다. 주위를 살펴보니, 그 많던 철새 떼가 보이지 않았다. 바람소리도, 사람들이 속삭이는 듯한 늪의 소리도 전혀 들리지 않았다. 안개가 걷히고 햇살이 가득했다. 잠깐 사이에 완전히 다른 세상에 서 있는 기분이 들었다.

「덩컨…….」

덩컨은 귓가를 스치는 희미한 소리에 몸의 중심을 잃고 휘청했다. 휙 돌아보니, 앰버가 눈앞에 있었다. 창백한 얼굴과 초점 없는 눈동자로 덩컨을 물끄러미 바라보고 있었다. 만지면 바로 산산조각이 나 버릴 것처럼 가냘프고 연약해 보였다.

「앰버.」

덩컨이 손을 뻗었지만, 앰버는 뒤로 몸을 뺐다.

「이제 그만 해요. 부탁이에요.」

「절대 당신을 아프게 하지 않을 거야.」

「당신에게 그럴 맘이 없어도, 전 통증을 느껴요.」

「앰버.」

덩컨은 앰버에게 팔을 벌리고 다가갔다. 하지만 앰버는 한 발짝 다가가면 한 발 뒤로 물러났다.

「여기 있으면 위험해요. 빨리 나가세요. 오빠가 당신을 여기 데려다 줄 생각을 하신 게 잘못이에요.」

「아니, 그 사람들이 날 데려다 준 게 아니야.」

「그럴 리가 없어요.」

덩컨은 손을 활짝 펴 보였다. 호박목걸이가 있었다.

「아니, 날 여기로 데려온 사람은 당신이야.」

「아니에요. 우린 그렇게 마음이 하나로 이어진 사람들이 아니에요! 얼른 여기서 나가세요.」

「당신이 여기서 나가지 않겠다면, 나도 가지 않아.」

앰버는 눈을 감았다.

「미안해요, 덩컨. 당신을 자유롭게 해주고 싶었는데…….」

「당신이 없으면 난 영원히 자유롭지 못할 거야.」

덩컨은 앰버에게 목걸이를 내밀었다.

앰버는 한 걸음 뒤로 물러났다. 하지만 커다란 바위가 뒤를 막고 있어 그것도 여의치 않았다. 덩컨이 앰버의 손을 잡아 올리더니 자기 목걸이를 쥐어 주었다.

앰버의 눈이 휘둥그레졌다.

「도로 가져가요! 당신은 여기서 죽을지도 몰라요!」

「내 몸과 마음과 영혼, 당신이 다 가져가 주길 바래.」

덩컨은 앰버의 손을 자기 뺨에 댔다. 그 순간 앰버가 소리를 질렀다. 통증 때문이 아니었다. 쾌감 때문이었다. 전엔 한번도 느끼지 못했던 쾌감이었다.

앰버는 덩컨의 품에 안겼다. 그리고 조용히 그의 손길이 알려준 진실을 음미했다.

속삭이는 늪은 활기에 찼다. 철새들 소리, 바람소리, 늪의 속삭이는 듯한 소리가 주위에 가득했다. 늪은 시공의 한계를 뛰어넘는 마법에 휩싸여 같은 말을 끊임없이 반복하고 있었다.

당신을 사랑해.

에필로그

스톤링 성은 성스러운 마가목나무의 축복을 받았다. 기름진 땅과 드넓은 초원엔 사람들의 웃음소리가 끊이지 않았다.

덩컨과 앰버는 가끔 스톤링을 찾았다. 두 사람은 천년 만에 꽃을 피운 마가목나무 밑에서 감회에 젖곤 했다.

스톤링 성의 영주와 영주 부인을 주인공으로 한 전설이 분쟁의 땅 전역에 떠돌았다. 사랑에 빠진 마녀와 맹세를 위해 사랑을 버리려고 했던 어둠의 기사에 관한 이야기였다. 삶과 죽음, 그리고 시공을 초월해서 연인을 되찾으려고 했던 전사가 성스러운 마가목나무를 천년 만에 꽃피우게 한 사랑 이야기였다.

마가목나무는 성역 안에서 조용히 서 있었다. 언젠가 다시 어둠 속에 갇힐 남자와, 그를 위해 몸과 마음과 영혼을 바칠 수 있는 여자를 기다리면서…….

―――― 사랑은 기다림이 있어 아름답다.

엘리자베스 로웰의 정통 역사 로맨스!

천년의 기다림

전쟁, 평화, 사랑으로 이어지는 눈부신 서사시.

전쟁...
십자군 전쟁에서 돌아온 불패(不敗)의 기사, 도미니크!
그는 정복당한 블랙소른 성의 영주 딸을 신부로 맞이하기 위해
비옥한 땅, 스코틀랜드로 간다.

평화...
글렌드뤼드의 아름다운 딸 마가렛은
오만한 노르만 침략자에게 결코 복종하지 않는다.
하지만 자신에게 내린 저주로
또다시 전쟁이 일어날지도 모른다는 두려움에 젖고……

사랑...
마가렛은 단 한마디 말로 자신의 결혼식을 전쟁으로 몰아넣을 수 있다.
도미니크가 품은 야성의 불길은 마가렛의 영혼으로 번져가고……

린다 하워드  현대문화센타의 대표 작가

LINDA HOWARD

아주 특별한
연인

사랑, 그 닳고 닳은 말을
처음인 듯 새롭게 들려주는 여자가 있다!

말리 킨
심령술사 말리 킨의 소원은 조용하고 평범하게
사는 것. 그런 그녀 앞에 어느 날 폭발할 듯한
열정을 가진 데인 홀리스터가 거부할 수 없는 사
랑으로 다가온다. 이제 한 남자의 아낌없는 보살
핌과 사랑에 힘입어 새로운 삶을 시작하려 하지
만……

데인 홀리스터
일밖에 모르는 냉철한 형사, 데인 홀리스터는 말
리 킨을 처음 보는 순간 그 우수 어린 눈에 매료
되고 만다. 처음에는 그녀를 살인사건 용의자로
의심하지만 결국은 그녀가 진짜 심령술사임을 밝
히고 진실한 사랑으로 다가서기 시작한다. 하지
만 그들의 사랑은 계속되는 살인사건으로 출발부
터 어두운 그림자를 드리우는데……

린다 하워드만이 선사할 수 있는
숨막히는 관능의 세계에서 펼쳐지는
특별한 연인들의 특별한 사랑 이야기!
곧 여러분에게 다가갑니다.

옮긴이 **장은영**

서울 출생. 덕성여대 영문학과 졸업.
번역서로는 <텍사스가 당신을 부를 때>
<신부에게 주는 선물> <남자가 여자를 사랑할 때>
<황금빛 해변> <오월의 궁전> 등이 있다.

천년의 약속

지은이 : 엘리자베스 로웰

옮긴이 : 장은영

펴낸이 : 양장목

펴낸곳 : 현대문화센타

(122 - 030) 서울시 은평구 대조동 191-1

전화 : 384 - 0690 ~ 1   팩스 : 384 - 0692

E-mail : HDbook@netsgo.com   천리안 ID : hdpub

출판등록일 : 1992년 11월 19일(제 3 - 448호)

초판 1쇄 인쇄일 : 1999년 5월 27일

초판 1쇄 발행일 : 1999년 5월 31일

값 8,000 원

ISBN 89 - 7428 - 115 - 5

※잘못 만들어진 책은 교환해 드립니다.